인생
숙제

인생 숙제

신광옥 장편소설

목차

인생 숙제 ◎

1

내 이름은 순남이다. 딸, 딸에 이어 또 딸이 태어나자 아버지가 또 딸이야! 버럭 소리치고 한동안 이름을 지어주지 않아 '또딸'로 불렸다. 이후로 순남이라는 이름으로 호적에 등재되었음에도 식구들은 나를 '또딸'이라고 불렀다. 물론 순남이라고 불리는 것도 아주 싫었다. 언뜻 들으면 남자 이름 같기도 한 순남(順男). 의미는 오로지 이어서 남자 동생을 보라는 것이다. 그런데 정말 이름값을 하고 말았다. 1964년 9월 내 나이 두 살에, 개월 수로 따지면 15개월 만에… 돌이 지났지만 영양 상태가 양호하지 못해 기저귀도 떼지 못하고 가녀린 다리로 걸음을 막 떼려던 그때. 드디어 가문의 오랜 기다림의 산물, 떡두꺼비 같은 아들, 진남이가 태어난 것이다. 모든 가족들을 슬픔으로 몰고 태어난 나와는 달리 세상이 떠날 갈 것 같은 환희 속에….

아버지도 좋아했지만 엄마의 기쁨은 말로 다 할 수가 없었단다. 엄마는 내가 태어나자 이튿날 밭을 매러 나갔단다. 피가 뚝뚝 떨어지는 몸을 이끌고 땡볕으로. 누가 시키지도 않았는데 스스로 몸을 학대하면서. 그랬던 엄마는 진남이를 낳고 여름의 기운이 남은 때인데도 군불까지 때고 아랫목에 누워 땀을 빼면서 한 달 동안 산후조리에 전념했단다. 엄마가 진남이를 끼고 거만하게 누워 있으면 집안 식구들이 차례로 문안을 했는데, 특히 아버지가 찬방(饌房)에 쥐처럼 진남이를 보러 드나들었다고… 아버지의 사랑에 굶주린 엄마는 연신 웃어대고… 그러나 할아버지는 손자를 보지 못해 몸이 달았단다. 진남이가 엄마 자궁에서 빠져나오던 날 탯줄을 끊고 온몸에 묻은 양수찌꺼기를 대충 닦고 할아버지에게 서둘러 인사를 마친 후로는 감감무소식이다. 그렇다고 몸 푼 며느리 방에 무작정 들어갈 수도 없었고, 자칫 바깥바람이 금지옥엽에 해로울지 모른다는 염려에 할아버지는 애써 승복하면서….

얼마 만인가? 황씨 가문에 피어난 웃음꽃이. 빨간 고추를 엮은 새끼줄로 황가네 아들 탄생이라는 광고판이 대문에 걸리고… 같은 사람으로 태어나 대접을 받는 것도 이리 다른지. 돌을 지난 나는 큰언니 등에 업혀 그 방에만 들어가면 곧바로 쫓겨나는 신세였다. 엄마 젖가슴 밑은 내 자리가 분명했다. 비록 어미를 실망케 한 딸이기는 하지만 엄마는 품고 젖을 먹였었다. 그런데 느닷없이 내 자리에서 엄마 젖을 빨고 있는 진남이를 보면 어찌 소리쳐 울지 않을까? 그랬다고 여지없이 그 방을 쫓겨 나왔다. 나도 세상에 태어나 15개월밖에 안 되었는데….

나는 많이 울고 보채는 아이였단다. 아마도 기억에도 없던 그 시절에 채워지지 않은 욕구불만으로 그랬을 것이다. 그러나 진남이가 태어나 슬픈 것만은 아니었다. 냉정하던 할아버지가 눈에 띄게 나를 사랑해 주었다. 이유는 단 한 가지, 남자 동생을 보게 한 복덩이라면서. 생전에 손녀들이랑 놀아주지 않았던 할아버지가 엄마를 빼앗긴 어린 나를 무릎에 앉히고 때로는 울다 잠든 나를 곁에 재우기까지 하며… 손녀딸들이 곁에만 오면 손사래를 치며 버럭버럭 소리를 지르던 할아버지의 변모한 모습에 영감이 죽을 때가 되어 노망이 났다는 숙덕거림이 있을 만큼. 그래서 내 유년의 기억에는 할아버지에게 받은 사랑이 전부였는데 그 어린 것이 할아버지의 권세를 업고 세도를 부렸다고 했다. 엄마는 그런 내 모습에 혀를 차며 말해 주었다.

"기가 차서… 고작 돌 지난 것이 벌써 세상 돌아가는 것을 알고 그 힘을 이용하다니… 머리에 피도 안 마르는 것이 할아버지 수염까지 쥐고 흔들면서 집안사람들에게 세도를 부렸으니…"

진남이가 태어난 순간부터 나는 큰언니의 몫이 되었다. 나보다 6살이 많은 큰언니는 예쁘다는 소리는 전혀 들어보지는 못했지만 부잣집 맏며느리 같다는 소리는 달고 살았다. 초등학교에 들어갔을 때 이미 가슴이 딱 벌어지고 엉덩이도 펑퍼짐했다. 진남이가 태어나는 순간부터 나를 업어서 펑퍼짐해진 것인지 아니면 원래 그 모양인지는 알 수 없으나 아무래도 후자인 것 같았다. 엄마를 빼 박았다는 소리를 듣는다. 그에 반해 작은언니는 '아이노꼬' 같다며 사람들의 시선을 끌었다. 당시 백인 혼혈을 그렇게 불렀다. 작은 얼굴에 이마가 돌출되어 눈은 크고 코는 오똑하고 턱은 뾰족한 데다 피부는 하얗고… 아버지를 닮았다고 했다. 그래서인지 엄마는 둘째 언니를 데리고 외출하기를 즐겼다.

당연히 딸 중에 엄마의 최고 사랑은 작은언니다. 작은언니는 그 위세를 큰언니와 내게 행사하려 했다. 그러나 나는 절대로 눌리지 않았다. 4살이나 많지만 절대로 언니라고 부르지 않았고 욕도 하고 때로는 달려들어 꼬집고 물기까지 했다. 내가 4살 때에 8살짜리 작은언니 팔뚝을 이빨로 물었단다. 자지러지는 작은언니의 울음소리에 달려온 엄마가 나를 강압적으로 떼어내었지만 동시에 살점이 떨어져 나가고 피가 낭자했단다. 당연히 엄마에게 맞았다. 어린 내 기억에 남아있는 사건이다. 내가 작은언니를 물어서 아프게 한 것보다는 엄마한테 죽을 만큼 맞았던 기억만…

나의 4살은 그랬단다. 살기가 등등해서 누군가를 기어코 헤칠 것 같은… 할아버지가 돌아가신 직후였다. 세상에 더 이상 내 편이 없다는 것을 그 어린 것도 알았던 모양이었다. 아무리 억울한 일을 당해도 내 편을 들어 줄 사람이 없는데 작은언니에게는 때마다 나타나는 엄마라는 흑기사. 들어보지도 않고 무조건 내가 잘못했다는 그 편견의 시선… 그러니 나라도 나를 지켜야 했다. 작은언니는 그때 내게 눌린 기를 좀처럼 회복하지 못했다. 내가 눈을 부라리기만 해도 화들짝 놀라며 엄마한테 달려갔다. 그때마다 엄마는 나를 호되게 야단을 쳤다. 내가 초등학교를 들어가면서 엄마는 이전처럼 심하게 때리지는 않았지만 멘트는 고정이다. '저, 저런, 경을 칠 년… 도대체 누구를 닮아 저렇게 성질이 지랄인지….'

작은언니가 엄마의 사랑을 받고 동네방네 돌아다니며 예쁘다는 소리를 듣는다 하여도 자매간에서는 왕따다. 큰언니도 작은언니가 미운 대상이다. 가장 큰 이유는 외모의 차이다. 거기다가 나처럼 큰언니의 권위에 절대 복종하지 않고 공주인 척을 했다. 3자매는 한방에서 지냈다. 큰언니는 언제나 아랫목에 나를 끼고 자고 작은언니는 윗목에서 잤다. 큰언니는 밤에 자는 동안에도 나를 살뜰하게 돌봐주었다. 걷어찬 이불도 다시 덮어주고 때로는 무서운 꿈을 꾸다 훌쩍이는 나를 꼭 끌어 앉아 주기도 하면서… 윗목에서 아무도 돌봐주지 않은 작은언니는 겨울이면 감기를 달고 살았고, 여름이면 유난히 모기에 물린 자국이 많았다. 엄마가 쳐 놓은 모기장 경계선을 넘어도 돌봐주는 사람이 없기 때문이었다. 그러나 그 방을 나서면 작은언니는 그래서 엄마의 사랑을 더 받았다. 콧물을 흘리는 작은 딸에게 유자차를 타 먹이고 옷깃을 여며주고 모기에 물린 자국에 마음을 쓰면서. 예쁜 얼굴에 상처가 나면 안 된다고 정체불명의 것들을 살뜰하게 발라주며. 하지만 호랑이가 들어오지 못하는 토끼 굴에서 호랑이의 큰 사랑은 공허한 메아리일 뿐이다.

위아래 분간 없이 공격적인 성향을 드러내는 내가 진남이도 해할 것 같은 엄마의 염려와는 달리 나는 4살이 지나면서 오히려 진남이에게는 의젓한 누나가 되고 있었다. 진남이는 요람에서부터 내 눈치를 보는 것에 길든 것 같았다. 세상에 태어나 그의 눈에 보이는 모든 사람은 무조건 그가 원하는 것만 해주는 사람들뿐인데 유독 나만 그를 괴롭게 했다. 나는 진남이 근처에 누군가 보이지를 않으면 해를 가했단다. 손가락을 세워 전혀 반격을 하지 못하는 진남이의 콧구멍을 후비고 눈을 찌르고… 느닷없는 공격에 금지옥엽 진남이가 자지러지게 울면 누군가 총알같이 나타났지만 나는 아무 짓도 안 했다는 듯이 딴청을 피웠단다. 세상에 태어나 20개월도 안 된 어린 것이. 결국 어느 날 그 현장을 엄마에게 들키고 말았다. 그날의 장면은 그랬다고 했다. 진남이 얼굴을 향해 내가 털썩 주저앉아 엉덩이로 누르고 있는데 엄마가 나타날 때까지 몸을 일으킬 수가 없었는지… 나는 진남이 얼굴을 깔고 버둥대고 진남이는 내 엉덩이에 눌려 버둥대는… 그때 엄마는 나를 들어 방바닥으로 패대기를 치고 새파랗게 질린 진남이를 끌어안았단다. 그런데 그 기억은 없다. 고작 3살이기에… 내가 재빨리 피해서 가는 곳은 당연히 할아버지란다. 물론 엄마가 나를 쫓아와서 때릴 수도 없다. 그날 이후, 한동안 나는 할아버지 방에서 나오지 않았다고. 그러나 할아버지는 그런 어린 나를 붙들고 말을 해 주었다.

"순남아, 진남이는 네 동생이야. 너보다 약한 동생을 괴롭히는 것은 못난 사람이나 하는 짓이야. 우리 순남이는 절대로 그런 못난이가 아니야. 그렇지?" 이 말만 기억에 남아있다.

이후로 진남이는 건드리지 않았다. 엄마에게 맞은 기억 때문인지 아니면 할아버지의 가르침인지는 모르지만. 진남이는 또래보다 발육이 늦은 아이였다. 엄마의 절대적인 사랑을 받았음에도 대소변을 가리는 것도 늦고 말문도 늦게 트였다. 젖도 5살이 가깝도록 떼지를 못했다. 생각해 보니 엄마 탓이었다. 엄마는 진남이가 불편해하는 것을 결코 참지 못했다. 모든 것을 진남이의 수족처럼 대신해준 엄마 때문에 여물지를 못한 것이다. 그러나 제대로 돌봐주는 이는 없어도 여름날 쑥쑥 자라는 잡초처럼 딸들은 그렇게 자랐다.

5살이 되면서 나는 주로 밖에 나가 놀았다. 그즈음 큰언니도 친구들과 어울려 노는 재미에 흠뻑 빠졌다. 엄마 말에 순종하고 동생들을 돌보는 착한 장녀라지만 고작 11살이다. 마음껏 뛰놀고 싶은 나이… 큰언니가 밖으로 나돌면서 엄마에게 욕을 독판 듣는 딸이 되고 말았다. 나도 큰언니 곁에 붙어서 노는 것이 좋았지만 큰언니는 귀찮다는 반응이다. 그래도 학교에서 돌아와 가방만 냅다 던지고 집을 나서는 큰언니를 대문 밖에서 기다리다가 따라붙었다. 큰언니가 따라오지 말라고 소리쳐도 결코 떨어지지 않았다. 때론 그런 나를 피해 학교가 끝나고 해가 지기 전까지 아예 들어오지 않는 날도 많았다. 당연히 큰언니가 놀고 있는 장소를 다 알고 있는 나였다. 집을 조금 벗어난 동네나 들판이지만 거기까지 걷는 것은 일도 아니었다. 물론 엄마는 내가 없어져도 전혀 신경을 쓰지 않았다.

큰언니는 아이들과 어울려 오제미도 하고 줄넘기도 하고 사방치기도 하고 '무궁화 꽃이 피었습니다'를 하면서 해가 지는 줄 모르고 깔깔대며 놓았다. 나는 한쪽 귀퉁이에 앉아서 마치 큰언니가 주인공인 연극을 보는 것처럼 이기면 기뻐하고 지면 슬퍼했다. 결국 해는 지고 날이 어두워지면 아이들이 하나둘씩 사라지고 큰언니도 내 손을 잡고 논두렁을 따라 집으로 향했다. 갈 때는 자동차처럼 씽씽 달려갔는데 올 때는 다리도 무겁고 너무 피곤해서 내가 훌쩍이며 언니에게 다리 아프다고 업어 달라면 큰언니는 버럭 소리쳤다.

"그러게 왜 따라오고 지랄이야. 나도 힘들어!"

그래서 입을 다물고 터벅터벅 걷다 보면 이내 언니보다 뒤처진다.

어느새 내 손을 논 언니는 앞서고 문득 날이 깜깜해져 언니가 보이지 않는다. 드디어 나는 어둠을 향해 큰 소리를 내며 울어댄다.

"무서워! 언니야!"

결국, 언니는 어둠을 뚫고 내 앞으로 쑥 들어와 이제 다시는 안 따라온다고 약속하라고 다짐을 받는다. 나는 훌쩍이며 알았다고 약속을 한다. 언니는 책가방을 앞으로 휙 돌리고 빈 등을 내밀어 나를 업는다. 나는 언니의 넓은 등에 하루 동안 지친 내 몸을 그대로 싣는다. 순간 둥근 달이 남쪽 하늘 끝자락에서 방긋 웃으며 떠오른다. 다시 길이 밝아졌다. 터벅터벅 언니의 발걸음이 논두렁 위를 무겁게 구른다. 그러나 이어서 들려오는 노랫가락.

"엄마, 엄마, 나 죽으면 앞산에다 묻어 줘. 뒷산에다 묻지 말고 양지쪽에 묻어 줘."

언니의 레퍼토리다. 이내 나는 얼굴을 언니의 넓은 등에 그대로 코를 묻고 잠에 빠져든다.

대문을 살그머니 열고 들어서니 이미 집안은 조용하다. 당연히 저녁 밥상은 치워진 뒤였다. 언니 등에서 내려온 나는 이제 언니의 궁둥이에 바싹 붙어 살금살금 마당을 가로지르는데 불도 켜지지 않은 어두운 마루에서 혀를 차는 소리가 들려온다.

"경을 칠 년들… 뭔 큰일 한다고 밥때를 지나 돌아다녀, 돌아다니기를."

동시에 언니와 나는 후다닥 부엌으로 들어간다. 부뚜막에는 반찬 그릇들이 뚜껑을 쓰고 놓여있다. 언니는 재빨리 부뚜막에 걸린 가마솥 뚜껑을 연다. 솥 안에는 두 개의 주발이 들어있다. 따뜻한 온기를 그대로 간직한 채. 둘은 부엌 바닥에 쪼그리고 앉아 먹는 맛은 정말 꿀맛이었다. 부엌 천장 가운데 매달린 촉수 낮은 백열등이 마냥 따뜻하다. 엄마는 밥때를 거르면 절대로 밥을 안 준다면서 그렇게 남겨두었다.

둘은 불룩해진 배를 내밀고 입을 닦으며 부엌을 나온다. 엄마는 그때까지 마루에 앉아 있다. 담뱃가루를 채운 곰방대를 빨면서… 회충이 많아서 담배를 피우기 시작했단다. 하지만 하루 일과를 마치면 담배를 피우는 그때가 하루 중 엄마에게 가장 행복한 시간이다. 둘은 부리나케 마루를 가로질러 방으로 들어가려는데 엄마가 뒷덜미를 잡아챈다.

"저런, 썩을 년들하고는… 하루 종일 먼지 구덩이에 있다가 그냥 들어가?"

순간 언니는 내 손을 휙 잡아끌고 마당에 있는 우물가로 간다. 함지박으로 물을 퍼 올려 대야에 담아 내 손발을 씻기고 자기 손발도 씻는다.

방문을 열고 들어서니 작은언니는 이불에 누워 책을 읽고 있다. 큰언니는 서둘러 가방 안에서 책과 공책을 꺼내고, 나는 그대로 방바닥에 몸을 굴렸다. 책에 시선을 고정하고 있던 작은언니는 내 다리가 자기의 요에 닿으면 마치 다리 수북한 벌레가 닿는 것처럼 요란스럽게 털어냈다. 그러면 나는 다리를 더 깊이 들이민다.

"치워. 더러워!"

이내 터져 나오는 작은언니의 칼날 같은 소리에 움찔할 나도 아니다. 몇 번을 넘나들며 그렇게 투덕대다가 결국 작은언니가 후다닥 일어나 엄마를 외치며 방을 나간다. 이어서 들려오는 한결같은 말,

"순남이, 네 이년! 또 언니를 못살게 구네. 조용히 못 자!"

큰언니는 앉은뱅이책상에 머리를 박고 숙제하기 바쁘다. 펼쳐놓은 누런 공책에 연필 끝에 침을 발라 꾹꾹 눌려 쓰고 있다. 이미 숙제를 마친 작은언니의 가방은 한쪽에 얌전히 놓여있다. 작은언니는 한글을 6살에 뗐단다. 당시 온 동네를 놀라게 한 천재였다고. 그런 작은언니를 위해 엄마가 초등학교에 입학하자 통 크게 동화책 전집을 사주었다. 24권의 동화책은 두꺼운 겉옷을 입고 표지 글에 금박도 박혔다. 그 전집은 마치 집안에 가보처럼 안방에 놓였다. 작은언니를 위한다기보다는 진남이를 겨냥한 선심이었을 것이다. 책 읽기를 좋아하는 작은언니는 마치 안방을 도서관처럼 드나들었다. 한 권을 읽으면 제자리에 두고 다른 책을 꺼내라는 엄마의 명령에 한 치의 흐트러짐이 없다.

어느새 잠이 들었던 모양이다. 들려오는 부엉이의 외로운 소리에 눈을 뜨니 큰언니는 책상에 엎드려 잠이 들어있고 작은언니는 책을 가슴에 얹은 채로 반듯하게 누워 자고 있다. 요도 깔지 않는 바닥에 누워 있던 나는 다시 작은언니 요 위로 몸을 향하려는데 엄마가 문을 열고 들어선다. 나는 그대로 자는 체하고 있다. 엄마는 요를 깔고 나를 들어서 누이고 작은언니의 손에 들린 책을 접어 머리맡에 두고 책상 위에 머리를 박고 자는 큰언니를 깨워 자리에 누워 자라고 한다. 큰언니는 내 곁에 그대로 쓰러졌다. 결국 숙제를 마치지 못한 채로… 엄마는 천장에 매달린 촉수 낮은 전구를 돌려 끄고 방을 나간다.

그때까지 진남이는 엄마 곁에서 잤다. 젖을 떼지 못했다지만 엄마가 불안해서 품고 자는 것 같았다. 그러나 그즈음 큰언니는 학교만 갔다 오면 놀러 나가고 작은언니는 책을 읽는다고 방에 처박혀 있었다. 결국 낮 동안 진남이를 데리고 노는 것은 온전히 내 차지였다. 6살의 나는 엄마도 안심을 할 만큼 제법 진남이의 의젓한 누나 노릇을 했던 모양이다. 기억하기로는 나는 진남이를 데리고 대문 밖을 나섰다. 골목에는 콧물이 마르지 않는 미취학 아동만 모여 있다. 작은 손안에는 딱지나 구술을 움켜쥐고 나왔지만 형들처럼 판은 벌이지 못하고 햇볕 좋은 담벼락에 나란히 앉아 있다. 뒤늦게 출범한 내가 열의 중앙을 비우라는 손짓을 하면 아이들은 군소리 없이 자리를 가르고, 온기가 남아있는 그 자리에 진남이를 앉힌다. 때론 아이들 손에 있는 구술과 딱지를 훑어보다가 탐이 날 만한 것은 그대로 빼앗아 진남이 손에 들려주기도 했다. 빼앗긴 아이는 울먹이다가 이내 침을 삼키고 참았다. 맞설 힘도 없고 여자에게 맞았다는 것도 피하고 싶은… 그러나 이장 집 아들은 절대로 건드리지 않았다. 뒤끝이 있어 저녁에 제 형을 앞세우고 빼앗긴 것을 찾으러 오기 때문이었다. 더구나 큰언니가 진남이 보물 상자까지 뒤져 순순히 돌려주었다. 얼굴까지 붉히며… 그 형이 언니랑 동급생이라는데….

내가 초등학생이 되고 이어서 진남이도 학교에 입학했다. 진남이는 가슴에 손수건을 달고 한복을 입은 엄마 손을 잡고 입학식에 참석했다. 이후로 등교 때마다 대문을 나서는 진남이에게 작은언니 손을 놓치지 말라고 당부했다. 이미 큰언니는 중학교에 진학을 했으니 작은언니가 학교 가는 길의 보호자였다. 작은언니가 중학교에 진학을 하고 이어 내가 보호자가 되었지만 진남이는 더 이상 연약한 아이가 아니었다. 내가 손이라도 잡으려 하면 얼굴을 붉히며 뿌리칠 만큼 사내로 커가고 있었다.

진남이는 나와 달랐다. 모범생이면서 원칙을 따르고 예의가 바른 아이였다. 흔히 금지옥엽이라 버릇이 없고 제멋대로 굴 것 같은 예상을 뛰어넘었다. 진남이는 몸이 약해서 밖에 나가 놀기보다는 주로 집에서 책 읽기를 좋아했다. 선비가 될 거라며 좋아했던 엄마는 진남이가 감기라도 앓으면 가슴을 조였다. 진남이에게 특별한 지병이 있는 것은 아니지만 쉽게 피로를 느끼고 질병에 약했다. 그래서 감기를 달고 살았고 종종 배탈이 나고 때론 피부 질환도 앓았다. 초등학교를 졸업할 무렵에도 진남이는 내 덩치를 따르지 못했다. 그러나 진남이는 남자처럼 활달하고 건강한 누이인 나를 마냥 좋아했다. 나도 내 동생 진남이가 행여나 다칠까 혹은 다른 아이들로부터 맞지나 않을까 하는 감시를 게을리 않고, 앓아누우면 염려 근심으로 곁을 떠나지 못하는 누나가 되어 있었다.

2

　　내 유년시절의 아버지는 집에 있는 날보다 없는 날이 더 많았다. 아버지도 진남이처럼 할아버지의 외아들이다. 딸만 낳다가 막판에 황씨 집안에 대를 이은 유일한 아들로 태어났다. 조상 대대로 물려받은 땅이 많아 지주라 불리지만 가세는 현격히 기우는 형국이었다. 전쟁 이후 산업사회로 전환되면서 도시로 떠나는 인구는 늘고 농토를 가진 사람들의 수입이 예전만 못하고 몸만 고달파지는 시기였다. 더구나 아버지가 농사일에 전혀 관심이 없으니 농지는 소작을 주고 산자락에 붙은 과수원과 주변에 딸린 밭농사만 짓고 있었다. 물론 엄마가 억척스럽게 관리를 하고 있었다. 그렇다고 아버지가 진남이처럼 공부를 잘하는 것도 아니어서 대학을 가지 못하고 고등학교만 졸업을 했단다. 그러나 아버지는 엄마와 달리 풍류가 있는 남자였다. 아버지는 기타도 즐겨 치고 하모니카도 잘 불고 노래도 아주 잘했다. 엄마는 머리에 수건을 얹고 땀을 흘리면서 땡볕에 일을 하고 아버지는 과수나무 아래서 기타를 쳤다. 개미와 베짱이처럼… 아버지도 타고난 약골이라 고된 일을 하고 나면 반드시 병이 난다고. 그래서 엄마는 아버지가 아픈 것보다 그렇게 한가롭게 노는 것이 더 낫단다.

　　아버지는 읍내로 나가기를 즐겼다. 낮에는 주로 별 다방에 있었다. 이유는 세상의 소리를 듣기 위해서라고 했다. 그리고 날이 어두워지면 막

걸리 집에 있다가 늦은 저녁에 술이 거나하게 취해서 논두렁을 따라 걸어 왔다. 때마다 불러대는 노랫가락이 구성져서 어린 내게도 슬프게 느껴졌다. 비록 아버지가 이런저런 이유로 고향을 떠나지 못했지만 가슴에 열망이 가득한 남자였던 모양이다. 내가 초등학교에 들어가는 해에는 기어코 서울로 돈을 벌러 간다고 떠났다. 그러나 1년도 채우지 못하고 들고 간 돈은 모두 까먹고 몸에 병만 품고 돌아왔다. 엄마는 언제나처럼 정성껏 아버지 병간호를 했다. 화롯불에 쪼그리고 앉아 탕약을 달이면서… 그런 엄마의 정성으로 몸이 회복되니 아버지는 다시 읍내로 나갔다.

비록 태어날 때 실망시킨 딸이었지만 아버지는 나를 몹시도 사랑했다. 아버지가 섭섭함에 내 이름을 바로 지어주지 않은 것을 두고두고 미안해하면서도 그 이름이 좋단다. 황또딸, 그래서 아버지는 죽는 그날까지 나를 또딸이라고 불렀다. 아버지는 술에 취해 들어설 때면 나를 무릎에 앉히고 말했다.

"두고 봐라. 우리 또딸이가 나중에 멋진 사람이 될 거야." 그러면 나는 되묻는다.

"멋진 사람? 그게 어떤 사람인데요?"

"어디에서든 빛이 나는 사람이지."

"빛이 나면 어떻게 되는데요."

"유명해지는 거야."

"그게 좋은 거예요?"

"그럼 좋은 거지. 두고 봐라. 우리 또딸이가 세상에 이름 한번 날릴 거다."

그러면 작은언니는 입을 삐죽이며 나는? 하며 얼굴을 들이밀었다. 아버지는 다정하게 말해 주었다.

"우리 명희는 공부를 많이 해서 법관이 돼야지."

물론 큰언니는 조금 떨어진 자리에 점잖게 앉아 있었지만 후일 그것도 상처가 되었다고 했다. 큰딸은 살림 밑천이라는 책임감만 부여하며 누구도 품어주지 않는 소외감에. 해가 마냥 늘어지는 여름날이면 늦은 시간까지 마당에 놓인 커다란 평상에 모깃불을 펴두고 아버지는 기타를 쳤다. 엄마는 안방 문을 활짝 열고 진남이를 끼고 누웠고 딸들은 아버지 주변에 옹기종기 모여 앉아 그 소리를 들었다. 함께 합창도 하면서…

"아빠하고 나하고 만든 꽃밭에 채송화도 봉숭아도 한창입니다. 아빠는 과꽃을 좋아했지요. 꽃이 피면 꽃밭에서 아주 살았죠."

아버지가 집에 있으면 나는 너무 행복했다.

내가 초등학교 3학년이 되던 그 봄에 아버지가 다시 집을 나갔다. 아버지가 집을 나가기 전부터 소문은 심상치 않았다. 아버지의 첫사랑이 시내 중학교 선생님으로 부임해 왔다는 것이다. 아버지와 그녀가 만나는 장면이 자주 목격된다는 것이었다. 단순히 별 다방 레지를 만나는 차원이 아니었다. 아버지는 이전처럼 쌈짓돈을 챙겨 떠난 것이 아니라 엄마가 관리하는 과수원만 남기고 남은 농토를 몽땅 팔아서… 시간을 두고 치밀하게 계획을 한 것이다. 물론 첫사랑도 학기가 시작되긴 전에 사표를 내고 연기처럼 동시에 사라졌단다. 부산으로 갔다는 설도 있고 서울로 갔다는 설도 있고. 읍내가 들썩일 만큼 강력한 태풍이기에 동네 사람들의 입을 요란스럽게 흔들어댔다. 아버지의 자식들인 우리의 뒤통수에서 들려오는 입방아. 사람들은 내가 어려서 모른다고 하지만 나는 그들이 쑤군대는 내용을 다 알아들었다. 잔인한 동네 사람들은 진남이의 손을 잡은 내 면전에서도 사뭇 당당하다. '쯧쯧… 저렇게 어린 자식들을 두고… 어째 조용히 있더라니…'

우리를 가엽게 여긴다는 눈빛으로 혀를 찼지만 결국 나가고 말았다는 예측을 한 자들의 승리에 찬 소리였다. '동네 땅이 밟는 것마다 황씨네 것이라더니, 금지옥엽으로 키운 아들이 노름에 계집질에 야금야금 탕진하더니 급기야는 조상이 남긴 농토마저 다 팔아서 여자를 끼고 야반도주라니… 허어, 망할 일이네…'

신학기가 시작되어 한껏 부풀어 오른 마음을 아버지가 망쳐버렸다. 아버지 미워, 아버지 미워 소리치고 싶었지만 진남이 누나답게 꾹꾹 참았다. 학교를 오가는 길에 동네 사람들을 마주치지 않으려고 일부러 길을 피해 다녔다. 진남이의 손을 땀이 나도록 부여잡고 집으로 향하는 논둑길을 미친 듯이 걸었다. 그러나 아무것도 키워내지 못한 납작한 들판은 키도 크지 않은 어린 남매의 머리마저 숨겨주지 못해서 하늘도 알고 땅도 알 만큼… 우리 남매를 지켜주지 않는 야속한 세상, 무차별적으로 들려오는 아픈 소리… 참고 참았던 눈물이 어쩌다 뚝 떨어지면 진남이가 불안한 눈빛으로 나를 바라보며 물었다.

"누나. 울어?"

"아, 아니야. 눈에 티가 들어갔나 봐."

엄마는 일절 반응을 하지 않았다. 마치 그런 일이 전혀 일어나지 않은 것처럼. 어쩌면 보따리를 챙겨 도주 길을 열어 준 사람처럼. 그래서 집안의 분위기가 달라진 것이 전혀 없었다. 엄마는 평소와 다름없이 소처럼 일을 하고 진남이를 살뜰히 챙기고 딸들에게는 욕을 퍼부으면서… 다행히 중학교를 졸업한 큰언니가 엄마를 도와 집안일을 거들고 있다. 그러나 엄마를 돕는 언니의 얼굴은 오히려 엄마의 모든 근심을

다 끌어안은 표정이다. 읍내에서 버스로 30분 거리의 시내에는 여자 고
등학교가 둘이 있다. 인문계와 상업계. 큰언니는 언감생심 인문계 고등
학교를 넘보지는 못하지만 상업계 고등학교에 도전했다. 하지만 입학시
험에 떨어지고 말았다. 상고를 나와 은행원이 되겠다는 언니의 꿈이 결
국 산산조각 나고 말았다.

  진남이가 중학교를 들어가면서 아버지가 떠난 흔적은 조금씩 매워졌
다. 학교 마크가 중앙에 박힌 까만 모자를 쓰고 교복을 입은 진남이를
보는 것만도 엄마의 입을 저절로 벌어지게 했다. 진남이에게 제법 남자
다운 포스가 나왔다. 키도 나만큼 커지고 하얀 피부에 특징 없는 단정
한 눈 코 입이 오히려 지적인 매력마저 풍겼다. 진남이는 아버지처럼 절
대로 일을 하지 않았다. 행여나 극성맞은 누나들이 궂은일이라도 시킬
까 봐 엄마는 매의 눈으로 살폈다. 그래서 햇볕에 그을리지도 않고 말
이 없이 홀로 책 읽기를 즐기는 진남이는 여학생들이 선호하는 도시형
으로 흠모의 대상이기도 했다. 나는 세 딸 중에 키가 제일 크고 인물이
갈수록 좋아진다는 소리를 들었다. 작은언니는 초등학교를 지나면서
예쁘다는 소리를 더 이상 듣지 못했다. 어려서 귀여운 얼굴이지만 커
갈수록 얼굴 면적이 부풀어 올라 눈 코 입을 눌러대니 그저 평범한 동
양 여자의 모습으로 변해갔다. 키도 더는 이상 자라주지 못했다. 작은
언니는 그런 외모에 대한 상실감도 큰 모양이었다. 그래서 작은언니는
공부에 더 열을 올리고, 남자가 되고 싶었던 나는 바지만 입고 자전거
를 타고 돌아다녔다.
  진남이는 아버지처럼 기타도 치고 하모니카도 연주했다. 아버지가 없
어도 진남이가 기타를 치고 나는 평상에 대자로 누워 있고, 작은언니

는 제 방에서 공부를 하고, 큰언니는 수돗가에 앉아서 설거지를 하고, 엄마는 열린 방안에서 코를 골고 자는… 여름밤은 깊어가고 달도 없는 새까만 하늘에 보석처럼 붙은 잔별에서 쏟아지는 하얀 빛이 미처 마당 안으로 떨어지기 전에 진남이의 기타 선율을 타고 다시 하늘로 올라간다. 평상에서 내 시야로 펼쳐지는 그 하늘을 바라보며 내 귀로 들려오는 선율이 너무도 아름다운데 왜 슬픈 마음이 들었는지… 그때 진남이가 들려주던 '로망스'는 내 기억 속에 영원한 슬픔의 전설처럼 남아있다.

여름날 옥수수처럼 자라 사춘기에 접어드는 나는 그렇게 여자가 되어갔고 진남이는 남자가 되어갔다. 가족들은 서서히 아버지가 집을 나간 사건을 잊고 일상의 질서가 잡히면서 평온했던 어느 날, 한 남자가 아주 천천히 대문을 들어섰다. 긴 여름방학이 끝나고 개학을 앞둔 어느 날, 가족이 평상에 둘러앉아 저녁밥을 먹고 있던 그때… 여름날의 긴 해를 받은 그는 누가 봐도 죽음이 임박한 병자였다. 온몸에 짙게 퍼진 황달과 복수가 차서 불룩해진 배…. 밥알로 채워진 내 입 밖으로 새어 나왔다. "아, 아버지…"

등을 지고 앉아 있던 엄마는 그 소리에 입으로 들어가던 숟가락을 팽개치고 돌아보았다.

여름으로 가는 더위만큼 부풀어 오르는 농사일을 해내느라 저녁나절이면 몸은 지치고 허기가 지는 그때… 엄마의 고된 하루의 땀을 그대로 품고 있는 발에 마치 새 바퀴라도 바꾸어 단 듯 평상에서 뛰어내리며 소리쳤다.

"여보! 여보! 이게 웬일이야! 진남아! 아버지다. 아버지! 어서 방으로 모셔라."

이어서 진남이가 후다닥 일어서 달려갔다. 마침내 아버지는 바싹 마른 수숫대로 만든 허수아비처럼 그대로 바닥에 널브러졌다. 사랑하는 여자를 데리고 재물까지 챙겨 나갔다가 홀로 병든 몸을 이끌고 집으로 돌아온 최후의 모습이었다. 진남이는 바닥에 누운 아버지를 등에 업었다. 엄마는 앞서 방으로 들어가 이부자리를 펼치고 아버지를 업은 진남이가 따라 들어간다.

세 딸은 그저 어이가 없다는 표정이다. 작은언니가 못 참는다.

"왜 저래? 엄마 미친 거 아니야? 아니 뭘 잘했다고 저래. 저러기를…"

큰언니는 말했다.

"조용히 해라. 병색이 심하네…"

"여기가 병이 나면 오는 곳이야. 좋을 때는 딴 년이랑 놀면서…"

"입 다물어."

"정말 이해할 수 없는 집구석이야. 내 상식으로는 도저히…"

나는 그저 둘의 대화를 들으며 부지런히 밥을 먹었다. 자칫 밥그릇을 빼앗길지 모른다는 생각에. 아니나 다를까 엄마가 소리쳤다.

"대야에 더운물 좀 받아와라."

그래도 나는 밥만 먹고 있다. 보리밥에 김치 깍두기만 있는 도시락만 먹고 해가 어스름해지는 시간까지 견디고 받는 밥상이라 절대로 놓치면 안 되는 것이었다. 나와 같은 처지에 작은언니도 땡볕에서 밭일을 했던 큰언니도 같은 심정일 것이다. 드디어 엄마가 소리를 다시 지른다.

"저런 배은망덕한 년들 같으니… 명자야! 더운물 받아와. 아버지 씻겨야 해."

식탐이 많은 큰언니가 지명이 되었어도 엉덩이를 뗄 줄 모른다. 그저 밥이 들어가 불룩해진 볼을 뚫고 "네" 하는 볼멘소리만 삐져나온다. 작은언니와 나는 느긋해진다. 일차 호명 자가 정해졌으니….

　한차례 폭풍이 지나고 방에서 진남이가 나온다. 먹다 만 밥을 마저 먹으라고 내가 종용을 해도 입이 짧은 진남이는 고개를 저으며 제 방으로 들어갔다. 이제 고작 14살밖에 안 된 진남이는 그즈음 내게는 오빠처럼 느껴졌다. 나는 길든 강아지처럼 진남이를 따라 들어가며 물었다. 내가 사는 방법이다. 궁금한 것이 있으면 진남이에게 물어보면 된다. 진남이는 엄마의 모든 것을 아는 아들이기에….

　"어디 아프데? 그 여자는? 돈은?"

　"간암 말기래. 살날이 얼마 안 남았다고… 집에서 조용히 죽겠다고. 아버지가 한 말이 전부야. 그리고 피곤하다며 그냥 내버려 두라고 하시기에 나왔어."

　"엄마는?"

　"그냥 곁에 앉아 계셔. 울면서…."

　"울어? 왜?"

　"……."

　아버지는 3일 만에 기력을 찾았다. 나는 아버지가 누워 있는 방문을 열고 살그머니 얼굴을 들이밀었다. 사실 그 이전부터 들어가고 싶었지만 두 가지 마음 때문에 망설이고 있었다. 서운하고 두려운… 원망이야 흐르는 세월만큼 약해졌다지만 그날 언뜻 보았던 병색이 짙은 아버지의 모습이 두려울 만큼 충격적이었다. 아랫목에 길게 누워 있던 아버지의 눈과 마주쳤다. 해골처럼 뼈를 그대로 드러냈지만 눈은 빛났다. 그런 아버지가 힘없이 미소를 지으며 나를 불렀다.

　"내 딸, 또딸아…."

나는 그대로 방안으로 딸려 들어갔다. 그 옛날 나를 사랑해 주던 아버지였다.

"아버지, 아버지…" 나는 아버지 품에 그대로 쓰러졌다.

"미안하다. 아버지가 너희 볼 면목이 없다. 미안하다."

대학입시를 앞둔 작은언니는 죽을힘을 다해 공부를 했다. 서울에 있는 대학으로 진학하기 위해서. 물론 전교 일등 자리를 놓쳐 본 적이 없는 작은언니다. 그러나 예감이 안 좋은지 유난히 아버지의 귀향을 못마땅해했다.

"하필 이때… 왜 이때야. 어떻게 아버지가 돼서 저렇게 무책임할 수가 있어. 엄마는 또 뭐야. 속도 없이… 이놈의 집구석, 다 정상이 아니야. 정말 지긋지긋해."

진남이는 아버지 곁에 거의 붙어 있었고 큰언니는 엄마처럼 아버지를 돌보았다. 나는 학교에 가고 올 때 인사는 거르지 않았다. 그러나 작은언니는 아버지를 노골적으로 피했다. 때론 집에도 들어오지도 않았다. 학교 근처에 사는 친구 집에서 밤을 새우며 공부를 한다며. 아마도 평소 같으면 엄마가 요절을 냈을 텐데 엄마도 거기까지 신경을 쓰지 못했다. 나는 그 뻔한 작은언니의 수작이 미웠다. 힘든 일에는 공부를 앞세워 피해 가는 작은언니에게 대 놓고 악살을 퍼부었다.

"미친년. 꿈도 야무지다. 이런 촌구석에서 이대 갈 줄 알아? 숙대도 못 간다더라." 그러면 작은언니는 발을 동동 구르며 눈물까지 쏟으면 소리를 질렀다.

"두고 봐라, 이년아. 내가 반드시 이대를 가서 네년의 코를 납작하게 해 줄 테니. 너 그때 나 아는 척도 하지 마."

집안이 평화로우면 엄마에게 달려가서 편들어 달라고 할 텐데 차마 그러지도 못하는 형편에 놓인 작은언니를 향해 혀를 쏙 내민다.

아버지는 3개월을 예상했다지만 그 해를 넘겼다. 엄마의 지극정성이 저승사자마저 감동시켰는지… 언제나처럼 마당에는 엄마가 탕약을 달이는 모습이 재현되었다. 한겨울에 눈이 쌓여 발이 푹푹 빠져도 아버지의 입맛을 돋우는 것이 있다면 기어코 읍내 장을 나갔다. 그렇게 겨울을 버텨냈는데 날이 풀리면서 급격하게 상태가 나빠졌다. 그러나 아버지는 봄을 보기를 원했는지… 먼 산에 눈도 녹지 않은 2월부터 방문을 열고 밖을 내다보았다. 아주 가끔 자리에서 일어나 앉아 있기도 하면서. 산을 바라보며 숨을 헐떡이는 아버지의 모습은 가물어 말라버린 논바닥을 떠나 물을 찾아 헤매는 개구리의 형상이었다. 한여름 해는 쨍쨍하고 흙먼지 풀썩이는 논두렁에서 갈 곳을 찾지 못해 잠시 숨을 고르는 개구리, 깡마른 팔다리에 바닥까지 늘어진 불룩한 배는 복수가 차서 터질 듯 팽팽한데, 그 배를 가로지르는 혈관들은 오랜 가뭄에 극성스럽게 갈라진 논바닥 같다. 온몸은 노랗다 못해 검은빛까지 돈다. 근처에 가면 심한 악취가 풍겨 왔다. 3월이 오자 아버지는 각혈을 시작했다. 엄마가 병원에 가야 한다고 울부짖으면 아버지는 단호히 거절했다. 그만 살고 싶다고. 그저 집에서 죽게 해달라고.

그리고 3월의 달력이 넘어가는 그즈음, 마른 개나리의 줄기를 타고 매달린 꽃망울이 터질 그즈음, 만삭이 다가오는 여인의 배처럼 부풀던 목련의 꽃망울이 해산을 하듯 잎을 벌리기 시작하는 그즈음. 아버지의 육체에서 생명의 기운이 다 한 듯 보였다. 하지만 정신을 놓지 않으려는 듯 눈으로 자식들을 애타게 찾았다. 그럼에도 점점 흉한 몰골로 변해가는 아버지 방에 들어가는 것이 싫었다. 큰언니도 싫은 모양이었다. 오로지 엄마와 진남이만 아버지와 한 몸처럼 붙어 있었다. 유독 깔끔한 엄마는 아버지를 하루라도 씻기지 않으면 스스로 견디지를 못했다. 저녁이면 큰언니는 가마솥에 불을 지펴 물을 끓여 방으로 날랐다. 엄마는 직접 만든 옷도 매일 갈아 입혔다. 옷 솔기가 혹시 아버지 몸을 불편하게 할지 모른다며 시내에 나가 천을 떠서 솔기를 겉으로 박으면서⋯ 시집올 때 가져온 재봉틀을 부지런히 밟아 대면서⋯.

3월의 마지막 일력이 넘어가던 그날 아버지가 결국 정신도 잃었다. 진남이가 소리쳐 불러도 엄마가 흔들어도 그저 숨만 헐떡이며 반응이 없다. 간암 말기증상으로 독성이 뇌에까지 퍼져 그렇다면서, 이제 더 이상 못 버틴다고, 준비하라고⋯ 읍내에서 의사가 다녀가며 말했다. 진남이는 학교까지 결석하며 아버지의 마지막을 지켰다. 그랬던 아버지가 3일 만에 정신이 반짝 돌아왔단다. 학교에서 돌아와 저녁을 먹고 방바닥에 누워 있는데 엄마의 다급한 소리가 안방에서 들려왔다. 다들 모이라고. 나와 큰언니가 방으로 들어서니 아버지가 눈을 뜨고 있었다. 사실 그날 학교에서 돌아와 아버지 방에 얼굴을 들이밀지 않았다. 어차피 정신도 없는데 하면서⋯.

나는 순간 회복이 됐나 의아했지만 엄마는 마지막이라는 것을 알고 있는 듯했다. 나는 진남이 등 뒤에 붙어 앉았다. 아버지는 이내 나를 바라보았다. 나는 울컥하고 눈물을 쏟았다. 하지만 선뜻 다가서지 못했다. 이윽고 아버지가 말했다. 제발 아버지처럼 살지 말라고⋯ 미안하다고⋯ 그러나 행복하다며⋯ 아버지가 살아생전 못 준 사랑을 죽어서 갚을 테니 열심히 살라고⋯ 모여 앉은 우리를 바라보는 아버지는 정말 행복했는지 바싹 말라 깊이 팬 볼이 펼쳐졌다. 순간 아버지의 흉한 몰골이 내 기억 속에 가장 아름다운 모습으로 변한 것처럼 느껴졌다. 그러나 그것이 마지막 장면이다. 누전으로 스파크를 일으키면서 정지된 전구처럼 아버지의 눈이 미처 감기기도 전에… 아, 아버지 내 입에서 후회의 한숨이 흘러나왔다. 아버지 품에 한번 안겨 볼걸… 그 옛날처럼… 아빠하고 나하고 만든 꽃밭에 채송화도 봉숭아도 한창인데… 이윽고 엄마는 미처 감지 못한 아버지의 눈을 손으로 내리덮으며 말했다.

"여보, 수고하셨소. 부디 좋은 곳으로 가세요."

그날 작은언니는 당연히 집에 없었다. 작은언니는 그해 3월에 대학에 입학한 새내기 신입생이니 바쁜 모양이었다. 학교와 집이 버스로 고작 2시간 거리인데 주말에도 오지를 않았다. 결국 이화여대에 가지를 못했다. 그래도 나는 내심 작은언니가 이대에 합격하기를 기대했었다. 그때 우리 집 식구가 모두가 바라는 일이기도 했다. 어쩌면 아버지가 드리운 어둠을 밝혀 줄 희망의 불빛처럼… 그러나 막판에 원서를 청주에 있는 국립대학에 넣었다. 예비고사가 예상보다 저조하게 나온 것을 아버지 탓으로 돌리며… 하지만 전교 수석을 놓쳐 본 적이 없었다. 절대로 밀리는 실력이 아니었다. 학교 선생님도 갈 수 있다고 했건만 결국 제풀에 포기하고 말았다. 끝내는 엄마를 핑계 대면서. 만에 하나, 떨어지면 엄마가 절대로 재수를 시켜주지 않을 거라며. 그래서 나는 작은언니를 무시할 수밖에 없다. '병신 같은 년, 그렇게 가겠다고 온갖 지랄을 떨더니…'

장례 치른 다음 날 작은언니가 하얗게 질려 대문을 들어섰다. 삼우제를 준비하던 엄마가 고함을 질렀다.

"배은망덕한 년 같으니…"

"연락이 안 된 것을 어떡해? 그러면…"

"이년아 아버지가 급살을 했니? 오늘내일하는 것을 뻔히 아는 년이 놀러 가?"

"엠티라는 것은 노는 것이 아니야. 수업의 연장이야, 수업! 거기를 안 가면 점수가 안 나와."

굳어진 엄마의 얼굴이 조금 펼쳐진다.

"하기는 점수를 안 준다는데. 비싼 등록금 내고 다니는데…"

'핑계가 좋다. 병신 같은 년…' 내 생각은 그래도 반박은 할 수가 없었다. 당시 작은언니는 우리 집이 배출한 최초의 대학생이었다.

3

    드디어 고등학교 2학년 겨울방학이 시작되었다. 이제 1년 만 더 다니면 졸업을 한다. 졸업과 동시에 고향을 떠난다는 것이 목표지만 구체적으로 어떻게 떠날지는 계획이 없었다. 후회가 있다면 공연히 인문계 고등학교에 진학한 것이었다. 작은언니처럼 일등은 하지는 못하지만 중학교에서는 우수 성적자였다. 나름 남에게 지는 것도 못 참는다. 엄마는 졸업 후에 은행원으로 취직해서 좋은 남자 만나 사는 것이 최고라며 내게 상업계 고등학교를 권했었다. 그건 큰언니 꿈이지 내 꿈이 아니었다. 그러나 졸업을 앞두고 엄마 말을 들을 걸 후회가 되었다. 어차피 가지도 않을 대학인데…

    내가 대학을 포기한 이유는 단 한 가지 진남이 때문이었다. 엄마는 진남이만큼은 꼭 서울에 있는 대학으로 보낼 거라고 벼르고 있었다. 그렇다고 진남이가 등록금이 싼 서울대학을 갈 실력은 아니다. 사립대학의 등록금에 생활비까지 계산하면 나까지 대학을 보낼 여력이 없다. 그래서 쿨하게 양보했다. 까짓 고등학교만 나오면 어때, 하면서.

    큰언니도 그해 겨울은 행복해 보였다. 곡식을 거둔 황량한 들판을 부지런히 오가는 큰언니의 발걸음은 가볍기만 하다. 동네 친구들과 읍내에 모여서 놀고 때로는 시내로 나가기도 하면서. 영화를 보고 자정이 임박해서 집으로 들어와도 엄마는 상관하지 않았다. 이듬해 봄이 올 때까지 큰언니를 그렇게 해방시켜주는 것으로 한해의 품삯을 지불하는 것처럼. 늘 있는 큰언니의 겨울 풍경이지만 그해의 겨울은 달랐다. 얼굴에 화장을 하고 옷을 바꾸어 입고 시내에서 파마까지 하는… 제 딴에는 모양을 내는 것이라지만 누가 봐도 앵두나무 우물가에 바람난 동네 처녀다. 새빨간 루즈를 입술에 바르면서 한편으로는 거울에 비친 커다란 엉덩이를 가릴만한 후레아 스커트의 뒤태를 보고 흔들어대는 언니의 모습에 엄마의 근심이 서렸지만 끝내 아무 말도 하지 않았다. 그러나 겨울방학을 맞아 집에 온 작은언니에게 딱 걸렸다.

"뭐냐? 그 꼴이… 연애하니?"

그렇게 엄마도 나도 품고 있던 그 의심을 모질게 파헤쳤다. 결국 내가 참지 못하고 한방 날린다.

"너나 잘해. 네 등록금 대느라 큰언니가 여름내 일하다가 멋 좀 부렸는데 말을 고따위로 해?"

작은언니가 내게 눈을 흘긴다.

"아휴, 이놈의 집구석, 오지를 말아야지. 말이 통해야 살지. 말이."

그렇다고 밀릴 나도 아니다.

"이대도 못 간 년이 잘난 척은…."

결국 작은언니는 마지막 수단을 동원한다. 우당탕 방문을 열고 나가며 소리친다.

"엄마! 순남이 저년 좀 어떻게 해줘! 저년이 또 나한테 욕해. 이 나이까지 내가 저년한테 이런 수모를 당해야 해!"

엄마는 내게 두 가지 숙제를 주었다. 하나는 진남이를 잘 돌보는 누나가 되고 둘째는 작은언니에게 언니 대접을 해주라고. 내가 그렇게 작은언니에게 상스럽게 대하면 엄마가 욕을 먹고 할아버지까지 욕을 먹는다고. 더하여 언니한테 그렇게 욕을 하게 두는 집안은 세상에 없는 상놈의 집안이라는 손가락질을 받는다고. 결국 나 때문에 가문이 위협을 받는다는데도 쉽게 고쳐지지 않았다. 때마다 엄마한테 야단도 맞고 때론 맞기도 했는데… 그러나 억울한 것은 전적으로 내 탓만은 아니다. 나보다 세상에 먼저 나오고 키도 제 성질대로 못 자랐다지만 큰언니보다 크다. 더구나 자매 중에 머리가 제일 좋아 대학까지 다니면 나와 직접 끝장을 보면 될 일이다. 언니답게 내 머리채를 잡아 기선을 잡지 못하고 예나 지금이나 그저 어린 계집애처럼 울며 엄마한테 달려가는 꼴이라니. 그날은 엄마의 핀잔이 들려오지 않았다. 엄마가 분명 담배를 피우고 있었을 것이다. 하루의 시름을 내려놓는 엄마만의 시간… 분명 작은언니는 속상해하다가 엄마 곁에서 잘 것이다. 엄마 곁에서 자는 유일한 딸이기도 하다.

큰언니는 그렇게 눈에 띄게 외모를 가꾸고 즐기지도 않는 시집을 읽는다고 가슴에 품고 다녔다. 귀가 시간은 점점 늦어져 때론 자정이 넘어 살금살금 들어오는 날도 많았다. 잠결에 어디 갔다가 늦었냐고 물으면 말자 언니랑 놀다 왔다고 얼버무렸다. 그리고 찬 몸을 이불 속으로 들이밀며 내 등 뒤에 바싹 붙여 행복한 콧소리를 냈다. 연애를 하는 것은 분명한데 어떤 남자일지 근심이 앞섰다. 내성적이고 자기표현이 분명하지 않은 큰언니다. 어린 나이부터 집안일을 도맡아 하다 보니 손도 거칠기만 하다. 농번기 동안 자외선이 강한 시골길을 오르내리며 새참을 나르다 보니 착색된 피부가 겨울이 와도 제자리를 찾지 못한 채 다시 봄을 맞는 동네 처녀를 저리도 들뜨게 하는 남자는 도대체 누군지…?

나는 어차피 대학을 가지 않기에 수업에 열중할 필요가 없다. 단짝 영미도 공부에는 취미가 없다. 나와 영미는 키가 커서 맨 뒤 자리에 앉아 있다. 단지 공부를 열심히 하지 않는다는 이유로 문제아 취급을 받았다. 그러다 보니 정말 양아치처럼 굴었다. 둘은 공부시간에도 머리를 박고 영미 오빠 방에서 가져온 성인잡지를 보면서 킥킥댔다. 걸핏하면 둘은 앞으로 끌려 나와 표지가 두툼한 출석부로 머리를 맞았다. 뱃살이 삐져나오도록 교복을 줄여 입고 통치마를 무릎 위까지 끌어올려 입었다. 수업이 끝나자마자 가방 안에 있는 사복으로 갈아입고 갈래머리를 풀어 물을 뿌려서 자연스럽게 흘러내리는 긴 머리를 연출하고 돌아다니고, 시내 중심에 있는 중앙극장에서 상영하는 미성년자 관람 불가 영화도 매표원의 눈을 속여 들어갔다.

영미와 어울려 노는 맛에 푹 빠진 나도 그해 겨울방학이 시작되면서 아침부터 집을 나왔다. 아침밥을 먹자마자 요란하게 차려입고 집을 나서는 나를 보면서 엄마는 눈을 흘기며 한마디를 던진다.

"저러고 몸뚱이 굴리고 다니다가 언젠가 큰일 내지, 어둡기 전에 들어와!"

"알았어…"

대답을 총알같이 하고 대문을 나서고 이어서 연정에 취한 큰언니가 뒤따라 집을 나온다. 방학이 먼저 시작되었던 작은언니는 그즈음 아예 자취방으로 돌아가 버렸다. 취업준비를 한다며. 진남이만 제 방에 틀어박혀 책을 읽고 때론 기타를 치고 사색에 잠겨 산책했다. 그렇게 집을 지키는 진남이만 있으면 엄마는 세상을 다 얻은 것처럼 행복해했다. 여름방학은 일이 바빠 아들을 제대로 챙겨주지 못하는 엄마의 불편한 마음과 엄마의 고된 일을 돕고 싶어 하는 아들의 불편한 마음이 혼재되어 서로를 향한 마음이 그다지 넉넉하지 못하다. 그러나 겨울방학이 되면 모자는 서로에게 못다 한 사랑을 주고받는 기쁨에 흠뻑 빠졌다. 엄마는 진남이에게 세 끼를 정성으로 지어 먹이고 지천으로 널린 가을걷이 중에 영양이 듬뿍 하고 맛나다는 것만 골라서 진남이 입맛에 맞게 굽거나 쪄서 간식으로 들이밀고, 더하여 겨울 추위에 살짝 언 식혜도 군불이 넉넉하게 때진 방안으로 수시로 들이밀고… 진남이가 넙죽넙죽 받아먹으면 엄마는 세상을 얻은 것 같은 미소를 띠었다.

그 모습을 보는 것만으로도 나는 행복했다. 이때는 오로지 아들에게만 정성을 기울이도록 딸들이 사라져주는 것이 엄마를 향한 효도다. 평안이 가득한 집을 나오니 마냥 흥에 겨워 콧노래를 부르며 바람이 부는 논둑길도 마다치 않고 걸어 시내로 가는 버스를 타고 영미네 집으로 간다. 영미네 집은 드물게 잘 지어진 2층 양옥이다. 거기다가 수세식 화장실에 더운물이 나오는 목욕탕도 있다. 영미 아버지는 한의사로 한의사였던 할아버지의 유업을 물려받았다. 그런 영미 아버지는 시내에서 가장 번화한 중앙동에 5층 건물의 소유주로 1층에서 한의원을 운영하고 있다. 그런 아버지를 둔 영미에게 엄마는 한풀 꺾이고 들어갔다. 가끔 우리 집에 와서 놀다가는 영미가 붙임성까지 좋다며 가정교육도 잘 받았다는 후한 평점으로 내가 영미네 집에서 자는 것까지 허락했다. 혹여 낮이 짧아지는 겨울밤에 어두운 길을 홀로 걸어오다가 자칫 사고를 당할지 모르니 차라리 자고 오라는 배려까지 하며… 그래서 영미네 집에서 놀다가 자는 날이 빈번해지고 있었다.

3학년이 시작되기 전에 짧은 봄 방학이 시작되었다. 입춘이 왔다지만 체감 기온은 겨울이다. 그러나 산 너머 남촌에는 봄이 오는지 내 엉덩이가 들썩여서 가만히 있지를 못했다. 그날도 무작정 아침을 먹고 시내로 갔다. 영미네 집의 대문을 두드리니 영미 작은오빠가 문을 열고 나왔다. 영미가 부모님과 잠깐 외출을 했다며 들어와서 기다리란다. 내 집 같은 영미네 집이다. 바람 부는 시골길을 변변한 외투도 입지 못한 채 서둘러 오다 보니 몸의 체온도 많이 떨어졌는지 한기까지 느껴졌다. 나는 몸을 활처럼 접고 쏜살같이 영미 방으로 들어갔다. 영미 방은 언제나 그랬던 것처럼 마냥 따뜻하다. 나는 방바닥에 깔아 놓은 이불 속으로 미끄러져 들어갔다. 일단 몸 좀 녹일 생각에 누웠지만 그대로 잠에 빠져들었던 모양이었다.

갑자기 묵직한 것이 몸을 눌러 화들짝 놀라 눈을 뜨는 순간 이건 뭐지? 나는 몸을 움직이며 저항했지만 거대한 몸짓은 그대로 내 몸을 누르고 있었다. 영미 작은오빠였다. 그는 내 몸에 올라타 괴물처럼 씨근덕대면서 그의 손에 걸린 내 바지가 벗겨지고… 안된다고 소리를 지르자 입을 막는다. 거품이 뿜어져 나오는 입술로. 이어서 팬티가 벗겨지고 정신이 혼미해졌다. 이건 뭐지? 이거 아닌데, 이건 아닌데! 나는 벗어나 보려고 버둥대 보지만 허리 아래는 대못에 고정된 듯 빠져나오지를 못하고 이윽고 장이 파열되는 듯한 고통이 오고 그는 파도를 타는 듯 미친 듯이 허우적대고 있었다.

나는 더 이상 저항하지 못한 채 악마처럼 번지는 그 음험한 표정에 그냥 눈을 감고 말았다. 이윽고 기괴한 신음소리를 끝으로 내 몸에서 떨어져 나간 그는 바지를 추스르면서 허겁지겁 방을 나갔다. 나는 하체를 드러낸 채 그대로 누워 있었다. 얼마간 귀에 들려오는 함성… '몸뚱이 함부로 굴리지 마라.' 가랑이 사이로 무언가 흐르고 있었다. 나는 몸을 일으켜 벌어진 가랑이에 피와 끈적이는 액체가 방바닥까지 흘렀다. 나는 헝클어진 머리를 묶고 휴지를 가져다가 닦고 팬티를 주워 입고 어지럽혀진 방을 정돈하고 그 방을 나왔다. 마치 아무 일도 없었던 것처럼….

집으로 가는 버스를 타려고 정류장으로 가는데 차마 얼굴을 들 수 없었다. 마치 맷돌에 갈려 형체가 사라진 얼굴을 들키지 않으려고 고통으로 얼룩진 가슴에 깊숙이 품고 길을 걸었다. 쉴 새 없이 흘러내리는 눈물이 시야를 가려서 가던 길을 멈추다가… 어떻게 그 길을 걸어 집으로 가는 버스에 올라탔는지 기억의 공백이다. 문득 눈을 드니 집으로 가는 버스에 내가 앉아 있다. 회색의 빛을 땅까지 늘어뜨린 하늘에서는 눈이 날리고 있다. 누가 봄이 왔다고 했단 말인가? 나는 버스에서 내려 집으로 향하는 논둑길에 들어섰다. 방금 쪄낸 시루떡같이 포슬포슬한 눈이 살짝 드리워진 논둑길에서 결국 구역질을 시작했다. 온몸에 소름이 돋고 창자에서부터 끌어 오르는 구역질이 좀처럼 멎지를 않았다. 내 온몸을 누르고 씨근덕대던 그 소리가 귀에서 떨어져 나가지를 않는다.

대학을 다니던 영미 작은오빠가 군대에 갔다가 일 년도 채우지 못하고 전역을 했다. 이유는 정확히 알지 못하지만 이후로 그는 방안에만 틀어박혀 있다고 했다. 2층에는 3개의 방이 있는데 계단 입구에 붙어있는 영미 방에서 떨어진 후미진 방이다. 그래서 어쩌다 오르내리는 계단에서 마주쳐도 그는 얼굴을 붉히며 시선을 피했다. 영미와 같은 여동생처럼 대해주는 큰오빠와는 전혀 다른 모습이다. 큰오빠 방은 영미 방과 붙어 있는데 취업을 앞둔 그는 그해 겨울방학에 집으로 오지를 않았다.

대문을 열고 들어서니 엄마가 나를 바라보았다. 아직 해가 남아있는데 사시나무 떨 듯하며 들어서는 나를 보고 엄마가 놀라 달려 나왔다.

"순남아! 어디 아파?"

"아니."

"아니긴 뭐가 아니야. 이 지지배야."

"아니라니까."

나는 내 안색을 살피며 달려드는 엄마를 뿌리치고 방으로 뛰어들어 갔다. 엄마가 몸뚱이 함부로 굴리지 말라고 했는데… 자칫 들키면 나는 죽을지도 모른다는 더 큰 두려움에 싸여.

이후로 새 학기가 시작될 때까지 밖을 나가지를 못했다. 진남이를 챙기는 보호자의 역할에서 벗어나 온전히 나만의 인생에 즐기고 싶었던 장밋빛 인생에 갑자기 재가 뿌려졌다. 나는 순식간에 진남이가 태어나 버림받았던 그 어린 시절로 돌아간 것처럼 우울해졌다. 방에 처박혀 혼자 울고 때론 벌판에 나가 미친 듯이 소리도 질러 보았지만 변한 것은 아무것도 없었다.

큰언니에게도 무슨 일이 생긴 것 같았다. 본격적으로 농사일이 시작되지도 않았는데 더는 읍내로 나가지 않았다. 큰언니 옆에 누우면 온몸으로 품고 있던 열매를 빼앗기고 미처 잘리지도 못해 홀로 들판에 서 있는 옥수수 대처럼 느껴졌다. 차가운 겨울바람이 불면 마른 가지들이 서로 부딪히며 차라리 죽여 달라고 소리치는데 아무도 거들떠보지 않는… 봄이 오면 씨를 뿌리려고 땅을 고를 때 무심히 뽑혀 나가는 쭉정이처럼. 나는 큰언니의 눈빛만으로도 그것을 알고 있다. 지난겨울 네게 일어났던 일을….

엄마는 세 딸들이 가슴이 커지고 엉덩이가 부풀자 끊임없이 경고했었다. 세상에 사내놈은 절대로 믿지 말라고. 몸뚱이 잘못 굴려 망가지면 어미가 혀를 물고 죽겠다고. 내 몸뚱이가 그렇게 속절없이 망가지고 나니 큰언니가 말을 하지 않아도 망가진 것이 눈에 보였다. 엄마는 사내를 탄 계집은 뒤태만 보면 안다고 했다. 흔드는 궁둥이가 다르다고, 척하면 구만리라고 호헌하는 엄마가 정말 눈치를 챈 건지 아니면 모르는 척하는지 모르지만 나는 엄마 앞에서는 절대로 궁둥이를 보이지 않았다.

하지만 큰언니는 커다란 궁둥이를 흔들며 엄마의 눈앞에서 겁도 없이 당당하게 사라졌다. 아직 봄이 오려면 멀었다고, 날 내버려 두라고, 생전에 하지 않던 반항을 하면서… 그러다가 큰언니가 얼마간 눈에 보이지 않으면 엄마는 극성스럽게 찾으러 나섰다. 추운 헛간에서 '제인 에어'를 읽고 있는 언니를 억지로 끌어내며 미쳤다고 혀를 찼다. 큰언니는 밤을 새워 '여자의 일생'을 읽기도 하고 어떤 때는 한밤중에 나가 새벽녘에 방으로 들어오기도 했다. 나도 그때는 잠을 설치는 날이 많아서 작은 움직임도 금방 알아차렸다.

그해 봄이 오는 들판에는 큰언니를 소리쳐 불러대는 엄마의 소리가 슬프게 메아리쳐 들려왔다. 방구석에 처박혀 있던 나는 전혀 눈에 들어오지 않는 모양이었다. 내가 세상에 태어나던 그때처럼….

4

　　신학기가 되었지만 나의 불량기는 더 심해졌다. 나는 교복을 다려 입지도 않았고 머리도 단정하게 묶지도 않고 학교에 갔다. 정문에서 복장 단속을 하는 학생 주임에 지적을 받고 때로는 정문 옆에 서 있는 체벌을 받아도 부끄러운 줄 몰랐다. 입에서는 거친 욕이 수시로 튀어나왔다. 나는 더 이상 영미를 만나지 않았다. 다행히 영미와 반이 갈렸다. 영미는 나의 뜬금없는 절교를 받아들이지 못하고 4월이 갈 때까지 나의 교실 앞에서 기다렸다. 때로는 울면서 집으로 가는 버스 정류장까지 따라왔다.

　　"순남아, 왜 그러는데? 내가 무슨 잘못을 했어? 말해 고칠게. 순남아, 응?"

　　대신에 나는 순영이와 단짝이 되어 돌아다녔다. 3학년에 같은 반이 된 순영이는 학교 근처에서 자취를 했다. 키는 전교에서 제일 큰 모양이었다. 키가 작은 순서로 앉다 보니 반에서 제일 큰 순영이와 두 번째로 키가 큰 나는 맨 뒤에 나란히 앉아 있다. 둘은 덩치에 비해 현격히 작은 의자에 등을 기대고 다리를 벌리고 앉아 수업을 하는 선생님을 바라보았다. 선생님은 더 이상 우리를 참견하지 않았다. 때론 수업 시간에 들어오지 않아도 찾지도 않고 엎드려 누워서 잠을 자도 깨우지도 않았다. 점심시간에는 개구멍으로 나가 순영이의 자취방에서 국수를 삶아 먹거나 찬밥을 비벼 먹고 들어오기도 했다.

　그날도 순영네 방에서 점심을 해결하고 학교 담을 따라 개구멍을 향하는데 점심시간에만 나타나는 바바리맨이 학교를 향해 서 있었다. 점심을 먹은 여학생들은 창가에 새까맣게 붙어서 괴성을 질러댔다. 그토록 싫다면서도 시간만 되면 견우와 직녀처럼 마주 대하는 흔한 장면이다. 그때 순영이가 성큼성큼 달려가 남자의 정면에 버티고 섰다. 그리고 그 남자가 보여주려는 것에 시선을 모으고 한마디 한다.

　"고작 요거냐? 이거 보여주자고 날이면 날마다 나와 섰니?"

　순간 남자는 겉옷으로 후다닥 그곳을 가리고 줄행랑을 치는 것이다. 창가에 붙어 있던 아이들은 환호성과 함께 깔깔대는 소리에 이어 순영이가 말했다.

　"노출증이지. 자기를 보여주면서 희열을 느끼는. 저것도 정신병이라더라. 저런 놈들은 실제로 여자랑 못해. 어떻게 보면 불쌍한 놈인데 왜 맨날 여기 와서 지랄이야. 재수 없게…."

　세상 비밀을 많이 아는 것 같은 순영이는 그만큼 비밀이 많은 아이였다. 수안보면에 사는 순영이 아버지는 농사를 짓고 있던 땅에 갑자기 온천이 터져 나와 목욕탕을 짓고 운영을 하면서 나름 부자 소리를 듣는단다. 하지만 순영이가 중학교 2학년 때에 엄마가 암으로 죽었단다. 아버지는 엄마가 죽은 지 1년도 지나지 않았는데 순영이보다 고작 10살 많은 처녀에게 장가를 들었단다. 그러면서 순영이는 아버지가 너무 밉다고 했다. 고생만 하다가 죽은 엄마를 생각하면 너무 마음이 아프다고. 세상은 불공평하단다. 고생한 년 따로, 누리는 년 따로라며. 아주 드물게 고향 집에 갔다 오던 날 내게 털어놓은 말이다.

순영이와 노는 시간도 정해져 있다. 방과 후에 그녀가 오늘은 시간이 없다고 하면 나는 집으로 돌아와야 했다. 해는 중천인데 무거운 가방을 들고 먼지가 이는 논둑길을 터덜거리고 오면서 순영이가 섭섭했다. 순영이는 영미처럼 성인잡지를 들춰보고 옆 동네 남학생들을 훔쳐보는 것도 관심이 없었다. 순영이는 나처럼 교복을 줄여 입는 등의 변형을 하지 않았다. 방과 후에는 정말 어른처럼 입고 돌아다녔다. 그 어디에도 매이지 않은 것처럼 자유분방하고 세상에 은밀한 것은 다 안다는 자세로 일관하는 순영이가 부럽기는 했지만 행복해 보이지는 않았다. 그래도 나는 순영이를 지독히 좋아했다. 영미가 나를 좋아 한 것처럼….

순영이는 책 읽기를 좋아했다. 그녀의 책꽂이에는 제목도 낯선 책들이 꽂혀있다. 수레바퀴 아래서, 24시, 개선문, 죄와 벌, 데미안 등. 그래서 그녀의 책꽂이에 꽂혀있는 책들을 꺼내어 보려고 시도는 하지만 몇 장을 넘기지 못했다. 사실 고전은 딱 질색이다. 서술이 너무 길고 지루한 사건 전개를 읽다 보면 좀처럼 책장이 넘어가지를 않았다. 젊은 베르테르의 슬픔은 제목이 낭만적이라 책방에서 사서 가슴에 품고 다니기는 하지만 좀처럼 읽어 낼 수가 없었다. 순영이는 너무 좋아서 3번을 읽었다는데. 그즈음 순영이는 카프카의 책을 들고 다녔다.

나는 나이답지 않게 세상을 달관한 순영이의 터프함을 흉내 내려 해보지만 그저 볼품없는 고딩의 수준을 넘지 못했다. 순영이는 용돈에 전혀 구애를 받지 않았다. 그러나 아버지가 그토록 풍족하게 주는 것 같지도 않았다. 나는 언제나 용돈이 부족해서 내 마음에 드는 옷 한 벌도 못 사 입는데 순영이는 모델 같은 차림으로 사람들의 시선을 끌었다. 중앙시장 패션도 아니다. 서울에서 사서 오는 것이 분명했다. 두꺼운 비닐로 형태를 갖춘 그녀 자취방에 있는 옷장엔 내 생전 처음 보는 멋진 옷들이 터져 나올 듯이 걸려 있었다. 도대체 돈이 어디에서 나는지 알 수가 없었다. 주말에 가끔 서울에 간다며 토요일 수업을 빠지기도 했다. 그런데 누구와 왜 가는지 설명해 주지도 않았다. 궁금한 것이 있어도 참는 것에 익숙한 나는 그저 그런 순영이를 부러운 시선으로 바라만 볼 뿐이었다.

봄이 가고 있었다. 이제 계절이 두 번만 바뀌면 지긋지긋한 고등학교를 떠날 수 있었다. 그러면 돈을 벌어 순영이처럼 멋진 옷을 사 입고 맛있는 것도 사 먹고 영화도 마음대로 보고… 반드시 서울로 가서 엄마 눈을 피해 내 멋대로 살아보리라 다짐하면서. 무수한 꽃망울을 매달고 좀처럼 입을 벌리지 않던 5월의 장미가 저녁이면 젓가락을 두드리며 청승맞은 가락을 뿜어내던 읍내 막걸릿집 작부의 새빨간 입술처럼 벌어지기 시작했다. 한 겹 두 겹 벌어져 꽃송이가 순식간에 커지더니 이내 담장 너머로 늘어지기까지 한다. 마음이 허한 자를 유혹하는 술내를 풍기며….

나와 순영이도 창밖에 펼쳐지는 그 시각적인 요란스러움과 향기에 취해 하루 수업을 채우지 못하고 기어코 개구멍을 빠져나왔다. 계절의 핑계를 대고 나와 순영의 자취방에서 라면을 삶아 먹고 이어서 순영이는 구석에 세워진 통기타를 끼고 '아침이슬'을 멋들어지게 불러댔다. 이어서 온몸을 늘어뜨리고 듣고 있던 내게 영화관에 가잔다. 단속이 없는 낮이 오히려 안정적이라고… 영화를 보고 나오니 날이 어둑해졌다.

순영이와 나는 찐빵집으로 들어갔다. 날이 완전히 어두워지면 학교로 다시 들어가 가방을 챙겨서 나와야 했다. 가방도 없이 집으로 들어가면 엄마한테 분명 야단을 맞을 것이고, 다음 날 아침에 막대기를 허리춤에 두른 학생 주임이 노려보고 서 있는 정문에 책가방도 없이 통과하기도 어렵다. 순영이와 나는 김이 모락모락 올라오는 찐빵을 시켜

먹고 있는데 시커먼 사내들이 무더기로 들어섰다. 검은 교복에 검은 모자를 눌러쓴 학생들이다. 우리 학교와 담을 사이에 둔 인문계 고등학생들이다. 그들 중의 한 명이 순영이를 아는 체했다. 교복 단추를 목까지 채우고 모자를 반듯하게 쓰고 가방은 결코 옆구리에 끼지 않은 남학생이다. 내가 비록 학생답지 못하게 다니면서도 단정한 남학생을 흠모했던 모양이다. 그는 마르고 훌쩍 큰 키에 하얀 피부까지 진남이와 비슷한 인상을 풍겼다. 내 눈에 익숙해서 그랬는지 나도 모르게 첫눈에 혹하고 빨려들었다. 그의 눈도 나를 보고 있었다. 나는 순간 얼굴을 붉히며 시선을 피했다. '뭐지? 이 느낌?' 그들이 자리를 잡고 왁자지껄 빵을 주문할 때 나와 순영이는 빵집을 나왔다. 그리고 조심스럽게 순영이에게 물었다.

"누구?"

"진수… 내 중학교 동창이야. 왜?"

"그냥…." 이름도 비슷하네, 내 동생 진남이와.

이후로 3일이 지난 아침, 수업도 시작 전에 순영이가 내게 말했다.

"진수가 너를 만나고 싶대

"누구?"

"왜 있잖아. 얼마 전에 빵집에서 본 내 중학교 동창."

"나를? 왜?"

"여자 보는 눈이 떠진 모양이지. 아니면 밝히는 놈으로 변했던지…."

"무슨 소리야?"

"아무튼 그날 너를 보고 잠을 못 잤대."

"정말?"

"많이 컸더라. 계집애 소개해 달라고 몸이 달아 내 집까지 오고. 너는?"

"당연히 싫지. 나는 남자 별로야." 그러나 가슴은 두근거렸다.

"왜?" 순영이가 나의 얼굴을 정면으로 응시한다. 마치 독심술을 하려는 듯. 나는 얼른 눈을 피해 대답을 했다.

"그냥 싫어. 나는 남자 너무 싫어."

"이유를 말해 봐. 왜 싫은데?"

"그, 그냥."

"네 눈은 이미 진수한테 마음이 가 있다고 쓰여 있구먼."

"뭐, 나쁘지는 않았어. 근데 남자는 좀…."

"이런 말이 있더라. 술로 상한 속은 술로 풀어야 한다고…."

"……."

"너한테 무슨 일이 있었는지는 모르지만 진수 괜찮은 놈이야. 우리 마을 땅이 거의 그 집 거라더라. 나름 시골 유지인 셈이야. 공부도 잘해, 점잖고. 그런 놈이 너를 만나고 싶다고 해서 좀 놀라기는 했지만… 만나 봐. 이놈 저놈을 만나 봐야 사내를 보는 눈이 뜨이지."

"근데, 왜 나야?"

"너? 멋지잖아. 몸매도 좋고."

"내가 멋져?"

아버지만 나를 멋지다고 했는데. 이후로 처음 듣는다. 설마 하면서도 순영이의 말에 귀를 기울인다.

"하얗고 동글납작한 년들만 예쁘다고 하는 촌것들 눈에는 낯설겠지. 하지만 너는 오리 무리에서 왕따 당하는 백조라고나 할까?"

"정말?"

"너 같은 애는 임자를 만나면 한방에 뜬다. 촌구석에서 썩기는 좀 아깝지."

"정말?"

"하지만 잘못하면 그것 때문에 인생이 그만큼 망가지기도 하고. 인생은 동전의 양면 같아서 어느 것이 좋은지 모르지…"

무슨 소리인지. 갑자기 인생 타령은… 순영이는 마치 세상을 터득한 노인처럼 말했다. 나는 그저 멋지다는 소리에 기분이 상승하였다.

결국 진수를 호암지에서 만나기로 했다. 일요일 아침부터 일찍 일어나 한껏 멋을 부리고 집을 나섰다. 나를 바라보는 엄마의 눈빛이 곱지를 않다. 어차피 대학은 가지 않을 거라지만 무당벌레 같은 차림으로 대문을 나서는 것이 마음이 쓰이는 모양이었다. 하지만 더 이상 고삐를 틀어쥘 수 없다는 것도 아는 엄마는 그저 밤길 조심하라는 상투적인 당부만 할 뿐이었다.

호암지는 학교에서 조금 벗어난 호숫가다. 그곳에 어떻게 해서 물이 고였는지는 모르지만 고여 있는 물에는 주변의 경관을 그대로 품고 있다. 바람이 없는 맑은 날에는 사진처럼 선명하다가 바람이 불면 조각처럼 부서지는… 바람도 없는 5월의 호수에는 하얀 아카시아가 뒤 덮힌 산을 그대로 품고 있었다. 우리는 호수가 가장 잘 펼쳐져 보이는 벤치에 나란히 앉았다. 영미와 다닐 때는 주로 상고생들과 어울렸다. 교복을 입었다지만 걸레처럼 구겨진 교복을 아무렇게나 입고 모자는 가방 안에 쑤셔 박고 담배를 피워 물면서 동네 건달들처럼 굴었다. 고작 찐빵집에 앉아 있을 거면서 나와 영미 앞에서 다리를 달달 떨며 거들먹거렸다. 재수 없는 선생을 한방에 날릴 수 있지만 어머니를 봐서 참는다며. 저녁에 호암지로 나오란다. 멋진 모습을 보여주겠다며. 그렇게 자신을 드러내며 세를 과시했던 사내와 전혀 달랐다. 말이 없고 생각에 잠긴 모습이⋯.

나도 말없이 그의 곁에 앉아 있었다. 공연히 가슴이 뛴다. 다행히 그가 말을 시작했다. 순영이와 그는 책 읽는 것을 좋아해서 붙어 다녔는데 둘이 사귄다는 소문이 지금까지 따라다닌다고. 그러면서 순영이는 엄마가 살아있을 때까지 동네에서 가장 잘나가는 아이였다고. 천재 소리를 들을 만큼 영특했고 순영이를 지극히 사랑하는 엄마가 순영이를 공주처럼 꾸며 주기를 좋아했다고. 하지만 순영이를 그토록 사랑해 주던 엄마가 죽고 나서 순영이가 변했단다. 다정다감하고 감수성이 풍부했던 순영이가 매사에 냉소적이고 때론 난폭해지기까지 했다고. 사람이 그렇게 변할 수 있는지 모르겠단다. 그러면서 그저 순영이는 오래된 고향 친구라는 말을 반복했다. 순간 변명처럼 들렸지만 호수에서 부는 바람이 너무 부드러웠다. 이어서 들려오는 고민이라는 소리에 다시 귀가 솔깃해진다. 부모님은 법대를 가라고 하지만 자신은 철학을 공부하고 싶다며. 그래서 애써 입시준비를 하지 않는다고⋯ 부모의 지시를 고분고분 따르던 아들이었는데 이제 그런 아들이 되지 못할 것 같아 두렵다고⋯.

마치 그의 비밀을 알아버린 것처럼 가슴이 두근거렸다. 호수에서 이는 바람이 내 가슴을 다시 설레게 했다. 내가 좋아하는 순영이와 같은 느낌이 들게 하는 진수. 깊은 우물과 같은 호기심에 차서 그 우물을 들여다보지만 그저 볼 수 있는 것은 바가지로 퍼 올린 것뿐이다. 그래서 잠깐의 갈증은 해소하지만 다시 우물 안이 궁금해지는⋯ 그러나 그도 순영이처럼 전체적으로 우울한 느낌이다. 내 안에 우울감과 일치하는⋯ 영미가 햇볕만 좋으면 활짝 피는 창가의 꽃이라면 그들은 전혀 해가 들지 않는 음지에서 핀 꽃과 같았다. 볕도 들지 않는 곳에서 핀 꽃이 햇볕을 받고 핀 꽃에 비해 형편없이 보잘것없지만 지독한 궁금증을 품게 한다. 어떻게 여기서 꽃을 피웠지? 그래서 들여다보면 너무도 잔잔한 아름다움에 취해 좀처럼 시선을 거두지 못한다. 양지에 핀 꽃이 결코 만들어내지 못하는 신비한 꽃, 그래서 점점 더 빠져들게 하는… 사람을 쉽게 좋아하지 않는 내가 그 여름이 오기 전에 그에게 몸이 달아 쫓아다니게 하는….

정규 수업을 마치자마자 당당하게 정문을 걸어 나오는 그의 모습도 나를 설레게 했다. 다가오는 대학입시를 위해 모두가 학교에 남아 밤늦도록 공부를 해대는데 마치 나를 위한 것처럼 해를 받으며 유유히 학교를 나왔다. 둘은 시내를 돌아다니기보다는 학교 근처에 있는 그의 하숙방에 머물렀다. 그의 하숙집은 전통 한옥으로 그의 방은 대문 가까이에 있는 문간에 있다. 그래서 들고 나기가 쉬웠다. 북쪽으로 창이 난 방에는 턴테이블에 연결된 두 대의 커다란 스피커가 폼 나게 자리를 잡고 있다. 바로 옆에는 엘피판이 빽빽하게 꽂혀있는 책장이 있고 대신에 책들은 바닥에서부터 무질서하게 쌓여 있다. 무게감이 느껴지는 고전과 철학서들로… 제법 큰 창으로 초록의 들판이 그대로 보이고 해가 질 즈음에 드리워진 노을빛까지 더하면 다리에 힘이 풀려 일어설 엄두조차 내지 못하는 마력으로 나를 주저앉혔다. 둘만 있는 공간은 세상과 단절된 것 같아 해가 지는 줄도 모르고 있었다. 그렇게 점차 그의 방에 머무는 시간이 길어지고 때론 막차를 타고 집에 오기도 했다.

그러던 어느 날 여름을 재촉하는 비가 쏟아지기 시작했다. 저녁나절부터 뿌리던 비가 날이 어두워지면서 천둥과 번개까지 동반한 폭우로 변해갔다. 스피커에서는 그가 즐겨 듣는 퀸의 보헤미안 랩소디가 튀어

나오고 벽에 기대어 둘은 나란히 앉아 있었다. 그런데 내 몸이 견디다 못해 그의 몸을 향해 기운다. 그 끔찍한 경험을 했는데 내 몸이 먼저 움직였다. 그가 아닌 내가… 순영이가 술은 술로 풀라고 하지 않았나? 엄마가 그토록 외치건만 내 몸뚱이는 마다하고 사내를 향해 다가서고 있다. 그러나 다르다고 말하고 싶었다. 공포가 아니라 그리움이라고. 엄마가 몰라서 그래. 어느새 그가 내 몸에 올라타 거친 숨소리를 내며 나의 치마를 걷어 올렸다. 햇빛에 녹아내리는 버터처럼 흘러내리는 내 몸이 그의 모양대로 받아내고 있었다. 나도 모르게. 입으로 신음소리도 저절로 흘러나온다. 나도 모르게… 더 이상 몸은 내 생각대로 움직이지 않고 저절로 그와 호흡을 맞추며 반응했다. 절대 고통이 아니었다. 퀸이 애절하게 엄마를 불러낸다. '마마… 사람을 죽였어요.' 그러자 내 귀에 들려오는 엄마의 천둥 같은 소리. '아서라. 이년들아! 길 뚫리기가 어렵지 뚫리면 똑같아. 그 년이나 저년이나. 별거 아니야. 알고 나면…' 아니야 엄마, 이번은 달라. 정말 달라 하는데 눈에서는 왜 자꾸 눈물이 흐르는지…?

레코드판에 핀이 이탈하면서 퀸의 함성은 사라지고 귀청을 찢는 듯 요란한 소리와 함께 그의 몸짓도 멈추었다. 그는 허겁지겁 바지를 끌어 올리고 나는 가랑이 사이에 흥건한 것을 어찌할 줄 몰라 쩔쩔매면서 내동댕이쳐진 팬티를 허둥지둥 찾았다. 작은언니가 아끼느라 입지도 않고 숨겨둔 꽃무늬 팬티인데… 내가 하체를 드러내고 그렇게 허둥대는 동안 대충 옷을 수습한 그가 후다닥 방을 나갔다. 소낙비도 그치고 이탈한 음도 사라지고 세상이 죽은 것처럼 고요하다. 순간 버려진 느낌이었다. 시작이 아무리 다르다고 했지만 결과는 같은 느낌이다.

귀에 쟁쟁한 엄마의 함성이 들려온다. '남자 맛을 안 계집의 몸이 요물이다, 요물…' 작은언니 꽃무늬 팬티를 주워 입으며 생각했다. 꽃무늬 팬티를 왜 몰래 훔쳐 입었지? 이미 이런 날을 기다렸나? 내 몸이… 나는 방을 나간 그를 기다리지 않고 그 방을 빠져나왔다. 비는 거짓말처럼 그치고 달도 별도 선명하다. 하지만 그 긴 길을 어떻게 왔는지 전혀 생각이 나지 않았다. 엄마가 이미 잠이 들었는지 마냥 조용하기만 한 마당을 지나 내 방문을 열고 밤바람에 서늘해진 몸뚱이를 이불 속으로 들이밀며 중얼거렸다.

"아버지, 미안해."

그날 이후로 우리는 아무렇지도 않게 섹스를 하는 사이가 되었다. 마치 부부처럼… 엄마가 '한 번도 안 해 본 년은 있어도 한 번만 한 년은 없다'고 단정했던 그대로. 결국 작은언니가 옷장 깊숙이 감추어 둔 5장씩 들어있는 브랜드 팬티 두 세트도 거덜 냈다. 작은언니가 방학에 집에 와서 그 사실을 알면 날 죽일 듯이 덤벼들 텐데… 하기는 현장에서 들킨 것이 아니기에 내가 그랬을 거라는 증거도 없다. 큰언니가 일차 의심의 대상이다. 작은언니는 유난히 예쁜 속옷을 고집했다. 학교 근처에서 브랜드 속옷을 사서 감춰두고 몰래 꺼내 입었다. 나는 전혀 관심을 두지 않았다. 진남이 누나답게 이름 그대로 순남이처럼 보이시하게 다녔다. 작은언니의 요란한 속옷이 오히려 눈에 거슬렸었다.

"속옷 보일 일 있냐? 돈이 썩었다. 그런데 돈을 쓰고…"

"신경 꺼라. 그리고 건드리지 마라. 절대로."

작은언니는 설마 나라고는 생각하지 못할 것이다. 분명 큰언니를 의심할 것이다. 읍내에서 엄마가 사다 준 100 사이즈 두꺼운 면 팬티에 속바지까지 입어야 하는 큰언니는 언제나 작은언니의 시스루 속옷을 부러운 시선으로 바라보았다. 장이 서면 엄마는 팬티를 잔뜩 사 와서 먼저 삶았다. 팬티만큼은 따로 빨고 푹푹 삶아서 햇빛에 뽀송뽀송 말렸다. 그리고는 여자는 밑을 청결하게 바쳐주어야 자궁병이 안 생긴다고 세 딸에게 입기를 강요했다. 하지만 작은언니는 대학을 가면서 엄마표 팬티를 입지 않아도 되는 딸이 되었다. 작은언니는 대학생활을 하면서 엉덩이가 붙는 바지나 치마를 입어야 하는데 두꺼운 면 팬티는 그대로 드러나서 오히려 남자들의 시선을 끈다고 주장했다. 우리 집에서 유일한 대학생인 그녀의 지성에 반박을 할 사람이 없으니 그저 그녀의 반란을 인정할 수밖에 없다. 작은언니는 속옷을 식구 빨래와 절대 섞이지 않게 따로 빨아 당당하게 말리는데 나는 순영이 자취방에서 엄마 몰래 팬티를 빨아 말렸다.

셔츠를 목까지 채우고 철학책을 손에서 놓지 않았던 진수도 그저 내 몸만 탐했다. 나도 잘 길든 양처럼 그가 하는 대로 두었다. 프레디 머큐리가 'don't stop me now'를 불러댄다. 서로의 가쁜 숨이 사그라질 무렵에는 'love of my life'가 감미롭게 들려온다. 머큐리는 엄청난 가창력의 소유자란다. 4옥타브를 넘나드는… 4명의 영국 록 밴드라는데 다른 남자들은 여자처럼 머리를 늘어뜨린 것에 반해 그는 짧은 머리에 짙은 눈썹에서 남성적인 매력을 물씬 풍겼다. 인도 혈통인 그가 웃통을 벗고 멋진 등 근육을 자랑하며 깨알같이 모인 관중을 향해 소리쳤던 사랑은 내 인생의 전부라는 흐느낌이 점차 슬픔으로 다가왔다. 장마가 시작될 그즈음에.

드디어 장마가 시작되었다. 장마는 우리 식구에게 가장 고통스러운 계절이다. 진남이 피부병이 심해지기 때문이었다. 습한 날씨가 이어지면 염증이 등 쪽으로 번지면서 척추 손상까지 올 수 있다는 의사 말이다. 처방을 내린 연고를 부지런히 발라도 그다지 효과가 없다. 장마가 지나면 조금씩 증상이 완화되기는 하지만 고질병처럼 이어지고 있다. 엄마는 비도 내리기 전부터 한숨을 내 쉬며 안절부절못한다. 그러나 그해 내 마음은 장마가 시작되기도 전부터 들떠 있었다. 장마가 끝나고 시작되는 여름방학에 진수와 만리포를 갈 계획을 세우고 있었기 때문이었다. 그럴듯한 핑곗거리를 쥐어짜면서도 진남이 때문에 가슴을 조이는 엄마를 속일 생각에 슬펐지만 어쩔 수가 없었다. 사실 그를 만나 행복한 것 같기도 했지만 한편으로는 불안했다. 그로 인해 영미 오빠에게 받은 충격이 사라질 줄 알았지만 어찌 된 일인지 그 상처가 점점 커지고 있었다. 만리포를 갔다 오면 무언가 달라질 것도 같았다. 그래서 간절하게 가고 싶었다.

7월 초순이면 끝난다는 장마가 7월 중순이 되어도 멈출 줄 몰랐다. 남한강 하천 줄기를 따라 형성된 마을 여러 곳이 침수되었다고 한다. 강변에 붙어 있는 우리 마을도 축사까지 물이 들어와 행동이 민첩하지 못한 돼지가 미처 피하지 못해 강물에 휩쓸려 떠다니면서 돼지 멱따는 소리를 냈다. 그러나 아무도 관심이 없다. 이미 시뻘건 황토물에 떠내려가는 것을 막고 나설 사람은 없다. 조금만 더 오면 강둑이 무너지고 마을 전체에 물이 쏟아져 들어올 판에 그깟 돼지쯤이야. 엄마는 밤새도록 빗소리에 반응을 하느라 뜬눈으로 새우는 날이 많았다. 이미 보따리는 쌓아놓았다. 여차하면 식구들을 깨워 집을 버리고 언덕에 있는 초등학교 강당으로 가려고. 확성기를 통한 이장님의 쉰 목소리가 절대자의 소리처럼 들려온다. 그렇게 뜬눈으로 밤을 새운 마을 사람들은 새벽이 오기도 전에 강가로 나가 물이 얼마나 불었는지 확인을 한다.

그런데 나는 은근히 강둑이 무너졌으면 좋겠다는 생각을 한다. 여름 장마 때마다 강둑이 무너질 거라고 소리쳤지만 초등학교 저학년에 딱 한 번 넘친 기억이다. 그때 온 마을 사람이 강당에서 한데 섞여 모여 몇 날을 지새웠다. 그때는 학교도 가지 않고 밤새도록 아이들과 섞여 놀아도 야단을 치는 사람이 없었던 나쁘지 않은 기억이다. 어쩌면 학교도 가지 않고 강당에 가서 사는 동안 핑계를 대고 그의 하숙방으로 갈 수도 있었는데….

여름방학이 가까워지자 빗줄기는 확연히 잦아들었다. 결국 강도 범람하지 않고 그해 여름을 넘길 모양이었다. 비로소 만리포를 갈 수 있겠다는 생각에 들뜨기 시작했다. 입시를 앞두고 여자 친구를 데리고 여행을 떠나는 것은 대한민국에서 자기밖에 없다고 진수는 허세를 부렸다. 학교 배지가 중앙에 달린 교모는 삐딱하게 걸치고, 책도 없는 얇팍한 가방을 옆구리에 끼고, 쫄바지로 줄인 교복 바지로 삐져나오는 근육을 그대로 드러내며 허세를 부리던 상고생과 비슷한 느낌이었다. 오로지 나를 위해 미련 없이 떠난다는 그 2박 3일. 그 무모한 낭만에 스릴이 더해진… 나는 그저 엄마만 속이면 된다. 엄마만….

그런데 엄마가 심하게 우울하다. 진남이의 피부병이 심해져서 학기말 시험만 간신히 치르고 집에서 요양 중이다. 장마가 길어져서 그런지 유난히 심하다. 등 전체를 덮고 있는 염증 때문에 한나절도 못되어 교복 밖으로 진물이 흥건했다. 그러니 학교에서도 수업 일수를 고집하며 출석을 강요하지를 못했다. 엄마는 진남이가 학교에 가지 못하는 상황에 더 가슴이 아픈 모양이었다. 추적추적 비가 내리는 학교 길에 나만 우산을 쓰고 집을 나섰다. 엄마는 그런 나의 건강한 등 뒤를 바라보며 긴 한숨을 내 쉬었다. 그렇게 집안은 엄마의 슬픔에 휩싸였다. 마치 내가 태어난 그날처럼… 마치 아버지가 병든 몸을 이끌고 대문을 들어서던 그때처럼… 아, 이놈의 집구석 언제 떠나지? 그래 방학이 시작되면 무조건 떠나리라. 어차피 엄마의 허락은 물 건너갔으니 그냥 홀연히 떠나리라. 큰언니에게만 행선지를 밝히고. 갔다 와서 맞아 죽지 뭐.

담임이 종례를 마치고 교실을 나간다. 나는 입속에 물고 있던 풍선껌을 드디어 입술 밖으로 뿜어 풍선을 만들어내면서 얄팍한 가방을 챙겨 들고 순영이와 교실을 나서려는데 갑순이가 보잔다. 갑순이는 유정이의 단짝이다. 말은 단짝이라고 하지만 유정이를 추종하는 심복이다. 유정이는 서울에서 전학을 왔다. 사업을 하는 아버지가 파산해서 고향에 있는 할머니 집으로 내려왔단다. 식구가 흩어져서 지내기는 하지만 그렇다고 사업이 망한 딸처럼 빈해 보이지 않았다. 하얀 피부에 새초롬하게 앉아서 공부에 열중하는 도시적인 분위기는 까닭 없이 시골 출신들을 기죽게 했다. 쫄딱 망했다지만 돈 쓰는 것도 그다지 구애를 받는 것 같지가 않았다. 할머니가 재력이 있어 용돈을 두둑이 준다고 했다. 엄마도 아버지도 대학을 나온 인텔리란다. 그래서 일시적으로 어려울 뿐 조만간 그녀의 아버지가 재기한다며. 물론 모두 갑순이를 통해 나온 소리다.

갑순이는 춘향이 미모를 더욱 살리게 하는 향단이다. 작고 통통한 몸매에 검기까지 하다. 입시가 다가오니 교실을 빠져나오는 학생은 나와 순영이 뿐이다. 갑순이가 따라 나와 소리쳤다.

"너 때문이야!"

나는 뜬금없는 갑순이의 공격에 놀라 다시 물었다.

"나? 나 때문이라고, 뭐가?"

"유정이 결석한 거 몰라!"

알 리가 없다. 담임선생님이 출석을 부르고 나서 교실에 들어갔다. 그래서 출석부로 머리를 맞고 자리에 앉았는데 알게 뭐람? 이어서 갑순이가 소리쳤다.

"너 때문이라고! 유정이가 아파서 자리에 누워 있는 게…."

순간 화가 머리끝까지 치밀어 올랐다

"이년이 미쳤나. 뭘 잘못 처먹었나?"

갑순이는 작아도 당찬 면이 있다. 내 어깨까지 내려앉은 키인데도 새까만 눈동자를 치켜뜨면 살짝 눌릴 만큼….

"네년이 진수를 꼬셨다며?"

"뭐라고?"

"진수랑 유정이랑 사귀는 것 몰라?"

"뭐라고?"

"하기는 네가 뭘 알겠어. 머리통에 든 게 없으니…."

"이년이 정말 미쳤네."

나는 쥐방울만 한 갑순이를 번쩍 들어 젖은 운동장에 패대기를 치려고 달려들어 손을 뻗는데 순영이가 막아섰다. 교실 창문에는 어느새 새까맣게 달라붙은 아이들의 시선이 텅 빈 운동장을 울리는 요란스러운 소리에 일제히 몰렸다. 그 소리가 그들을 창가로 불렀다면 교무실에도 들리지 않을 리 없다. 순영이가 무작정 나를 끌고 교문을 나서자 갑순이는 더 이상 따라오지 않고 소리를 고래고래 질러댔다. 어허, 귀 있는 사람은 다 들어보소 하는 듯이..

"걸레 같은 년, 내가 한 짓을 모를까 봐… 다 알아. 이 개걸레야! 진수 아버지도 알고 가만히 안 둔다고 벼른대. 이년아! 밤길 조심해라. 이 걸레 같은 년아!"

나는 그 길로 버스를 타고 집으로 돌아왔다. 커다란 짱돌이 날아와 내 머리를 강타하더니 이내 머리가 송두리째 체 날아가 버린 느낌이었다. 그래서 생각 자체가 사라져 버렸다. 아침부터 내리던 가랑비는 그대로 이어졌다. 온통 회색빛이다. 하늘과 대지의 경계선이 사라졌다. 내리는 비라지만 줄기는 보이지 않고 안개처럼 흩어져서 그저 내 옷만 적셨다. 시야는 온통 안개뿐이다. 우산도 쓰지 않고 논둑길을 걸었다. 대문을 열고 들어서니 몸이 흠뻑 젖었다. 마치 빈집처럼 조용하다. 나는 그대로 방으로 들어갔다. 그리고 자리에 누웠다. 이불을 머리까지 끌어올리고 죽은 듯이….

방으로 들어선 큰언니가 어디 아프냐고 물었다. 내가 등을 지고 반응이 없자 말했다.

"엄마 지금 심기 불편하다."

'알지. 그 심기를 내가 왜 몰라. 상처가 깊어지고 진물이 장난이 아닌데… 하루 종일 진남이 곁에 붙어서 마른 가제로 닦아내면서 울고 있겠지….' 내 눈에서도 눈물이 주르륵 흘렀다. 그리고 귓가에 쟁쟁한 소리. '엄마, 엄마 나 죽으면 앞산에다 묻지 마. 뒷산에도 묻지 말고 양지쪽에 묻어 줘.'

다음 날 학교에 갔다. 나도 몸이 아프다는 핑계를 대며 안 가고 싶었지만 엄마의 고통스러운 심기로 본전도 찾지 못할 것이다. 더 이상 비는 오지 않았다. 하는 수 없이 교실로 들어가 자리에 앉았다. 순영이는 오지 않았다. 아무렇지도 않게 결석을 해대는 순영이는 또 어디로 간 모양이었다. 유정이 자리도 비어있다. 여름방학을 앞둔 마지막 수업 3일을 남기고 교실은 이 빠진 것처럼 듬성듬성 비어있다. 아이들은 나를 힐끗힐끗 돌아보고 쑥덕거렸다. 햇빛이 쨍쨍한 대낮에 홀로 벌거벗고 거리에 서 있는 느낌이었다. 시선에 무심한 척하지만 견딜 수가 없었다. 그러나 수업이 끝나는 시간까지 인내심을 가지고 자리를 지켰다. 공연이 자리를 떴다가는 소문이 사실로 인정될까 봐….

수업을 마치고 그의 하숙방으로 갔다. 그의 방문에 걸린 두툼한 자물쇠의 열쇠를 가진 나는 방 안에 들어가서 무작정 기다릴 참이었다. 그러나 자물쇠는 없다. 살그머니 문을 여니 벽에 몸을 기대고 앉아 있는 그가 보인다. 커다란 헤드폰을 끼고 눈을 감고… 그날도 결석한 모양이었다. 문득 진수 아버지가 나를 벼르고 있다는 갑순이의 소리가 귀에 쟁쟁하다. 나는 방 안으로 들어가 그의 곁에 앉았는데도 그는 음악에 취해 그저 손가락만 까딱인다. 눈을 감은 그의 손가락이 내 몸을 더듬기 시작했다. 허리에서 밑으로 점점 더 내려와 손에 걸린 것을 용감하게 밀어내며… 분명 분노했던 몸이었는데 그의 섬세한 손가락이 내 몸을 부드럽게 더듬어 내려가자 생각과 달리 육체가 심하게 달아오르며 질이 흥건해지기 시작했다. 그는 머리에 쓰고 있던 헤드폰을 벗어 내 머리에 씌우고 내 옷을 벗기기 시작했다. 마치 약에 취한 듯 흥분된 그의 얼굴이 다가오고 귀에서는 킬러 퀸이 흘러나왔다.

이건 아닌데? 자초지종을 들어보러 왔는데… 4옥타브를 넘나든다는 프레디 머큐리의 흐느낌이 내 분노를 삼키고 육체가 움직이는 대로 두란다. 킬러 퀸… 킬러 퀸… 흐느끼며 눈에서는 눈물이 쏟아지고 흐릿해지는 기억의 저편으로 이건 아니잖아? 이건… 나도 그저 사랑받고 존중받고 싶었을 뿐인데. 생각을 나누고 미래를 계획하고… 이건 아니잖아. 이건! 순간 사라져 버린 듯한 분노가 섬광처럼 내 머리를 후려치고 그대로 헤드폰을 벗어버리고 바지를 벗고 들어서는 그의 얼굴을 후려

쳤다. 나는 사정없이 벗겨진 옷을 끌어 올리며 소리쳤다.

"이 썩을 놈! 너는 오직 이러려고 나를 만나는 거지! 다 똑같은 새끼들이야! 다 똑같아! 개자식!"

나는 그대로 방을 나왔다. 하지만 심하게 떨리는 몸을 주체 할 수가 없었다. 마치 마약 중독자의 금단증상처럼 떨어대는… 나는 이를 악물고 그 몸을 애써 감추어 보지만 사람들의 시선을 피하지 못했다. 그래서 사람들의 눈에 띄지 않는 골목에 몸을 숨기고 날이 어둡기를 기다렸다. 엄마 자궁에서부터 시작된 그 우울증이 온몸에 칼질을 하고 날개마저 찢긴 새처럼… 소리를 낸다고는 하나 마치 살려달라는 듯이… 아빠하고 나하고 만든 꽃밭에 채송화도 봉숭아도… 그러나 다음 구절로 넘어가지를 못한다. 같은 구절을 반복하고 다시 반복하면서. 날이 어둑해져서 집으로 가는 논두렁에 들어섰지만 전혀 기억에 없다. 어떻게 그 길로 들어섰는지. 누군가 나를 보았다면 그 미친년이 아닐까 했을 만큼….

지난봄, 동네를 시끄럽게 했던 여인이 있었다. 20살을 갓 넘겨 보이는 그녀가 어떻게 동네로 흘러들어왔는지는 모르나 산발을 한 머리에 꽃을 꽂고 손에는 꽃가지를 들고 노래를 부르며 돌아다녔다. 옷도 제대로 갖추어 입지를 못해 어깨와 허벅지를 그대로 드러내며. 동네 여자들은 혀를 차고 남자들은 곁눈질을 했다. 그런데 그 봄이 가기도 전에 그녀의 배가 불룩해지는 것이었다. 동네 사람들의 의견을 둘로 나뉘었다. 애를 배서 미쳤다는 사람과 미친년을 누군가 건드렸다는… 그러나 여름이 가기도 전에 소문만 무성하게 남기고 홀연히 사라졌다. 보호 감찰 시설에서 데리고 갔다지만 본 사람은 없단다. 아직 태풍이 불 때도 아닌데 갑자기 불어오는 세찬 바람에 옷매무새가 풀어졌다. 나는 상관하

지 않았다. 그러나 결코 노래를 멈추지 않으리라. 아빠하고 나하고 만
든 꽃밭에 채송화도 봉숭아도….

'아버지, 아버지 미안해….'

다음 날 학교 정문 앞에 모자를 깊이 눌려 쓰고 서 있는 그를 보았지
만 눈길도 주지 않았다. 버스 정류장까지 따라와 자기 말을 들어달라
고 했지만 집으로 가는 버스에 그대로 올라탔다. 순영이가 매파가 되어
나를 달래려고 했다. 유정이와 그는 단순히 책 읽는 동아리 멤버였을
뿐이라고… 그랬구나. 누구는 우아하게 지식을 나누고 나와는 몸을 나
누고? 그런 개자식에게 몸뚱이를 함부로 굴리더니… 급격하게 늙어버
린 거울에 비친 내 꼴을 보니 순간 엄마 모습이 보였다.

'꼴좋다, 이년아. 내 말을 안 듣더니….'

5

비가 그쳤다지만 진남이 피부병은 더 심해지고 있었다. 장마 끝에 얼굴을 내미는 태양의 열기가 무차별적으로 젖은 지면을 향해 퍼붓자 미처 공기 중으로 흩어지지 못한 습기가 그대로 몸에 달라붙었다. 비가 올 때보다 더 습한 기운이 진남이의 상처를 깊고 넓게 잠식하며 냄새까지 나기 시작했다. 저러다가 정말 염증이 피부 안쪽으로 들어가 척추까지 침투하면 어쩌지?

드디어 엄마가 결심을 굳혔다. 한센병 환자촌에 가서 약을 사 오겠다고. 마을에서 산 쪽으로 깊이 들어가면 한센병 환자들이 모여 살고 있었다. 그들은 그곳에서 격리되어 독립적인 자립촌을 형성하고 살고 있었다. 손발을 쓰는 것이 용이하지 않으니 농사보다는 닭이나 염소 등의 가축을 키우며 생계를 잇는다고 했다. 그런데 그곳에는 미국인 선교사가 한센병 환자에게 연고를 발라준다고 했다. 그 연고는 바르는 즉시 습한 피부를 건조하게 말리면서 수일 내에 치료가 되는 특효 연고라고 했다. 물론 시중에서 팔지도 않고 오로지 그들을 위한 약이란다. 큰언니가 사색이 되어 절대 안 된다고 말린다. 나도 엄마의 치맛자락을 붙들고 애원했다.

"엄마 가지마. 옮으면 어떻게 해."

그러나 엄마는 동이 트기도 전에 대문을 나섰다. 큰언니와 내게 진남이가 절대로 눈치채지 못하게 하라고 입단속을 하고… 그곳은 노선버스도 없단다. 무작정 걸어서 가야 한다는데 얼마가 걸릴지 아무도 모른다. 막상 그곳에 갔어도 연고를 살 수 있을지도 의문이다. 그저 막연한 소문만 듣고 그렇게 길을 떠난 것이었다. 큰언니는 진남이 상처에 진물을 닦으면서 엄마의 빈자리를 대신하고 나는 방과 마루를 초조하게 옮겨 다니다가 결국 해가 기울 즈음에 대문을 나서 논둑길을 걷기 시작했다. 엄마가 떠난 그 길을 따라….

날은 저물어 가는데 엄마는 도대체 어디에 있는지… 그랬는데 아주 멀리 산길을 돌아 나오는 한 점. 벼가 알곡을 채우느라 하늘을 향해 두 팔을 벌려 새파랗게 서 있는 초록의 들판 사이로 석양을 등지고 다가오는… 엄마였다. 그 걸음걸이만 보아도 엄마가 무언가를 이루었다는 것을 알 수가 있었다. 나는 양손으로 확성기를 만들어 힘껏 소리쳤다.

"사 왔구나!"

성큼성큼 다가서는 엄마의 고개가 끄떡이는 것 같다. 점점 다가오는 엄마의 입가에 환한 미소가 눈에 들어온다. 나는 그대로 몸을 돌려 대문을 향해 달려가며 소리쳤다.

"언니야, 엄마 왔어, 엄마! 사 왔대. 약을!"

그 약은 정말 신비의 약초처럼 진남이 피부병을 낫게 했다. 진물이 멈추고 셔츠를 입고 외출을 할 만큼 상태가 호전되었다. 그러나 집안에 찾아온 평화로움에도 내 고통은 멈추지 않았다. 그 긴박했던 사건으로 내 고통이 잊히는 줄 알았는데 태풍이 지나간 고요함은 나를 더 외롭게 했다. 더 이상 안 볼 거라고 했으면서도 지독하게 그놈 앓이를 하고 있었다. 그즈음 그가 다시 나를 찾아왔으면 꼬인 마음이 풀어질 만큼….

한여름의 해가 8월이 되면서 조금씩 기울기 시작했다. 피부 상태가 나아진 진남이도 저녁이면 마당에 나와 기타도 쳤다. 모깃불이 피워진 마당 평상에 누워 진남이가 들려주는 기타 소리를 들으며 그의 방에서 울려 퍼지던 퀸의 함성을 기억했다. 문득 그의 몸도 그리웠다. 갑자기 몸이 후끈 달아올라 하늘 향해 벌린 사지를 안쪽으로 접고 모로 누웠다. 진남이가 물었다.

"추워?"

"아니."

"추우면 들어가."

"괜찮아."

달도 없고 별만 지천인 새까만 하늘로 다시 오르는 기타 선율. '금지된 장난'… 주체할 수 없이 눈물이 흘러내린다.

8월도 중순에 접어들었다. 한주만 지나면 개학을 한다. 진남이도 몸의 상태가 좋아져서 개학준비에 들떠 있지만 나는 마치 지옥 길로 들어서는 것 같았다. 문득 그의 하숙방으로 가볼까 하는 유혹이 일었다. 여름이 끝나간다 생각하니 가지 못한 만리포도 애타게 그리웠다. 얼마나 가보고 싶었던 바다인데… 그곳에 가려고 엄마 몰래 사다 놓은 비키니 수영복은 어쩌지? 결국 나는 진남이를 꼬셨다.

"날도 더운데 강에 갈래?"

진남이도 그러자고 한다. 여름 내내 그 수영복을 못 입어 안달을 하던 내 꼴을 보고 있던 진남이었다. 사실 여름이면 강가에 나가서 물놀이를 즐겼는데 순남이 피부병 때문에 그나마도 가지를 못했다. 진남이도 오랜만에 햇빛에 몸을 드러내고 싶단다.

점심을 먹고 집을 나와 걸어서 20여 분 거리에 있는 강가로 나갔다. 나는 수영복을 입고 겉옷을 걸쳐 입었다. 강가라 마땅히 갈아입을 곳이 없기에. 진남이는 책을 한 권 들고 나는 돗자리를 들고. 구름 한 점 없는 하늘에 떠 있는 태양도 여름의 막바지에 제대로 보여주려는 듯이 이글거린다. 수영하기에 딱 좋은 날이다. 대문을 나서는 우리에게 엄마가 해 지기 전에 들어오라고 소리쳤다. 여름 끝이라 물놀이 나온 사람도 없다. 구비 도는 강줄기가 느리게 흐르면서 모래가 곱게 쌓인 곳에 멈추었다. 시야가 잘 트인 명당으로 우리 남매가 여름이면 와서 차지하는 익숙한 자리다. 진남이가 돗자리를 펴기도 전에 나는 겉옷을 후다닥 벗어 던지고 진남이는 여름 내내 짓물렀던 등을 햇빛에 노출하며 돗자리 위에 엎드렸다. 등 전체가 붉은 딱지로 범벅이 되었지만 이제 해를 대면해도 될 만큼 단단해졌다. 나는 강물에 뛰어들며 소리쳤다.

"진남아 잘 왔지?"

"응"

"진남아 우리 오늘은 늦게까지 놀자."

"응."

착한 내 동생, 진남이. 진남이는 여름 내내 피부병 때문에 우울했으면서 오히려 내 기분을 맞추어 주었다. 상대를 배려하는 속 깊고 의젓한 진남이. 말보다는 생각을 많이 하는 진남이. 내가 말을 하지 않았어도 진남이는 내게 분명 무슨 일이 생겼을 거라는 것을 알고 있었다. 언제부터인가 오빠처럼 구는 진남이에게 나는 소소한 것까지 숨기지 않고 말을 했다. 그러나 이번 일만큼은 절대로 말을 할 수가 없었다. 진남이는 강바람을 실은 햇빛에 등을 말리면서 책을 읽고 있었다. 물속에서 나온 나는 진남이 곁에 눕는다. 나는 눈 부신 해를 온몸으로 받으며 말했다.

"진남아. 좋지?"

"응."

"잘 나왔지?"

"응."

세상은 마치 둘만 있는 것처럼 평화롭기만 하다. 어느덧 4시가 되어가고 있었다. 마지막이라는 생각을 하며 몸을 일으켜 물로 향했다.

서쪽으로 기운 해가 강줄기를 따라 흘러내리고 있었다. 상류에서부터 길게 누운 빛을 담은 강물은 호박 보석처럼 주황색을 수시로 바꾸며 내게까지 다가왔다. 나는 그 빛을 눈부시게 바라보며 강으로 점점 들어가고 물이 허리까지 차오르고 어느새 가슴까지 올라온다. 살아온 생애만큼 익숙한 강은 마치 내 집처럼 훤히 알기에 더 깊이 들어가도 두렵거나 무섭지도 않았다. 조금 더 들어가도 괜찮을 것 같은 생각으로 앞으로 향하는데 순간 바닥이 훅 꺼지면서 무언가 내 다리를 휙 낚아챈다.

악 소리도 지르지 못한 채 순식간에 물속으로 빨려 들어간 몸을 허우적대며 간신히 머리를 물 밖으로 끌어 올리는데 다시 물밑에서 잡아당긴다. 멀리 진남이가 엎드려 한가롭게 책을 읽고 있는 모습이 시야에서 사라지고 물속으로 처박힌다. 잇는 힘껏 허우적대며 진! 하는데 벌린 입속으로 물이 그대로 쏟아져 들어와 물속에 잠기고… 다시 몸을 물 밖으로 끌어올리고 소리를 질러본다.

"살, 살려…"

승기를 잡은 물살이 어림없다는 듯이 나를 물 밑으로 끌어내린다. 물살은 흐르지 않고 회오리치며 안쪽으로 내 몸을 끌어당긴다. 잡은 먹이 절대로 안 놓치겠다며 쳐 놓은 그물 같은 소용돌이가 세차게 끌어당기고, 나는 오르락내리락하면서 그곳에서 벗어나려 하지만 점점 힘이 빠진다.

수면에 떴을 때 진남이가 나를 향해 달려오는 것이 보인다. 순간 진남이가 오면 안 되는데… 진남이는 수영을 못하는데… 다시 물속으로 딸려 들어가 물을 잔뜩 먹은 배가 점점 차오르고 허우적대는 팔다리에 힘이 빠지고 더 이상 숨도 쉴 수가 없었다. 이렇게 죽는구나 하는 생각이 아득하게 뇌리에서 사라질 즈음 나를 낚아채는 손길이 느껴졌다. 그리고 세차게 나의 몸을 밀어내는 그 손길을 느끼면서 허둥대는데 발바닥이 강바닥에 닿았다. 나는 강변을 향해 죽을힘을 다해 몸을 밀면서 물 밖으로 나왔다. 토악질을 하고 거친 숨을 쉬어대며….

그런데 진남이? 내 동생 진남이, 진남이가 보이지를 않는다. 진남이가 누워 있던 돗자리에는 책만 덩그렇게 놓여있다. 그래서 차마 보기도 두려운 강물을 돌아보았다. 당연히 진남이가 헉헉대며 강을 빠져나오고 있을 거라는 기대를 하며… 그러나 새파란 강물뿐, 진남이는 보이지를 않는다. 큰 입을 양껏 벌린 악어처럼 요동을 치던 강물이었는데 순간 무언가를 꿀꺽 삼키고 시치미를 떼는 것 같았다. 그러나 유독 새파란 강물을 따라 내 불안한 시선이 모이는 그곳, 물살이 회오리치며 모이는 그 중앙에 까만 정수리가 힘없이 솟구치다가 이내 물살에 잠긴다. 마치 가랑잎처럼… 나는 순간 소리쳤다.

"엄마! 엄마! 진남이! 사람 살려요. 사람!"

그리고 물속으로 첨벙 첨벙대며 들어갔지만 그마저 보이지를 않는다. 진남아! 진남아! 사람 살려요! 엄마! 엄마! 더 이상 기억이 없다. 혼절을 했는지. 눈을 뜨니 사람들이 모여 웅성대고… 그러나 돗자리 위에서 눈을 뜬 내게는 전혀 관심이 없다. 이미 날은 어두워졌다. 나는 다시 눈을 감고 말았다. 강을 울리는 엄마의 천둥 같은 곡소리에 그저 내 귀가 먹고 말았다.

"진남아! 진남아, 내 아들 진남아! 어디에 있니? 아이고 하나님 살려주세요. 내 아들 진남이 살려주세요."

밤이 늦도록 그 소리는 멈추지 않았다. 동네 사람들이 모두 달려와 횃불을 밝히고 강바닥을 뒤집어도 도대체 찾을 수가 없단다. 엄마는 그 밤에 집으로 들어오지 않았다. 그러나 나는 집으로 들어와 내 방에 웅크리고 앉았다. 새벽녘에 큰언니가 집으로 들어왔다. 큰언니는 내 방문부터 열었다. 컴컴한 방안에 똬리를 틀고 앉아 있는 나를 보며 안도하는 것 같았다. 방으로 들어서는 언니에게 물었다.

"진남이는?"

"못 찾았어."

"엄마는?"

"찾기 전에 한 발자국도 안 움직인대."

"정말? 언니야, 어떻게 해. 진남이 죽었으면 나도 죽어. 엄마가 나 죽일 거야."

큰언니는 사시나무처럼 떨어대는 내 몸을 가슴으로 앉았다. 주체할 수 없이 쏟아지는 큰언니의 눈물이 내 등을 흥건히 적실만큼… 이내 언니는 눈물을 훔치며 내 몸에서 떨어져 옷장을 열고 이불을 덮어주었다.

"몸이 얼음장이네. 이불을 덮고 있어."

그제야 수영복만 입고 있었다는 사실을 알았다. 언니는 다시 방을 나섰다.

"어디가?"

"죽이라도 쒀서 엄마 먹이려고. 언니가 많이 끓여 놓을 테니 너도 먹어."

"싫어. 나 안 먹어."

큰언니는 다시 눈물을 쏟으며 말했다.

"먹어. 산 사람은 살아야지…"

언니가 죽을 끓여 대문을 나서는데 새벽 동이 트고 있었다. 그때까지 나는 꼼짝도 안 하고 방바닥에 앉아 있었다. 동이 트고 깨어나면 사라지는 꿈이기를 소원하면서. 해가 떠오르면 진남이 방문을 벌컥 열고 아침잠이 많은 진남이를 소리쳐 깨울 것이다. 진남아. 일어나! 아침이야. 그래, 이건 그저 눈을 뜨며 사라지고 마는 꿈일 뿐이야. 그러나 해가 중천에 떴는데도 방을 나서지 못했다. 그때까지 엄마도 큰언니의 소리도 들리지 않는다. 그래 어쩌면 큰언니가 진남이가 살았다고 소리치며 대문을 들어설지도 몰라. 그러나 해가 서쪽으로 넘어가는데도 집안에는 어떤 소리도 들려오지 않는다. 나는 깜빡 잠이 들었던 모양이다. 순간 흔들림이 있어 화들짝 놀라 눈을 떴다. 큰언니가 내려다보고 있었다.

"진남이는?"

"아직…"

3일 만에 진남이를 찾았단다. 우리가 있던 강줄기에서 멀리 떨어지지 않은 바위틈에 끼어 있었다고. 그것도 모르고 하류까지 수색했다며… 해가 중천에 떠 있는데 큰언니가 입술이 새파랗게 되어 들어와 말해주었다. 언니는 더 이상 내 안위를 염려하지 않았다. 그래도 설마 하는 기적에 나처럼 의지를 했던 모양이었다. 큰언니는 덜덜 떨며 장롱에서 이불을 꺼냈다. 엄마가 진남이 시신을 아무도 건드리지 못하게 하고 있단다. 진남이가 추워서 새파랗게 질려 있어 깨어나지 못한다며… 이불을 가져오란다며… 아무래도 엄마가 미친 것 같다고….

큰언니가 이불을 매고 대문을 나서자 나는 엄마 방으로 들어갔다. 엄마 패물이라도 들고 도망을 칠 작정이었다. 허둥지둥 장롱을 뒤지는데 안쪽 깊숙한 곳에 손에 닿는 것이 있었다. 꺼내어 보니 돈이었다. 신문지에 싸여 있는 꽤나 묵직한 돈 뭉치였다. 나는 그 돈뭉치와 옷가지를 담은 보따리를 가슴에 안고 읍내로 나가는 버스를 타고 이어서 서울로 가는 기차에 올랐다.

6

드디어 기차가 서울역에 도착했단다. 보따리를 가슴에 끌어 앉고 기차에서 내려 주춤주춤 역사로 나왔다. 이미 날은 저물고 캄캄한 하늘 아래 화려한 도시의 불빛이 찬란하다. 고등학교를 졸업하고 당당하게 입성하려 했던 서울인데 졸업도 못 하고 고향에서 도망친 나를 바라보는 서울의 첫날은 마치 내가 세상에 태어나던 그날과 같았다. 아무도 반기지 않는….

얼마를 그렇게 광장에서 서 있었을까? 바삐 오가던 사람도 사라지고 바람도 차가워진다. 아직은 여름이라지만 괴물 같은 물속에 잠겨 있는 것처럼 한기가 느껴졌다. 발걸음을 어디론가 띠어야 하는데… 사방을 둘러보다가 정면에 버티고 서있는 거대한 건물이 사뭇 위풍당당하다. 도심의 불빛으로도 그 건물은 붉은색이라는 것을 알 수가 있었다. 건물 뒤에 빗겨선 곳에 여관이란 간판이 보인다. 나는 그 간판의 불빛을 향해 걷기 시작했다. 건널목을 건너 거대한 건물에 가려진 3층 건물 앞에 다다르니 멀리서 보던 것보다 훨씬 초라하고 어두웠다. 잠시 망설이다 들어가기로 마음을 굳혔다.

유리문을 열고 현관을 들어서니 창구에 있는 작은 창문이 열린다. 나이를 가늠하기 어려운 여자의 눈이 오히려 나를 보고 동그래진다.

"혼자예요?"

"네."

"이 늦은 시간까지 어쩌다가?"

"친척 집에 왔는데 집을 못 찾아서…."

"저런…."

그녀는 방이 있다며 장부를 내밀었다. 신상을 먼저 기재해야 한다며. 나는 이름도 주소도 나이도 거짓으로 꾸며 적었다. 다행히 주민증을 달라고 하지 않았다. 그녀는 열쇠를 들고 2층으로 올라가면서 나를 몇 번이나 의심스러운 눈초리로 나를 훑어보았다. 그녀는 2층 초입에 있는 방으로 나를 인도하며 당부했다. 문 꼭 잠그고 자라고. 방에 들어서니 침대도 있고 화장실과 목욕탕도 있었다. 역시 서울이구나 생각하며 그대로 잠에 빠져들었다. 진남이가 죽고 따뜻한 이불을 덮고 처음 자는 잠이었으니….

문을 다급하게 두드리는 소리에 눈을 떴다. 눈을 뜨고 휘청대며 방문을 여니 창구에 있던 여자였다. 여자가 반색을 하며 소리쳤다

"어머나, 살아있었네."

"네?"

"아니, 아니에요. 지금 11시가 넘었어요. 해가 중천이야. 12시 넘으면 방값을 새로 계산해야 해요."

"그, 그래요…."

나는 대충 씻고 그 방을 나왔다. 창구에 앉아 있던 여자가 보따리를 품고 나서는 나에게 살짝 웃어 주었다. 주름이 그대로 드러나 밤에 봤던 모습보다 늙어 보였다. 유리문을 열고 밖으로 나서니 현기증이 돌았다. 그대로 쓰러질 것 같았다. 언제부터인지 밥알을 넘겨본 기억이 없다. 다시 안으로 들어가 여자에게 물었다.

"혹시 이 근처에 먹을 곳이 없나요?"

"길에서 오른쪽으로 따라가다 보면 남대문이 보이고 그 옆에 시장이 있어요. 거기 먹을 게 많아요."

먹을 것이 있다는 소리만 들어도 몸에 기운이 솟는 모양이었다. 나는 보따리를 들고 그녀가 가르쳐 준 길을 따라 걸어가니 남대문도 보이고 그 옆에 시장도 있었다. 뜨거운 김이 오르는 국밥을 먹자 눈이 밝아졌다지만 야속했다. 고작 한 끼 국밥에 기운이 나니… 그래서 빈 그릇을 바라보며 눈물을 쏟았다. 맞아 죽어도 집에 있을걸….

배가 채워졌다지만 막상 어디로 발길을 돌려야 할지 알 수가 없었다. 짜인 시간에 매여 사는 것이 지겨워 이탈하기를 소원했었는데 막상 떨어져 나오니 사막 한가운데 서 있는 느낌이다. 보따리를 들고 발길이 가는 대로 움직였다. 명동이란다. 입구에 들어서니 코스모스 백화점이라는 간판이 보인다. 수많은 사람들이 그곳에 밀집해 있지만 그만큼 나는 더 외로웠다. 순식간에 날이 어두워졌다. 고향의 길은 가로등도 없고 별도 달도 보이지 않는 캄캄한 밤에도 결코 두렵지 않았다. 하지만 날이 어두워지기도 전부터 요란한 불빛을 쏘아대는 이곳은 두렵기만 하다. 어디로 가야 하지? 순간 큰 언니의 구성진 가락이 귀에 쟁쟁하다. '엄마, 엄마 나 죽으면 앞산에다 묻지 마. 뒷산에도 묻지 말고 양지쪽에 묻어 줘….' 논둑길을 성큼성큼 앞서가는 큰언니 등에 기어코 업혔을 때의 그 안도감. 다시는 따라오면 죽을 줄 알라고 엄포를 놓았지만 큰언니는 들판에 나를 홀로 두고 가지 않았다. 높은 건물을 타고 흘러내리는 어둠에 대적하려는 네온은 앞 다퉈 붉은 혀들을 길게 뽑아내는데… '언니야 무서워. 언니야.' 아무리 불러도 앞서간 큰언니는 돌아오지 않았다.

결국 명동을 나와 남대문 시장을 거쳐 자정 무렵에 다시 그 여관으로 들어갔다. 창구에 있는 여인이 아는 체를 한다.

"친척을 못 찾았어요?"

"네."

"저런…"

"방 하나 주세요."

여인은 키를 주며 어제 그 방이 비었으니 올라가란다. 방에 들어서니 하루의 긴장이 풀리면서 서 있을 힘도 없었다. 그대로 주저앉았다. 아무리 생각해 봐도 이 서울에서 살아낼 수 없을 것 같다는 두려움이 밀려왔다. 차라리 맞아 죽을 각오로 다시 고향으로 내려가야 하나? 그러다가 비로소 두툼하게 묶인 현금다발을 꺼내어 본격적으로 세어보았다. 세상에 이런 큰돈이? 하루 먹고 자는 비용을 계산을 해보니 2년은 충분히 견딜 만했다. 적어도 그 기간은 거리에서 굶어 죽을 염려는 없는 셈이다. 돈다발을 무작정 들고나오기는 했지만 액수가 그처럼 크리라고는 생각도 하지 못했다. 돈이 없다는 소리를 입에 달고 살았던 엄마였다. 용돈을 타내려면 며칠 동안 씨름을 해야 했는데… 먹고 죽으려 해도 없다고 시치미를 떼던 엄마가 그렇게 돈을 모아두었다니….

그러나 나는 돈다발을 바닥에 팽개치고 울기 시작했다. 이제 영원히 엄마와 결별이라는 생각을 하며… 엄마가 그토록 소중하게 여기는 것을 모두 빼앗아 들고 도망을 치고 말았으니… 진남이도, 돈도… 이제 죽어도 엄마 손에 묻히지 못하리라. 앞산도, 뒷산도, 양지도 아닌….

내 나이 19살에 그렇게 시작된 서울살이. 내 의지가 아닌 발걸음이 향하는 데로… 아침이면 보따리를 들고 그곳을 나왔지만 저녁이면 풀이 죽은 몸뚱이가 지친 발길에 이끌려 다시 그 여관의 문으로 들어섰다. 일주일이 지나도 같은 모습으로 들어서는 나에게 창구에 있던 여인이 딱하다는 듯이 말했다.

"차라리 달세로 있어요. 그러면 좀 더 싸게 해주니까."

"그래도 돼요?"

"그런데 서울에는 왜 왔는데?"

"그냥요." 나는 울컥 눈물을 쏟기만 했다.

그녀는 서울에 와서 내가 만난 첫 번째 사람이다. 알고 보니 그녀는 바로 내 옆방에서 살고 있었다. 그녀의 방은 201호이고 나는 202호다. 그녀는 그곳에 거주하면서 객실관리를 했다. 처음에는 주인인 줄 알았다. 낮에는 객실 청소를 하는 사람들을 관리하고 새벽까지 카운터에 앉아 손님을 받았다. 돈 관리까지 하는 것을 보니 주인의 신임이 아주 두터운 모양이었다. 물론 주인을 본 적은 없다. 그 여자가 내 옆방에서 지낸다는 사실을 알고 내 마음은 한결 편안했다. 그러나 밤이면 반대편에 있는 203호실과 접한 벽을 타고 들려오는 요란한 신음소리에 잠을 깬다. 순간 단잠을 깨서 이불을 머리끝까지 끌어 올리며 짜증을 내다가 이내 조용해지면 오히려 귀를 기울인다.

슬그머니 그가 생각났다. 갑자기 몸이 뜨겁게 달아올랐다. 남자를 겪지 않았을 때는 그저 호기심 차원이었다. 영미 오빠들이 보는 잡지나 돌려보며 킥킥대는… 그러면서 또 한편으로는 지독히 두려운… 그래서 모태에서부터 간직한 나의 판도라 상자를 향한 호기심과 두려움이 팽팽히 맞서며 쪼는 맛이 있었는데… 아버지가 어릴 때 만들어 준 새총으로 참새를 잡으려고 한쪽 눈을 질끈 감고 고무줄을 팽팽하게 늘이면서 숨죽이며 때를 기다리던 그때 갑자기 고무줄이 뚝 끊겼다. 참새가 후루루 날아가면서 순간 판도라 상자가 바닥에 그대로 떨어지고 말았다.

귀퉁이가 깨지며 열린 상자에는 여물지 않은 허탈함만 흘러나왔다. 그래서 엄마가 서둘러 알려고 하지 말라고 했던 모양이다.

그런데 엄마 말이 맞았다. 처음에는 빼앗겨서 그랬다고 생각했는데 진수와 나눈 섹스는 더 허망했다. 하지만 마음은 그토록 허전한데 몸이 반응을 하다니… 그래서 엄마가 여물기 전에 몸뚱이 먼저 굴리지 말라고 했던 모양이다. 계집이 몸뚱이를 잃으면 전부를 잃는다는 엄마의 외침처럼 정신은 가지 마라, 가지를 말라는데 사내를 경험한 몸뚱이는 이미 그 물에 잠겨 첨벙댄다. 그때 차라리 만리포를 가야 했다. 그놈의 비키니를 만리포에서 입고 와서 엄마에게 두들겨 맞았으면 강에 가지고 가지 않았을 것을. 갑순이도 미웠고 순영이도 미웠다. 진수는 내가 없어진 것을 알고 슬퍼할까? 뜬금없이 그가 사무치게 그리웠다. 러브 오브 마이 하트, 러브 오브 마이 하트. 돌아오라고. 돌아오라고… 날 떠나지 말라며… 귀에 쟁쟁한 노랫소리에 죽고 싶었다.

시퍼런 강물 위로 오르락내리락하는 진남이의 정수리에 이어 강가에서 소리쳐 우는 엄마의 모습이 눈에 선한데 가슴을 뜨겁게 채우는 이 바람은 도대체 어디에서 불어오는 것인지? 이번에는 203호에서 코 고는 소리가 벽을 타고 요란하게 들려온다. 결국 새벽까지 잠을 이루지 못한다. 이놈의 서울, 뭐가 좋다고….

하루 종일 서울 거리를 쏘다니다가 저녁이 되면 가판에 놓인 신문을 사 들고 왔다. 그리고 밤이 늦도록 일자리 광고를 메모해서 찾아가면 신분이 불확실하다는 이유로 거절을 당하기만 했다. 한 달이 다가올 즈음 어깨를 늘어뜨리고 현관을 들어서니 여느 날과 다름없이 창구에 춘자 언니가 앉아 있다. 40살은 넘은 것 같아 아줌마라는 호칭을 썼더니 언니라고 부르라고 호통을 쳤다. 아직 미혼이고 33살이라며….

처음에는 잘 몰랐지만 시간이 갈수록 해석이 어려운 여인이었다. 창구에 앉아 새벽까지 손님을 기다리는 눈앞에는 두꺼운 성경책이 펼쳐져 있다. 밤이 깊어지면 그녀는 방에서 걸려 온 전화를 받고 이내 전화를 하면 5분도 되지 않아 여인이 현관으로 들어선다. 여인은 춘자 언니에게 살갑게 웃으며 그녀가 알려준 방으로 사라져 버렸다. 어쩌다 그런 광경이 내 눈에 펼쳐지면 그녀는 눈을 찡긋하며 방문을 꼭 걸고 자란다. 그녀도 나를 세상 물정 모르는 애 취급을 한다는 생각에 코웃음이 절로 나왔다. 엉덩이를 슬쩍 가리고 순진한 척 한 것이 통했는지 그녀는 큰언니처럼 나를 돌보아 주었다.

성경책에서 시선을 거둔 춘자 언니가 혀를 차며 물었다.

"오늘도 허탕이냐?"

"네."

"차라리 방을 얻어서 나가."

"왜요?"

"왜는? 너 같으면 양동에 있는 여관에서 사는 애를 고용하겠어?"

"……."

"무슨 사연으로 이러고 돌아다니는지는 모르지만 서울은 이렇게 부평초처럼 떠돌며 홀로 버티기가 어려운 곳이야. 고향으로 가든지 아니면 아예 방을 얻어 본격적으로 살 생각을 해."

"방을 얻으려면 돈이 많이 들지 않아요?"

"방 나름이고 동네 나름이야. 서대문 형무소 근처에 싼 방이 많아."

"형무소요?"

춘자 언니 말에 따라 서대문 형무소 근처에 있는 마을에 가보았다.

내가 있는 양동에서 버스로 다섯 정거장 거리에 영천이라는 동네였다. 초입에 독립문이 있고 이어서 형무소를 둘러싸고 있는 높다란 담을 따라 허름한 집들이 올망졸망 모여 있다. 그렇게 형무소의 담을 따라붙어 있는 집은 분명 이전에 지어졌을 것이다. 어쩌면 조상 대대로 대물림하여 살던 중에 뜬금없이 그곳에 형무소가 들어서 억울할 만큼 발전하지 못하는 동네 같았다. 그러나 내 입장에서 보면 덕분에 싼 방을 구할 수가 있어 다행이었다. 춘자 언니는 이어서 나를 취직까지 시켜주었다. 정동에 있는 한정식집의 종업원이다. 춘자 언니와 비슷한 또래의 주인은 나를 보자마자 춘자 언니와 같은 음색으로 나를 반겼다.

"어머, 정말 미인이다. 춘자가 보는 눈은 있네."

주인은 손님의 수준이 높아서 종업원의 외모가 중요하단다. 근처에 있는 방송국의 직원이 자주 오고 때론 유명한 탤런트도 온다며…

내 인생의 2막이 그렇게 시작되었다. 낯선 동네에서 낯선 사람들과… 내일에 대한 계획은 전혀 없다. 그저 하루를 버티는 것밖에. 그 하루를 버틸 수 있는 단 한 가지 생각은 죽기밖에 더하겠어? 할아버지도 죽고 아버지도 죽고 진남이도 죽었는데… 세상에 태어나 나를 사랑해 준 세 사람이 이미 죽고 없는 세상, 그래, 덧정 없다. 나는 언제든 떠날 준비가 된 사람이야 하며. 식당은 점심을 준비하는 시간부터 일을 시작하지만 마치는 시간은 일정하지 않다. 하지만 대부분 자정이 임박해서 집으로 돌아갔다.

엄밀하게 구분을 한다면 식당이라는 간판 뒤에 숨은 술집이었고 식당 안쪽에는 밀실도 있었다. 밤이 깊어질수록 더 은밀한 거래도 이루지는 곳이었다. 저녁 시간이 끝날 즈음 화장을 요란하게 한 여인들이 뒷문으로 들어와 밀실로 들어갔다. 그 시간에 그 방으로 서빙되는 음식은 그만큼 화장을 요란하게 한 주인만 들고 들어갔다. 나는 그 시간까지 일반 손님이 빠져나간 홀의 청소를 하고 주방을 마무리하는 것까지 도와주어야 했다.

식당에서 일한 지 1년이라는 세월이 흘렀다. 그 시작의 두려움을 넘어 조금씩 익숙해지면서 길들어진다. 밤마다 꿈에서 들려오던 엄마의 절규, 진남이의 슬픈 눈동자도 서서히 엷어진다. 자정이 임박해서 형무소의 높다란 담벼락을 따라 집으로 돌아오는 길도 무섭지 않았다. 식당에도 나를 알아보는 단골손님도 늘고 주방 보조나 종업원도 수시로 바뀌다 보니 기수를 챙기는 수준까지 올라갔다.

가끔 춘자 언니가 식당을 방문했다. 춘자 언니가 주인에게 언니라고 불렀으니 춘자 언니보다 나이가 많은 모양이었다. 주인은 절대 나이를 물어보지 말라니 나는 알려고 들지를 않았다. 그러나 둘은 자매처럼 절친해 보였다. 둘은 붙어서 속닥이고 깔깔대다가 춘자 언니는 두 시간도 채우지 못하고 서둘러 돌아가고는 했다. 그녀의 유일한 자유시간이지만 그 사실이 주인에게 알려지면 안 된다며. 마치 작은 창구에 갇힌 새와 같은 신세지만 내가 서울에 정착하도록 도와준 고마운 언니.

그런 춘자 언니가 자궁암에 걸렸다며 주인인 미령 언니가 눈물을 펑펑 쏟으며 내게 말했다.

"불쌍한 것, 세상에 태어나 고생만 했는데… 이제 좀 편할까 싶었는데 이게 무슨 일이야!"

"죽는데요?" 내가 다급하게 물었다.

"말기란다. 얼마 안 남았데. 세브란스 병원에서…"

갑자기 회오리 물살 중심에 떠오르는 진남이의 까만 정수리가 눈에 보이고 귀로는 엄마의 천둥 같은 함성이 들려왔다. 다리에 힘이 빠져 그대로 주저앉았다.

"죽는다고요? 춘자 언니가? 왜요? 왜?"

"자궁암이라고 했잖아. 하기는 그놈의 것으로 이날까지 먹고 살았으니…"

붉은색 립스틱이 진하게 입혀진 입술이 굳게 닫혀있을 때는 카리스마가 느껴졌지만 그 입을 벌리면 순식간에 격이 떨어지는 미령 언니였다. 그녀도 그것을 아는지 손님이 있을 때는 예, 아니오 외에 다른 단어 사용은 자제했다. 종업원을 상대로 일을 시킬 때도 지시사항만 전하고 감정을 섞는 표현을 자제했다. 그러나 춘자 언니와 내 앞에서는 전혀 거침이 없다.

"20년 가까이 써먹었으니 병 날만도 하다. 그놈의 구멍… 고향이 남해라는데 그놈의 집구석은 딸이 그렇게 해서 보내준 돈이라는 것을 알고 나 썼는지 원… 하기는 동생들은 다 공부시켰다고 하더만. 하나님은 어쩌자고 저렇게 불쌍한 사람만 먼저 데려가. 오로지 제 몸뚱이 하나 혹사하며 집안을 먹여 살렸는데. 남의 등이나 처먹으며 호의호식하는 놈은 내버려 두고…"

"언니도 하나님을 믿으세요?" 춘자 언니 앞에 놓인 성경책이 생각났다.

"믿기는 뭘 믿어. 춘자 그년이 노다지 하나님 타령을 하니까 그런가 보다 하지. 초등학교 밖에 안 나온 년이 깨알 같은 글이 박힌 성경책을 펼쳐놓고 읽는다고 꼴값을 떠는데 말릴 수도 없고…"

"……"

"근데 춘자, 그 년은 담담하더라. 하나님이 계신 천국에 가는데 두려울 게 없다고…"

"정말요?"

"그래. 병원에 누워서… 참, 나 기가 막혀서….."

"나도 병문안 가면 안 돼요?"

"손님 없을 때 갔다 와. 너도 보고 싶다고 하더라."

정동에서 버스를 타고 세브란스 병원이 있는 신촌으로 가는 길은 멀지 않았다. 어느새 서울에서 두 번째 맞는 겨울이다. 변변치 않은 겉옷을 입고 버스에 올랐다. 이대 앞이란다. 작은언니가 그토록 가기를 원했던 대학인데. 가슴에 배꽃 모양의 배지를 단 여학생들이 우르르 버스에 올랐다. 미령 언니가 헤어드라이어로 기를 쓰고 세우는 바람머리를 하고 멋진 코트를 입고 가슴에는 두꺼운 책을 감싸 안은 이대생들. 무슨 이야기가 그리도 즐거운지 서로 바라보며 깔깔대는… 사실 마음만 먹고 공부를 했었으면 나도 대학은 갈 수도 있었을 텐데… 갑자기 뒤좌석에 앉아 있는 내가 너무 부끄러웠다. 일을 하다가 나오는 바람에 손톱 끝을 매운 때가 나를 더 초라하게 만든다. 나는 손을 주머니에 쑤셔 넣고 창밖으로 시선을 돌렸다.

드디어 버스가 연세대학교 정문 앞에 도달했다. 이대생들이 우르르 먼저 내리는 뒤를 따라 내렸다. 수많은 남녀 대학생들이 오가는 정문 앞에서 차마 고개를 들지 못하고 병원 쪽으로 향했다. 문득 진수도 있을지 모른다는 불안감이 엄습했다. 나는 빠른 걸음으로 병원으로 통하는 길을 따라 걸었다. 마른 가로수에서 가을에 미처 지지 못한 잎들이 떨어져 차가운 대지 위에 이리저리 쓸려 다니며 아파 죽겠다는 듯 바스락댄다. 잘 닦인 아스팔트 도로 위에 몇 번을 그렇게 구르다가 바삐 걷는 사람의 발자국에 짓밟히고 흔적도 없이 부서지다 이내 이어지는 한 줄기 바람에 휙 날린다. 저것들은 왜 이 겨울까지 남아 저리도 고통스럽게 마감을 하는 건지… 공연히 눈물이 흘렀다.

가로수가 끝나는 지점에 있는 산부인과 병동 건물로 들어섰다. 미로의 복도를 따라가다가 드디어 병실에 다다르고 창가의 침대에 있는 춘자 언니를 찾아냈다. 환자복을 입고 누워 있는 그녀의 시선과 마주치자 온몸에 힘이 빠져나갔다. 눈에서는 눈물이 폭포수처럼 흘러내렸다. 그건 분명히 그녀 때문에 우는 것이 아니었다. 그러나 춘자 언니는 마른 가슴으로 나를 품었다. 나는 그녀의 가슴에서 눈물을 펑펑 쏟으며 마치 태어나기 이전부터 그녀를 알았던 느낌이 들었다. 그날 그녀의 슬픈 이야기를 들었다.

"8남매 맏딸로 태어났지. 이 나라의 끝자락에 달려 있다고 땅끝마을이라 불리는 곳에서도 농사지을 땅이 없는 가난뱅이 집에서. 그런데도 흥부네 집처럼 자식은 어찌 그리도 많은지. 우리 엄마를 생각하면 항상 배가 불러 있는 모습뿐이야. 초등학교만 나오고 15살밖에 안 된 딸을 남의 집에 팔고도 애를 낳고 또 애를 낳는 우리 엄마. 겨우 15살에 집을 떠나 장충동에 있는 집의 식모로 팔려가는 내 심정을 알기나 하는지… 동네 사람들의 주선으로 나를 데려가던 주인아줌마가 딸처럼 키운다고 하자 엄마는 눈물을 펑펑 쏟으면서 감사하다고 했어. 우리 엄마는 법이 없어도 살 사람이라는 소리를 들어. 남의 말이면 전혀 의심하지 않고 그대로 믿으면 착한 사람인가? 주인아줌마는 너무 어린 나를 데려가는 것이 마음에 걸렸는지 엄마에게 공부도 시킬 거라고 했어.

처음에는 청소하고 빨래하는 일이었어. 하지만 전담식모로 훈련시킬 작정을 했는지 찬모에게 요리하는 것도 배우라고 했어. 일이 점점 늘어 아침부터 밤늦게까지 일을 해야 했어. 그래도 고향보다 나은 것은 있었어. 집에서 먹지 못한 흰 쌀밥을 배불리 먹을 수 있었으니까. 그러나 세상은 결코 내 편이 아닌가 봐.

내 나이 18살에 2층 구석진 방에서 자고 있는데 한밤중에 나를 누르는 거대한 몸짓에 눈을 떴어. 주인아저씨였어. 하루 종일 지친 몸은 어떤 저항도 못 하고 그대로 당하고 말았지. 주인아저씨는 나랏일을 하는 꽤나 높은 직책에 있는 사람이라고 했는데… 그래도 나는 마치 아무 일도 없었던 것처럼 주인아줌마가 시키는 일을 열심히 했어. 그곳을 떠나는 것은 상상도 할 수 없었기에. 아무도 날 지켜주지 않는 험악한 서울이기도 했지만 그렇다고 빈손으로 돌아갈 고향은 더 두려운 곳이었지. 쥐꼬리만 한 월급을 기다리는 둥지 속 어린 제비 새끼 같은 동생들을 생각하면 다 참아야 했어. 이후로 주인아저씨는 밤이면 제 방을 드나들 듯이 했지.

그런데 결국 19살이 되던 해에 나는 결국 그 집을 나오고 말았어. 사춘기를 겪는 그 집 아들이 내 방으로 들어오던 날 새벽에…"

춘자 언니의 눈에서 눈물이 사정없이 떨어졌다. 그녀는 손에 쥐고 있던 가재 손수건으로 연신 눈물을 닦았다. 이제 겨우 34살이라는데 80살의 노인 같은 모습이었다.

"35년도 살지 못하면서… 아픔만 주는 세상… 내가 무슨 잘못을 했다고 세상은 나를 그토록 모질게 아프게 하는지? 막상 그 집을 나왔지만 갈 데가 없었어. 그래서 고향으로 가려고 서울역까지 왔는데 끝내 기차를 타지 못하고 길 건너 양동으로 들어가고 말았어. 거기서 16년을 살았지. 갈보라는 이름으로… 볕도 들어오지 않는 작은 쪽방에서 몸을 팔아서 생계도 잇고 고향에 돈도 보내면서. 양동에 대우빌딩이 완공되고 그곳에 밀집해 있던 창녀촌이 철거되면서 대부분 떠났지만 더러는 남아있으면서 생계를 이어갔지. 나도 갈 곳이 없던 차에 다행히 내가 알던 포주가 건물을 지을 때 받은 토지 보상금으로 여관을 인수했어. 이 바닥에서 나이가 차고 넘치는 나는 그 여관에서 먹고 자면서 여관을 관리하면서 그 생활을 끝냈는데… 밤이면 아직은 근처에서 남아있던 애들을 손님방으로 불러주지만… 그래도 고향에 있던 동생들도 공부를 마치고 그중에는 제법 큰소리를 치는 동생도 있어. 나도 이제는 인간답게 살아보나 했는데…."

이후로 두 달 만에 춘자 언니가 세상을 떠났다. 그녀가 죽기 이틀 전에 나는 한번 더 그녀에게 면회를 갔다. 눈알이 돌출될 만큼 그녀는 말라 있었다. 겨우 두 달이라는 시간 속에 사람이 저렇게 변할 수 있다는 사실에 그저 입이 벌어졌다. 그녀는 더 이상 침대에서 나오지도 못했다. 시체처럼 누워서 나를 바라만 보았다. 마치 아버지가 죽어가는 모습을 보는 것 같았다. 내 나이 고작 20살에 다시 바라보는 죽음의 모습. 그러나 춘자 언니의 표정은 아버지처럼 평안했다. 오히려 나를 염려했다.

"그날 밤 너를 볼 때 옛날에 나 같은 생각이 들었어. 촌티를 내며 양동으로 들어서는 너를… 너도 나처럼 되면 안 되겠구나 하는 생각이 들었어. 간혹 드나드는 너를 본 사낸 놈들이 군침을 흘리고 탐을 냈지만 내 친동생이라고 얼씬도 못 하게 했지."

"정말? 나는 몰랐는데…."

"세상을 살면서 알아낸 게 있단다."

"뭔데요?"

"오늘 하루 별일이 없었다면 그건 분명 누군가 나를 지켜주었기 때문이었어. 세상은 나를 지켜주는 사람이 없으면 반드시 위기 속에 빠지게 되어 있거든."

"……."

"특히 너처럼 눈에 띄는 애는…."

"내가 눈에 띄나요?"

"빛이 나. 아마도 그런 너를 알아보는 사람을 만나면 세상살이 달라질 거야?"

"언니 점쟁이야?" 그녀는 피식 웃었다.

"그래 점쟁이다. 죽을 때가 되니까 세상이 훤히 보이는데 그까짓 사람의 운명이 안 보이겠어?"

"정말?"

"그래, 사는 게 별거 아니야. 더구나 영생을 믿고 이 세상이 전부가 아니라고 믿으면…."

제법 덩치가 있었던 그녀였는데 아이처럼 작아져 병원 침대가 너무 크게 보였다. 햇빛이 쏟아지는 잔잔한 바다에 조각배처럼 떠 있는 그녀의 미소가 어릴 때 교회에서 보던 천사의 표정이었다.

"며칠 전에 잠깐 천국을 갔다 온 적이 있었어."

"……."

"내가 죽는 것을 너무 두려워하니까 하나님께서 먼저 구경을 시켜주신 것 같아. 세상에 짊어지고 있던 원망, 미움, 섭섭함은 모두 사라지고 내 마음에 충만한 기쁨이 가득한 채로 아주 따뜻한 품 안에 안겨 있는 것 같았어. 사는 내내 그런 평강을 꿈꾸었는데 바로 거기에서 그것을 느꼈어. 그러나 내가 세상에 지은 죄가 많아 그런 곳을 갈 수 있느냐고 물었어."

"그랬는데?"

"죄가 없대. 내가…."

"정말?" 나는 그녀의 황당한 이야기에 빠져들고 있었다.

"힘이 있어 남의 것을 빼앗지도 않았고 돈이 많아서 남을 학대하지도 않았고 지식이 많아 남을 현혹하지도 않았다며. 오로지 빼앗기기만 했다면서… 그래서 내가 눈치를 보며 다시 물었어. 남자에게 몸을 팔았다고…."

"……"

"그것도 내 탓이 아니래. 남의 가정을 깬 것도 아니고 마음이 음란한 것도 아니고 또 그 돈으로 가족을 먹여 살리지 않았느냐고? 사람들은 하나님이 주신 재능을 오히려 남의 것을 빼앗는 것에 쓰지만 나는 빼앗기기만 했다고. 믿을밖에… 내가 뭘 알아. 그저 그렇다니 믿을밖에…."

춘자 언니는 말을 많이 한 적이 없었다. 스스로 배운 것이 없다는 사실을 내세우며. 지극히 단답형인 그녀였는데. 그날 내 기억 속에는 이 여자가 정말 춘자 언니는 맞아? 생각이 들 만큼….

그녀의 장례식은 가지 못했다. 미령이 언니가 벽제 화장터까지 따라가 유골 정리를 하고 왔다. 한 줌의 재로 변한 그녀를 한탄강에 뿌렸다며… 그리고 물을 한 사발을 들이키면서 소리쳤다.

"천벌을 받을 집구석! 누구 때문에 살게 되었는데! 세상 사람이 다 손가락질을 해도 지들이 그러면 안 되지! 나쁜 년놈들!"

춘자 언니가 죽는 순간까지도 가족을 가장 보고 싶어 했는데 그 마지막 소원을 안 들어준 가족. 심지어 장례식에도 아무도 안 왔다고….

비록 우리를 맺어준 춘자 언니가 사라져 버렸지만 미령 언니는 눈에 띄게 나를 챙겼다. 그래도 서로의 과거에 대해 전혀 알려 하지 않았다.

단지 상처뿐인 과거이기도 하지만 미래를 준비하는 현재도 아니다. 그런 현재도 춘자 언니가 그렇게 죽자 순식간에 끝나버리는 관계다. 언제 찢어질지 모르는 얇은 종이 장 같은 관계. 그래서 오히려 둘은 초월적인 신뢰의 관계로 발전했는지도 모른다. 나는 미령 언니에게 절대 충성했다. 어떤 일을 시켜도 절대 불평하지 않고 따랐다. 그런 내게 누구도 믿지 않는 미령 언니가 부재 시에 카운터까지 맡겼다.

인
생
숙
제

7

정동에도 봄이 왔다. 서울에서 3번째 맞는 봄이다. 미령 언니는 유난히 봄을 탔다. 점심을 준비하느라 종업원들의 바쁜 손길도 아랑곳하지 않고 향기가 독한 노란 프리지어를 한 움큼 들고 코에 대며 흥흥 돌아다녔다. 결국 주방장이 한마디 던진다.

"사장님, 냄새 독해서 음식 맛 떨어집니다."

"왜? 좋기만 하구만…."

미령 언니는 감정의 기폭이 크다. 흥이 나는 이유와 때가 분명하지도 않다가 급격하게 우울감에 젖어들기도 했다. 배경도 분명하지 않은 그녀가 정동에 어떻게 이런 멋진 식당을 운영하게 된 데는 뒷돈이 있다는 게 분명하다. 그러나 뒷돈의 정체는 전혀 알 길이 없다.

좁은 식당에서 프리지어 냄새를 풍기며 돌아다니는 미령 언니를 보며 문득 엄마 앞에서 저러고 다니면 분명 맞았을 텐데… 뜬금없이 떠오른 엄마 생각에 내가 오히려 흠칫 놀란다. 그러면서 이어지는 큰언니 얼굴, 작은언니 얼굴까지… 프리지어 향내가 독하면 독할수록 사무치게 그리워지는 얼굴, 얼굴… 문득 궁금해진다. 엄마가 살아있을까? 진남이도 없고 아버지도 없는 세상을 살면서 혹여 병이나 든 것은 아닐까? 더 이상 참지 못하고 쏟아지는 눈물로 프리지어가 흐려진다. 그때 향기에 취한 미령 언니의 몽롱한 소리도 꿈속처럼 아득하다.

"최 감독이 너한테 관심이 많더라."

"……."

"배우 해도 되겠다며…."

"배우요?" 나는 후다닥 눈물을 닦으며 미령 언니를 바라보았다.

"너 울어? 왜?"

"몰라요. 갑자기…."

"너도 봄 타는 모양이구나. 잘난 척하더니. 봄이라서 우는 모양이구나. 울지 마라. 인생 앞으로 울 날이 태산같이 남았는데…."

고향을 떠나기 전까지 나는 울지 않는 아이였다. 슬픈 일이 있어도 억울한 일을 당해도 울면 진다는 생각을 하면서 참아 냈다. 그러나 고향을 떠난 그날부터 나는 걸핏하면 눈물을 쏟았다. 문득 찾아온 가족에 대한 그리움은 무언가? 떠나 올 때는 두 번 다시 고향 땅을 밟지 않을 것이라 마음을 먹었는데 어느새 그 약속이 희미해졌나? 어쩌면 한 치 앞도 모르는 불안한 서울살이에 대한 두려움보다 더 두려운 것은 익숙해지는 것인지도 모른다. 시계추처럼 반복된 삶에 서서히 길드는 것에 불안을 느낄 즈음부터 눈물은 잦아졌다.

최 감독은 뒷방 단골손님이다. 늦은 시간까지 술을 마시고 때론 그 방에서 그대로 쓰러져 자다 아침에 일어나 부스스한 얼굴 그대로 방송국 건물로 들어가는 것도 보았다. 주변을 의식하며 점잔을 빼는 방송국의 다른 직원들과는 사뭇 다른 파격적인 모습이었다. 연극 연출만 하다가 드라마 연출을 한다고 했다. 중키에도 못 미치지만 훤칠한 키의 잘생긴 배우에 절대 기죽지 않는 당당함이 시선을 끈다. 앞이마에서부터 대머리가 시작되는 징후가 역력하지만 떡 벌어진 어깨와 예리한 눈꼬리에서 뿜어져 나오는 눈빛에서 사람을 압도하는 카리스마를 풍겼다. 미령 언니는 마치 그가 서방이나 되는 것처럼 살뜰하게 챙겼다.

식당이 방송국 건물 곁에 붙어 있다 보니 주로 그곳에서 일하는 사람들이 자주 드나들었다. 연출, 촬영기사, 조명, 작가, 등등. 일일이 기억하기도 생소한 용어다. 하물며 그들이 구체적으로 무슨 일을 하는지는 모르지만 그렇게 호칭을 주고받는 그들에게 제법 익숙해져 있었다. 서빙하는 내게 아는 척을 하며 더러는 엉덩이를 손으로 더듬기도 어깨도 만지면서… 노골적으로 따로 만나자는 제의를 하기도 하면서. 나도 이제는 보내는 눈빛만 보아도 그 의미를 알 수가 있었다. 그러나 뒷방 단골인 최 감독과 눈도 마주친 적이 없었다.

이틀이 지나 미령 언니는 그가 있는 방으로 나를 불렀다. 사람들과 모여 앉아 시끌벅적하던 평소와 달리 미령 언니와 단둘이 앉아서 술을 마시고 있었다. 그는 이미 술에 취해 있었고 그의 곁에 바짝 붙어 앉아 있는 미령 언니는 담배를 물고 있었다. 술은 취한 것 같지는 않은데 저녁이면 차려입은 8폭 한복 치맛자락이 가랑이 사이가 훤히 보일 정도로 당겨 올라가 있고 옷고름도 풀려 있다. 못 볼 꼴을 본 듯 주춤대며 문간에 서 있는 나를 보자마자 그가 다짜고짜 물었다.

"연기 좀 해 볼래?"

"연기요? 제가 무슨 연기를… 갑자기… 더구나 연기도 해 본 적이 없는데요?"

"연기? 그거 별거 아니야. 그냥 내가 하라는 대로 하면 돼. 대사도 많지도 않아. 정이 어렵다면 그것도 빼면 되지 뭐."

"근데 왜 얘야?"

난감해하는 나를 가리키며 미령 언니가 정말 궁금한 모양이었다. 그가 술을 홀짝 들이켜고 말했다.

"느낌, 얘를 본 순간 그 느낌이 왔어. 단역이지만 그만큼 강력한 이미지를 주어야 하는데…."

"나는?"

"치아라 마."

미령 언니는 까르르 웃으며 최 감독 품에 안긴다. 최 감독은 미령 언니를 밀치고 진지하게 말했다.

"배역을 찾느라고 고민 좀 했지. 공채로 들어온 것들은 겉멋만 들고 연기 좀 한다는 것들은 안 하려 하고. 근대 얘를 본 순간 유레카!"

"유레카? 그게 뭔데?"

"미령아, 말 시키지 말고 술이나 따라라. 오빠 힘들다."

미령이 언니가 입을 삐죽이 내밀고 빈 잔에 술을 따른다. 그가 술을 홀짝 들이켜고 나를 보고 말했다.

"어때? 해 볼래?"

"……."

미령 언니는 재빨리 안주를 그의 입에 들이밀며 물었다.

"어떤 역할인데?"

"첫사랑에 배신을 당한 여인이 그 상처를 견디지 못하고 강물에 빠져 죽는 연기…."

순간 시꺼먼 물살이 휘돌아 치는 그곳에 떠 있던 진남이의 까만 머리가 보이고 이내 사라진다. 나는 울컥하고 눈물을 쏟았다. 그도 미령 언니도 나의 기이한 반응에 의아해하며 동시에 물었다.

"왜?"

"아, 아니에요." 나는 황급히 눈물을 훔쳤다. 그리고 생각했다. 그 정도쯤이야 할 수 있어 할 수 있고말고….

또 다른 시작이었다. 물론 식당 종업원을 그만두고 할 수 있는 일은 아니었다. 최 감독의 말이라면 버선발도 마다치 않고 뛰어다니는 미령 언니이고 보니 종업원의 신분을 유지하고 연기에 참여할 수 있었다. 주인공이 과거를 회상하는 장면에 출연하는 단역이다. 원래 정해진 배역이 있었지만 개인 사정상 할 수 없다고 해서 급조했다고 했다. 정말 최 감독의 번뜩이는 영감으로 나를 선택했는지 아니면 급하게 대체자를 찾다가 나를 택했는지는 알 수 없다. 최 감독은 작가라고 불리는 마른 체형의 중년 여인 앞에 나를 세웠다.

"저… 지난번에 제가 말씀드린…."

담배를 입에 물고 있던 그녀는 나를 훑어보았다.

"연기를 안 해 봤다면서요?"

"안 해 봤지만 내가 연출할 수 있다고 말씀드렸잖아요."

"최 감독, 드라마는 관객과 떨어진 무대에서 연출이 시키는 대로 목청만 돋우면 되는 것이 아니라 화면에 연기자의 혼을 담아야 해요. 시청자와 직접 대면해야 하는 화면에! 개나 소나 하는 연기가 아니라 시청자의 영혼마저 움직이는 디테일한…."

그녀는 더 이상 말을 잇지 않고 힐끗 최 감독을 바라보더니 서둘러 담뱃재를 털며 말했다.

"아, 알겠어요. 최 감독이 편하신 대로… 대세에 지장 있겠어요?"

최 감독은 나를 낚아채듯 끌고 나오며 중얼거렸다.

"미친년, 대세? 놀고 있네. 대세는 네가 정하는 게 아니야. 이 마귀 같은 년아…." 그러더니 나를 향해 싱긋 웃어 준다.

"순남이 너 때문에 참는 거다."

그렇게 그 일이 결정되었지만 그녀뿐 아니라 그곳에 있는 누구도 나를 환영하지 않았다. 수많은 사람들이 저마다의 역할을 하며 부지런히 움직이지만 나는 망망대해에 떠 있는 외로운 섬처럼 있었다. 하지만 대세에 지장이 없다. 그저 나는 최 감독만 바라보면 된다. 최 감독은 내게 특별한 지시를 내리지 않고 그곳에 있으라고 했다. 나는 구석에 앉아 그곳에서 벌어지는 것들을 우두커니 바라만 보았다.

밖에서 보면 단순한 고층 건물인데 방송국이라는 이름의 건물 안에는 그처럼 멋진 것들이 실제처럼 세팅되어 있는 것도 놀랍기만 했다. 높은 천장에 거대한 불빛을 쏘아대는 조명들과 그 불빛 아래서 카메라를 돌리는 거친 남자들의 목소리가 불쑥불쑥 튀어나오고 앞뒤로 뚫어진 무대 위에서 수많은 눈들이 지켜보는 데도 배우들은 실제처럼 먹고 자고 때로는 입을 맞추기도 하면서… 같은 동작을 수도 없이 반복하면서… 내 나이 고작 22살에 이처럼 또 다른 세상이 있다는 것을 알게 되는 것만도 신기할 뿐이었다.

역할도 없이 우두커니 자리를 지키며 앉아 있는 동안 내 귀에는 수많은 소리가 들려왔다. 그들은 내가 들어도 전혀 상관이 없다는 듯이 참새처럼 지저귀었다.

"쟤는 누구야?"

"최 감독이 데려왔대."

"최 감독이?"

"무슨 사이야?"

"뻔하지 뭐. 오다가다 만나서 뒹굴다가 데려온 애 아닐까?"

"아, 맞다. 어쩐지 눈에 익는다 했더니. 요 앞에 있는 식당 종업원 아니야?"

"최 감독이 걔랑 특별한 사이였어? 그 집 주인하고 특별난 사이 아니었어?"

"좌우간 최 감독다워. 엄마도 먹고 딸도 잡아먹었나? 있는 것은 지랄 같은 성격에 차고 넘치는 정력뿐…."

"대머리가 힘이 좋대. 좌우간 연기를 아무나 하는 줄 안다니까. 그러니까 작가님한테 매번 깨지지."

그러나 나는 그런 것은 전혀 불쾌하지 않다. 죽고 사는 것도 아니고 실제로 위협을 가해오는 것도 아닌 말장난에 놀라지도 마음을 상하지도 않는다. 더 이상 참을 수 없는 지경이 되면 실제 말이 오가는 장면을 택해서 일격을 가하면 된다. 가벼운 입보다 행동하는 힘을 쓰는 나였다. 언제든 미련 없이 집어 던질 준비도 되어 있는 나. 진남이도 죽었는데 이까짓 게 뭐라고? 어쩌면 내 눈빛은 그때를 찾아 기다리는지도 모른다.

그런 기운을 느꼈는지 최 감독이 작가의 또래로 보이는 연기자에게 나를 소개했다. 그녀는 얼굴에 살이 두둑이 오르고 뱃살도 있고 엉덩이도 푹 퍼진 그녀는 연기자라기보다는 길에서 마주치는 아줌마의 모습이었다. 여인은 따뜻하게 웃으면 나를 맞아주었다. 최 감독이 공손하게 부탁했다.

"선생님, 부탁합니다. 제가 가르쳐 보려 했는데 시간이 없어서. 아시다시피 연기는 전혀 해본 적이 없는… 대사는 많지 않아요. 근데…."

"걱정 말아요. 내가 가르쳐 보리다."

눈꼬리가 가늘고 긴 작가와는 전혀 다른 분위기다. 사람들은 그녀가 주인공도 아닌데 선생이라는 호칭으로 예의를 갖추었다. 50살 중반의 그녀는 18살부터 극단에서 연기를 시작했다며 연기 별거 아니라며 나를 안심 시키는 것부터 해 주었다.

드디어 강에 나가 죽는 마지막 신이다. 햇볕이 쏟아지는 강가에서 그 날처럼 나는 강물에 서서히 들어갔다. 엄마 몰래 사 입은 비키니 수영복 대신에 한복을 입고 진남이처럼 떠 있었다. 까만 정수리만 오르락내리락하게 하면서… 얼굴을 물속에 처박고 몸에 힘을 빼고 물살에 몸을 그대로 맡겼다. 살아나겠다고 아우성을 치면서 몸을 빼내려 할 때는 물은 거칠게 나를 잡아당기더니… 그러나 막상 죽자고 생각하니 몸이 저절로 떠올랐다. 마치 물이 나를 들어 올리는 것처럼… 더 이상 물이 두렵지 않았다. 낮에 놀다 두고 온 가랑잎 배처럼… 푸른 달과 흰 구름이 둥실 떠가는 연못에서 살살 떠 있는 가랑잎 배처럼. 엄마 곁에 누워도 생각이 나는… 엄마 곁에… 너무 평안해서 그냥 그대로 있고 싶었다.

그러나 그 시간이 지나치게 길었던 모양이었다. 최 감독이 컷컷 소리를 지르고 힘이 센 남자들이 사람들이 물속으로 뛰어 들어왔다. 나는 한동안 강가에 누워 있었다. 감긴 눈꺼풀로 햇볕은 파고들고 젖은 옷이 온몸을 누르는데 귀에서는 소리가 들려왔다.

"진짜 죽으려던 거야?"

"무슨 사연 있는 애 아니야?"

"정말 사연 있나 보네."

마지막 신이 죽여주었단다. 최 감독이 한 말이다. 무명의 나를 추천한 장본인이고 보니 말은 걱정이 없다더니 실제는 몹시 초조했던 모양이었다. 그렇게 해서 내 역할이 끝이 나는 줄 알았다. 마치 아무 일도 없었던 것처럼 식당으로 돌아온 나에게 최 감독은 다짜고짜 코를 고치고 이름을 바꾸라고 했다. 본격적인 연기에 뛰어들어보라고….

곁에서 듣고 있던 미령 언니는 마치 자기 일처럼 고무되어 돈을 가불해줄 테니 코를 성형하란다. 최 감독은 야매는 안 된다고 제대로 된 성형외과 의사를 찾아가라고 당부했다. 단지 코만 하라고. 다른 데는 절대로 고치면 안 된다며. 최 감독의 사주를 받은 미령 언니는 광화문 사거리 어느 곳에서도 환히 보이는 커다란 간판을 단 성형외과로 나를 데려갔다. 그 결과 일 년 치가 넘는 월급을 주고 들어 올린 코가 인생을 바꾸었다. 콧등이 주저앉았다고는 하지만 그것 하나를 세웠다고 얼굴 전체가 변한다는 사실도 그저 놀라울 따름이었다.

"세상에, 몰라보겠어. 아니 코에 손댔다고 이렇게 달라져? 나타리 우드 같다 얘."

미령 언니는 그즈음 비디오를 빌려보는 재미에 푹 빠져 있었다. 나탈리 우드가 나오는 영화면 무조건 빌려왔다. 특히 초원의 빛을 몇 번이나 돌려보며 워런 비티가 죽일 놈이라고 눈물을 짜는 미령 언니의 견해에 최 감독은 코웃음을 쳤다.

"허 참. 그걸 눈이라고 달고 다니니. 그 여자는 작고 귀여운 게 매력인데. 순남이는…"

"코가 닮았다고요. 코가…"

"하기는 언뜻 보면 그 분위기는 나네. 그 여자 코가 매력이지. 맞네. 바로 그 코네."

"맞죠? 내 말이…"

자기 의견에 지지를 받은 미령 언니가 까르르 웃으며 손뼉을 치자 최 감독이 내게 말했다.

"사실 순남이 너를 보자마자 주저앉은 그 코를 때려 주고 싶을 만큼 미웠거든. 그놈의 코가 저만 미운 게 아니라 전체를 망가뜨리니 얼마나 미운 놈이야. 아름다운 것은 조화롭게 해서 못난 것도 역할을 주어 살리는데 못난 놈은 옆에 있는 아름다움도 빼앗아 모두를 망치잖아. 인간도 똑같아."

"어쩌면 표현도 저렇게 멋들어지게 잘할까. 좌우간 우리 최 감독님이 순남이를 새로 태어나게 했으니 아버지라고 해야겠네. 아버지…"

미령 언니 제안에 그저 나는 민망했다. 아무리 그래도 아버지라니. 그가 화를 벌컥 낼 것 같았는데 빙긋 웃는다.

"아버지? 아버지라… 근데 좀 심하다. 차라리 아저씨라고 불러, 경아처럼. 아저씨…"

"경아는 또 뭐야?" 미령 언니가 반문한다.

"미령아, 너, 경아를 모르니? 영화, 별들에 고향에 나오는. 몸은 만신 창이지만 영혼은 순수한 여인, 경아… 그 영화 안 봤니?"

"안 봐요. 그런 영화…"

"왜?"

"몸은 만신창인데 영혼이 순수하다는 게 말이 돼요?"

"왜?"

"여자가 돼 봐요, 그게 말이 안 된다는 것을 알지."

"참나, 얘는… 남자인 내가 그렇다는데 여자인 네가 아니라는 것은 뭐니. 나는 말이다, 네가 그 눈물 찔찔 짜면서 몸과 마음이 일치해야 한다는 것이 더 이상해. 남녀 간에 사랑이 시작될 때는 몸부터 스파크 가 튀어야 해. 몸부터… 미령아, 남자는 말이다, 몸이 먼저야. 몸을 준 여자를 마음만 있는 여자보다 더 사랑할 수 있어. 씁정이지…"

"그러면서 몸을 준 여자를 무시하잖아요."

"몸 때문이 아니라 그만큼 사랑하지 않아서 그런 거야."

"뭐래? 그 소리나 그 소리나 같구먼."

"미령아 남자의 사랑은 그때그때 달라. 더구나 남자는 100% 가슴으로 사랑하는 여자가 있으면 차라리 그 여자랑 안 자고 싶어 해. 초원의 빛에서 워런 비티가 나탈리 우드랑 끝까지 안자잖아? 나탈리 우드가 그래서 미쳤잖아. 다른 여자랑 다 자면서 왜 자기랑 안 자냐고."

"맞아요. 근데 왜요?"

"남자란 말이다, 순백의 사랑을 꿈꾸는 여자들에게 거세당할 것 같은 두려움이 있기 때문이야."

"뭐래? 또 그 소리는…."

"미령아, 너랑 내가 왜 이런 이야기를 하며 핏대를 세워야 하니. 너는 네 방법대로 살고 나는 내 방법대로 살자. 나 피곤하다."

"그러지 말고 한번 자 보자니까요. 뭐가 옳은지."

"미령아, 너 알지? 내 몸은 주인에게 매인 종의 몸이라는 거… 내 육체는 이상하게 주인에게만 반응을 해. 배냇병신이야."

"그 병을 내가 고쳐 줄 수 있다니까요."

"미령아, 오빠 피곤하다."

최 감독과 미령 언니, 누가 더 나이가 많은지 전혀 알 수가 없고 어떤 관계인지도 예측이 불가능한 관계다. 둘은 서로에 대해 아주 잘 아는 것 같지만 전혀 모르는 것 같고 더하여 넘지 못할 선이 있는 것 같았다. 분명한 것은 미령 언니가 최 감독을 아주 좋아한다는 사실이다.

그날 최 감독은 내게 말했다. 예쁘기만 하면 자칫 천박할 수 있단다. 나는 예쁘지는 않지만 충분히 아름다울 수 있는 조건을 갖추었다고 했다. 아버지는 세상에서 내가 제일 멋지다고 했었다. 분명 예쁜 것과는 다른 의미일 것이다. 멋지다는 표현은 보이는 그 자체보다 무언가 의미가 가미 되는 것 같았다. 어떤 틀에 박힌 형식을 넘어서 평가자나 평가를 받는 자가 의도하는 것에 따라 달라지는… 그래서 사람들은 내게 언젠가라는 표현을 자주 했다. 언젠가… 누군가를 만나면… 그러나 기분이 나빠지려고도 한다. 스스로 발광체가 되지 못하고 주인이 있는 종속체가 되어야 하는 걸까?

최 감독이 이름도 고치라고 주인처럼 명령했다. 미령이 언니는 그날로 나를 작명소로 데리고 갔다. 그곳에서 이름을 지으면 유명해진다는 소문이 있다며. 그래서 이름도 바꾸었다. 진아로. 성도 바꿀까 하다가 그대로 두었다. 그래서 얼굴도 이름도 바뀐 황진아로 거듭난 셈이다. 내 나이 23살에…

최 감독은 드라마가 끝나자 더 이상 방송 드라마 연출은 하지 않겠다는 선언을 했다. 그가 연출한 드라마는 시청률이 나쁘지는 않았는데 최 감독은 도저히 못 해 먹겠다고 했다. 작가나 유명 배우의 갑질을 참을 수가 없다며, 이름이 나지를 않아도 배가 고파도 연극의 길을 가겠다며 방송국 출입을 끊었다. 물론 나도 변한 것은 없다. 다시 식당 종업원의 신분으로 돌아와 가불한 돈을 갚기 위해 열심히 일을 하면서. 하지만 식당 일이 이전처럼 즐겁지가 않았다.

시간만 나면 텔레비전을 틀어 놓고 연기자들이 하는 연기를 뚫어져라 보고, 홀로 있을 때는 따라 해보고, 수시로 거울 앞에 앉아 표정도 잡아보고, 그래서 미령 언니의 앙칼진 소리를 듣기도 하면서, 노는 날이면 무조건 비디오를 빌려 돌려보면서. 나름 작업을 걸어 보겠다고 방송국 직원이 식당에 오면 전에 없이 살갑게 굴었다. 꿔다 놓은 보릿자루 같다고 불만이던 미령 언니가 오히려 그만하라고 핀잔을 줄 정도로… 그렇게 소망이 생겼는데… 연기자가 되고 싶은….

그런 꿈을 만들어준 최 감독은 방송국에 있을 때처럼 식당을 자주 찾지 않았다. 돈도 없고 시간도 없기 때문이란다. 그래도 간혹 늦은 시간에 홀로 와서 술을 마시고 갔다. 그가 식당에 들어서면 나는 퇴근을 미루고 그의 곁에 앉았다. 그가 강요한 것도 아닌데 그렇게 하고 싶었다. 그는 곁에 앉아 술을 따르는 나를 향해 빚진 자처럼 말했다.

"조금만 기다려. 실력자를 소개시켜 줄게."

"그래서 그런 것 아닌데요."

"아니기는 뭐가 아니야. 얼굴까지 고쳤는데 탤런트 안 시켜주나 그런 표정인데."

"아, 아닌데…."

"기다려. 너 같은 인물이면 주연 자리 꿰차고도 남아."

"말도 안 돼요. 그저 저는 작은 역할이라도 하면 좋겠는데. 정식으로…."

"정식?"

"그럼 공채에 도전해야 하는데?"

"노력해 보죠. 여기에서 일하고 번 돈으로 연기학원 다니다가 공채 때마다 도전해 보죠. 뭐."

"순남아, 꿈은 좋지만 세상은 그렇게 해서 돌아가는 곳이 아니야."

"진아라고 불러주세요."

"아 참, 진아. 진아였지? 진아야, 오빠 한번 믿어 봐."

"아저씨…."

"아 참, 아저씨지. 경아야"

"진아…."

"그래, 그래, 진아…."

그러던 어느 날 최 감독이 방송국의 실세라는 고 피디를 데리고 왔다. 뒷방에서 둘은 늦게까지 술을 마셨다. 초반에 술 시중을 들던 미령 언니가 나오더니 내 등을 떠밀며 들어가란다. 나는 머리를 조아리고 얌전히 앉아서 빈 잔에 술을 따르는 나를 향한 고 피디의 시선이 민망할 정도로 강렬했다. 최 감독은 말없이 술만 마셨다. 이윽고 고 피디가 입을 열었다.

최 감독과 같은 대학을 나온 동창이란다. 최 감독은 건축학을 전공했는데 연극 동아리에 미쳐서 연극만 했다고. 반면에 신문방송을 전공한 그는 연극 동아리 출신이지만 결코 공부에 소홀하지 않고 방송국에 입사했다고. 그러면서 그동안 방송국은 외국 드라마를 많이 들여와 방송을 했는데 이제 자체 제작을 하는 시대에 접어들어 드라마 감독이 절대 부족한 시대라고 했다. 그의 절친한 친구인 최 감독에게 이 기회를 타서 드라마 연출을 적극적으로 해 보라고 권했다고. 다행히 처녀작의 반응이 좋아 이번 기회에 아예 방송국에 몸을 담고 해보라는데 더 이상 안 한다고 하니 본인도 방송국에 체면이 안 선다고….

어느새 술기운이 거나하게 오른 최 감독이 고 피디의 입을 막았다.

"그 년 때문이야, 그 년. 늙은 년이 정말 밥맛없어. 지가 글을 어떻게 쓰든 표현은 연출이 하는 것 아니야? 사사건건 지랄이야. 지랄이…."

"야, 인마, 그래도 방송국에서는 그 여자 작품 받으려고 얼마나 공을 들이는지는 알아? 세상살이 내 멋대로 살아지는 줄 알아? 대세에 순응하고 살아. 대세에… 이제는 무대가 한정된 연극보다는 드라마야. 드라마…."

"필요 없다. 억만금을 준다 해도 이놈 저년 눈치 보며 사는 세상, 나는 싫도다. 그러니 우리 순남이… 아니 우리 진아 잘 좀 부탁한다."

고 피디는 나와 최 감독을 유심히 바라보더니 묻는다.

"둘이 무슨 사이야?"

"이 자식이 미쳤나. 야 인마! 딸 같은 애한테. 나, 얘 아빠야. 아빠."

"지랄하네, 딸은… 고작 35살에. 머리 벗어진다고 영감 행세하기는…."

"쓸데없는 상상 말고 잘해 줘라. 나는 순남이 아니, 진아를 보면 왠지 내 첫사랑이 생각난다니까."

"아직도 그 첫사랑 타령이냐? 이제 그만 방황하고 가라, 가."

그날 나는 최 감독의 나이가 미령 언니보다 어리고, 대학에서 건축을 전공하고, 사랑하는 여자가 있다는 것을 알았다. 그리고 나의 운명의 주인이 고 피디로 넘어갔다는 것이다. 한 달이 지날 즈음 조 감독이라는 사람의 전화를 받았다. 그는 성이 조씨가 아니라 드라마 감독의 보조자란다. 드라마에 단역의 자리가 필요하다며 방송국으로 오라고 했다. 드디어 온 기회에 살려보겠다고 애써 차려입은 나의 면전에서 그의 눈빛이 마뜩지 않는 것이 역력했다. 아마도 젊은 혈기답게 위에서 내려온 지시를 따르는 것이 영 못마땅한 모양이었다. 가정부 역할이었다. 대사는 '네'밖에 없다. 커피잔이나 음식을 나르는 일은 얼마든지 잘할 수 있다. 그러나 아무리 진짜처럼 해도 알아주는 사람도 없고 설사 못 해도 지적하는 사람도 없다. 처음부터 대본 연습을 하면서 끈끈한 동료애로 뭉쳐진 그들에게는 그저 중간에 끼어든 짱돌이다. 그렇다고 비중이 있는 역할을 하는 낙하산도 아닌 것이 위에서 지시를 받고 그런 역할을 한다니… 출신 성분도 분명하지 않고… 그래서 더 이상하다며 도대체 쟤는 뭐니? 하는 눈빛을 주고받으며 피해 갔다. 하지만 이미 경험으로 충분히 예견된 것이다. 죽고 사는 일도 아니고 대세에 지장이 없다. 무대 밖에서는 그저 반응하지 않는 투명인간의 역할만 잘하면 된다. 그런 내게 간혹 엑스트라에 가까운 역할도 들어왔다.

24살, 어느 가을날에 고 피디가 전화를 걸어왔다. 식당이 아닌 그가 정한 장소로 나오라며… 나는 미령이 언니에게 방송 일이 있다는 핑계를 대고 손님이 분비는 저녁 시간에 그를 만나러 나갔다. 그즈음 미령 언니도 방송 일로 식당을 자주 비우는 나를 마뜩잖게 여겼다. 처음에 최 감독의 유명 여배우 탄생을 예고하는 듯한 발언에 공연한 기대감에 부풀어서 인심을 쓰다가 본전 생각이 나는 모양이었다. 조만간 식당을 그만두어야 할 것 같은 위기의식이 엄습했다. 그러나 쥐꼬리만큼 받는 출연료로 그녀에게서 가불한 돈까지 갚고 떠난다는 것이 요원하기만 했다.

  정동을 나와 광화문으로 향했다. 서울에 와서 개인적인 만남을 위해 거리를 걸어본 적이 없었다. 누군가를 만나기 위해 옷을 차려입고 약속 장소로 나가는 것도 처음이다. 가을이 끝나가는 무렵이라 겨울을 품은 바람이지만 견딜만했다. 더 추워지면 털 코트를 사서 입어야 하는데… 먹고 자는 것이 불안했을 때는 허기진 배를 채우고 비바람만 피하면 살 것 같았는데 이제 눈에는 모양 좋은 털 코트가 들어올 만큼 형편이 나아졌나? 생각하며.
  해가 지는 도시의 하늘이 큰 건물 사이로 붉은 얼굴을 들이밀고 나를 내려다본다. 광화문 네거리에 다다른 나는 경복궁을 향해 방향을 틀고 걸었다. 양쪽으로 늘어선 은행나무의 노란 잎새가 정신 나간 여자의 머리처럼 산발을 하고 있더니 작은 바람에도 호들갑을 떨며 우수수 이파리를 떨구었다. 이미 그 길에는 먼저 떨어진 노란 이파리가 수북이 쌓여 있다. 나는 그 낙엽을 밟으며 세종 문화회관 옆에 있는 카페에 들어갔다. 창가에 앉은 고 피디를 먼저 발견한 내가 다가설 때까지 그의 시선은 창밖에 머물러 있었다. 이미 놓인 커피잔을 보며 미안한 표정으로 말했다.
  "죄, 죄송합니다."

"아니야. 내가 외부 행사 마치고 먼저 온 거야. 앉아. 커피 시켜야지?"

나는 커피를 마셨다. 그는 할 말이 있다고 했지만 커피잔만 만지작대더니 나가자고 했다. 번잡한 도심을 떠나고 싶다며, 서울 근교에 맛있는 식당을 안다며… 그가 사람을 피하고 싶은 모양이다 생각했다. 어쩌면 다른 사람이 알면 안 되는 은밀한 제안일 수도 있겠구나 생각하며 일어서는 그를 따라나섰다.

그의 차는 서울에서 멀지 않은 곳에 있는 식당에 도달했다. 강이 보이는 곳에 자리를 잡은 식당으로 들어가니 해가 완전히 기울었다. 7시도 되지 않았는데 하늘에 해의 기운은 사라지고 어둠뿐이다. 그렇다고 별이 빛날 만큼 캄캄하지도 않다. 고 피디와 단둘이 마주 보고 앉아 있는 것도 처음이다. 그의 눈빛이 불안하게 흔들렸다. 내 잔에 물을 따라주는 손도 가볍게 떨렸다. 그는 최 감독과 다르게 나를 대했다. 최 감독은 나를 순남이라고 불렀고 고 피디는 진아라고 불렀다. 그가 추천하는 음식을 맛있게 먹었다. 누군가 나를 위해 사주는 밥도 내 생애에 처음 있는 일이다. 창밖을 채운 어둠이 서성이며 오히려 우리가 있는 창안의 불빛을 호기심 있게 들여다보고 있었다. 그가 말했다.

"맛있어?"

"네."

둘은 밥을 먹고 그가 주문한 국화주를 주둥이가 크고 멋진 둥근 잔에 반쯤 채우고 마시란다. 술맛은 잘 모르지만 분위기가 좋았는지 달콤하게 목을 적시며 흘러내려 갔다.

그리고 그날 그와 잠을 잤다. 그가 원했지만 내가 더 그를 원했는지도 모른다. 아니면 내 육체가 원했는지도 모른다. 마치 오랜 목마름에 기다려온 단비처럼 그와 몸을 섞었다. 그를 사랑해서는 아니었다. 그저 몸이 알아낸 섹스에 대한 갈증이 분명했다. 그날 이후로 고 피디는 나를 구속하려 했다. 나는 그에게 어떤 것을 요구하지 않고 그가 원하는 것을 해주었다. 사실 내가 그에게 해 줄 수 있는 것은 그것뿐이고 가장 쉬운 것이기도 했다. 하지만 그가 나를 아무리 사랑한다고 해도 나를 자유롭게 해줄 만한 처지는 아니었다. 처자식이 딸린 가장이다. 더구나 그는 사회적인 평판이 미래의 운명과 연결된 월급쟁이다. 둘이 관계가 깊어질수록 그의 한계를 아파하며 내게 돈이 되는 역할을 찾아 주려고 애를 쓰는 것 같았다.

8

드디어 비중이 있는 조연을 맞게 되었다. 결국 식당 일은 그만둘 수밖에 없었다. 더구나 방송국이 본격적으로 여의도로 옮겨가면서 식당도 영향을 받았다. 이래저래 떠날 때가 온 것이 분명했다. 장밋빛 미래를 기대한 적도 없는 내 인생, 불안한 시작만 있을 뿐인데 더이상 망설일 이유가 없다. 헤어지던 날 미령 언니는 춘자 언니가 더 이상 살지 못한다고 말할 때처럼 슬피 울었다. 내 나이 25살에….

만년 단역인 줄 알고 마음을 열었던 연기자들은 경쟁자가 되었다는 경계심을 느끼는 것 같았다. 막상 뒷배를 봐주는 사람이 상당한 직위에 있는 것도 그들 마음에 들지 않는 모양이다. 그래서 또 왕따다. 그토록 소원하던 대본을 읽는 첫 만남에서도 아는 척을 해주는 사람이 별로 없다. 작가가 쇠꼬챙이처럼 말라서 줄담배를 피워대며 뱀장어 같은 실눈을 뜨며 노려보는 사람이 아니어서 그나마 다행이었다. 역할은 사랑하는 아내와 잘 사는 재벌가의 남자를 유혹해서 결국 그 가정을 파탄으로 몰아가는 배역이다. 본부인 배역은 대한민국 최고의 여배우란다. 대학을 졸업한 재원이고 우아한 아름다움을 자랑하면서. 나는 그런 그녀를 슬프게 하는 못된 년의 역할이다. 배운 것도 없고 상스러우면서 오로지 남자를 성적으로 유인하여 그 남자를 사회적, 가정적 파멸로 몰아가는… 사실 내게 그다지 어려운 역할도 아니다. 처음처럼 떨리지도 않았다. 더구나 당당히 대본을 읽는 작업부터 참여하는데 두려울 이유도 없고… 바닥에 있으면서 남의 연기도 따라 해보고 감정도 이해할 만큼의 내공을 쌓았다.

국장이라는 직함으로 바뀐 고 피디는 시작을 앞두고 당부했다. 일단 개인적인 말을 절대로 하지 말고 오로지 대사와 연기에만 몰입하라고. 무조건 상대에게 예스만 하고 불쾌한 일이 있어도 절대로 표현되지 않도록 감정처리를 잘하라고. 수많은 직종의 사람들이 모여 하나의 작품을 완성하는 일이며, 이 일을 계속하려면 그 인맥과 평판은 평생 가지고 가야 한다고. 그저 입을 다물고 바라보기만 하는 것은 내게 문제도 아니라고 했지만, 정말 몰라서 나서지를 못한다. 동네 꼬마들 앞에서 다 안다고 으스대던 판은 흔적도 없이 사라지고, 썩어도 준치라고 황씨 가문의 딸 대접을 해주던 그 판도 사라지고, 전혀 보지도 겪지도 못한 소용돌이 같은 판이다. '그래, 이번만큼은 절대로 지지 않으리라. 네가 이기나 내가 이기나 해 보자. 죽기밖에 더하겠어. 어차피 죽을 목숨 아무 때나 죽으면 어때?' 하는 각오로….

이전에는 내 생각이 분명해서 남이 시키는 짓을 하지 않았는데 이제는 내 생각이 없어져서 누군가 시키는 일은 그대로 할 뿐이다. 작가나 감독이 지적을 하고 고치라면 그것이 몇 번이 되던 군소리 없이 반복하며 그들의 마음에 들 때까지 해냈다. 드라마 방영이 중반에 접어들자 예상과 달리 대한민국 최고의 배우라는 타이틀을 가진 주연보다 내가 더 인기가 있단다. 그 이유가 불분명하지 않아 다들 고갯짓을 했지만 그동안 이어온 트렌드에서 벗어난 것은 분명했다. 식상함과 신선함의 차이였나? 더 이상 청순가련형이 아닌 자기 주도적으로 인생을 끌고 가려는 시대적인 요청이었는지도 모른다. 의도를 가지고 누군가를 계획적으로 구렁텅이로 빠뜨리는 악역이 나라 살림이 나아지고 경쟁사회에 돌입하면서 카타르시스가 되는 것인지… 분명한 것은 다름 아닌 내 안에서 있던 악녀의 요소가 거침없이 드러났다는 것. 그래서 표현하는데 전혀 어렵지 않았다.

그 한편의 작품으로 내 위상은 달라졌다. 당연히 수입도 달라졌다. 광고나 잡지사에서 내가 감히 상상할 수 없는 액수를 제시하며 날 유혹했다. 유명세를 치르고 있는 것이었다. 물론 집을 바꾸었다. 그즈음 한강 다리를 건너서 세워지기 시작한 아파트가 강변을 따라 이스트를 뿌린 밀가루 반죽처럼 불어났지만 살 형편까진 못되었다. 그러나 전세를 얻기에 충분했다. 고 피디는 기동력이 있어야 한다며 차를 사야 하고 스케줄을 관리해주는 매니저 겸 운전기사를 고용해야 한다고 했다. 그러면서 장수를 소개해 주었다. 장수는 나보다 1살이 어린 고 피디의 사촌 동생이다. 광주에서 고등학교를 졸업하고 고 피디가 방송국에 조명보조로 취직을 시켜주었단다. 그런데 취미가 아니라며 다른 곳으로 옮겨 달라고 하는데 대안이 없어 고민 중이었다고. 장수가 아주 순박해서 충직하게 내 매니저로 잘할 것 같다고. 다행히 운전면허증도 있고 무슨 일이라도 마다치 않고 하는 데다 힘이 장사란다. 내게 선택권은 없다. 그저 통보일 뿐….

장수는 누나라고 부르겠단다. 고 피디의 사촌 동생이라고 하지 말고 내 사촌 동생으로 소개해 달란다. 장수는 고 피디가 내 숨은 스폰서라는 것을 알고 있었다. 나는 안 그런 척 시치미를 떼 보았다. 그러자 장수는 오빠처럼 충고를 했다.

"누나, 나, 이 바닥 생활 벌써 5년이에요. 이곳은 줄이 없으면 절대로 들어오지 못해요. 처음에 누나가 단역을 맡았을 때도 누군가 뒷배가 있을 거라는 생각을 했지만 그 줄이 가늘다고 생각하고 관심을 안 가진 것뿐이에요."

아무리 보아도 장수는 고 피디가 소개한 모습은 아니었다. 고 피디가 잘못 알았든지 아니면 장수가 본래의 모습을 안 보였든지… 순간 나도 모르게 속마음을 그대로 드러내고 말았다.

"그러면 어떻게 하면 좋아?"

장수가 빙긋 웃는다.

"누나가 더 센 스폰서를 만나면 돼요."

"더 센 스폰서?"

"누나, 남자란 말입니다. 자기보다 힘이 세면 무조건 자리를 물려주고 떠나게 되어 있어요."

"그럼 고 피디와 관계를 끊으라고?"

"누나가 나설 필요 없어요. 누나 정도면 이제 우리 형 같은 사람 더 이상 필요하지 않아요. 제가 그런 자리 섭외합니다. 저를 믿으세요. 사실 벌써 누나 소개해 달라는 사람들이 줄을 섰어요. 내가 이 자리에 공연히 있는 것이 아닙니다. 하지만 누나를 물리게 하는 놈은 절대로 하지 않습니다."

"물리다니?"

"뒷다리 잡히는 것을 말하죠. 결론적으로 말을 하면 한 놈한테 매이면 안 된다, 그 말입니다."

"근데 장수야, 너 군대는 갔다 왔니?"

"그걸 왜 갑니까?"

"너 외아들도 아니고 특별히 군대 안 갈만한 이유도 없어 보이는데…."

"누나랑 상관없는 것에도 일체 관심을 갖지 마세요."

"그래도…"

"누나, 사나이로 태어나 살아보니, 전진하는 것보다는 도망갈 구멍을 알아야 한다는 것을 알았어요. 더구나 지켜 줄 힘도 없는 부모에게 태어난 놈 아닙니까? 정직? 원칙? 그거 세상에서 적용하는 놈들 하나도 없어요. 교실에서 머릿속에 꾸겨 넣은 지식? 복잡한 것 아무리 많이 알면 뭐합니까? 도망갈 구멍을 모르는데. 인생? 아무리 많이 알고 잘나간다고 큰소리쳐 봐야 한방에 훅 가는데… 삶이라는 전투는 오로지 도망갈 구멍을 알고 안 걸리게 하는 능력으로 살아나는 겁니다. 그것은 절대로 지식으로 아는 것이 아니더라고요. 지식은 오로지 잘나가는 것만 가르치잖아요. 그러나 위기관리 능력은 오로지 바닥에서 얻는 현장 감각뿐입니다. 좌우간 대학 나왔다는 멍청한 새끼들이 거들먹대며 답답하게 구는 것은 약도 없어요. 어쨌든 저 잘났다고 똥폼들 잡아 봐야 세상은 큰 도둑놈이 되느냐, 작은 도둑놈이 되느냐의 차이일 뿐인데."

"장수야, 너 은근히 무섭다."

"누나, 왜 그래요? 내가 보니 누나 내공도 만만치 않아 보이는데."

"그러니?"

"우리는 고수끼리 만난 거예요."

"더 무섭다."

"참나, 누나도…"

끝내 군대를 면제받은 이유를 말해 주지 않았지만 장수의 오른쪽 검지가 짧다. 농사를 짓는 집안에서 태어나 낫을 잘못 썼다며 묻지도 않는 말을 해 준 적이 있다. 그런 장수는 내게 충성 맹세를 하고 본격적인 작업에 들어갔다. 장수는 현재의 인지도로 자체 상승이 힘들다고 했다. 그의 말에 의하면 누구의 도움 없이 자체 상승력이 있을 때까지 수단과 방법을 가리지 않고 올려야 한다고 했다.

"자체 상승력? 수단과 방법을 가리지 않고?" 내가 다시 물었다.

"누나, 제가 이 바닥에 있으면서 알아낸 것이 있어요."

"뭔데?"

"인기란 물거품 같아서 부풀어 오를 때는 금방이라도 하늘로 두둥실 오를 것 같지만 영글지 못하면 금방 터져버려요. 그러나 일단 이 바닥에서 풍선이 터지지 않게 부는 것이 일차 목표입니다. 풍선이 부풀어 오를 때 사람들은 풍선 부는 사람만 봅니다. 그러다가 풍선이 충만한 시점까지 부풀어 올라 둥실 하늘로 떠오르면 사람들은 더 이상 땀을 뻘뻘 흘리며 풍선을 분 사람은 거들떠보지도 않아요. 누군가의 힘으로 부풀어져 하늘로 오르기 시작하면 풍선에 자체 힘이 실려서 떠다니죠. 그때는 누구도 그 풍선을 건드리지 못합니다. 인기도 그렇습니다. 일단 뜨는 겁니다. 어떤 줄을 잡든 어떤 놈을 타든…"

"……."

"하지만 이 바닥에서 풍선은 절대로 한 사람이 불게 해서는 안 됩니다. 부지런히 손 바꿈을 하면서 인기를 끌어오려야 제대로 뜹니다. 예를 들어 어떤 감독과 친하다거나 어떤 작가 사단이라거나 하는 이미지로 굳어져 버리는 것이 처음은 편할지 모르나 크지를 못합니다. 좌우간 자체로 뜰 때까지 손 바꿈을 해야 해요. 수단과 방법을 가리지 말고…"

얼굴이 넓적하고 중키에 살이 두둑한 장수는 미련한 것처럼 보이고 양처럼 순박한 것 같으면서 때론 여우처럼 간교했고 철저히 내 편인 것 같다가도 때론 전혀 내 편이 아닌 듯했다. 내가 장수를 고용한 것이 아니라 내가 장수에게 고용된 것 같았다. 내가 셈이 흐리다는 이유로 재정도 모두 장수의 업무였다. 나는 장수가 북을 치는 대로 움직였다. 장수가 주선하는 자리는 무조건 나갔다. 분위기 있는 곳에서 저녁을 먹기도 했지만 늦은 시간에 술자리에 불려 나가기도 했다. 더하여 잠자리를 요구하면 들어주면서… 모든 것은 장수의 지시에 따라 은밀하게 이뤄졌다. 때론 상대가 누군지도 정확하게 알려주지도 않았다. 그래서 상대는 나를 알지만 나는 상대가 누군지도 모른 채 밥도 먹고 술도 마시고 잠도 자면서… 가끔 개인적인 모멸감을 느낄 때가 있어서 내가 신경질을 부리면 장수는 나를 달랬다.

"누나, 수단과 방법을 가리지 말고 일단은 떠야 합니다. 뜨고 나면 세상이 달리 보일 겁니다. 꾹 참고 내가 하라는 대로 하세요. 네?"

하기는 내가 시키는 일을 하지 않으면 어쩔 건가? 내 계획이 없는데. 은밀한 만남에서는 오로지 초청한 자의 허풍스러운 영웅담을 감명 깊게 들어주면 된다. 붉은색 연지를 바른 입술을 살짝 벌리고 간간이 감탄사를 곁들이며… 변태적인 행위도 깔깔대며 응대하면서. 처음에는 구역질이 났지만 그런 것들도 점차 내 몸에 젖어드는 것 같았다. 까짓별것도 아닌데 하면서. 엄마가 늘 말했었다. '길 나기 어렵지 길 나면 똑같다고…'

장수가 영화를 찍으란다. 정숙한 마님과 힘 좋은 하인이 만나서 욕구를 표현하는 영화란다. 노골적인 섹스 신도 많고 노출 신도 있다고 한다. 80년 그 봄에 정권을 잡은 전두환은 3S 정책을 표방하면서 국민들의 관심을 분산시키려 했다. 그 결과 영화와 섹스가 만나면서 영화관마다 남녀의 정사 장면이 대형 간판에 걸리고 의미도 분명하지 않은 제목을 붙이며 대중의 시선을 사로잡았다. 그 역으로는 내가 제격이란다. 젖비린내 풍기는 20대 초반이 아니고 20대 후반으로 넘어가는 여인의 맛을 풍기면서 누구보다 잘할 것 같다고….

그래서 영화를 찍었다. 감독이 원하는 신을 그대로 표현해 주면서. 대한민국 역사 이래로 남자에 의해 만들어진 단아하고 정결한 이미지를 벗어버리고 여인들의 억눌린 갈망을 대변했단다. 전쟁으로 폐허가 된 이 땅에 35년 만에 열리는 올림픽도 성공리에 끝난 그때에. 분명한 주체도 없이 수많은 사람이 불어준 황진아라는 풍선이 부풀고 부풀어서 서서히 자체 가속도가 실리는 모양이었다. 고리타분한 전통 보수를 지양하고 자유함과 섹시함을 가미한 시대적인 요구에 부흥하는 여인상을 지향하면서… 그러나 장수는 그것이 또 전부가 아니란다.

"누나는 허당기가 있대요. 이를테면 백치미… 남자들이 마릴린 먼로를 왜 좋아하는데요. 휙 불어오는 바람에 치마가 허벅지까지 드러내며 날리자 양손으로 가운데를 누르며 입을 헤 벌리고 긴 다리 꽈 봐요. 남자들 한방에 훅 갑니다."

"장수야! 너 죽을래!" 장수가 키득거린다.

"나야 누나에게 숨겨진 카리스마가 있는 것 알아요."

"자식이 말이야. 보자 보자 하니까."

"누나, 장수는 아무 때나 칼 안 휘두르잖아요. 나는 누나가 마지막에 칼 휘두르는 장수를 만들려고 이러는 거죠. 솔직히 이 바닥에 연기면 연기, 얼굴이면 얼굴, 몸매면 몸매 되는 애들 수두룩해요. 근데 조금 떴다고 콧대 높이고 어설픈 칼 휘두르다 한방에 가요. 강한 자가 살아남는 것이 아니라 살아남는 자가 강한 거라고 내가 몇 번을 말해요. 누나. 이 바닥에서 자존심은 개나 주라고 해요. 막판에 살아남는 자가 진정한 승리자예요."

하기는 나는 결코 그런 여자가 아니라고 한들 무슨 소용인가? 이미

길을 들어섰는데. 나는 이런 길을 갈 사람이 아니라고 한들 무슨 소용인가. 그저 길의 방향대로 움직여야지. 장수가 은근히 내게 속삭였다.

"누나 이제 곧 대박 터집니다. 요즈음 감독들이 캐스팅하려고 눈독을 들이고 있어요."

풍선이 떠오르는 진짜 이유는 무엇인지 알 수는 없다. 그저 그런 이유라도 붙이는 것뿐….

장수는 내게 멋진 아파트를 사주고 차도 큰 차로 바꾸면서 운전기사도 고용을 했다. 장수 말에 의하면 자신은 본격적으로 매니저가 되어 움직여야 한다고. 그저 나는 잘 훈련된 원숭이처럼 감독 말도 잘 듣고 장수 말도 그대로 따랐다. 그들이 시키는 대로 하면서 돈 쓰는 재미로 살았다. 세상에서 명성을 날린 디자이너가 만든 옷과 가방과 신발을 사들이며, 개인적인 누군가를 만나는 것도 모두 장수의 검열을 받아야 했다. 물론 만나고 싶은 사람도 없다. 대중에게 인기를 얻은 유명 연예인으로 살아가면서 누리지 못했던 것을 누리면 될 뿐이었다. 그러자고 사는 것인데 어두운 과거와는 결별하면 그만이다. 엄마도 큰언니도 작은언니도 그저 과거의 인물일 뿐이다. 현재의 내 인생에 그들의 영향력은 전혀 없다. 고아로 태어나 살아가는 사람도 많다. 이제 그들을 다시 볼 일이 있을까? 하며.

생각은 그래도 이름이 날 무렵부터 걱정이었다. 유명 배우가 되었다고 온 가족이 벌떼처럼 들이닥쳐서 손이라도 벌리면? 하지만 그렇게라도 보고 싶기도 했다. 엄마는 얼마나 늙었을까? 진남이 죽고 상심한 마음을 어떻게 달랠까? 문득 엄마가 죽은 것은 아닐까? 고향을 떠나올 때 전화가 없었다. 전화를 못 놓을 형편도 아닌데 엄마는 굳이 전화를 놓지 않고 급할 때만 이장님 댁의 전화를 이용했다. 차라리 모르는 척하고 돈을 좀 보내볼까? 작은언니는 졸업을 했을까? 큰언니는 아직도 엄마를 도와 소처럼 일을 할까? 이제 거리에 나가면 꼬마도 알아볼 만큼 유명해졌는데 식구들은 왜? 처음에는 아는 체를 할까 두렵더니 시간이 가도 반응이 없자 의구심이 일었다. 입으로는 전혀 상관이 없다면서 가족이 나를 찾지 않는 이유는 두 가지라는 결론으로 치부하려 했다. 하나는 변한 나를 몰라보거나 아니면 모두 세상에 없거나? 하기는, 아무려면 어때? 나랑 무슨 상관이람….

　한 치 앞도 예측하지 못했던 격동의 20대를 보내고 30대에 진입했다. 안정을 찾은 것 같지만 같은 모습으로 이어지지 않는 것도 인생인 모양이다. 자극적이고 선정적인 이미지로 떴지만 그 이미지가 굳어져서 오히려 배역에 제약을 받았다. 더구나 몸값이 올라가니 입지는 더욱 협소해졌다. 집에 틀어박혀 노는 날도 많아졌다. 막상 집에 있어도 할 일은 없다. 아무 때나 자고 아무 때나 일어나서 유령처럼 돌아다닌다. 장수에게 여자 친구가 생겼다고 한다. 내 연락을 가끔 놓치기도 한다.

　또다시 외로운 섬에 홀로 갇힌 느낌이다. 대중이 나를 알아준다고는 하지만 정작 나는 협소한 인간관계에서 고독하기만 하다. 한순간에 뜨고 지는 영화계라지만 들여다보면 다 계파가 있다. 학연, 지연, 그리고 인맥… 뒷다리를 잡히지 않겠다고 인맥 관리를 너무 소홀히 한 것은 아닌지. 장수의 전법이 전적으로 틀렸다기보다는 어쩌면 내 안에 우울감으로 인한 대인기피증인지도 몰랐다. 그토록 바라던 일이 이루어져서 행복이라는 단어를 붙이고 싶었지만 나눌 사람이 없어 불행을 느끼기도 한다.

　나눌 사람이 없다는 투정도 사치인가? 계획대로 움직이던 시계가 어느 날부터 서서히 느려지더니 그만 멈추어 버린 것이다. 이제 겨우 32

살에? 그러나 멈추어도 내가 할 수 있는 일은 없다. 누군가 나를 위해 계획을 세우고 움직이라고 소리칠 때만 움직이던 나였다. 내 마음대로 무언가를 했던 것은 첫사랑이라고 생각했던 남자에게 몸을 주고 집을 나온 것밖에 없다. 위기관리능력자라던 장수도 위기를 느낀 모양이다. 굳어진 이미지를 전환하려는 카드는 역시 더 큰 세력의 마음을 움직여야 한다고 했다. 장수는 방송국 드라마 편성국장들을 만난다고 했다. 그러나 공을 들여 만난 그들도 내 이미지에 한계가 도달했다고 판단을 했는지 대부분 반응이 신통치 않다고 장수는 근심에 쌓였다. 그러다가 장수는 주먹을 불끈 쥐고 이럴 때일수록 공격을 늦추면 안 된단다. 공격이 최대의 방어라면서 더 큰 세력을 찾아 나선다고 했다.

나는 다시 장수가 만나라는 사람들을 은밀히 만났다. 남자들은 한물간 여배우지만 그 자체로도 자신들의 위상이라고 생각이 되는 모양이었다. 언제 그렇게 두둥실 떠올랐나 기억하는 사람도 없이 바람 빠진 풍선은 부풀려진 만큼 더 초라하다. 대책 없이 키운 몸짓이 마냥 쪼그라든 채 이리저리 끌려다니는 3년의 세월 끝에 인맥이 제대로 엮인 모양이었다. 장수가 눈물까지 쏟으며 내게 소식을 전했다.

"누나! 살았어요! 살았어!"

내 나이 35살에….

퓨전 사극이란다. 제목은 인현왕후이고 스토리는 간교하고 무식한 장희빈에게 당하기만 하는 연약한 중전이 아닌 장희빈보다 더 아름답고 더 지혜롭게 인생을 역전시킨 중전으로 거듭난 인현왕후로. 대본은 인지도가 낮은 젊은 작가가 썼다고 한다. 그리고 내가 인현왕후로 캐스팅된 것이 알려지자 담당 연출자가 분노하며 포기를 선언했단다. 주인공의 이미지 근처에 가지도 못하는 년을 써야 하는 개 같은 세상이라는 멘트를 날리며… 그 표현이 그대로 내 귀에 들려왔다.

문득 아저씨가 떠올랐다. 개 같은 세상, 더러워서 못해 먹겠다며 방송국을 떠났던… 방송국에서는 연출자를 다시 섭외 중이라고… 우여곡절 끝에 80년대 이름을 날리던 사극의 대가에게 의뢰를 하고 허락을 받았단다. 드라마가 시작도 되기 전에 내가 그 역을 맡게 된 것에 대한 의문이 걷잡을 수 없이 퍼져갔지만 아저씨 말처럼 대세에 지장은 없다. 내가 그 역에 대못이 박혀 있고 다른 것들이 잘려나갔다. 인생에 정답이 어디에 있을까? 그때그때 다른 것을.

광고도 끊어지고 가진 돈도 바닥을 드러내고, 민얼굴을 드러내고 다녀도 누구도 아는 척을 하지 않는 고사 직전에 내린 단비. 아마 조금만 더 늦었으면 말라 죽었을 것이다. 단비가 내린다고 들판에 곡식이 다 살아나는 것도 아니다. 비가 올 때까지 살아 있어야 한다. 비를 내리는 것이 천지신명의 능력이라면 그 비를 만날 때까지 살아 있어야 하는 것은 내 몫이다. 그 비에 살아난 곡식만 그때의 가뭄을 말해 줄 수 있다.

결국 인생이란 마지막 남은 순간에 엮인 고리로 전체라는 완성이 한 방에 이루어진다. 그 마지막 결과가 없으면 과정의 미사여구는 아무런 의미도 없다. 과정 끝에 결과가 아니라 결과로 과정이 드러나는 것이다. 그래서 엄밀하게 인생을 사는 동안 간절히 바라는 것이 이루어지지 않는 것은 없다. 단지 그 마지막까지 견디지를 못했을 뿐이다. 스스로 버틸 힘을 키우지 못했거나 이유를 붙이고 중도 탈락을 하면서… 비가 올 때까지 마른 바닥에서 뿌리가 말라 죽지 않아야 한다. 수단과 방법을 가리지 않고… 기우제만 지내면 비를 부른다는 영험한 제사장도 비가 올 때까지 제사를 지낸다고 하지 않던가? 제사를 지내서 비가 오는 것이 아니라….

내 나이 36살에 드디어 인현왕후의 촬영이 시작되었다. 처음 해보는 사극이지만 준비 기간이 길고 우여곡절이 많아서 그랬던지 내게는 그 시작에서부터 열정이 살아났다. 의심의 눈초리로 반신반의했던 사람들도 놀랄 정도로. 특히 나를 인정하고 싶지는 않았지만 고심 끝에 연출을 수락한 감독의 눈빛이 차츰 따뜻해졌다. 60을 넘기신 아버지 같은 감독이었다.

거기다가 김 선생이 중전의 상궁 역을 맡았다. 초라한 나의 시작을 아는 여인으로 이만큼 자란 나를 기특하게 여기고 애정 어린 눈으로 챙겨주었다. 다행히 드라마는 시청률이 30%를 넘는 인기로 종영을 바라보았다.

이제 정말 장수 말처럼 풍선이 제대로 뜬 모양이구나 생각했다. 그러나 그렇게 인기가 올라가니 장수의 예상과는 달리 누군가의 요구가 더 거세어지는 모양이었다. 어찌 보면 그것이 나의 진정한 몸값인지도 몰랐다. 장수 말처럼 점점 더 센 놈의 눈에 띄어 자기의 세를 과시할 만큼 인기가 오른 여배우. 결국 오르면 오를수록 벗어나는 것이 아니라 점점 더 옥죄는 형국이 되고 말았다. 이번 드라마에 주연으로 발탁된 것은 정부 차원에서 압력을 넣었다는 소문까지 돌았다. 자원이 많은 아프리카 정상을 접대해서 흑인 아기를 낳았다는 소문도 들려왔다.

자체 힘으로 떠 있는 줄 알았는데 보이지 않는 수많은 줄이 달려 서로 내 공이라고 다투면서 필요할 때마다 끌어내리며 나를 잊지 마란다. 드라마가 종영되면 나는 그 줄을 끊고 새롭게 부상하리라는 철없는 기대를 했던 모양이다. 나는 아니라고 시치미를 떼도 모두들 지난여름 내가 한 일을 다 알고 있다는데….

9

드라마 종영을 앞두고 진남이가 빠져 죽은 물살에 끌려 들어가는 꿈을 종종 꾸었다. 시작에서 흥분과 기대에 찬 설렘은 사라지고 종착역을 향한 불안감이 엄습한다. 예전과 달리….

결국 그런 내 마음을 김 선생에게 털어놓았다. 그녀가 불쑥 말했다.

"결혼해."

"네?"

"네 인생을 살아."

"내 인생이요?"

"결혼하고 애 낳고 가정을 가지라는 소리야."

"어떻게 결혼을 해요. 제가?"

"왜 못해. 마음을 안 먹어서 그렇지."

결혼? 결혼이라니. 내가? 어떻게? 하지만 고향을 떠나기 전에는 그런 생각을 했었다. 멋진 남자를 만나 행복한 가정을 꾸리고 사는 것을. 그러나 고향을 떠나면서 결혼에 대한 생각은 버렸다. 오로지 연기자로 성공하고 싶은 마음뿐이다. 그것이 모두가 부러워하는 삶이 아닌가? 더구나 이번 기회에 연기력의 가능성까지 보았는데 뜬금없이 결혼이라니. 나는 그저 누구에게도 간섭받지 않고 이대로 멋지게 살고 싶을 뿐이다.

"결혼을 하면 여배우로서는 끝이죠."

"왜 그렇게 생각해?"

"대중의 인기를 먹고 사는 거잖아요."

"대중? 인기? 누가 그래? 너는 남자들에게서 받는 인기만 생각하잖아. 결국 남자들을 이용해서 더 큰 세계로 가려 하지만 남자는 절대로 여자를 도와주는 세력이 아니야. 그저 이용하고 자기 편한 대로 써먹으려 할 뿐이지. 세상에 누가 너를 도와주겠니?"

"그렇지만 방법이 없잖아요."

"결혼하라니까. 세상에 모든 남자를 이기는 방법은 단 하나, 한 남자에게 매이는 것이야. 세상 남자들이 너를 더 이상 여자로 보지 말아야 진정 네가 하고 싶은 삶을 살 수 있어. 그래야 연기도 깊어지고…"

나도 안다. 남자는 믿을 만한 존재가 아니라는 것을. 그러나 그들이 없었으면 이 자리에 결코 오지 못했다. 정말 그들의 도움 없이 연기를 할 수 있을까? 뛰어난 재능이나 불타는 의욕이 있으면 무엇하겠나. 밥상을 차려 주지 않는데 어떻게 맛있게 먹으란 말인가? 나는 대답도 못하고 한숨만 내 쉬었다. 그녀도 내 생각을 아는 모양이었다.

"할 수 없지 뭐. 어쩌겠어. 못하겠다면…"

"……"

"하지만 이제는 갈림길이야. 여기서 들고 온 인생 던지느냐 아니면 부여잡고 그 인생에 끌려가느냐 하는… 지금 못 던지면 너는 이제 남은 네 인생도 무작정 끌려갈 수밖에 없어. 끌고 간 세력이 이용가치가 없다고 버리면 코 푼 휴지 신세 되겠지. 네 나이 올해로 몇이냐?"

"내년이면 37살이요."

"아이구야, 늙었다. 여자 나이 37, 더구나 주연 배우로? 끝났다. 끝났어."

나는 갑자기 눈물을 푹 쏟았다. 그래도 그녀로부터 그렇게 직설적으로 듣는 것은 서운했다.

"중년에 멋있게 연기하는 여배우 많잖아요."

"너는 안 돼?"

"왜… 왜요?"

"임자가 없잖아. 너는 지금 세상에 너를 뜯어 먹겠다는 사람밖에 없어. 아직은 먹을 게 남아있는…"

"……."

"하지만 그 힘이라도 남아있을 때 놀던 칼끝에서 내려와서 칼의 손잡이를 잡아. 네 인생의 손잡이를 네가 잡고 흔들어야지 다른 인생들이 흔드는 칼끝에서 언제까지 놀래?"

"……."

"간단해. 한 남자에게 매여 봐. 그때 길이 보이니까."

나는 혼돈 속에 그저 멍하게 앉아 있었다. 나도 모르게 떨어지는 눈물을 슬쩍슬쩍 닦아내며… 그리고 그녀가 하는 소리를 듣기만 했다.

"내 나이 올해 65살이다. 13살부터 악단을 운영하는 아버지를 따라다니며 노래도 하고 때론 연기도 하면서… 그러다가 19살에 본격적인 연기를 시작했다. 그때부터 우리나라도 방송국이 늘어나고 드라마를 제작하려던 무렵이었으니 어떤 역할을 주던 열심히 하면서. 때론 배역도 없이 남의 연기하는 곳에 우두커니 기다리다가 펑크 난 것을 때워주는 것도 행운이라 생각하며. 언감생심 비중 있는 역은 꿈도 꿔본 적이 없어. 그리고 어느새 이 바닥에서 조연만 하면서 50여 년의 세월을 버렸다. 그런데 사람들은 이 늙고 볼품없이 할머니가 된 나를 큰 배우라고 불러 줘. 그래서 나는 생각한 것이 있단다. 역이 커서 큰 배우가 되는 것이 아니라 주제 파악을 해서 살아남았다는 것을… 하기는 주제 파악을 해서 살아남은 건지 아니면 살아남아서 주제 파악이 된 건지는 모르지만…."

"……."

"진아야…."

나를 바라보는 그녀의 눈빛에서 아버지가 느껴졌다.

"시작이 중요하지 않아. 마무리가 시작에 의미를 부여해. 그런데 끝까지 살아남으려면 어떻게 해야 하는 줄 아니?"

"……."

"먼저 힘을 빼야 해. 흔히 사람들은 더 큰 출세를 하려면 더 큰 힘이 필요하다고 생각하지만 그렇지 않아. 힘을 충분히 뺀 자만 기회가 올 때 잡을 수 있어. 힘을 빼…."

"어떻게요?"

"결혼을 하라니까."

"……."

"진아야, 너는 주연의 인생을 살잖아. 나도 말은 이렇게 하지만 내 앞을 거쳐 간 수많은 멋지고 잘생긴 주연을 바라보며 얼마나 부러워했는지 몰라. 하지만 어쩌겠어. 하나님이 그런 역할을 주지 않았는데. 조연이 주연을 탐내는 것도 우습지만 주연이 조연으로 머물러 있는 것도 슬퍼서. 주신 재능 발휘하라고 주셨는데 그만큼 살리지 못하면 그것은 귀책사유야. 그릇은 큰데 채우지 못하는 슬픔은 당사자뿐만 아니라 만든 사람도 아프다는 소리야. 마치 토기장이가 의미를 가지고 정성스럽게 빚은 그릇들이 그 모양대로 잘 쓰임 받기를 소원하듯이…."

나는 그저 한숨만 내 쉬었다. 그런 나를 한동안 바라보다 말했다.

"진아야, 조연은 그릇이 작아 사실 부릴 힘도 없어. 그저 엉뚱한 욕심만 안 내면 돼. 어려서 재능이 있다는 소리깨나 들었던 나도 한때는 억울한 생각이 들기도 했지만 지나고 보니 작은 종지가 맞았어. 작은 종지로 살아 작은 것의 가치를 알았으니… 그러나 너처럼 주연의 운명을 타고났다면 도전해 보라는 거야. 짧고 굵게…"

내가 정말 주연의 인생을 타고나기는 났나? 김 선생은 그런 내 의문을 읽기나 한 듯 말했다.

"주연의 인생으로 타고났으면서도 주연의 역할을 못 하는 단 한 가지 이유는 조연처럼 살아서 그래. 힘을 뺄 때 철저히 빼고 큰물 들어올 때 나가. 그게 인생에 한 번이든 두 번이든…"

"……"

"그리고 주연답게 작은 것에 집착하지 마라. 주연이 조연에게 남겨진 부스러기마저 알뜰히 주워 먹는 것을 하나님이 가장 싫어하신단다. 추수 후에 떨어진 이삭은 남겨두라 하시잖아. 하나님은 너나없이 똑같이 사는 평등을 주장하시는 분이 아니야. 그릇을 빚는 토기장이처럼 종류별로 다양하게 빚어 조화롭게 살기를 원하시지. 빚어준 모습을 사랑하며 그것에 만족하며 즐기라고."

그저 한숨만 나온다. 그러나 어두운 밤길에 나를 업었던 큰언니의 음성이 들려오는 것 같았다. 사방이 캄캄한 곳에서 한 줄기 빛처럼 나타나 등을 들이대던 큰언니… 김 선생이 나를 부른다.

"진아야."

"네."

"사실 이 바닥에서 누구의 힘으로 주연이 되었든 상관할 필요가 없어. 세상에 부모 없이 태어나는 자식은 없어. 그래도 주연이 되려면 얼굴 반반하고 몸매가 받혀 주는 것이 우선이야. 하지만 그만한 조건이 있어도 대부분 뜨지를 못하는 것도 이 바닥이야. 그만한 배경이 없으면 몸이라도 팔아 뒷돈 대는 스폰서 할 수만 있다면 이용해야지 어떻게 해. 그런 시작이 잘못되었다는 것이 아니야. 젊어서는 그런 과정도 다 용서가 돼. 멋모르는 나이이니까."

수단과 방법을 가리지 않고 풍선을 띄우라는 장수 말도 틀린 말은 아니었나 보다.

"하지만…" 그나마 위안이 된다는 생각을 하는데 하지만이라니… 그녀가 말을 이었다.

"인생의 중반을 넘어 세상을 아는 나이가 되어서도 같은 방법을 쓰면 그때는 죄가 돼. 주연도 조연도 아니고 그저 꼭두각시로 끝나면… 그동안 남이 부리는 꼭두각시를 잘해서 인지도를 높였다면 이제 오로지 네 힘으로 서야 해. 새로운 시작이라고 봐야지. 인생은 때마다 다른데 사람들은 같은 방법으로 살아서 결국 인생이 망가져. 부모에게 전적으로 의존하는 유년의 삶이 있고, 혈기로 멋대로 사는 청년의 삶이 있고, 살아온 생을 뒤집는 장년의 삶이 있고, 살아온 모든 생을 던져버리는 노년의 삶이 있는데… 너도 이제 중년에 접어들잖니. 그동안 남에게 의존했던 생을 뒤집어서 이제 직접 네 인생을 만들어. 막 내리면 아무도 기억하지 않아. 그런 무대에 휩쓸려 정작 자기 인생을 못 만들다니… 죽어서 들고 가는 것은 오로지 네 인생의 삶으로 채워진 스토리뿐인데…"

내 인생이 아니었다고? 얼마나 힘들게 이 자리까지 왔는데. 내 인생이 아니라니? 김 선생이 말을 잇는다.

"사실 인현왕후를 찍을 때 감독님이 너를 마땅치 않아 했던 것은 사실이야. 하지만 내가 해 보자고 사정을 했단다. 그분도 나랑 연기를 오래 한 분이라… 세상에 저절로 되는 것 하나도 없어. 그리고 정말 누가 실세인지 아무도 몰라. 세상을 살다 보면 때마다 수많은 소리가 들려오지만 누구 말을 듣고 어떻게 움직이는 것은 각자의 선택이야. 시작할 때는 서로의 공을 내세우며 이렇게 하라, 저렇게 하라고 팟대를 세우지만 무대의 막 내리면 그 많던 사람, 그 요란한 아우성, 다 사라지고 홀로 결과를 받아들여야 해."

"그래서 저도 두려워요."

"두려워하지 마라. 많은 사람들이 불공평하고 더러운 세상이라고 하지만 세상은 살만한 곳이야. 하나님이 창조하시고 흡족하다고 하셨어. 그곳에서 인간들이 행복하게 살라고 했잖아. 그저 물색없이 욕심만 부리고 때를 놓치는 게으름 때문에 불행을 자초하면서 인간은 세상을 원망하잖아."

"……."

"진아는 종교가 있니?"

"없어요."

"그래? 나는 기독교인이다."

"알고 있었어요."

무당을 쫓아다니던 엄마가 나를 낳고 하나님에게 기도를 시작했다. 그리고 진남이가 태어나자 하나님이 주신 아들이라며 교회에 열성 성도가 되었다. 자칭 기도하는 여인이라며 아침저녁으로 달려가 교회에서 기도하는 것도 모자라 집에서도 걸핏하면 기도를 한다고 주여, 주여 소리쳐 댔다. 세상에 두려울 것이 없는 것처럼 당당하게 굴던 엄마가 순식간

에 떼를 쓰는 어린아이처럼 울부짖으니 부끄럽기만 했다. 그래서 딸들
은 절대로 하나님을 믿고 싶지 않았다. 하지만 같은 하나님을 믿는다는
김 선생은 다르게 느껴졌다. 그래서 오랫동안 품고 있던 질문을 했다.

"어떻게 예수를 믿게 됐나요?"

"남의 인생을 연기하는 연기자니까. 대중의 입방아로 먹고사는 광대
인생 아니냐… 남의 인생 연기한다지만 내 인생에 벌어진 수많은 사건
들, 간혹 즐거운 때도 있었지만 대부분은 억울하고 분할 때가 많았어.
그래서 믿게 되었어. 하나님이 내 소원을 들어주시는 분이라니까."

엄마도 소원을 이루었는데 생각했다. 김 선생이 말했다.

"그런데 말이다. 소원하던 세상 권세를 잡기는커녕 때론 믿지 않을 때
보다 더 큰 어려운 일이 닥치기도 했어. 도대체 왜? 라는 질문을 수없
이 던지며 겪어내고 나니까 그 이유를 알게 되었다."

"뭔데요?"

"하나님은 내게 닥친 세상 풍파를 없게 하는 것이 아니라 고통을 겪
을 때 동행해 주셨다는 것을… 인간들이 하나님을 앞세워 복 받고 고
통을 피해 가기를 소원하지만 재난과 사고가 끊이지 않는 세상이야. 세
상을 살아내려면 기쁨만큼 고통도 절망도 함께 따라와. 그런 세상을
사는 동안 내 등 뒤에 나를 지켜보는 분이 계신다는 것을 알았느냐 몰
랐느냐 차이겠지. 알면 두렵지 않고 모르면 두려운 세상, 부모님만 있으
면 전혀 두렵지 않은 어린아이처럼 내 뒤에 계신 하나님께서 나를 지켜
주시겠지 믿으며… 생명의 하나님이시니까."

엄마는 부자가 되게 해달라고 기도한 적이 없다. 오로지 우리 진남이
건강하게 자라 가문을 잇게 해달라는 기도만 했었다. 고래고래 소리를

지르고 눈물로 호소했는데… 생명의 하나님이시라는데 그렇게 죽어가는 진남이를 모른 척했으면서… 내가 아는 하나님은 그렇지 않은 것 같은데요? 갑자기 눈물이 폭포처럼 쏟아졌다. 그리고 좀처럼 울음을 그칠 수가 없었다. 눈물이 마를 즈음 김 선생의 따뜻한 목소리가 들려왔다.

"진아도 겪은 게 많은 모양이구나."

하마터면 진남이가 나 때문에 죽었다고 고백할 뻔했다. 다행히 그녀가 말을 이었다.

"남의 인생을 연기하면서 정말 인생이 무엇일까 많이 생각해봤다. 결국 인생이란 내가 살아오는 동안 겪은 수많은 사건의 조합이겠지. 원했든 원치 않았든 사건으로 매워진 한 폭의 그림이라고나 할까? 하루의 그림이 있고 한 주간의 그림이 있고 일 년 혹은 십 년… 아마 죽어서 내 인생이라는 작품을 그려서 내라고 한다면 그 모든 것의 결집일 거야. 살아가는 동안 생각 없이 칠한 색깔이 전체와 조화롭지 않을 수도 있고 무심코 그린 아주 사소한 것도 전체에서 보면 아주 적절한… 그래서 개개인의 인생이라는 작품은 죽기 전까지 작품에 대한 평가를 내릴 수가 없겠지. 마치 화가가 마지막 붓을 손에서 내려놓을 때까지 모르듯이…."

"……"

"사람들은 모르는 게 있어."

"뭔데요?"

"하나님은 이미 전체 그림을 가지고 당신이 사랑하는 자녀를 세상에 보낸다는 것을… 토기장이가 토기의 모양을 본뜨고 토기를 빚듯이… 그래서 하나님이 사랑하는 자녀에게는 도중에 멋대로 그려나가는 그림이 엉망이 되어 가면 하나님이 개입하셔서 망가지는 것을 막아주시는 것 같아. 흔히 철모르는 자식이 잘못되는 길로 가는 것을 막아주는 부모처럼. 그러나 그때마다 우리가 보기에는 전혀 아닌 그림이 그려진다고 불평불만을 하지. 아마도 하나님의 때와 인간의 때가 다르기 때문일 거야. 시공간을 초월하는 하나님의 시간과 시각의 차이인데도 한정된 자기 경험을 내세우는 인간의 우매함 때문에…"

그녀는 한동안 따뜻한 눈빛으로 나를 바라보다 말했다.

"근데 진아야, 내가 살아보니 힘 빠졌을 때 하나님이 내 사건에 개입하시는 것 같아."

"……."

"결혼해. 여기서 더 나아가려면…"

"……."

"나도 한때는 결혼을 했던 것을 몹시도 후회했었어. 하지만 그 고통의 강을 건너고 나니 비로소 하나님이 남녀가 만나 가정을 이루라는 계명을 내리신 이유를 알게 되었어. 세상은 가족이 없이 홀로 살기에는 너무도 고독하고 두려운 곳이야. 젊음에서는 절대로 모르지만 젊음은 그저 스쳐 가는 것이고 남는 것은 무기력한 노년과 죽음뿐이라는 것도 늙어보니 알게 된 거야. 인생은 내가 이룬 업적이 아니라 관계였다는 것도. 사는 동안 쌓은 공로는 그저 헛되고 헛된 것일 뿐이야. 죽어서 이어지는 것은 공로가 아니라 세상에서 쌓은 인간관계일 뿐이야."

"……."

"그래서 요즈음 내 인생에 가장 잘한 결정이 있다면 내 나이 22살에 앞뒤 안 보고 한 결혼이었어. 그때는 내가 먼저 남편을 사랑했어. 결혼을 하고 싶었거든… 결혼이라는 순간은 그저 눈에 뭐가 씌워서 하는 일시적인 사건일 뿐이야. 왜냐하면 인간에게 힘이 생기면 절대로 함께라는 선택을 하지 않아. 순간의 감정으로 남자에게 묶인 내 인생, 사는 동안 후회를 하며 가슴을 쳤지. 더 나은 선택의 가능성이 보일 때면 남편이 더 밉고… 더구나 기대만큼 잘나가지 못한 남편 때문에 이혼을 가슴에 품고 살았어."

아무리 보아도 엄마 얼굴이다. 연예인으로 살면서 그 흔한 보톡스도 안 맞았는지 엄마가 담배를 피우면서 행복해하던 그 동그란 얼굴.

엄마… 잘 있어? 다시 눈에서 눈물이 툭 떨어진다.

"지금 생각하니 내 인생에 두 번째로 잘한 것이 있다면 이혼하지 않고 참고 산 거야. 아마도 드러내기보다는 조화롭게 살려는 조연이라는 직업 정신이 발휘된 모양이었어. 비록 내 마음속에는 내 체면을 세워주지 못하는 남편을 미워하고, 때론 용기가 없어 이혼을 감행하지 못하는 나를 미워하며… 그런 내 인생이 싫어 하나님을 원망하니 내 안에 악성이 내 마음을 점점 더 아프게 하며 절망에 빠지게 했어. 더하여 절대로 그런 상황에서 벗어나지 못한다는 절망에 더해진 절망감…."

나는 고개도 들지 않고 물었다.

"제가 아는 선생님은 항상 평안해 보였어요. 모든 사람들이 닮고 싶어 하는…."

"남의 시선을 의식하는 연기자로 살다 보니 그런 나를 숨기는 재주도 그럴싸해진 거지. 능력이 없어 내가 원하는 그림을 제대로 못 그린다고 자책하는 고통의 시간을 아프게 보내면서 아닌 척하는… 하기는 흉내를 내도 효자 흉내를 내라고 하더니만… 포장을 완벽하게 해서 하나님도 속였나? 어쩌면 내가 속아 넘어갔는지도 모르지. 내 꾀에… 근데 이즈음 살아보니 깨닫는 게 있단다. 오늘의 나는 나의 개인적인 능력이 아니라 뒤에서 나를 지켜주는 어떤 힘이었다는 것을… "

문득 춘자 언니가 떠올랐다. 누군가 지켜주는 힘이 없으면 하루를 제대로 살 수 없다는⋯ 그 짧은 만남에서 긴 여운을 남기게 했던 춘자 언니, 누군가를 지킬 힘도 없으면서 오늘의 내가 되게 해준 춘자 언니. 김 선생은 이제 더 이상 나를 보지 않았다. 마치 모노드라마를 하는 듯 시선을 멀리 두고 말했다.

"인생이라는 무대는 바다와 같고 나는 그 바다를 정복해 보고 싶은 배라면 남편은 어느 작은 섬에 붙어있는 등대였다고나 할까? 아마 그 작은 등대가 없었으면 온갖 유혹의 비바람에 휩쓸려 막살았을 것 같아. 능력이라는 이름으로 혹은 자유라는 이름으로 방향 없이 살다가 산산이 부서졌겠지. 형체도 없이. 내 남편이 능력이 없어 다른 아낙네처럼 보란 듯이 호강을 시켜주지는 못했지만 광대가 아닌 나 자체를 사랑해 주는 유일한 사람이었어. 그러다 보니 이제는 머리 커가는 자식이 제일 두려운 존재가 되었어. 세상에 아무리 큰일 했다고 속여도 결코 속일 수 없는 것이 자식이거든. 자식이 커갈 때는 내가 등대였다지만 자식이 장성하고 나니 오히려 내게 등대가 돼 주었어. 요즈음 세상이 좋아지니 너도나도 능력을 발휘하며 멋지게 살아보겠다고 가진 재주 다 부려보지만 인생이란 더 잘나가는 게임이 아니었어. 덜 망가지는 게임이라는 것을 이제 알았어. 때마다 서로를 지켜주는 등대가 없었으면 결국 흔적도 없이 난파되고 마는⋯."

"진아야!" 그녀의 시선이 나를 향한다.

"⋯⋯."

"결혼해라. 그리고 자식 낳아라. 왜냐하면 여자는 혼자 힘 못 뺀다. 언제나 함정은 거기에 있다. 요즈음 여자들이 남자랑 어깨를 겨누고 홀로 서겠다지만, 글쎄 내가 살아보니 여자는 한 남자에게 매이고 결혼하고 애를 낳아봐야 힘이 빠져. 그리고 거기에서 세상을 나갈 힘을 다시 얻게 되어 있어. 대지를 뚫고 나오는 생명의 힘…"

그녀와 마주할 때는 눈물까지 흘렸으면서도 헤어져 집으로 돌아와 마치 아무 일도 없었던 것처럼 침대에 누웠다. 애써 잊으려는 듯이 소리 내 반박하며… 결혼? 헛소리이야. 각자의 인생이 다른 것을. 힘을 빼라고? 그나마 있는 힘도 빼면 굶어 죽을 판인데… 머리가 아파지네. 나는 진통제를 한 알 입안에 털어 넣었다. 답도 없는 인생 이렇게 가보자. 가다 보면 길 나오겠지. 장수에게 유럽 여행 계획이나 짜라고 해야지. 이 겨울이 끝나기 전에 시즌 세일을 하는 파리에 가서 먹고 마시고 쇼핑하면서… 다행히 높은 시청률로 막을 내렸으니 당분간 먹을 것을 걱정하지 않아도 되고… 장수가 어떻게든 먹을거리를 물고 오겠지. 목마른 사람이 우물을 판다고… 내가 놀면 제 놈이 더 고달프겠지. 곧 결혼도 한다는데….

38살의 여름, 장마가 끝나고 드라마 섭외가 진행되고 있었다. 2년 만에 들어온 드라마 섭외이고 보니 선택의 여지도 없다. 대본을 보내온다는데 볼 것도 없다. 30대 중반의 여인이 결혼 생활 권태기에 접어들면서 아들 같은 제자와 사랑에 빠지는 스토리란다. 진한 애정 신도 파격적으로 시도한단다. 까짓 화끈하게 해 봐야지. 다양한 장르를 넘나드는 배우라는 것을 이번에 확실하게 보여 주리라. 기다려라. 황진아, 아직 안 죽었다.

그런데 그즈음부터 급격하게 체력이 떨어졌다. 피곤을 쉽게 느끼고 다이어트를 하지도 않았는데 체중이 흘러내렸다. 생리가 불순해서 그러려니 했다. 그러나 생리도 멈추었다. 급기야 칼로 찌르는 듯한 복부 통증에 잠에서 깨기까지 했다. 결국 병원에 갔다. 난소암이란다. 다행히 두 개 중의 하나는 전이가 덜 되어 살릴 수는 있지만 하나는 수술을 해서 하루라도 빨리 떼어내야 한단다. 그 순간, 꽝하는 파열음과 함께 무대의 막이 그대로 와르르 쏟아졌다. 극은 아직 끝나지도 않았는데 순식간에 막이 내리고 조명도 사라졌다.

수술 전날 젊은 의사가 입원실로 들어왔다. 주치의가 아닌 수련의였다. 그는 차트를 들고 소파에 앉아 있는 장수에게 물었다.

"보호자세요?"

"아닌데요."

그도 내가 미혼이라는 사실을 알고 있다.

"오빠도 됩니다. 남편이 없거나 부모님이 연로하시면…"

"오빠도 아닌데요." 장수가 오빠라고 불리는 것이 기분이 나쁜 모양이었다. 내가 말했다.

"제 매니저예요. 보호자는 없어요."

"그래요? 책임질 가족이 전혀 없으세요?"

"네."

그는 고갯짓을 하더니 여자처럼 가녀린 손가락에 들린 수술 승낙서를 내밀며 읽어보고 사인을 하란다.

"죽어도 책임 안 진다는 것 아닙니까?" 장수가 갑자기 오빠처럼 참견을 하고 나섰다.

"그, 그게 아니라, 수, 수술은 대수롭지 않은데, 만에 하나…"

때 묻은 가운에 기름에 전 머리카락을 앞이마까지 늘어뜨린 젊은 의사는 눈에 힘을 주고 들이대는 장수의 허우대에 눌리는 것 같았다. 흠칫 뒤로 물러서는 의사를 향해 내가 말했다.

"이리 주세요. 제가 사인할게요. 이까짓 게 뭐라고. 수술 도중에 죽으면 차라리 감사하죠. 뭐."

"누나!" 장수가 갑자기 울음을 터트린다. 한순간에 훌쩍대는 장수가 어이없다는 표정으로 변한 의사가 사인을 마친 승낙서를 내게서 휙 빼앗아 들고 나가며 말했다.

"이거 그렇게 위험한 수술 아닌데…"

장수가 아침에 온다더니 늦잠을 자는 모양이었다. 하기는 늦게까지 병실에 있다가 갔으니. 이동 카트에 옮겨져 수술실로 향하는데 엄마와 큰언니, 작은언니… 진남이, 아버지, 그리고 할아버지가 차례로 얼굴을 들이밀었다. 이러다가 정말 죽으면 어떻게 하지? 그래도 죽기 전에 그들을 다시 만날 거라는 꿈을 꾸고 있었던 모양이다. 그런데 만 명 중 하나가 바로 내가 된다면? 어쩌면 나일지도 몰라. 나는 나쁜 년이거든… 수술 전에 고향을 떠나올 때 훔쳐서 나온 돈이라도 갚았어야 했는데… 돈을 그렇게 벌었으면서… 엄마 미안해. 엄마… 근데? 정말 죽으면 그나마 남은 내 재산 누가 정리하지? 이를 어째? 이를. 누구에게라도 말을 해야 돼. 나, 가족 있어요. 가족이 있으니 내가 혹시 죽더라도 우리 가족에게 남은 돈 돌려주세요. 아무리 발버둥을 치려 해도 몸이 굳고 정신이 혼미해진다. 수술실을 가기 전에 맞은 주사가 아무래도….

수술을 마치고 보름 만에 퇴원했다. 한 달 동안 절대안정을 취해야 한다는 의사 말에 따라 집에서 홀로 쉬고 있는데 출연 예정 드라마에 주인공을 바꾼다고 연락이 왔다. 장수가 어떻게 하든 수술 사실이 새어나가지 않겠다고 했지만 막을 수가 없었던 모양이다.

퇴원 후 한 달 만에 예정된 진료를 마치고 병원을 빠져나왔다. 언제 가을이 왔는지 더 이상 초록이 대세가 아니다. 나무는 저마다 색깔을 갈아입으면서 내게 말했다. 이제 얼마 안 있으면 낙엽이 되어 땅으로 떨어질 거예요. 죽는 거죠, 뭐…. 그래도 하늘은 파랗다. 뭉게구름도 떠 있고 바람도 부드럽다. 눈부시게 아름다운 고향의 봄이 떠올랐다. 그래도 세상은 아름다운 곳인데… 수술은 잘 되었다고 한다. 그러나 한쪽에서도 암세포가 발견되었다고 한다. 수술할 단계는 아니지만 항암치료를 받고 이어서 방사선 치료를 받아야 한단다. 항암치료의 부작용은 소화 장애는 물론 무력감이 동반되고 피부도 나빠지고 머리카락도 빠진다면서….

10

기차를 탔다. 20년 전 고향을 떠나올 때 탔던 그 무궁화호에 몸을 실었다. 혹시나 해서 챙이 있는 모자를 눌러쓰고 선글라스를 꼈지만 알아보는 사람이 전혀 없다. 소화가 되지를 않아 살이 눈에 띄게 빠지고 피부 트러블이 심하기는 했어도 그렇지 어쩌면 단 한 명도 아는 체를 하지 않다니… 하기는 무궁화 열차를 타고 오가는 사람들이 오죽하겠어? 애써 변명 거리를 찾으며 창가에 앉았다. 20년 전에 내가 탔던 무궁화호는 그대로이지만 의자가 조금 깔끔해졌을 뿐이다. 하지만 모든 역마다 쉬는 것이 완행열차 수준이다. 좁은 역내를 따라 역무원이 먹을 것을 담은 수레에 밀고 지나가는 것도 그대로다. 무작정 기차를 타기는 했지만 정말 고향 역에 내릴지는 나도 모른다.

의사는 죽을병이 아니라지만 나는 죽을 것 같았다. 잠을 자다가도 죽을까 봐 두려워 눈을 감지 못할 만큼… 죽기밖에 더하겠냐고? 진남이도 아버지도 죽었는데 결코 죽음이 두렵지 않다고 큰소리를 쳤는데 막상 죽을지도 모른다는 사실에 직면하자 너무도 두려웠다.

병원에서 퇴원하고 장수에게 무작정 고향에 한번 데리고 가달라고할 참이었다. 그런데 항암치료를 받기 시작하면서 주저앉았다. 주사를 맞고 오는 날이면 심한 소화 장애로 고생을 했다. 먹는 것마다 토해내고 그렇다고 변변히 챙겨 먹지도 못하면서 체중이 현격히 줄었다. 거울을 보면 처량하게 나를 응시하는 낯선 노파를 본 듯해서 소스라치게 놀란다. 죽어가던 춘자 언니의 마지막 모습처럼… 정말 이대로 죽고 마는 걸까? 홀로 누워 깜빡 잠이 들다 깨면, 기어코 잡아먹겠다고 입을 벌리고 있던 그 날의 물살처럼 텅 빈 집이 나를 노려보았다. 허둥지둥 일어나 불을 켜면 온몸이 땀으로 흥건하다. 마주한 아파트에서 하나둘씩 켜지는 따뜻한 불빛을 바라보면 더 외롭다. 긴 밤을 홀로 또 어떻게 지새워야 할지…?

4차 치료를 받기 위해 집을 나와서 택시에 오른 뒤 서울역에서 내려 무작정 기차를 탔다. 고작 3시간도 안 되는 거리인데 가지 못할 이유도 없었다. 그냥 보고만 오자며… 덜거덕거리는 기차 바퀴가 느리게 구르는 것 같아도 들판은 부지런히 뒤로 밀려난다. 가을걷이가 끝난 빈 들판이 그저 황량하기만 하다. 충주역에 내렸다. 나는 천천히 역사에서 빠져나왔다. 19살에 보따리를 끼고 서울역 역사를 빠져나온 그때처럼. 20년이 지났는데 거짓말처럼 그대로다. 마치 전쟁 전에 찍어 둔 흑백의 필름으로 돌아간 것 같다.

어느새 어둠이 내려앉는 역을 돌아보고 다시 앞을 보니 한가로운 4차선 도로 그대로다. 내가 떠날 때보다 더 협소하고 초라하게만 느껴진다. 아마도 내가 변한 것이리라. 택시도 눈에 띄지를 않는다. 나는 마치 집으로 가는 프로그램이 장착되어 있는 로봇처럼 버스정류장으로 걸어서 드디어 살미면으로 가는 버스에 올랐다. 그때처럼 낡고 먼지 앉은 의자에 앉아 버스에 오르는 나를 무심히 바라보는 낯익은 표정들, 창밖으로 보이는 허접한 물건처럼 상품을 쌓아둔 상가들, 자리를 잡고 앉으니 변하지 않아 오히려 마음이 따뜻해졌다. 그래서 눈물이 나는 모양이었다. 익숙한 것에 대한 그리움처럼….

　드디어 버스에서 내렸다. 집으로 들어가는 동구 밖에서… 그곳에서 20여 분 걸어가면 내 집이다. 어느새 세상은 캄캄해져 한 치 앞을 볼 수가 없다. 그저 그 길을 들어서면 내 집과 연결된다는 추억만으로 발걸음을 내디딜 뿐이었다. 밤이 깊어지면서 바람도 차갑기만 하다. 서울을 떠나올 때 옷도 제대로 차려입지 않고 나왔다. 길을 걸어 본적이 언제인지 기억도 없다. 도시의 아스팔트를 달리는 자동차로 건물과 건물을 오가기만 했다. 목적지인 건물의 출입구 바로 앞까지, 혹은 사방이 막힌 지하에 당도하여 엘리베이터라는 이동 수단으로 현관까지. 더하여 4계절이 항상 일정한 실내에 살다 보니 바람과 직접 닿는 것을 막아주는 두꺼운 옷을 입는 것을 잊은 모양이다. 나름 서울을 떠나올 때 겨울이라는 계절을 생각하고 입은 옷인데 뼈마디까지 바람이 들어온다.

　멀어지는 차도에는 어쩌다 지나가는 승용차도 없다. 문득 이렇게 갔는데 집이 없어졌으면? 혹은 이미 엄마는 세상을 뜨고 빈집으로 남아 있는 것 아닐까? 그러면 그때 어떻게 돌아오지? 이 춥고 어두운 길을? 오늘은 그냥 시내로 가는 막차를 타? 그렇게 생각은 하면서도 뜨거운 물에 튀긴 새우처럼 웅크린 몸이 무작정 앞으로 돌진하기만 한다. 마치 뒤로 돌아가는 길이 막혀 버린 것처럼 고향이라는 마력에 끌리면서… 죽는 한이 있어도 그 끝을 기어코 오늘 보고야 말겠다는… 벌판을 지나 드디어 창문에서 새어 나오는 불빛이 보인다.

　때마침 병풍처럼 둘러쳐진 뒷산에서 둥근 달이 불끈 솟아올라 내가 태어나 자랐던 마을이 마치 무대처럼 스탠바이 조명이 비추어지는 것 같았다. 30가구 남짓한 마을이 서로의 지붕을 의지하며 옹기종기 모여 있다. 첫 집이 보인다. 이장 집인데… 이장이던 순돌이 아버지가 아직도? 이어서 보이는 지붕이 낮은 집의 작은 창에서 불빛이 쏟아져 나온다. 달빛을 따라 굴뚝에서 오르는 연기도 보인다. 마을의 따뜻한 온기가 나를 감싸주었지만 눈물을 훔치는 손끝은 차갑기만 하다. 하루 종일 내 가슴 속에 뿜어져 나온 찬기를 전수받은 손끝이다. 그 손끝도 힘이 드는지 내 차가운 얼굴에 흐르는 눈물을 달달 떨며 닦았다.

그리고 그 길 끝에 붙어있는 내 집, 준식이네 감나무부터 보인다. 분명 뿌리는 준식이네 마당에 있으면서 줄기나 가지는 길 밖으로 튀어나와 내 집을 가리고 있다. 이파리도 다 떨어진 나무라지만 20년 동안 몸짓만 키웠는지 기어코 그 감나무를 돌아야 집이 보일 듯했다. 집이 정말 있을까? 순돌이네 집처럼 창가에 불이 켜져 있을까? 엄마는? 두근대는 가슴을 억누르며 조심스럽게 감나무를 돌았다. 그런데 집이 보인다. 더하여 창에 불빛도 새어 나오고 굴뚝에 연기도 올라온다. 내 가슴은 세차게 콩닥거리기 시작했다. 막상 모든 것이 그대로 있다고 생각하니 기쁨만큼 두려움이 밀려왔다.

드디어 우리 집 대문 앞까지 다가갔다. 대문 곁에 서서 옷깃을 여미고 숨을 고르며 마냥 밝은 달을 바라보았다. 처연한 내 눈빛에 달이 웃는다. 들어가 보라고… 용기를 내어 대문을 슬쩍 밀어 보았다. 대문이 그래도 안으로 밀린다. 삐그덕 소리를 내며. 순간 안에서 들려오는 소리.

"누구세요?"

나는 후다닥 담벼락에 몸을 붙였다. 엄마 목소리가 분명했다. 아, 엄마가 아직 살아 있네… 그러나 몸이 굳은 체 좀처럼 움직이지를 못한다. 엄마가 버선발로 뛰어나와 내 머리채를 흔들고 나가라고 소리치면 어쩌지? 이제 정말 갈 데가 없는데….

그냥 보고만 가려 했는데 막상 이곳에 오니 갈 곳이 없다는 생각에 빠졌다. 나는 담장에 기대어 한참을 서 있었다. 아버지가 병들고 집에 올 때도 이런 기분이었나? 아버지 나 어떻게 해? 달 속에 있던 아버지가 말했다. '사랑하는 내 딸, 또딸아… 들어가. 어서.' 나는 밀리다 반쯤 걸쳐진 대문을 다시 밀었다. 대문이 더 크게 앓는 소리를 하자 안방 문이 벌컥 열린다.

"누구세요?" 나는 그대로 서 있었다. 열린 대문 앞에… 열린 안방 문에서 쏟아져 나오는 불빛에 엄마가 분명하다.

"어, 엄마… 나…."

"누구세요?"

엄마의 몸이 부리나케 마당으로 내려오는 것이 보인다. 그래 맞아 죽어도 여기서 죽을 거야 생각하며 소리쳤다.

"순남이!"

"누구? 순남이라니?"

마당에 그려지는 엄마의 달그림자가 빠르게 내게 다가온다. 나는 망부석처럼 서서 소리쳤다.

"엄마, 나 병에 걸렸어. 암이래. 죽을 건가 봐."

그리고 그대로 앞으로 쓰러졌다. 눈앞에 엄마의 커다란 품이 다가오는 것이 보였지만 더 이상 기억이 없다.

눈은 떠지지 않고 귀에 쟁쟁한 천둥 같은 울부짖음….

"하나님, 제게 왜 이러시는 겁니까? 진남이 죽고 20년을 죽은 듯이 살았는데 다시 순남이가 죽는다고요? 도대체 내게 왜 이토록 가혹하게 하시는 겁니까? 하나님, 이러지 마세요. 이러지 마세요. 제발…."

진남이가 태어난 이래로 새벽 기도를 거른 적이 없는 엄마다. 처음에는 교회 성전에서 새벽 기도를 했는데 소리가 너무 커서 성도들의 원성을 사고 이윽고 목사님마저도 하나님은 심중에 있는 소원을 말로 표현하지 않아도 다 아신다고 했지만 좀처럼 고쳐지지를 않는다고 했다. 엄마는 그래야 기도를 한 것 같다고. 진남이도 그렇게 기도해서 주신 거라고… 그래서 더 이상 교회에 가지를 않고 새벽이 오는 마루에 앉아 기도를 했다. 엄마의 기도 소리가 새벽을 깨우고 자식들은 새벽잠을 설쳐도 목소리는 절대로 낮아지지 않았다. 그래서 그날의 엄마 소원이 무엇인지 다 알고 있다. 그렇게 귀에 익은 엄마의 기도 소리를 다시 듣다니….

마음이 뜨거워져도 차마 뜨지 못한 내 눈 밖으로 눈물이 쉴 새 없이 흘렀다. 엄마는 내 머리맡에 엎드려 있기에 내 눈물을 보지 못하는 모양이었다. 엄마는 더 이상 말을 잊지 못하고 소리 내 울었다. 아이처럼 엉엉 울다가 또 한참을 있더니 다시 소원을 빌었다. 이전에 거친 함성 대신 가슴이 타들어 가는 애닯은 심경으로 아주 가늘게….

"하나님, 제가 지은 죄 제가 달게 받겠습니다. 제발 우리 순남이 살려주세요. 평생 진남이의 무거운 짐을 짊어지고 살았는데 저렇게 가게 하시면 안 되죠. 하나님, 도와주세요. 제발 우리 순남이 살려주세요. 제발…"

엄마는 더 이상 말을 잊지 못하고 방바닥에 얼굴을 묻은 채 그대로 있었다. 오래도록 흐느끼면서. 이내 부스럭대는 소리와 함께 엄마가 방을 나간다.

나는 더 이상 참지 못하고 눈을 떴다. 내 방이다. 큰언니와 작은언니가 함께 쓰던 내 방. 놀랍게도 모든 것이 그때 그 모습 그대로 있다. 마치 영원히 변치 않는 사진처럼… 나는 몸을 일으켰다. 순간 현기증이 돌았지만 앉아 있을 만했다. 엄마가 방문을 열고 들어온다. 엄마는 앉아 있는 나를 보고 놀라 불렀다.

"순남아, 이제 정신 드냐?"

나는 처연한 모습으로 엄마와 시선을 마주했다. 20년 만에… 엄마가 그대로 쓰러지며 나를 끌어 앉았다.

"아이구, 불쌍한 것!"

나는 엄마 품에 그대로 안겨 울며 소리쳤다.

"엄마, 나 죽을지 몰라. 엄마 미안해. 정말 미안해. 엄마 나 죽기 전에 그 말 하려고 왔어. 그 말을…."

엄마가 대답했다.

"안 죽는다. 안 죽어. 안 죽고말고…."

"정말?"

"하나님이 돌보아 주실 거다."

"정말?"

"엄마가 기도할 거야."

"엄마, 나 정말 무서워. 죽기 싫어, 정말로!"

"무서워하지 마라. 엄마가 곁에 있잖아."

"엄마!"

나는 엄마의 품에서 좀처럼 빠져나오지 못하고 울었다. 고향을 떠나기 전에는 엄마 앞에서 그렇게 울어 본 적이 없는 나였는데, 아무리 속이 상해도 눈물을 꾹꾹 참는 나였는데, 남에게 눈물을 보이는 것이 자존심이 상한다는 생각을 하며. 그것만이 진남이만 사랑하는 엄마와 맞서는 방법이라고 생각했었는데….

따뜻한 방안도 그대로 있고 엄마도 변함없이 있다는 사실에 문득 억울한 마음이 들었다.

"근데 엄마는 나를 찾았어? 내가 배우인 거는 알아? 내가 변해서 몰랐던 거야? 나 유명 배우야."

"왜 몰라. 자식 모르는 어미가 어디 있어?"

"근데 왜 연락 안 했어. 왜?"

"잘 있는 것 알면 됐지. 뭘 더 바라. 엄마는 네가 나오는 영화나 연속극 다 봤어."

"그러면서 모른 척했어? 말은 그래도 나를 보고 싶지 않았기에 나를 찾지 않은 거네. 진남이를 물에 빠뜨려 죽게 한 미움만 쌓여서… 엄마는 내가 태어난 순간부터 나를 미워했어. 나를 사랑 한 적이 한 번도 없었어."

사실 미안하다는 말만 하려고 했었다. 하지만 엉뚱한 말들이 사정없이 튀어나왔다. 예전에는 감히 엄마에게 하지 못했던 도전을 하면서… 엄마는 말없이 들었다. 묵묵히 듣고 있는 엄마를 자세히 보니 많이 늙었다. 반백의 주름진 얼굴에 한층 좁아진 어깨 하며… 그래서 다시 눈물을 쏟았다. 차라리 예전처럼 주둥이 닥치라며 머리끄덩이라도 잡고 흔들 것이지.

나는 엄마가 해온 죽을 너끈히 비웠다. 엄마는 빈 그릇을 바라보며 물었다.

"어떻게 아픈 거야?"

"난소암이래…."

"병원에 가서 치료받아야 하는 것 아니야?"

"한쪽은 떼어내고 남은 하나도 온전치 못한데. 그래서 항암치료를 받는데 이제 더 이상 못하겠어. 소화도 안 되고 머리카락도 빠지고 피부도 엉망이야. 그렇게까지 하며 살고 싶지도 않아."

"생명은 소중한 거야. 더구나 어미 앞에서 살고 싶지 않다는 말을 하는 것도 아니고…."

사실 집에 올 때까지만 해도 죽고 싶기만 했다. 그런데 이 방에 있으니 갑자기 궁금한 것이 너무 많아졌다.

"엄마, 큰언니는? 작은언니는?"

"둘 다 시집가서 잘 살아."

"정말?"

"엄마, 나 큰언니 보고 싶어."

"안 그래도 명자에게 연락하려 했다."

"정말? 큰언니는 어디에 살아? 얘는 몇 명이야. 형부라는 사람은?"

엄마는 측은한 눈빛으로 나를 한동안 바라보았다. 어느새 눈에 눈물이 가득하다. 그 모습을 바라보는 내 눈에도 눈물이 고였다. 나는 애써 미소를 지으면 말했다.

"엄마, 나 괜찮아. 암에 걸렸다고 다 죽는 것은 아니잖아."

"일단은 쉬어라. 몸이 피곤하면 안 되니까."

큰언니를 보고 싶은 간절한 마음으로 버티고 앉아 있고 싶었지만 생각처럼 몸이 말을 듣지를 않는다. 나는 그대로 자리에 누웠다. 엄마가 군불을 넉넉히 땠는지 바닥에 온기가 온몸을 휘감았다. 너무 따뜻했다. 수술을 마치고 내 아파트로 돌아와 침대에 누울 때 그 쓸쓸함이 아닌, 빈 아파트에 홀로 누워 있다가 영영 눈을 뜨지 못하면 언제나 발견될까 하는 두려움이 아닌….

눈을 감는 것조차 행복했다. 그리고 바로 깊은 잠에 빠져들었다. 암

진단을 받고 처음으로 취한 숙면이다. 얼마를 잤을까? 눈을 뜨니 나를 내려다보는 눈과 마주쳤다. 큰언니다.

"언니…"

언니는 대답도 못 하고 눈물을 쏟았다. 이미 울고 있었다. 퉁퉁 부어오른 눈을 연신 닦으며…

"왜 그랬어? 왜 병이 났어…"

"벌 받았나 봐."

"아휴, 불쌍한 것… 얼마나 마음고생을 했으면…"

언니는 그때보다 몸짓이 더 불어 있었다. 그러나 얼굴빛은 활기차 보였다. 그래서 마음이 또 슬펐다. 나 없이도 이렇게 잘살고 있었다니…

"언니 나 배우 된 것 알아?"

"알아."

"근데 왜 연락 안 했어."

"너 잘되면 됐지 촌구석에 사는 우리가 아는 척하는 게 무슨 도움이 되겠어."

"엄마랑 똑같은 소리를 하네. 엄마가 하지 말라고 했지?"

"지금 와서 그런 게 무슨 소용이야. 어서 병이나 나아."

"언니야 나 죽으면 어떻게 해."

"안 죽어."

엄마랑 같은 소리를 하는 언니는 내가 떠나던 20년 전 엄마의 모습이었다.

"언니야 나이 드니 엄마랑 똑같다."

언니는 피식 웃었다. "다들 그러더라. 나는 싫은데…"

"언니야 말해 봐. 언제 결혼했어? 누구랑? 어떻게 살아?"

20년 동안 궁금했던 것들이 봇물처럼 터져 나왔다.

큰언니는 바로 옆 마을에서 산다고 했다. 동갑내기 형부와 결혼을 해서 2남 1녀를 두었다고 한다. 농사를 짓고 산다고 했다. 작은언니도 대학 선배와 결혼을 했단다. 작은형부는 내과 전문의로 청주에서 부모님이 물려주신 병원을 운영한다고 했다. 하지만 작은언니는 미국에서 조기 유학을 떠난 외아들의 뒷바라지에 전념하고 있단다. 공부에 욕심이 많은 작은언니가 아들의 유학생활을 위해 어학연수까지 받으면서….

내가 유명세를 탈 때 혹여 나를 찾아와 손을 벌리면 어쩌나 염려를 했는데 이렇게 결혼하고 애도 낳고 잘살고 있었다니… 나만 바람 부는 벌판에서 죽을 힘을 다해 살았나 보다. 20년 동안 홀로 살아내며 강한 척을 했지만 막상 고향 집에 돌아오니 그저 황씨네 셋째 딸일 뿐이었다. 엄마에게 불만을 터트리고 큰언니에게 의지하고 작은언니와 경쟁하고 사랑하는 내 동생 진남이를 가슴에 묻고 그리워하는….

세상이 알아준다고 연지 찍고 곤지 찍고 북 치고 장구 치고 번 돈으로 호의호식하면 그 모두를 잊고 살 수 있을 줄 알았는데… 그러나 쾌청하고 바람이 없는 날 두둥실 떠오르는 크고 아름다운 풍선을 보고 사람들은 열광하지만 비바람 불 때 어디론가 사라져 버린 풍선을 기억하는 사람은 없는데… 베풀 수 있을 때 가족에게 베풀 걸. 결국 이런 모습으로 돌아올 거면서….

큰언니와 마주 앉아 대화를 나누다가 그대로 실신한 듯 누웠다. 큰언니도 엄마도 마음을 졸이며 서둘러 병원에 가야 한다고 했지만 나는 애원했다.

"엄마, 나 여기서 죽든지 아니면 살든지 할래. 그냥 이 방에만 있게 해줘. 제발…."

나는 겨우내 그 방에서 나오지를 못했다. 죽을 만큼 아팠다. 나는 그 것이 암세포 때문이라는 생각이 들지 않았다. 20년 동안 고향을 떠나 긴장하면서 쌓인 독소를 빼내는 과정이라는 생각을 했다. 엄마가 해주 는 음식을 먹고 엄마가 곁에서 자고 때론 큰언니가 곁에서 잤다. 새벽녘 에 눈을 뜨면 엄마가 내가 흘린 식은땀을 닦아주면서 울고 있다. 나는 기운 없이 말했다.

"엄마, 나 안 죽어."

"당연하지. 안 죽어. 안 죽고 말고…" 엄마는 이불을 다독이며 말한다.

"더 자라. 엄마 교회 갔다 올게."

"엄마, 어제 눈 왔다며? 밤새 얼어붙어 길이 미끄러울 텐데. 오늘 안 가면 안 돼?"

"내 염려는 말고 더 자. 군불이나 넉넉히 때놓고 갈 테니 더 자."

큰언니는 형부와 조카들을 데리고 왔다. 형부는 농사를 지어서 그런 지 검게 탄 피부에 얼굴은 주름투성이면서 키도 작았다. 큰언니는 다 용서해도 키 작은 남자와는 결혼을 하지 않을 거라고 했었다. 그래서 그날 밤 내 곁에서 자던 큰언니에게 물었다.

"기억나? 언니는 키 작은 남자랑 절대 결혼 않는다고 했던 말… 근데 형부가 작더라?"

"별걸 다 기억하네."

"근데 어디가 좋아서 결혼했어?"

"좋아서 결혼하니? 하게 되면 하는 거지."

"언제 결혼했어?"

"너 떠난 이듬해 늦가을에…"

순간 나는 입을 다물었다. 진남이가 죽고 그렇게 빨리? 진남이도 없는 집에 엄마를 홀로 두고 갈 큰언니가 절대로 아닌데… 큰언니가 말했다.

"아마도 그때 내가 결혼이라도 하지 않았으면 엄마랑 나는 아직까지 붙어서 귀신처럼 진남이 망령에 쌓여 살았을지도 몰라. 내가 결혼을 할 수 있었던 것은 정말 기적이야."

사실 나는 그것이 가장 궁금했다. 진남이가 죽고 그 사태를 어떻게 수습하고 가족들이 살아왔는지. 하지만 차마 묻지 못했는데….

"엄마가 미친 것 같더라. 3일 만에 찾은 진남이 시신을 누구도 건드리지 못하게 하고 집으로 들이는데. 동네 사람들은 엄마를 말렸어. 객사한 시체를 집으로 들이면 귀신이 못 떠난다고. 하지만 기어코 진남이를 방에 누이더라. 그리고 엄마가 방문을 닫고 들어갔어. 아무도 문을 열지 말라고. 기도로 살리겠다며, 분명 예수님이 살려주신다는 거야. 죽어서 며칠이 지나 썩어 냄새가 나는 나사로도 살렸다며, 목사님도 달려와서 막았지만 엄마를 막을 사람은 아무도 없었어. 나는 방문 앞에서 울며 기다렸어. 밤이 되니 모였던 사람들은 하나둘씩 사라지고… 너 알아? 그때의 공포…."

"작은언니는?"

"연락할 겨를도 없었어. 명희가 온들 무슨 도움이 돼."

"지금도 그래?"

"여전하지 뭐."

문득 명희 언니도 몹시 그리웠다.

"미안해. 언니야. 그때 내가 있었어야 했는데…."

"네가 있다고 무슨 도움이 되겠어. 인생에 고통의 순간은 각자의 방식으로 헤쳐 나가는 수밖에 없어. 나는 참고 인내하고 너는 피해 달아나고 엄마는 거칠게 저항하며…." 큰언니가 말을 이었다.

"새벽이 올 때까지 문밖에 있었어. 방안에서 엄마가 때론 소리치고 때론 울고 때론 애원하고… 크고 작은 엄마의 소리에 귀를 기울이고 있다가 불현듯 깨어났어. 문지방에 코를 박고 깜박 잠이 들었던 거야. 어느새 동이 텄어. 부리나케 방문을 보니 잠긴 채 그대로인데 아무 소리도 들리지 않는 거야. 아무 소리도… 결국 엄마가 진남이를 끌어 앉고 죽었구나 단정하고 미친 듯이 안방 문을 두드리며 울어댔어. 엄마를 부르다가 문밖을 향해 고래고래 소리쳤어. 사람 살리라고… 동네 사람을 불러대는 그 순간에 문이 덜컥 열리더라. 엄마가 당당하게 나오며 말했어. 목사님 부르라고. 순간 진남이가 살아났구나 생각하며 방으로 뛰어들어갔어. 진남이는 아랫목에 얌전히 누웠는데 정말 곤히 자는 것처럼 보였어. 볼이 발그스레하고 머리카락도 보송보송하고… 너무도 예쁜 모습으로 누워 있었어. 물에서 건졌을 때 음산하고 추웠던 모습이 아니었어. 나는 진남이 손을 잡고 흔들었어. 진남아 일어나 아침이야. 하지만 손은 밀랍처럼 차갑더라. 홍조가 남아있는 진남이의 볼, 밤새 부벼댄 엄마의 온기가 남아있었던 모양이었어. 이윽고 엄마가 말했어. 진남이 장례 준비하라고…"

"엄마가 나 많이 미워했지?" 나는 눈물을 쏟으며 물었다.

"그때는 누구를 미워할 겨를도 없었어. 진남이도 없고 너도 없는 집에 나와 엄마는 죽은 사람처럼 살았어. 명희도 결국 다가오는 학기를 포기하고 집으로 들어왔어. 그런 상황에 엄마에게 등록금을 달라는 말이 나오지를 않았겠지. 그 해를 넘기고 봄이 왔는데 하루도 몸을 쉬지 않던 엄마가 과수원도 돌보지 않고 방에만 처박혀 있었지. 마치 삶을 포기한 사람처럼… 물론 교회도 나가지 않고. 그래서 집 나간 너를 생각조차 못 했어. 엄마는 죽은 사람처럼 있었고 나는 엄마가 홀연히 목숨을 끊을까 봐 노심초사하며 지켜보면서.… 진남이가 죽었는데도 그 끔찍했던 여름이 다시 오고 이어서 그 여름이 끝나갈 즈음, 덕칠이 아저씨가 집에 왔어."

"덕칠이 아저씨?"

"너 덕칠이 아저씨 기억나?"

"당연하지. 우리 집에서 머슴 산 아저씨 아니야?"

"맞아. 그 아저씨가 대문을 지나 마당으로 걸어 들어오는 거야. 그때는 사람들이 우리 집에 오는 것을 꺼렸어. 세 모녀가 귀신처럼 모여 사는 흉가로 피하는 기색이 역력했거든."

"근데 엄마가 엄청 싫어하지 않았어? 그 아저씨."

"맞아."

덕칠이 아저씨, 그는 할아버지 생전에 자주 찾아 왔다. 그러나 엄마는 덕칠이 아저씨를 노골적으로 싫어했다. 그때는 아저씨가 우리 집에서 머슴을 살지도 않았는데 머슴살이하던 놈이라는 경멸도 서슴지 않았다. 덕칠이 아저씨는 아버지와 동갑이라고 했다. 그의 아버지 때부터 우리 집에 머슴으로 살았는데 학교 근처는 가보지도 못한 일자무식이라고 했다. 그의 아버지는 하인 노릇을 하면서 아는 게 많으면 그만큼 고달프다며 아예 초등학교도 보내지 않았다고 한다. 비록 덕칠이 아저씨가 배운 것은 없어도 성실하고 근면해서 할아버지는 그를 아들처럼 사랑했다고 했다. 아버지가 장가를 가던 해에 덕칠이 아저씨도 장가를 갔다고 했다. 할아버지는 그때 덕칠이 아저씨에게 가족이 먹고살 만한 땅을 주고 분가를 시켰다고 했다. 아버지가 큰언니를 낳던 해에 덕칠이 아저씨는 아들을 낳았단다. 그래서 할아버지가 더 상심했단다. 게다가 덕칠이 아저씨는 할아버지가 준 땅을 열심히 경작해서 모은 돈으로 아버지 소유의 땅을 야금야금 사들였단다. 아버지가 여자를 달고 고향을 떠날 때 덕칠이 아저씨가 황씨네 남은 땅마저 사들였다는 소문이 엄마 귀에 들어오지 않았을 리 없다.

그런데 하필 그때, 이미 조상이 남긴 재물은 거덜 나고 대를 이을 진남이 마저 물에 빠져 죽은 그때… 내가 흥분하며 물었다.

"미친 거 아니야? 왜 온 거야? 하필 그때…."

"나를 며느리 달라고."

"어머, 어머, 미쳤어."

"엄마도 그랬어. 미친놈이라고… 당장 내 집에서 나가라며 온 동네가 떠나갈 정도로 욕을 퍼부으며 난리를 떨었어."

"당연하지."

"결국 문지방도 못 넘고 호되게 욕을 먹으며 쫓겨나가는 아저씨가 한마디 하고 집을 나서더라. 그저 할아버지 유언을 지키려는 것뿐이라고…."

"무슨 유언? 할아버지가 그 아저씨한테?"

"우리 집안에 우환이 들면 도와주라고 했대. 아무래도 그때인 것 같아서 왔다고… 황씨네 장녀와 천씨네 장남과 혼인을 시켜서 사돈이 되자고…."

"정말?"

"그 덕칠이 아저씨가 바로 우리 시아버지야."

"말도 안 돼."

"말도 안 되는 시작이 그렇게 결실을 보고 나니 기적의 사건이었다고 할밖에. 아마 그때 결혼을 안 했다면 지금까지 나는 시집도 못 갔을 거야."

"근데 엄마가 어떻게 허락을 했데?"

"처음에는 목에 칼이 들어와도 그런 일은 없을 거라고 했지만 엄마는 할아버지 유언이라는 말을 흘려들을 사람이 아니잖아. 한동안 고심을 하더니 나보고 결혼을 하라고 하더라. 하지만 나는 싫었어. 더구나 죽을 생각만 하는 엄마를 두고 떠난다는 것도 말이 안 되고, 중학교만 졸업한 덕칠이 아저씨 아들인 것도 너무 싫었어. 나도 중학교밖에 안 나왔지만…."

"그랬는데?" 내가 궁금해서 얼굴을 바짝 들이밀고 물었다. 언니는 한동안 손을 만지작거리더니 조금은 슬픈 표정이 되어 말했다.

"알잖아. 나는 엄마가 시키는 것은 절대 거절을 못 하는 거. 한편으로는 지독히 집을 떠나고 싶은 내 속마음도 그렇고. 내 나이 그때 26살, 누가 나를 데리고 가겠어? 대를 이을 아들마저 죽은 과부 며느리 곁에 남은 노처녀 딸인데…."

"그랬구나… 미안해 언니야. 다 나 때문이야."

"그게 왜 너 때문이야. 순남아, 나는 그때 그것을 알았다. 변화는 밖에서부터 부는 바람을 잡기 시작하면서 오는 거라고. 그러나 슬픔에 잠겼을 때는 그 바람이 어떤 바람인 줄 모르고 무조건 밀어내려고만 하지. 왠지 알아? 밖에서 이는 바람을 느낄 겨를이 없어서 그래. 그저 내 안에 슬픔에 싸여서… 하지만 누군가 그 바람을 잡으라고 하는 미세한 소리가 들려와. 아마 할아버지가 이미 그때를 준비하고 떠나셨던 가봐. 할아버지가 엄마를 몹시도 사랑하셨잖아. 딸만 내리 낳고 슬퍼할 때도, 아버지가 여자를 끼고 집에 들어오지 않을 때도 참고 살라고 다독이시며…."

나도 그만큼 사랑해 준 할아버지. 진남이를 세상에 누구보다 사랑하면서도 죽는 그날까지 결코 내색하지 않았다. 그래서 태어나는 순간부터 엄마의 절대 사랑만 받아온 진남이는 할아버지를 기억하지 못한다. 하지만 내가 가장 사랑받고 싶어 하는 엄마의 사랑을 빼앗기고 슬퍼하는 나를 할아버지가 따뜻하게 감싸 주었다. 사람은 사랑받고 싶은 사람에서 사랑을 받기를 소원하며 그 사랑을 받지 못하면 세상을 잃는 것처럼 슬퍼하지만 인생을 되돌아보면 사랑은 엉뚱한 곳에 있었다.

"결국 엄마는 그 미세한 바람을 잡은 거야. 막상 혼사를 치른다니까 엄마는 부지런히 내 혼수 준비를 하면서 진남이로 인한 슬픔에서 벗어나는 것처럼 보였어. 더구나 황씨 집안 첫 혼사라는 자부심이 들었는지 아니면 일 년 동안의 슬픔만으로 족하다고 생각했는지 엄마는 하루가 다르게 씩씩해졌어. 그동안 방구석에 처박혀 사법고시 준비나 하겠다던 명희도 다시 등록을 하고… 다행히 우리가 신혼부터 이 동네에서 살면서 네 형부가 엄마 일도 돌보아 주고 또 엄마가 우리 아이들도 돌보아 주면서 살고 있잖니. 마당에 우리 아이들이 뛰노는 소리가 담을 넘고… 그러다가 명희가 또 바람을 일으켰지. 결혼을 하면서 또 다른 사위가 이 집에 들어오고 이어서 명희 아들이 재민이가 와서 뛰놀면서…"

"……."

"처음에는 말이 안 된다고 생각했지만 살아갈수록 할아버지의 유언이라는 것도 실감이 나. 그때 그 일이 없었으면 우리 모녀는 절대로 그 슬픔에서 빠져나오지 못했을 거야. 그때 알았다. 슬픔은 시간이 간다고 해결되는 것이 아니라 살아 움직이는 사건으로 대체되어야 벗어난다는 것을. 슬픔은 그저 슬픔일 뿐이야. 슬픔에 매몰되면 그러다 슬픔에 묻혀 죽고 말아. 산 사람은 죽은 사람의 기억으로 사는 것이 아니라 생명의 기운으로 다시 사는 거더라."

"……."

"순남아, 마태복음에 이런 말이 있더라 예수님을 따르던 제자가 아버지의 장례를 치르고 따르겠다고 하니까 예수님께서 매몰차게 거절하셨어. '나를 따르라. 죽은 사람의 장례는 죽은 사람이 치르도록 하라.' 죽은 자의 기억에 매몰되어 산자가 따라 죽지 말라는 말씀 아니겠어? 더 이상 죽은 자를 보지 말고 생명이신 예수님을 보라고…"

큰언니는 분명 내가 떠날 때 모습과 전혀 다른 모습이었다. 엄마의 기에 눌려 자기표현이 전혀 안 되었는데 어떻게 저렇게 변했는지, 학력도 짧은데… 고향의 겉모습은 그대로이지만 모든 것이 달라져 있었다. 그렇게 달라진 고향의 이야기를 밤낮없이 듣고 싶었지만 몸이 너무 피곤했다. 나는 듣다가 그대로 잠에 빠져들었다. 큰언니가 곁에서 이마에 솟은 땀을 닦아주고 이불을 다독이는 따뜻한 손길이 마냥 행복했다. 아, 이 손맛…

하루를 앉아서 듣고 일주일을 앓아눕고 기력을 찾으면 또 듣고 또 쉬면서… 그 사이에 엄마는 새 모이 주듯 부지런히 먹을 것을 가지고 들어왔다. 엄마는 항암치료를 계속해야 하는 것 아니냐고 했지만 나는 거부했다. 큰형부가 처제 주라고 산에서 캐온 귀한 뿌리인데 혹시 독성이 있을까 봐 읍내 한의원에서 알아보았는데 기력 회복에는 그만이라고 한다며 마시란다. 그것을 먹어서 그런지 사나흘은 앉아 있어도 거뜬할 만큼 기력이 돌아왔다.

문득 장수가 나를 미친 듯이 찾을 것 같다는 생각을 했다. 혼자 다니지 말라고 신신당부를 했던 장수인데… 하지만 말뿐인지도 모른다. 연애를 시작하면서부터 내 눈을 속이기도 하고 때론 무언가를 감추기도 하면서… 어쩌면 영양가가 없어진 내가 소리소문없이 사라진 것을 오히려 홀가분하게 생각할지도 모를 일이었다. 나는 방전된 핸드폰을 그대로 가방 안으로 밀어 넣었다.

크리스마스 예배를 마치고 언니네 가족이 집안으로 들이닥쳤다. 집에 홀로 기다리고 있던 나를 위한 이벤트를 해준다며… 서로가 얼굴을 트는 어색한 시간이 흘러 달을 넘기니 조카들이나 형부도 꽤 친숙해졌다. 오랜만에 나도 몸을 일으켜 안방으로 천천히 걸어 들어갔다. 방안에 모여 있던 가족들이 나를 보고 일제히 격려의 박수를 쳐 주었다. 방안에는 그 옛날에 우리 4남매가 둘러앉아 만들었던 크리스마스 장식이 창에 소박하게 걸려 있었다. 트리를 살 형편이 안 되어서 엄마 사다 준 색종이를 잘라 고리로 연결하여 길게 이은 것을 창틀을 따라 커튼처럼 주렁주렁 매달고 그 위에 반짝이는 왕별도 세웠는데… 똑같은 모습을 한 것을 보니 아마도 큰언니가 나를 위해 했음이 분명했다. 그 추억이 마치 그때 도화지에 그린 그림처럼 내 가슴에 남아있다니… 나를 향한 조카들의 함성이 들려왔다.

"이모 힘내세요. 우리가 있잖아요."

'우리가 있잖아요. 우리가…' 그 말이 가슴에 뭉클하며 깊은 감동으로 채워졌다. 내가 휘청하자 큰 조카 용태가 재빨리 내 팔을 부축하며 아랫목에 앉힌다. 엄마도 울고, 언니도 울었다. 나는 힘내야지 하며 허리에 힘을 주고 앉았다.

그날 비로소 안방에서 엄마와 언니 식구들과 둘러앉아 밥을 먹었다. 정말 형부가 캐온 나무뿌리가 효력을 발하는 것 같았다. 그래서 형부에게 고맙다고 하니 아이처럼 얼굴을 붉히며 웃기만 했다. 초등학교 3학년인 늦둥이 딸 용미가 크리스마스이브에 공연한 연극 대사 일부를 다시 한 번 읊조리자 모두 박수를 쳤다. 늦은 시간까지 먹고 마시며 떠들다가 형부가 세 아이를 데리고 집으로 돌아가고 언니와 엄마 그리고 나만 남았다. 언니는 뒷마무리를 하고 자고 가겠단다.

나는 피곤해서 내 방으로 들어왔다. 잠시 후에 언니가 찐 밤을 들고 들어왔다. 내가 밤을 좋아하는 것을 아는 언니였다. 따뜻한 아랫목에 앉아 낮은 천장에 매달린 등에서 나오는 불빛이 작은 창을 지켜준다. 추운 겨울바람을 품은 어둠이 요란하게 창을 두드려도 끄떡없다. 마치 이 작은 방이 세상의 모든 것들로부터 나를 지켜주는 방주와 같다는 생각을 했다. 너무 행복했다. 하지만 내가 없어도 내 가족은 이렇게 행복하게 살고 있구나 하는 그 섭섭함을 좀처럼 지울 수가 없었다. 그래도 더 이상 말하지 말아야지 하면서 또 묻고 말았다.

"내가 소식도 없이 사는데 궁금하거나 염려가 되지 않았어?"

큰언니는 밤을 까던 손을 멈추고 나를 바라보았다. 슬픈 눈이 되었다.

"너 떠나고 하루도 편히 잔 적 없어. 엄마나 나나…."

하지만 나는 믿을 수 없다는 표정을 지었다.

"그런데 내가 텔레비전에 나왔는데도 왜 아는 척도 하지 않았어?"

"처음에는 드라마를 좋아하는 내가 텔레비전에서 네 얼굴이 잠깐씩 나오는 것을 보고 긴가민가했어. 사실 딱 봐도 넌데 설마 하는 마음이었는지 잘 안 믿기더라고. 근데 유혹이라는 드라마를 보고 딱 넌 줄 알았어. 그래서 엄마에게 말했지. 그런데 엄마가 그 드라마를 보고는 막 울더라."

"좋아서?"

"아니. 슬퍼하면서 우리 순남이가 왜 저러고 사느냐고? 아무리 유명해져서 떼돈을 벌어도 그런 역은 하지 말았어야 한다는 거야. 친구 남편을 빼앗고 남의 가정을 파탄 내는…."

"……"

"다음 날로 교회에 나가더라. 진남이가 죽고 교회에 발길을 딱 끊었었거든. 진남이를 살려 주지 않았다고 하나님을 원망하며. 이번에는 엄마가 너 때문에 교회에 나가 다시 기도를 시작했어. 순남이가 착한 역할을 하게 해달라고…"

"……"

"그랬는데 이번에는 한복 차림에 옷고름은 풀어헤치고 다리를 쫙 벌린 네 모습이 중앙극장 간판에 걸린 것을 보고 오던 날부터 엄마가 며칠을 앓아누웠어. 내가 보기에 진남이가 죽었을 때처럼 슬퍼 보였어."

나는 그동안 보란 듯이 잘 살았다고 한껏 빼 든 자라목을 그대로 들이밀었다.

"엄마는 동네 사람 알까 무섭다며 쉬쉬하고, 죽어서 할아버지나 아버지 얼굴을 어떻게 보냐… 다 자기가 죄가 많아서 자식새끼가 저러고 다니는 꼴까지 본다고…"

"……"

"너는 우리를 모르는 척해도 우리는 너를 아는 세상이야. 너는 우리가 어떻게 사는 줄 모르지만 너에 대한 작은 소문도 우리는 다 들을 수가 있었어. 나도 마음이 아팠어. 그런데 재작년에 했던 인현왕후를 보고 엄마가 너무 좋아했어. 엄마는 기도를 들어주신 하나님께 감사한다더니… 어휴 이번에는 병이 들었으니… 기도가 마를 날이 없다 하신다."

언니는 밤을 까서 내 입에 넣어주었다. 나는 의기소침해서 물었다.

"근데 교회는 언제부터 다닌 거야? 엄마가 가자고 해도 죽어도 안 갔잖아. 죽으라면 죽는시늉도 하는 딸년이 아무래도 사탄의 방해를 받는다는 소리까지 들으면서…"

큰언니가 빙긋이 웃는다.

"너도 생판 모르는 남자와 한이불 덮고 자고 애까지 낳아봐라. 안 믿게 되나."

"그게 그렇게 어려워?"

"지나고 나니 별거 아니지만 그때는 하늘이 무너지는 듯한 두려움이 먼저였어. 하지만 그때 그 길에 들어섰으니 오늘이 있고… 우리 용태만 생각하면 세상을 다 얻은 것처럼 기쁘다."

"공부를 그렇게 잘한다며?"

"시골 고등학교에서 잘해 봐야 오죽하겠어. 그저 우물 안 개구리지."

"언니도 유학 보내. 내가 돈 대줄게."

큰언니는 피식 웃는다.

"부모 형편에 맞게 가르치는 것이 먼저야. 링컨이 공부를 많이 해서 대통령이 된 줄 알아?"

"욕심이 없는 것도 아니네."

"자식에 대한 욕심이 없는 부모가 어디 있어? 하지만 분수에 맞게 살며 소망을 품고 기도해야지."

"세상이 변했어. 링컨처럼 대통령이 되던 시대가 아니야. 그만큼 뒷바라지를 해야지. 나 돈 좀 있어. 작은언니 아들처럼 미국으로 유학 보내."

큰언니가 그러고 싶다면 아파트를 팔아서라도 해주고 싶은 생각이 들었다. 물려줄 자식도 없는데 생각하면서….

"순남아, 자식을 위해 쓰는 돈은 부모가 정직하게 땀 흘려 번 돈이어야 해. 고맙지만 사양한다."

큰언니는 정말 변했다. 그 옛날 내가 알던 순박하고 착하기만 한 언니는 아니었다. 무언가 접근할 수 없는 힘이 느껴졌다. 내 나이 39살을 마감하는 그 겨울에….

11

    그 작은 방에서 구들장 신세만 졌는데도 해는 넘어가고 겨울도 가고 봄이 왔단다. 엄마는 69살… 대접을 받아야 할 노인인데도 겨우내 내게 끼니를 정성스럽게 해주느라 고달팠는데… 어김없이 찾아온 봄을 맞이할 준비까지 하니 더 고단해 보여 내 마음이 편치를 않았다. 그래도 엄마는 봄이 와서 좋기만 하단다. 어쩌면 지난해 겨울이 세상에서 보는 마지막 계절이라고 생각했는데… 해만 나오면 무조건 볕이 잘 드는 곳으로 나와 앉아 있었다. 마당에서 활기차게 움직이는 엄마의 몸놀림과 대지를 뚫고 올라오는 녹색의 향연에서 생명의 기운이 느껴졌다. 아직 3월을 벗어나지 못해 산은 여전히 검지만 담에 붙은 개나리의 늘어진 줄기에서 노란 꽃망울이 매달리기 시작했다. 그렇게 한둘씩 살아 움직이는 봄… 봄이다.

    그 봄에 기어코 작은언니가 왔다. 요금이 비싼 해외 통화를 짧게 하고 보고 싶다고 안달을 하더니… 붙어 있을 때는 개와 고양이처럼 싸우던 자매였지만 한솥밥을 먹고 자란 피붙이다. 마루에 앉아 볕을 쏘이고 있는데 작은언니가 대문을 들어선다. 어느새 마흔을 훌쩍 넘긴 작은언니, 20년을 건너뛰었는데 그대로인 것 같다. 큰언니와 달리 체중도 불지 않고 세련된 단발에 새초롬한 모습, 그대로… 나는 언니 하며 소리쳤다. 작은언니는 나를 덥석 껴안으면 말했다.

"나빠 보이지 않아. 옛날 모습 그대로야. 그대로…."

옛날 모습 그대로… 그 말이 어찌 그리 좋은지. 큰언니가 때맞추어 들어선다. 엄마도 세 딸이 모이니 마냥 좋은 모양이다. 그 봄에….

그날 밤 작은언니가 살아온 이야기를 들었다. 기자가 되고 싶어 사회학을 전공한 작은언니가 1년을 쉬면서 사법고시 도전을 한 것은 그저 핑계였다고 했다. 그렇게라도 하지 않으면 그 시간을 보낼 수 없을 것 같아서… 결국 일 년 만에 다시 등록을 하고 졸업을 앞두고 치른 언론사 입사시험에 모두 떨어지고 말았다고. 아무리 생각해도 실력은 되는 것 같은데 지방 대학이라는 것과 여자라는 불이익이 작용했단다. 그러면서 무언가 인생이 잘 안 풀린다고 말했다.

어쩔 수 없이 결혼을 택했다는 작은언니는 외아들 재민에 대한 기대가 아주 컸다. 대학을 졸업한 그해에 결혼하고 낳은 아들, 재민이가 오로지 그녀의 희망이란다. 반드시 자기가 이루지 못한 성공을 이루는 아들로 키우고 싶다고. 그래서 재민이가 중학생일 때 미국으로 가기로 결심했단다. 언니가 유학 비자를 받아서 가는 방법으로. 언니는 켄터키 주립대학에서 어학연수 중이고 재민이는 10학년에 재학 중이라고. 스프링 브레이크를 이용하여 나를 보고 싶은 마음에 왔단다.

작은언니는 내 곁에서 그렇게 말을 하다가 먼 길을 오느라 피곤했던지 이내 잠이 들었다. 잠든 모습을 가만히 들여다보니 화장을 지운 얼굴에 기미도 가득하고 눈 밑에 다크 서클도 보인다.

아침밥을 먹으며 엄마가 작은언니에게 물었다.

"윤 서방은?"

"잘 있어."

"왜 같이 안 왔어?"

"바쁘대."

"너 있을 때 순남이를 봐야 하는 것 아니냐?"

"윤 서방이 요즈음 병원 일이 많아 도저히 짬이 안 나나 봐. 얼굴이야 기회가 되면 보겠지." 그러나 작은언니의 표정이 어둡기만 하다.

작은언니는 그날 그렇게 내 곁에서 하룻밤을 자고 집을 떠났다. 며칠 후 미국으로 돌아간다는 짧은 통화가 끝이다. 떠나기 전에 형부와 오겠다는 약속도 지키지 못하고… 엄마의 근심이 이어졌다. 아무래도 무슨 일이 있는 모양이라고… 그래서 큰언니에게 조심스럽게 물었다.

"작은언니에게 무슨 일이 있는 거야?"

"공연히 걱정하는 거야. 엄마 상식으로는 남편을 두고 저렇게 오래 떨어져 있는 것을 이해하지 못하는 거지 뭐. 요즈음 애들 때문에 그렇게 사는 부부 많다고 말해도 믿지를 못해. 아무리 자식 교육이라지만 부부가 떨어져 살면 결국 사달이 나고 만다는 거야."

"형부가 좋은 사람이라면서?"

"좋은 사람의 기준이 뭐냐?"

"처자식을 위해 양보하는…."

"모르겠다. 나도 그저 가족은 아이들이 성장할 때까지 함께 붙어살아야 한다고 생각하니까."

"근데 작은언니는 어떻게 결혼한 거야? 연애야 중매야?"

작은언니에게 더 들었어야 했는데 밤이 늦어 잠에 빠지고 말았다.

"연애지."

"연애도 할 줄 알아?"

"제부가 열렬히 쫓아다녀서 한 결혼이야. 하기는 명희는 결혼보다는 자기 인생을 개척하며 살 줄 알았는데…."

"……."

"명희는 꿈이 많았잖아. 기자가 되고 싶다고 하고 때로는 작가가 되고 싶다고 하기도 하면서… 캠퍼스 커플이라나 뭐라나. 같은 대학 의대생이 던 제부가 명희를 죽도록 사랑했어. 거기다가 지극히 효자이기도 하고…."

"효자?"

"부모의 뜻을 거스르지 않는 거지 뭐. 제부는 청주에서 아버지 때부터 의사를 해온 집안의 장남이야. 제부는 그래서 의대를 가서 가문을 이었대. 의대 졸업하고 서울에 있는 종합병원에 갈만한 실력인데 굳이 고향에서 아버지의 병원을 이어받아 운영하고 있어. 명희는 그것도 불만이지만…."

"왜?"

"명희는 서울에서 살고 싶어 했거든. 하지만 제부가 서울로 갈 기회가 충분했는데 그러지 않은 것도 불만이고, 재민이가 중학교에 들어가면 서 강남으로 가지 못해 안달을 떨더니 결국 어린 재민이를 데리고 미국 행을 택한 것이고…."

"왜 애는 더 이상 안 낳았대?"

"모르지. 자기 말로는 스트레스를 받아서 안 생긴다는데… 내가 뭘 알겠니? 무식한 언닌데…."

시꺼먼 겨울 가지가 초록으로 바뀌고 이내 꽃 잔치를 벌인다. 드디어 담장에 빨간 장미가 얼굴을 들이밀고 있다. 앞선 꽃들이 자지러지게 놀 다간 자리에 5월의 여왕답게 품위를 지키며… 그 모습을 온종일 바라 만 보아도 그저 즐겁다. 서울에서 생활할 때는 남에게 보여주기 위한 연기를 끝내고 하는 일 없이 집에 있으면 죽을 것 같은 무료함에 견디 지를 못했다. 하루 이틀 피곤이 풀리면 모자를 눌러쓰고 짙은 선글라스를 끼고 쇼핑이라도 해야 직성이 풀렸다. 도둑처럼 남의 눈이 뜨이지 않으려고 돌아다니지만 그다지 행복하지도 않았다. 그러나 고향의 봄은 하는 일이 없어도 시시각각으로 변하는 자연을 보는 기쁨도 있고 엄마가 내 입에 즐거운 것을 먹게 해주는 기쁨도 있다. 수시로 들려오는 동네 소문들에 귀가 즐겁다. 김씨네 소가 난산 끝에 암송아지를 낳았다고… 마흔 살 노총각 덕배가 베트남 신부를 얻었다고… 최씨 할머니의 손주가 고시에 합격했다고… 저녁을 먹고 텔레비전을 보고 있노라면 큰언니가 주전부리할 것을 들고 들어왔다. 그리고 하루 일과를 수다스럽게 늘어놓았다. 듣고 있노라면 엄마 표현처럼 쓸데없는 소리인데도 귀가 마냥 편안했다.

여름이 시작되었어도 서울에 올라가지 않았다. 그저 가기가 싫었다. 장수에게는 연락을 해야 했는데… 병원도 가야 하는데… 6월의 태양이 제법 따갑다. 장마도 시작되지 않았는데 며칠째 폭우가 쏟아졌다. 점점 더 강가에 가고 싶었다. 서울을 떠나 올 때부터 그곳에 가보고 싶었다. 진남이가 죽은 그곳을… 그러나 너무 춥다며 가지 못했다. 봄이 왔어도 가지를 못했다. 걸어서 그곳까지 갈 힘이 없다며. 비가 억수같이 쏟아지는데 가고 싶었다. 우산을 쓰고라도 가고 싶었지만 하지 못했다. 문득 비가 그치고 새파란 하늘에 홀로 떠 있는 해를 보며 불현듯 일어섰다. 나는 챙이 큰 모자를 눌러쓰고 밭에 나간 엄마에게 알리지도 않고 강을 향했다.

해가 너무 강했는지, 아니면 오랜만에 먼 길을 걸어 다리에 힘이 풀렸는지 온몸에서 땀이 흘렀다. 드디어 강이 보인다. 그날의 강이… 파란 하늘에 닿은 녹색의 산을 가르고 이어지는 강, 하늘처럼 파란색도 아닌

산처럼 녹색도 아닌… 그래서 물색이라는 표현을 쓰는 걸까? 하늘과 산은 마치 시간에 정지된 것처럼 고요한데 그 사이로 흐르는 강물은 쏟아지는 햇살을 받으며 요란스럽게 출렁인다. 20년 만에 나를 보았으니 반갑다고… 가까이 더 가까이 오란다. 신발 속으로 모래가 들어왔다. 나는 신발을 벗고 뜨거운 모래를 발바닥에 그대로 느끼며 강물로 향했다. 뜨거워진 발바닥의 열기를 식힐 곳은 찰랑대는 강물뿐이라고….

발바닥에 있던 물이 발목에 오르고 종아리까지 오르는데… 나의 시선은 진남의 까만 머리가 오르내리던 그곳만 향하며….

"더 깊이 들어가면 물살에 휘말려요."

순간 물살을 향하던 몸짓을 멈추고 소리를 향해 고개를 돌렸다. 내가 벗어 둔 신발 곁에 누군가 서 있었다. 그제야 허벅지까지 올라온 물을 보고 흠칫 놀라며 물에서 나오는데 목소리가 계속된다.

"비가 온 뒤라 강이 사나워요. 겉으로 보면 평온한 것 같지만 아직 기세가 남아 기어코 누구라도 끌어당길 판인데…"

여자 목소리다. 한낮의 해에서 반사된 광채로 모습이 선명하게 보이지 않지만 분명 나이가 들고 사투리도 없고 제법 교양이 느껴지는 어투였다. 누굴까? 동네 사람은 아닌 것 같은데…

발바닥에 다시 마른 모래가 느껴진다. 치마 끝이 물을 잔뜩 먹어 무겁다. 비로소 여인의 모습이 시야로 들어왔다. 나는 조심스럽게 그녀 곁으로 다가갔다. 노년에 접어든 여인이지만 긴 머리를 멋들어지게 틀어 올리고 허리가 잘록한 원피스를 발목까지 늘어지게 입은 것이 전혀 동네 사람의 외모가 아니었다. 그렇다고 강가에 피서를 온 사람 같지도 않았다. 나는 물었다.

"누… 구세요?"

"이 동네 사는 사람이에요."

"이 동네에 사신다고요?"

"저기… 우리 집이 보이죠?"

나는 그녀가 가르치는 손끝을 보고 깜짝 놀랐다. 강을 건너 도로변에 붙어있는 빨간 지붕이 보였다.

"어머, 언제 저기에 저런 집이?"

"내가 지은 집인데 올봄부터 살고 있어요."

"그랬군요. 그런데 여기는 마을이랑 조금 떨어져 있는데 너무 적적하지 않나요?"

"그래서 더 좋아요. 이 나이 되고 보니 사람이 있는 곳보다 없는 곳이 더 좋아서…"

두 사람은 초면인데도 마치 오래전에 알았던 사람처럼 대화를 나누었다. 그녀가 내게 제안을 했다.

"우리 집에 가서 커피 한잔할래요?"

아무런 저항 없이 바로 대답을 했다.

"그래도 되나요?"

"나도 커피를 마시려던 참이어서…"

"아, 그러시구나."

나는 무엇에 홀린 것처럼 신발을 들고 처음 만난 그녀를 따라갔다. 빨간 지붕을 얹은 서구풍의 작은 이층집이 신선했다. 그러나 낮은 울타리가 쳐 있고 대문도 허술하다. 마당에는 키 작은 꽃들이 흐드러지게 피어 있었다. 그녀는 현관문을 따고 들어갔다. 나보고 현관 입구에 있는 목욕탕에 가서 발을 씻으라면서 젖은 치마 대신 다른 치마로 갈아입으라고도 했다. 나는 그저 발만 씻겠다며 목욕탕으로 들어가 대충 씻고 조심스럽게 나와 거실로 향했다. 크지 않는 거실이지만 산 아래 강을 한눈에 품고 있었다. 나도 모르게 거실 창에 다가가며 탄성을 질렀다.

"어머, 멋있네요. 강이 다 보여요, 강이."

반대편 위치에 있는 부엌에서 그녀가 말했다.

"강을 보고 있으면 시간이 가는 줄 몰라요. 여기 와서 커피 마셔요."

내가 그렇게 강을 보고 있는데 그녀의 목소리가 들려왔다.

강에서 시선을 떼고 돌아보니 그녀는 소파에 앉아 있고 테이블 위에는 커피잔이 놓여있다. 참으로 오랜만에 맡아보는 커피 향. 서울 떠나고 처음 맛보는 커피다. 자극성 있는 음식을 피하느라 전혀 먹지를 못했다. 간혹 먹고 싶어 큰언니에게 말을 해도 엄마에게 들키면 죽는다며 들어주지를 않았는데 여기서 마시게 되다니. 나는 갑자기 눈물이 핑 돌았다. 하지만 이 한 잔의 커피 때문은 아닌 것 같았다.

강에 당도해서 물속으로 천천히 따라 들어가 진남이를 삼켜버린 그 회오리가 다시 보기 영상처럼 내 시야에 펼쳐졌다. 나는 손끝이 가늘게 떨리는 것을 애써 감추며 커피를 한 모금 입안으로 넣었다. 입안 가득 커피 향내가 감돌며 이어서 목으로 따뜻하게 넘어간다.

"내가 조금만 늦었어도 깊은 강으로 들어갈 것 같던데…."

그러나 아니라고 말하고 싶지 않았다.

"아마도 그때 부르지 않았으면 그대로 갔을지도 몰라요."

"왜요?"

"동생이 죽었거든요. 그곳에서. 나 때문에… 20년 전에. 그리고 오늘 처음 다시 와 본 거예요."

"그랬구나. 거실에서 커피를 마시면서 강을 내다보는데 모래 위를 걸어오는 모습이 심상치 않아 내가 서둘러 나간 거예요. 그리고 호들갑스럽게 불러대면 오히려 부작용이 날까 무심한 척 부른 거예요."

"그러셨군요."

도대체 이 여자는 누군데 나의 속사정을 아무렇지도 않게 털어놓은 걸까? 생각하며 찬찬히 거실을 둘러보았다. 이젤이 강을 향해 펼쳐져 있었다. 벽 쪽에는 여러 점의 화폭들이 접혀 있었다.

"그림을 그리시나요?"

"한때 미술을 가르쳤어요."

"아, 그러셨구나."

"여기에 집을 짓고 사는 사람이 있을 줄 몰랐어요."

그러자 그녀는 자기 이야기를 들려주었다. 올해로 62살이란다. 미국 이민자인데 미국인 남편이 죽고 고향이 그리워 돌아왔다고 했다. 이곳에서 태어났지만 서울로 이사하여 살다가 이후로 미국에 이민을 갔단다. 그리고 돌아왔단다. 한국을 떠난 지는 25년, 고향을 떠난 지는 50여년 만에….

"고향에는 가족 중에 남아 계신 분이 있나요?"

"없어요. 아마도 먼 친척분이 더러는 있겠지만 나를 알아보는 사람은 없을 거예요."

"그런데 어떻게 고향으로 올 생각을 하셨어요?"

"없기는 미국도 마찬가지인데요, 뭐 떠돌이 인생, 홀로 남은 인생… 그저 옛 기억 더듬어 남은 생을 살아보고 싶어 한 결정이죠."

"참으로 쉽지 않은 결정을 하셨네요."

"떠나는 결정은 잘해요. 무언가 내 생각대로 안 되면 후다닥 떠나는 거예요. 다행히 떠날 때마다 날 기다려 주는 사람이 있었는데 이곳은 어떨지 모르겠어요."

"그럼 이곳에도 기다리는 사람이 있나요?"

"모르죠, 뭐. 기다렸는지 아니면 내가 마지막으로 찾고 싶었는지…."

"그러면 찾고 싶은 사람이 있나 보네요?"

초면에 슬픈 내 과거를 털어놓은 내가 이번에는 눈알을 반짝이며 그녀의 과거를 캐물었다. 그녀도 나처럼 주저하지 않고 대답을 했다.

"사랑하는 남자가 있었죠. 그래서 그 남자와 결혼식도 올리지 않고 동거를 했는데 그 남자가 병에 걸리고 말았어요. 하지만 그때 그것을 혼자 감당하기 너무도 무서워서 가족이 있는 미국으로 도망쳐 버렸죠."

"그 남자는요?"

"죽었겠죠. 뭐 3달도 못산다고 들었으니…."

"그랬군요. 그럼 그분을 찾고 싶어서?"

"죽었을 거예요."

"그런데 이제 와서 왜?"

그녀는 잔잔한 미소를 흘리며 손가락을 가로로 흔들며 이제 그만, 이제 그만 하잔다.

만남 자체도 우연한데 지나친 관심도 서로에게 실례라는 생각을 하며 집을 나왔다. 그녀는 대문까지 따라 나오며 말했다. 좋은 친구 하자고. 그동안 집을 짓고 이사를 하느라 정신이 없었는데 이제 조금씩 심심해지려 한다며, 대문은 늘 열려있다며….

어느새 해가 한참 기울었다. 5시는 족히 되는 시간에 마을 입구에 들어서니 멀리서 나를 알아본 큰언니가 산발을 하고 달려왔다.

"순남아! 너 어디에 갔다 온 거야! 엄마가 네가 없어졌다고 온 동네를 뒤지고 난리를 떨고 있는데…."

말없이 나갔다고 엄마에게 야단을 맞고 방으로 들어왔다. 고작 서너 시간을 비웠다고 온 동네가 떠나가도록 찾았다는 엄마를 바라보니 그 저 행복했다. 중년에도 사랑을 갈망하는 아이 같은 유치함이 있다니… 그러나 몸에 무리가 왔는지 그대로 방바닥에 쓰러졌다.

물살이 없는 잔잔한 강물 위에 사지를 벌리고 누웠다. 마치 바람도 막아주는 깊은 산 속 옹달샘에 살짝 떠 있는 작은 나뭇잎처럼… 하늘 을 향해 두 팔을 벌린 내 몸은 그대로 떠 있다. 파란 하늘은 바람 한 점 없이 평온하다. 아, 여기가 천국이구나 생각했다. 문득 진남이의 목 소리가 귀에 울렸다. '누나…' 진남이? '누나… 행복하게 살아…' 나는 눈 을 번쩍 떴다. 이게 꿈이냐 현실이야? 주변을 돌아보니 아무도 없다. 행 복하게? 나는 다시 읊조리며 눈물을 왈칵 쏟았다. '그래 행복하게 살게 진남아. 미안해 그리고 고마워.'

장마가 시작될 즈음 작은언니가 재민이와 함께 귀국했다고 연락이 왔 다. 입국하자마자 강남의 학원에 등록하고 오피스텔까지 얻었다고 한 다. 내년에 치를 미국 대학 입학시험을 위한 공부를 해야 하기 때문에 고향을 방문할 시간조차 없단다. 하버드 대학에 입학하는 것을 목표로 한다며… 그리고 엄마에게 기도를 해 달란다. 물론 청주에 있는 본가 는 다녀갔단다. 그러나 외할머니까지는 볼 시간이 없었다며 일단 학원 에 적응하고 분위기를 봐서 시간을 내 볼 참이란다. 엄마는 청주까지 왔으면서 집에 들르지 않는 게 말이 되냐고 소리를 질렀지만 작은언니 가 끊어버렸다고 분통을 터트린다.

"망할 년, 시댁 부모만 부모야? 재민이가 이 할미를 더 사랑하는데. 그놈의 공부 핑계는…."

장마가 끝날 즈음 작은언니가 혼자 집으로 왔다. 엄마가 대뜸 묻는다.

"재민이는?"

"아직 학원 수업 기간이야. 월 수강료도 장난이 아니고 일분일초가 아까운데 어떻게 와. 오기를…."

"윤 서방은?"

"바쁘대."

"순남이 안 보고 싶대?"

작은언니는 나를 바라보았다. 엄마가 다시 말했다.

"순남이가 드라마에 나올 때마다 궁금해했잖아. 진짜 황씨네 막내딸이 맞냐고." 엄마 질문에 작은언니는 시선을 피하며 말했다.

"말 안 했어. 순남이 집에 온 거."

"왜?"

"뭐 좋은 일이라고 말해, 말하기를. 저 꼴로 와 있는데…."

"저 기집애 말본새 좀 봐. 잘나갈 때만 동생이야?"

"잘나가기는 뭐가 잘나가. 방송가에서 저 기집애에 대한 소문이 장난이 아니었는데. 재민이 아빠가 왜 보고 싶어 하는데. 어디서 이상한 소리를 듣고 와서 궁금해했구먼."

나는 갑자기 작은언니에게 소리를 버럭 질렀다.

"이년이 미쳤나. 너 내가 그렇게 살았다고 보태준 거 있어?" 작은언니가 눈을 부라리며 맞받았다.

"또 지랄이야. 저년이… 야, 이년아. 너 내가 엄마 된 거 몰라?"

"지랄하네. 애 난 게 벼슬이냐?"

결국, 큰언니가 소리쳤다.

"고만해! 제발… 너희는 어쩌면 얘나 지금이나 똑같아."

작은언니는 분이 안 풀리는지 예전처럼 엄마에게 편을 들어 달란다.

"엄마! 순남이 저년이 나한테 저러는 거를 그냥 둘 거야? 내 나이 벌써 43살이야. 43살!"

엄마는 혀를 차며 방을 나간다. "나이가 처먹어도 한결같으니… 내가 저년들 때문에 제 명에 못 살지. 아이고, 망할 년들 같으니…."

작은언니는 엄마의 꼬리를 붙잡는다.

"엄마가 야단을 좀 쳐. 야단을! 세상에 4살이나 많은 언니한테 저 나이까지 욕을 하는 년은 세상에 저년밖에 없어. 무식한 년 같으니라고…." 순간 이대도 못 간 년이라는 소리가 튀어나오려는 것을 애써 눌러 참았다.

결국 그날 밤 작은언니는 엄마 방에서 잤다. 예전에 나를 이기지 못하고 분을 못 이겨 씨근덕대던 그때처럼. 그러나 나는 혼자 잠을 자면서도 쿡쿡 웃어댔다. 왠지 가슴에 쌓여 나를 괴롭게 하던 먼지가 툭 떨어져 나간 느낌이었다. 달팽이처럼 껍질에서 나왔던 몸이 도르륵 하고 도로 들어가는 안정감과 함께 그동안 쓰고 있던 답답한 가면마저 획 벗어버린 느낌이었다. 사실 고향에 왔어도 손님 같은 느낌을 지울 수가 없었다. 엄마도 큰언니도 그저 나를 가엾이 여기는 마음으로 내 비위를 맞추어 주었다. 나도 그들이 나를 얼마나 알고 있는지 가늠할 수도 없어 발톱을 숨기고 있었다. 고향을 찾을 때 만해도 생명이 다할지도 모르고 또 얼마를 머물지 예측이 불가능해서 그저 조심조심 숨을 죽이고만 있었다. 그래서 서로가 제3의 모습을 만들어 가고 있는지도 몰랐다. 그러나 오늘의 사건으로 모두 처음의 민얼굴을 그대로 드러냈다. 그런데 왜 그리 좋은지. 마치 나를 묶고 있던 사슬에서 확 풀려나는 느낌이었다. '그대로야. 그대로네…' 나는 이불에 얼굴을 묻고 키득거렸다.

아침 밥상에 작은언니와 머리를 맞대고 둘러앉았다. 어젯밤 사건으로 분이 안 풀렸는지 눈도 마주치지 않는다. 나는 조용히 말했다.

"미안하다. 언니야. 다시는 안 그럴게." 순간 작은언니의 얼굴 근육이 풀린다. 나는 다시 말했다.

"한번 더 그러면 때려. 그냥 맞을게. 알았지? 엄마가 증인이야."

"아휴, 경을 칠 년들… 언제나 사람이 되려는지…."

대답은 없지만 작은언니의 마음도 풀린 것 같았다.

작은언니는 그렇게 아침밥을 먹고 서울로 향했다. 떠나는 작은언니 뒤를 향해 엄마가 소리쳤다.

"다음에는 재민이 하고 윤 서방 꼭 데리고 와!" 그러나 뒤도 돌아보지 않고 떠나는 작은언니의 뒷모습을 보며 엄마가 근심을 섞어 중얼거린다.

"아무래도 뭔 일이 있지…."

"뭔 일?"

"그걸 알면 무당 됐지. 근데 예감이 안 좋아. 재민 아범이 이럴 사람이 아니거든. 수시로 처가에 쪼르르 오는 사위인데…."

"바쁘다잖아."

"아니야. 아무리 바빠도 이럴 재민 아범이 아닌데…."

결국 나는 큰언니에게 물었다.

"작은형부는 어떤 사람이야."

"좋은 사람이라고 했잖아."

"근데 왜 안 와. 큰형부는 한달음에 왔는데. 조카들 데리고…."

"그래서 엄마가 근심하잖아. 그럴 사람이 안 오니."

"그래?"

"작은언니가 워낙 못되게 굴어도 장모님 때문에 산다고 할 정도였는데…."

"작은언니가 형부에게 못되게 굴어?"

"그랬지."

"왜? 직업도 의사이고 건물도 있다며?"

"그래도 명희 마음에는 안 드나 봐."

"근데 왜 결혼을 했어."

"그냥 한 거지 뭐. 취직도 안 되는데 제부가 죽자고 쫓아다니니까."

"그래놓고 왜 지랄이야. 애까지 낳고 살면서…."

그러자 큰언니가 말했다.

"순남아, 너 명희한테 너무 막하지 마. 명희 말마따나 자식을 둔 어미야."

"알았어." 나는 움찔하며 기가 죽어 대답했다.

"이제는 안 그런다고 작은언니한테 맹세했어."

"정말?"

"응. 내가 먼저 사과했어."

"잘했다. 사실 어제 엄마가 없었으면 내가 너 야단치려고 했어."

"정말? 그래도 언니는 내 편이었잖아."

"이것아 내 편, 네 편이 어딨어. 이치와 경우에 맞지 않으면 야단이라도 맞아서 고쳐야지. 피를 나는 형제야. 철없을 때는 별것도 아닌 것으로 아웅다웅 싸운다지만 이제 그럴 나이가 아니잖아. 한번만 더 그러면 정말 나한테 혼난다. 행여나 형부나 제부 앞에서 그런 진상들 부리기만 해 봐."

"알겠어."

정말 고향에 온 모양이다. 야단을 맞아도 내 편을 안 들어 줘도 마음이 편하고 행복했다.

작은언니는 재민이의 9월 학기를 앞두고 한국을 떠날 때까지 더 이상 고향 집에 오지 않았다. 물론 형부도, 아들 재민이도, 마지막까지 기다리던 엄마에게 작은언니는 그냥 떠난다는 한 통의 전화로 마무리를 짓고. 큰언니도 심상치 않다는 반응이다. 그래서 내가 말했다.

"작은형부에게 전화를 해봐."

"어려워, 제부는 의사고 우리는 농부인데… 그리고 아무리 동생이라지만 남의 가정사를 느낌만으로 물어볼 수도 없고… 더구나 배운 것도 없는 처형인 내가…."

"무슨 일이야 있겠어?"

"명희 그것도 알고 보면 불쌍해."

"왜? 내가 보니까 제 하고 싶은 대로 다 하고 사는데. 저 나이에 아들 데리고 미국에서 공부하는 거, 요즈음 여자들 로망이래."

"모르겠다. 정말로 좋아서 하는지 길이 없어서 그런 것인지… 비록 명희가 결혼생활에 만족하지는 않았지만 재민이가 어려서 천재 소리를 듣는다고 좋아했어. 그래서 명희가 재민이 키우는 맛에 산다고 할 만큼 머리도 영특한 재민이가 성격도 활달해서 방학이면 외갓집에 오는 것을 너무 좋아했어. 우리 아이들과 마냥 들판에서 뛰며 좋아했는데… 그런 재민이가 중학교에 들어간 후로는 공부를 안 한다고 걱정을 했어. 그래서 내린 결정이었는데…."

가을이 왔다. 수확의 계절이고 보니 사람들은 바쁘기 그지없다. 엄마도 언니도 사과 수확으로 눈코 뜰 새가 없을 지경이란다. 그저 나만 놀고먹는 한량이다. 몸도 회복되어 점차 운동량도 늘었다. 그래서 강가에 있는 그녀의 집에 자주 가게 되었다. 우리는 그날 이후 급격하게 친해졌다. 그녀의 이름은 스텔라다. 내가 이름 뒤에 아줌마라는 호칭을 부치니 질색을 했다. 그래도 이름만 부르는 것이 낯설어 언니라고 하겠다니 그것도 싫단다. 미국인은 나이와 관계없이 이름만 부르니 그렇게 해 달라고 했다. 처음에는 어색했지만 이제 익숙하다. 엄마가 금하는 진한 커피를 마시고 그녀가 그리는 그림을 보고 음악을 들으면서….

그녀는 동거하던 남자에게 도망쳐서 미국으로 가서 결혼을 했단다. 하지만 남편은 책임감도 없고 게으르면서 때론 그녀를 때리기까지 했단 다. 결국 그와 이혼을 하고 제임스라는 백인과 재혼을 했단다. 15살이 나 많은 남자였지만 그녀에게 많은 것을 준 남자였다고… 자식은 아들 이 한 명 있다고 했다. 그래서 내가 물었다.

"몇 살인데요?"

"의과대학에 다니고 있어."

아직 대학생? 생각하며 물었다.

"어리네요. 그러면 아버지는?" 그러나 스텔라는 대답하지 않고 웃는다.

가지에 앉아 새처럼 지저귀다가 후루룩 날아가 버리고 마는… 그녀가 더 이상 말이 하고 싶지 않다는 사인이다. 문득 저 여자가 아들도 없는 데 공연히 있다고 하나? 무시당할까 봐? 하는 의심을 했다. 나는 그녀 에게서 두 가지 색깔을 느낀다. 아주 솔직한 것 같지만 또 한편으로는 몹시도 수상했다. 그래도 나는 그녀가 좋았다.

스텔라 집에 갔다 오는 날이면 큰언니는 쏜살같이 방으로 따라 들어 왔다. 큰언니도 스텔라에게 관심이 많았다. 언니는 스텔라라는 이름을 듣고 마구 웃어댔다. 어떻게 차 이름을 사람 이름으로 부르냐며. 형부 가 10년 넘게 끌고 다니던 차가 바로 스텔라였단다.

"우리나라에서 차의 이름에 붙인 거지. 원래는 미국에서 여자 이름에 붙인대. 우아한 아름다운 그런 의미라는데?"

그녀가 집을 지을 때부터 동네 사람들이 관심의 눈초리로 지켜보고 있었단다. 그러나 시골 사람들이 쉽게 근접할 수 없는 포스를 가진 스텔라인지라 잔뜩 궁금증만 품고 훔쳐보고 있던 참이었다. 목사님도 관심을 가지고 지켜본단다. 전도할 기회를 보는데 쉽지 않다며. 내가 스텔라와 친해졌다니 큰언니 보고 꼭 전도를 해서 교회로 데려오라고 했단다. 큰언니는 교회로 인도해야 한다는 사명감으로 불타고 있었다.

그러나 겨울이 오기 전에 스텔라는 미국에 다녀오겠다며 집을 비웠다. 봄이나 되어서 온다며.

12

　　아직 겨울이 남아있는 즈음, 드디어 장수에게 연락을 했다. 장수는 울먹이며 총알같이 내려오겠다 했지만 고사하고 서울에서 만날 것을 약속했다. 나는 장수가 일러준 사무실로 갔다. 내가 없으면 금방이라도 죽을 것처럼 굴더니 청담동에 매니지먼트 간판을 걸고 사장이라는 직함으로 나를 맞았다. 이제 시작이라 길거리 캐스팅으로 멋진 애들을 찾아내 키우겠단다. 간판급은 돈이 많이 들고 관리도 잘 안 된다며. 도대체 돈은 어디에서 생겨서 그런 회사를 차렸는지 묻고 싶지도 않았다. 아무래도 연기자로 사는 것이 여기까지인 것 같아 마무리 계산을 하자고 했다. 장수는 난색을 보였다. 내 명의로 된 아파트 한 채뿐이라고, 차도 리스였단다. 오히려 내가 씀씀이가 커서 자신이 빚을 졌다고 볼멘소리를 한다.

　더 이상 무슨 말이 필요하겠는가? 그래도 강남에 32평짜리 아파트 한 채라도 남은 것이… 그러면서 장수는 공치사를 했다.

　"누나 요즈음 강남 아파트가 천정부지로 뛰는 것 몰라요? 그래도 내가 촉이 있어 IMF 때 싸게 산 거잖아요. 그때 산 가격보다 3배나 뛰었어요. 앞으로 얼마를 더 뛸지 모른대요."

　하기는 그것도 장수의 공이라면 공이다. 어쩌면 장수만 한 매니저도 없다. 그만하면 충성했다. 그래도 집이라도 네 손에 쥐어 주었다면. 빚만 뒤집어씌우고 사라지는 매니저도 있다는데… 내가 벗어 둔 모자를 쓰고 사무실을 나서려는데 장수가 말했다.

"누나, 건장 잘 챙기세요. 나 안 죽어요. 어떻게 하든 이 바닥에서 살 아남아 누나가 나를 필요로 할 때 언제든지 달려갈 겁니다."

"알겠어. 나도 열심히 살아볼게. 그동안 수고했다."

청담동을 나와 압구정동을 향해 걷기 시작했다. 정오의 해가 기울고 점심을 마친 시간답게 샐러리맨들의 분주한 움직임이 눈에 띈다. 번잡 한 서울, 수많은 사람들이 그렇게 바삐 움직이지만 한순간에 나와 상 관없는 세상이 되었다. 나는 제법 긴 거리를 걸어 일 년 만에 내 아파 트에 들어가 짐을 정리했다. 함께 있을 때는 없으면 죽을 것처럼 집착 을 했던 물건들이 주인 떠난 빈집에 먼지를 뒤집어쓰고 고물처럼 남아 있었다. 문득 누군가 정리해 줄 사람도 없이 이런 물건을 남기고 죽는 다면, 죽은 자가 마냥 초라할 것 같았다. 남겨진 재물이 많으면 그만큼 더… 인근 부동산에 들러 아파트를 시세에 맞게 팔아달라고 했다. 때마 침 강남 부동산이 미친 듯이 오른다며 걱정을 말란다. 병원에 가니 건 강이 좋아졌단다. 거짓말처럼 암세포도 줄고… 항암치료를 받지 않으면 금방이라도 죽을 것처럼 겁을 주던 의사도 검사 결과를 보며 몇 번이나 고개를 갸우뚱한다.

서울에서 한 주간의 시간을 보내고 다시 고향으로 내려왔다. 이제 따 뜻한 아랫목에 앉아 호박씨나 찐 밤을 까먹으면서 봄을 기다리면 된다. 간혹 그런 내 모습을 바라보는 큰 언니가 근심하자 엄마는 단호하다.

"이러다가 좋은 남자 찾아 시집이나 가서 살아야지."

"시집?"

군밤이 목에 걸린 모양이다. 몇 차례 기침을 하고는 간신히 입안에 남은 것을 넘겼다. 그리고 말했다.

"이 나이에 시집은 가서 뭘 해."

"네 나이가 어때서? 여러 소리 말고 시집갈 궁리나 해."

문득 결혼하라던 김 선생이 생각났다. 서울에 있는 동안 만나고 싶었지만 그냥 내려왔다. 그녀가 내준 숙제를 마칠 수 없을 것 같아서… 큰언니도 말없이 눈만 굴리는 것이 엄마의 요구가 지나치다고 생각을 하는 것 같았다. 그러나 정말 남은 생을 어떻게 살아야 할지 대안은 없다. 건강을 잃었을 때는 죽을 거라는 생각에 살 생각이 없었는데 이제 죽지 않는다고 하니 살 생각이 엄습했다. 내 나이 39살을 고하는 그때….

나이를 한 살 더 먹었다고 봄도 빚쟁이처럼 따라붙었다. 엄마와 큰언니는 다시 바빠지고 있었다. 개나리가 노랗게 담장을 넘어 만개하더니 이내 꽃잎을 뚝뚝 떨구고 녹색 잎으로 갈아입을 즈음 분홍의 진달래가 산을 물들였다. 나는 결국 집을 나섰다. 스텔라의 마당에도 이름 모를 꽃들이 흐드러지게 피어나며 주인을 기다리고 있건만….

그런데 굳게 닫혔던 대문이 열려 있다. 혹시나 하는 마음으로 현관에서서 벨을 눌렀다. 현관문이 딸각 열리고 스텔라가 반갑게 내 이름을 불러주었다.

눈물을 쏟을 만큼 반가웠다. 이틀 전에 왔단다. 겨우내 비워 두었더니 사람의 온기가 없어서 걱정하던 참인데 나를 보니 반갑단다. 그녀는 창을 활짝 열고 한낮의 기운을 집안으로 끌어들였다. 오디오에서 흐르는 음악이 귀에 익다. '러브 오브 마이 하트'였다. 상체를 드러낸 근육질의 콧수염을 한 싱어가 어울리지 않게 애절하게 불러대는 러브 오브 마이 하트, 러브 오브 마이 하트… 진수가 생각났다.

"퀸이죠?" 내가 아는 척을 했다.

"맞아. 내가 젊은 날 너무도 좋아했던 프레디 머큐리야. 4옥타브를 넘나드는 엄청난 가창력의 소유자인데 너무 일찍 죽었어."

"죽었어요? 언제요?"

"한 10년 됐나? 45살에 요절했어. 에이즈로…."

"에이즈로요? 전혀 그런 느낌이 안 나는 상남자 같았는데…."

"그러게. 하나님이 창조한 피조물 중에 속과 겉이 다른 게 오로지 인간이야. 죽기 직전에 에이즈로 죽는다고 고백해서 세상 사람을 더 놀라게 했어."

"근데, 하나님을 믿으세요?"

"그럼 믿지. 이 험난한 세상, 살아내려면 하나님을 믿지 않고는 하루도 살 수 없어."

"그랬구나." 나는 조금 실망을 했다.

"사실 큰언니가 믿음이 좋은 기독교 신자인데 스텔라에게 전도를 하겠다고 벼르던 참이거든요."

"그래? 이 동네 교회에 다니셔?"

"네. 교회도 하나밖에 없어요."

"그렇지 않아도 교회를 가려 했어. 이제 정말 이 동네 주민처럼 살려고. 교회도 다니면서…."

"……."

"막연한 그리움만 가지고 무작정 돌아온 고향이야. 집까지 짓고 막상 살려고 하니 두렵기도 하고 외롭기도 했어. 나는 미국 시민이라 연금도 받아. 제임스가 체신부 공무원이었거든. 말단이기는 했어도 정년을 채워서 연금이 꽤 나와. 아무래도 미국으로 돌아가 다시 살아야 하나 하는 생각으로 돌아가 겨울을 보냈는데 결국 다시 오고 말았어."

"……."

"누가 그러데. 집까지 지어서 살려고 갔을 때는 그만한 이유가 있었을 테니 3년만 꾹 참고 살아보라고. 변화를 주도해서 실패하는 이유는 적응기를 거치는 것에 실패하기 때문이라면서… 그래서 돌아왔어. 3년을 버텨 보려고. 근데 이렇게 이틀 만에 나를 찾아온 순남이도 있으니 생각보다 나쁘지는 않은데…"

"봄이 올 무렵부터 자주 왔었어요, 언제 오시나 기다리며."

스텔라가 웃는다. 하기는 나도 그녀만큼 이방인이다. 고향이 낯설어 섞이지를 못하고 있었다. 그녀처럼 나도 3년만 꾹 참고 살아야겠다고 생각했다. 어떻게 할지 고민하기보다는 그냥 살아내 보자. 고향 땅에서 엄마와 언니와….

스텔라가 자발적으로 예배에 참석을 하자 큰언니는 이미 나를 통해 들은 정보로 접근했다. 더구나 남을 거두어 먹이는 것을 좋아하는 큰언니는 수시로 스텔라 집에 음식을 갖다 날랐다. 음식 솜씨가 좋지 않은 스텔라는 큰언니의 호의에 연신 감동을 받는단다. 더하여 두 사람은 영적인 자매라며 나를 제치고 급격하게 친해졌다. 성경공부도 같이하고 기도도 함께하면서. 언니를 통해 엄마도 스텔라를 알게 되었다. 스텔라는 엄마에게 아주 살갑게 굴었다. 미국 스타일이라며 호칭을 거부했으면서 엄마에게는 단숨에 형님이라는 호칭을 붙이면서….

뜨거운 여름이 가더니 드디어 열매 맺는 가을이 와서 부지런히 수확을 마치니 다시 겨울이다. 이제 느긋하게 가을에 거둔 열매를 먹으면서 봄을 기다리면 된다. 사계… 봄, 여름, 가을, 그리고 겨울… 어느 하나도 소중하지 않은 것도 아름답지 않은 것도 없다.

　가을 수확이 끝나자 엄마는 장작 온돌을 심야 전기를 이용한 난방으로 교체를 했다. 정부의 보조도 받으면서 저렴한 비용으로 편안하게 마냥 따뜻한 겨울을 나게 되었다. 스텔라의 조언에 용기를 낸 것이다. 그녀의 양옥도 그런 정보를 활용해서 지었다며. 그래도 스텔라는 우리 집에 오기를 즐겼다. 오래된 시골집에 정겨움이 있는 천장이 낮은 안방에 엄마와 언니, 그리고 나와 둘러앉아서 먹는 재미에 대화를 나누는 기쁨까지 있어서 좋다고. 더구나 그즈음에 배운 화투 치는 재미에 흠뻑 취해 있었다. 고스톱을 좋아하는 엄마와 언니 사이에 끼어서 밤이 새는 줄 몰랐다. 그런데 나는 그 놀음에 그다지 재미를 못 느꼈다. 그들이 웃고 즐기는 사이에 슬그머니 내 방으로 돌아왔다.

　아파트를 팔고 서울 살림을 정리하면서 텔레비전과 작은 소도구를 옮겨 놓았다. 그즈음 나는 읍내에서 빌려온 비디오를 돌려보는 보는 재미에 푹 빠졌다. 연출자나 감독이 지시하는 대로 따라만 했던 연기였다. 발연기라는 수식어가 따라다녔다. 그래서 몸을 드러내는 연기에 더 몰입을 했는지도 모른다. 배운 것이 그것뿐이라서. 사실 그것이라도 남보다 실감 나게 해서 이 자리까지 온 것이 아닌가. 그러나 언제나 더 센 것에 먹히는 세상이다. 내가 가진 지식이 없어서 나보다 지식이 높은 자에게 눌리며 살았던 것을 인정하자. 이제 더 이상 그들이 소리치는 대로 움직이지 말고, 남이 쥐고 흔드는 칼 위가 아니라 내가 손잡이를 틀어쥐고 흔들어 보자. 내 인생이니까. 그러면서 김 선생을 생각했다. 안방에서 터져나오는 웃음소리가 내 방의 온기를 더 한다. 폭풍과 비바람과 뜨거운 태양을 견디며 키워 낸 곡식을 한순간에 빼앗긴 황량한 들판에서 불어오는 겨울바람은 도심의 빌딩 사이에서 이는 바람보다 더 매섭다. 마치 자식 빼앗긴 어미의 칼날 같은 눈초리로 문 밖을 서성인다. 때론 창을 두드리고 대문을 흔들어대지만 네 여인이 모여 앉은 작은 고향 집은 어림없다며 막아주고 있다. 정말 아무도 나를 도와주지 않았다고 했지만 돌이켜 생각해 보니 절대로 혼자 오지 않았다. 말은 고향을 잊었다고 했지만 죽기 전에 금의환향하는 꿈도 꾸었다. 비록 난파되어 배는 너덜대지만 다행히 방향키는 남아있는 것 같았다. 이제 내 인생의 키를 내가 잡고 가야 하지 않을까 생각하며… 고향에서.

새해에 들어 기쁜 소식이 들려왔다. 용택이가 카이스트에 합격했다. 포항공대를 갈까 하다가 집이 가까운 곳으로 결정했다며. 내가 저 나이에는 엄마의 근심거리 딸이었는데 용택이는 부모를 기쁘게 하는 자랑스러운 아들이었다. 저런 아들 하나만 있어도 하는 엉뚱한 상상까지 해본다.

설날이 다가왔다. 식구처럼 드나드는 큰언니 가족 외에는 올 사람도 마땅히 없는데도 엄마는 습관적으로 명절 음식을 푸짐하게 준비한다. 그렇게 많은 음식이 필요 없다고 해도 막무가내다. 해 놓으면 누구라도 먹을 것이며 명절 음식은 모자라는 것보다 남는 것이 낫다고… 아무래도 작은형부를 기다리는 것 같았다. 스텔라는 생각 없이 즐거워한다. 마치 명절을 기다리는 철부지처럼. 스텔라는 어미의 뒤꽁무니에 찰싹 달라붙은 펭귄 새끼처럼 엄마를 따라다니며 장도 같이 보고 음식도 함께 만들었다. 엄마가 성가시다 하고 때론 제대로 못 한다고 구박을 받는데도 깔깔댄다. 타지에서 외롭게 산 30년을 생각하면 누군가에게 간섭을 받는 것도 꿈만 같다고, 또 명절이라고 모여드는 식구들을 먹일 음식을 하는 것 자체도 기쁨이라며. 서양 남편, 제임스가 좋은 사람이지만 그도 아일랜드에서 홀로 이민을 와서 나눌 가족이 없었단다.

둘러앉아 만두를 빚는다. 스텔라는 엄마의 손놀림에 시선을 준 채 어설픈 손놀림으로 따라 하면서 입으로는 연신 말을 해댔다. 스텔라가 빚은 못생긴 만두의 모습을 보고 혀를 차며 엄마가 다시 일러준다. 두툼한 손이 만두를 만들어내는 날쌘 솜씨를 자랑하면 스텔라의 여린 손가락이 바들대며 흉내를 내려고 애를 쓴다. 스텔라가 손에 정성을 기울이느라 닫힌 입 대신에 엄마의 입이 열린다.

"세상에, 얼마나 외로웠을꼬? 자식도 없이… 그 서양 서방 말이야."

그렇게 스텔라 3번째 남편이 화두에 올랐다. 스텔라가 대사를 잇는다.

"늙어 죽을 때 보니 정말 안됐어요. 나는 그래도 내 소생의 아들이나 있지. 자식도 없이 막상 세상을 뜨는 것을 보니 정말 청승맞더라고요. 저렇게 살다가 죽을 것 왜 태어나 그 고생을 했는지… 제 몸 하나 먹이다가 죽었잖아요. 죽으면 썩어질 몸인데… 안 그래요?"

"말 되네."

"그래도 우리 제이콤에게 정말 잘해 주었어요. 제임스가 아니었으면 제이콤이 저렇게 잘 크지를 못했을 거예요."

나를 제외한 세 사람이 아들 이야기를 스스럼없이 하는 것에 소외감을 느꼈지만 궁금한 척하지도 않았다. 그리고 머리가 아프다는 핑계를 대고 내 방으로 왔다. 잠시 후 큰언니가 식혜를 들고 들어왔다. 나는 밥알이 동동 뜬 식혜를 마시며 물었다.

"스텔라가 아들에 대한 얘기도 했나 보지? 나한테는 않더니."

"네가 너무 어리니까 속마음을 털어놓기 조심스러웠나 보지 뭐."

"어리다니? 웃겨. 내 나이 지금 몇 살인데…."

"애를 안 낳았잖아."

"애? 애 낳는 게 무슨 벼슬이야? 나는 애 10명 낳는 것보다 더 고생했어. 다들 자기 인생이 힘들었다는데 나처럼 살아보라고 해 봐." 큰언니가 피식 웃는다.

"잘났다, 우리 순남이. 아주 대단해. 식혜나 드셔."

"아들이 몇 살이래?"

"25살."

"그러면 어떤 남자의 자식인 거야? 나이를 보니 서양 남자의 자식은 아니고. 두 번째 남자?"

"첫 남자 자식이래. 그 남자가 병들고 미국으로 도망갈 때 뱃속에 애가 생긴 것을 몰랐대. 미국 가서 임신한 사실을 알고 낳아 키우다가 너무 고달파서 아이가 2살 때 결혼을 했대. 그런데 그 남자가 아들을 구박하고 스텔라를 때리기까지 했대. 근데 스텔라 언니가 이대를 나왔더라."

"정말?"

"미술을 전공하고 미술 선생까지 하다가 70년대에 미국으로 간 거래. 몰랐어?"

"미술을 가르쳤다고는 들었는데… 나한테는 자세히 말을 안 해서…"

"하지만 살아온 인생을 들어 보니 그렇게 험난하게 살기도 어렵게더라. 3번이나 시집을 가면서."

"두 번…"

"맞아. 첫사랑은 유부남이었다고 했지. 근데 그 남자 죽었을까? 혹시 그 남자가 그때 죽지 않고 살아있는 것은 아닐까? 정말 사랑했대…"

"언니 소설 써?"

"누가 알아. 기적처럼 늙어서 다시 만나는 거야. 그리고 홀로 키운 잘 자란 아들이 있다고 보여주며…"

"미치겠다. 언니야, 요즈음 드라마를 많이 보는 모양이구나. 근데 그 아들이 잘됐나 보지."

"미국에서 유명한 의학전문대학을 다니는데 앞으로 심장 수술하는 의사가 될 거래. 만일 그렇게 되면 돈을 엄청 번대."

"근데 이름이 그게 뭐냐?"

"제이콥?"

"무슨 이름이 그래? 헬리콥터도 아니고…"

"너 그 이름이 얼마나 멋진 이름인 줄 알아? 성경에 나오는 야곱이라는 이름을 영어로 그렇게 부른대. 원래 현수라는 한국 이름이 있었는데 서양 남편이 그렇게 바꾸어 주었데. 정말 착한 사람이야. 안 그래?"

"이름을 성경적으로 바꾸어 주어서?"

"그 아들에게 믿음을 심어준 사람이라잖아. 그리고 스텔라는 그 아들을 통해서 믿음을 받아들이고…"

"그것도 이상하네. 원래는 엄마가 먼저 믿고 아들을 전도하는데…"

"그런데 그 모자는 바뀌었나 봐. 아들의 믿음이 장난이 아니라는데… 나는 그게 제일 부러워. 우리 애들이 그렇게 됐으면 얼마나 좋을까."

"교회 잘 나간다며?"

"나가면 뭐해? 믿음이 약해서 수시로 넘어지는데…"

"그만하기도 쉽지 않아. 너무 욕심내지 마."

인생
숙제

13

어느새 입춘도 지났다. 구정도 지났으니 꼼짝없이 41살이
다. 아직은 2월이라지만 산 너머 남촌에는 이미 봄이 오고 있단다. 그러
나 엄마는 장독이 깨지는 추위가 남았다고 한다. 떠나는 겨울이 그냥
가지는 못하겠다는 듯 한이 서린 2월의 마지막 날에 엄마의 요란한 소
리가 들려왔다.

"아이고, 이게 누구야? 윤 서방 아니야!"

나는 방문을 벌컥 열었다. 마당으로 들어서는 작은 사위는 고개를 숙
인다.

"죄, 죄송합니다. 장모님."

"죄송은 무슨… 바쁘게 살다 보면 그렇지. 들어가세, 추워."

버선발로 나와 사위 손을 잡은 엄마는 그대로 방으로 끌고 들어간다.
방문을 열고 내다보는 나는 안중에도 없다. 그러나 나를 부르는 소리
를 기대하며 후다닥 얼굴을 치장하고 옷매무새를 만졌다. 처음 대면하
는데 실망하게 해서는 안 되지 하면서….

그러나 1시간을 넘게 기다려도 잠잠하다. 이윽고 안방 문이 열린다.
나는 귀를 쫑긋 세우고 부르면 총알같이 나가려는데 두 사람이 방을
나오는 소리가 들렸다. 나는 차마 방문을 열지도 못한 채 숨을 죽이고
듣기만 했다.

"죄, 죄송합니다. 장모님."

"아니야, 아닐세. 자네가 오죽하면 내린 결론이겠나."

"죄송합니다."

"알겠어. 어서 가, 어서 가게나."

문틈으로 내다보니 작은형부가 무슨 큰 죄나 지은 것처럼 고개를 떨구고 입에서는 연신 죄송하다는 소리를 내며 대문을 빠져나간다. 나는 더 이상 참지를 못하고 방문을 밀고 나와 쫓아나가 보았지만 그의 차가 이미 떠나고 있었다. 망부석처럼 굳어진 채 서 있는 엄마를 다그쳤다.

"그냥 보내면 어떻게 해. 나한테 소개도 안 해주고!"

엄마는 울고 있었다.

"엄마! 울어? 왜? 왜 그래? 무슨 일이야?"

"명자 좀 오라고 해." 엄마는 방으로 들어가며 말했다.

"너 명희에게 무슨 소리 들은 거 없어?"

방바닥에 주저앉아 있던 엄마가 방으로 들어서는 큰언니를 다그쳤다.

"없어. 근데 무슨… 제부가 왔었다며?"

"이혼한다더라."

"뭐?"

"명희랑 그만 살고 싶대."

"왜?"

"그 속을 어떻게 알겠어. 그저 자기가 부족해서 그런다고만 하지. 내이럴 줄 알았어. 명희 이년이 기어코 이런 사달을 낼 줄 알았어. 새끼 끼고 겁도 없이 남의 나라 갈 때부터…."

엄마는 문갑에서 담배를 꺼내었다. 애써 유지해온 금연의 저지선이 무너지고 말았다. 그러나 담배로도 진정이 되지를 않는 모양이었다. 이

내 소리쳐 울기 시작했다.

"아이고 이년의 팔자, 꽃다운 나이에 어린 새끼 먼저 보내고, 새끼 딸린 청상과부 되더니, 다 키운 아들 죽고, 세 딸년 중에 한 년은 나이 마흔이 넘도록 시집도 못 가고, 또 한 년은 저렇게 이혼이나 당하고… 아이고 하나님, 저도 이 세상 정말 징그럽게 살기 싫어요. 제발 저 좀 데려가세요. 제발…"

큰언니는 그저 울기만 한다. 엄마의 긴 한숨 끝에 말이 이어진다.

"이럴 줄 알았다니까. 윤 서방이 저렇게 이혼을 한다고 올 때 그 심정은 오죽했겠어."

"엄마, 지금 그 사람 생각하게 됐어?"

작은언니에게 분명한 사연도 묻지 않고 무조건 매도하는 엄마도 내 마음에 들지 않았다.

"초록은 동색이라더니. 꼴에 핏줄이라고 명희 편을 드니?"

"……."

"나는 말이다. 내 속으로 난 새끼라 다 알아. 명희 그 년이 분명 잘못했다는 것을 안 들어도 알아. 옛날부터 그 년이 남의 말을 죽어도 안 들어. 그저 저 잘났다고 고개를 빳빳이 들고 설치기나 하지 야무진 곳은 눈곱만큼도 없었어. 지혜롭지 못해 늘 걱정이었는데… 내 잘못이다. 자식 잘못 키운 내 잘못. 그래서 나는 죽어서 지옥 갈 거야, 네 년들 때문에…"

자칫 나까지 몰려들어 갈 판이니 입을 다물었다. 큰언니가 물었다.

"그러면 어떻게 할 건데."

"뭘 어떻게 해. 지들이 결혼할 때 나한테 물어봤어? 내가 막는다고 되겠어. 윤 서방이 저렇게 나한테 왔을 때는 이미 난 결론을 통보하고 마지막 인사하러 온 건데… 나는 말이다, 이제 오는 사람 안 막고 가는 사람 안 붙잡아. 명희 그 년이 매일 부르짖었잖아. 윤 서방이랑 살면서 인생 망쳤다고…" 그러나 엄마의 눈에서는 연신 눈물이 흘러나왔다.

"아이고, 배은망덕한 년… 혼자 살아봐라. 남편 그늘 없이 사는 것이 얼마나 고단한지…"

엄마는 저녁도 거르고 자리에 누웠다. 결국 나와 큰언니는 스텔라 집으로 갔다. 스텔라는 둘이 나란히 현관을 들어오는 모습을 보는 것만도 기쁜 모양이었다.

"어서 와. 그렇지 않아도 심심해서 저녁이나 얻어먹으려고 건너가려고 했는데…"

"엄마가 아파요."

"왜?"

"작은언니가 이혼할 것 같아요."

"왜?" 스텔라의 눈이 동그래진다. 스텔라는 풀이 죽은 우리 자매를 위해 스파게티를 해준다고 한다. 부엌에서 음식을 하는 부산한 손놀림에도 불구하고 스텔라의 입은 잠시도 쉬지 않는다.

"명자는 전혀 눈치 못 챘어? 지난번에 동생이 왔을 때?"

"내가 좀 둔하잖아요. 더구나 명희가 그런 문제로 나한테 상의하는 스타일이 아니에요."

"그랬구나. 명희가 다른 자매랑 좀 다른 것 같아."

큰언니가 대답했다.

"어려서부터 우리랑 잘 안 맞아 왕따를 당하는 편인데 명희는 우리를 왕따시킨다고 생각해요. 나름 자기 운명을 개척하고 사니까. 그래도 제부가 저렇게 나올 줄은 몰랐어요. 하기는 제부도 독한 데가 있기는 했어요."

"왜? 이번이 처음이 아니야?" 스텔라의 눈알이 궁금해 죽겠단다.

"결혼 전에 한번 그랬죠. 죽자고 쫓아다니던 명희에게 과감하게 돌아섰어요."

"정말?"

"명희가 졸업을 앞두고 집에서 취업준비를 하는데 제부가 정말 대문이 달도록 드나들었거든요. 엄마가 그때부터 제부를 좋아했어요. 진솔하다고… 쌀쌀맞게 대하는 명희를 야단치면서. 그랬던 제부가 어느 날 발길을 뚝 끊었어요. 그리고 한 달이 가고 두 달이 가도 연락도 없는 거예요. 엄마가 초조해하니까 덩달아 명희도 초조해했어요. 결국 명희가 제부를 만나러 청주로 갔어요. 그랬는데 제부가 결혼 날짜를 잡았다고 하더래요."

"결혼 날짜를? 아무리 그래도 그렇지… 상대 허락도 안 받고 그러면 되나?"

"다른 여자죠."

"정말? 단 두 달 만에 다른 여자를 만나 결혼 날짜를 잡아? 그것도 미친 짓이다." 듣고만 있던 내가 말했다.

"남자는 그래. 여자의 순정이라고… 남자가 정을 떼면 무서워. 뒤도 안 돌아봐." 남자의 속성에 대해 일가견이 있다는 스텔라가 거들었다.

제부는 둘도 없는 효자란다. 작은언니의 일 년 선배인 제부가 의과대학을 졸업하는 그해에 반드시 결혼을 해야 한다는 특명을 지켜야 했다고. 그러나 그 시안까지 작은언니를 설득하는 데 실패한 그는 결국 부모님이 권하는 상대와 선을 보고 이내 약혼식을 치르고 5월에 결혼 날짜까지 잡았다고 했다. 그 소식에 충격을 받은 것은 당연히 작은언니였다. 자기가 아니면 결코 결혼을 못 할 줄 안 그가 약혼까지 하고 결혼 날짜를 기다리고 있다는 것에. 그러나 가만히 있을 작은언니가 아니었다. 그제야 무조건 결혼하겠다고 달려들었단다. 그런 큰언니의 이야기를 듣고 있던 스텔라가 말했다.

"독특하네. 아무리 그래도 그렇지. 결혼하기 싫다는 남자 아니었어? 그러면 그 남자를 위해 축하해주어야 하는 것 아니야?"

"명희는 어려서부터 자기가 다 가져야 직성이 풀렸어요. 내 것도 내 것, 네 것도 내 것…"

"그거 도둑놈 심보다. 안 그래?" 스텔라가 내게 동의를 구했다.

"도둑년…" 내가 응답했다. 큰언니가 설명했다.

"그건 명희 스타일이 아니에요. 비록 결혼을 하고 싶을 만큼 좋지는 않지만 빼앗기는 것이 더 자존심이 상한 거죠. 그리고 명희가 그때까지 취업을 못 했어요. 명희가 그런 상황을 잘 못 견뎌요."

스텔라가 고개를 갸우뚱하며 말했다.

"아무리 그래도 결혼은 일단 사랑이 먼저 아니야? 그 순간만큼은…"

"급하기는 급했네. 그 성질에… 성질만 지랄이지 막판 뒷심이 없어요. 그 힘을 왜 그런 데다 써. 병…" 순간 나를 노려보는 큰언니를 보며 그대로 입을 다물었다. 다행히 스텔라가 질문을 한다.

"그런데 어떻게 결혼으로 이어졌어?"

"당연히 제부가 안 된다고 했지요. 양가 상견례는 물론 날짜까지 잡혔는데… 하지만 명희가 몇 날 며칠을 울며 매달리고 나중에는 죽겠다고 협박까지 했나 봐요. 결국 제부가 고민 끝에 명희의 손을 들어줬죠. 당시 큰 사건이었어요. 나름 지방에서 명망깨나 있는 집안끼리의 혼사였는데 명희 때문에 요란하게 깨지고 말았어요."

"졸지에 파혼을 당한 그 여자는?" 내가 물었다.

"모르지. 다른 남자 만나 잘 살겠지 뭐." 말을 마친 큰언니 얼굴에 근심이 서렸다.

"그렇게 모두를 아프게 하고 이루어진 결혼인데 저렇게 깨지고 말다니… 그래서 엄마가 더 아프고 괴로워하는 거야. 집안 대대로 내려온 위신이나 체면을 송두리째 감수하고 아들의 손을 들어주고 결혼을 허락해준 사돈에게 항상 미안하고 고맙다고. 엄마는 그 은공은 결코 잊어서는 안 된다며 수확 철만 되면 실하고 좋은 것들만 골라 무조건 사돈댁으로 보냈건만…"

작은언니가 급히 귀국을 했다. 여행 가방을 끌고 대문으로 들어서는 것이 공항에서 직접 온 모양이었다. 언니는 가방을 팽개치고 엄마가 있는 안방으로 들어갔다. 나도 따라 들어갔다. 큰언니도 서둘러 논두렁을 달려오고 있을 것이다. 작은언니는 펑펑 울며 소리쳤다.

"그놈이 미쳤어. 미쳤다고! 뭐라고 이혼? 누구 맘대로!"

"윤 서방은 한다고 하던데?"

"허! 미친놈, 바람피운 게 누군데? 둘 다 간통으로 집어넣고 말 거야."

"여자가 있었어?" 내가 물었다.

"그렇지? 그놈이 그 말은 안 했지. 제 놈이 한 것은 생각 않고…"

이내 엄마가 울기 시작했다.

"엄마 울지 마. 나 이혼 안 해. 절대로…"

"왜 안 해. 윤 서방이 하자는데… 그리고 네년이 말하는 싸가지 좀 봐. 지금 어미 앞에서 이놈 저놈 하는 놈과 같이 살려는 것은 무슨 심보냐? 그렇게 남편 존대하라고 일렀건만… 너는 이년아 자존심도 없어? 이놈 저놈 하는 놈과 붙어살면서… 그리고 싫다는데 왜 매달려? 그렇게 잘난 년이!"

"엄마!"

"시끄러워 이년아! 잘났건 못났건 간에 자식까지 낳고 살면서 그렇게
는 못 해도 예의는 지켜야지. 부부란 몸을 섞고 애까지 낳고 살아도 깨
지면 그날로 남이야. 그만큼 어렵고 힘든 게 부부 사이인데 어쩌자고
제멋대로 굴다가 이 꼴 당해."

작은언니는 분통을 터트렸다.

"엄마! 내가 잘못한 게 아니야. 바람은 재민이 아빠가 피운 거야."

"이년아, 네가 그런 빌미를 주었잖아!"

"엄마, 나도 재민이 때문에 어쩔 수 없는 선택이었다고? 자기 핏줄 때
문에! 재민이를 위해 그 정도 불편함은 서로 참아야 하는 것 아니야?
나 좋자고 이래!"

"입에 침이나 바르고 거짓말을 해라. 이년아, 그게 어디 재민이나 윤
서방을 위한 선택이야! 네 선택이지. 기집년이 살림하는 것이 싫으니까
애 핑계 대고 남의 나라 가서 살면서."

"정말 왜 그래? 요즈음 다 그러고 살아. 자식을 위해 부모도 희생해
야 하는."

"이년이 미쳤나. 어디서 그따위 소리를 겁도 없이 떠들어, 떠들기를.
하나님이 주신 가정을 지키지도 않고 익지도 않은 어린 새끼 앞세워 집
을 나가놓고… 그게 자식을 위해 희생하는 거냐? 이용하는 거지!"

"엄마! 정말 왜 그래!"

큰언니는 언제 들어왔는지 내 곁에 소리 없이 앉아 있다. 작은언니는
눈알만 굴리고 있는 나와 큰언니를 바라보았다. 그리고 목에 핏대를 세
우며 소리를 질렀다.

"이놈의 집구석, 옛날이나 지금이나 똑같아. 똑같다고! 내 편은 하나
도 없어."

사실 이 타임에 작은언니가 벌떡 일어나 방을 나가는 때라 나는 조심스럽게 지켜보고 있었다. 큰언니도 그런 생각이 드는지 손가락만 꼼지락댄다. 그러나 들썩이는 작은언니의 엉덩이가 방바닥에 눌어붙었는지 좀처럼 떨어지지를 않고 야속한 눈빛으로 우리를 쏘아보다 이내 소리를 한껏 낮추고 말했다.

　"엄마, 어쨌든 재민이 아빠가 바람이 났다고. 바람이… 나는 오로지 제 새끼를 위해 남의 땅에서 외롭게 살고 있고…."

　"네 탓이잖아, 네 탓!"

　"그게 왜 내 탓이야!" 작은언니의 감춘 발톱이 다시 드러난다.

　"네년이 애당초 남편을 사랑하지 않았잖아."

　"결혼하고 살잖아. 그러면 사랑하는 것 아니야?"

　"이런 경을 칠 년이… 그게 무슨 사랑이야. 기만이지."

　"엄마 자꾸 왜 그래. 바람은 재민이 아빠가 피웠다고 하잖아!"

　"너는 아닌 줄 알아? 너는 처음부터 피웠어."

　"무슨 소리야? 내가 누구를? 나는 정말 남자는 전혀 관심이 없어. 예나 지금이나…."

　"그게 문제야. 이년아, 그런데 왜 재민이 아빠와 결혼을 했어? 사랑하지 않는 남자랑 마지못해 했다는 것은 마음속에 다른 누군가가 있다는 거야."

　"없다니까?"

　"남편을 절대 사랑하지 않은 것도 간음이야. 자식 사랑에 지나쳐 남편을 홀대하는 것도 간음이야. 이년아! 예수님은 딴생각을 품고 사는 것도 간음이라 했어. 눈에 보이는 통간만 간음인 줄 알아? 더구나 남편에게 주께 하듯 하라고 했어. 근데 종 부리듯 했으니… 돈 한 푼도 못 벌어 본 년이 간도 크다. 남편이 벌어온 돈 여왕처럼 쓰면서 그 남편을 종 부리듯 했으니…"

폭풍처럼 쏟아내는 엄마의 말에 큰언니는 그저 눈알만 굴리고 작은언니는 더 이상 안 되겠던지 납작 엎드렸다.

"엄마! 나도 요즈음은 후회 많이 해. 재민이 대학 가면 나도 할 거 없어. 내년이면 다 끝나. 그때 돌아와서 남들처럼 살려고 했다고. 재민이 아빠와 알콩달콩 살려고 했어. 나도 이제 거기 있는 것 싫어. 나이 들어 공부하는 것도 힘들고…"

엄마가 한숨을 내 쉰다.

"결국, 밥그릇 빼앗기고 나서 울고 있으니. 들고 있을 때 귀한 줄 모르고 투정만 하더니… 아이고 못난 년."

"엄마, 재민 아빠 말려 줘."

"내가 어떻게?"

"재민 아빠는 엄마 말 듣잖아. 제발."

"않으련다. 내가 무슨 염치로… 내 딸년 싸가지없이 구는 것 처음부터 보았건만…"

"엄마! 정말 왜 그래?"

작은언니가 다급한지 본격적으로 엄마에게 매달린다. 엄마는 단호하다.

"가! 네 집 가서 윤 서방 마음을 네가 돌려. 왜 여기부터 와. 두 사람 문제는 둘이서 해결해. 엄마는 그저 하나님께 기도만 하련다. 윤 서방의 굳어진 마음을 펴게 해달라고…"

결국 작은언니는 하룻밤도 자지 못하고 쫓겨났다. 엄마는 다시 자리에 누웠다. 새벽기도를 가려면 일찍 자야 한다며. 그래서 큰언니와 나는 스텔라 집으로 향했다. 아직 녹지 않는 눈이 더러 남았지만 들판에서 이는 바람에는 이미 봄이 묻어난다. 왠지 이 봄은 슬플 것 같은 예감이다. 작은언니도 딱하지만 엄마 마음을 저렇게 슬프게 하니 내 마음은 말할 수 없이 우울하다. 멍청한 년, 저라도 좀 잘 살지. 큰언니는 연신 믿을 수 없단다.

"제부에게 여자가 있다니… 세상에 모든 남자가 바람을 피워도 제부만은 그러지 않을 거라 생각했는데… 사실 나는 명희가 많이 부러웠어. 오로지 명희를 향한 제부의 순애보적인 사랑이…"

"아까 엄마 말 안 들었어? 한쪽이 만족하면 한쪽이 그만큼 슬픈 거. 작은언니 잘난 척하다가 지금 큰코다치고 있잖아. 저만 바라보는 해바라기인 줄 알고 멋대로 굴다가. 세상에 영원한 게 어딨어. 더구나 남자의 사랑? 나는 안 믿어. 아무도…"

문득 벌판을 가로지르는 바람에서 스쳐 간 수많은 이름도 모르는 남자들이 떠올랐다. 이어서 까닭 없이 첫사랑이 생각이 났다. 이제는 정말 그를 사랑했는지 기억도 없다. 차라리 기억에 박혀 죽을 듯이 아픈 사랑이라도 해 봤으면. 스쳐 가는 바람의 끝자락에 문득 최 감독이 빙긋 웃는다. 못생긴 축에 끼는 얼굴인데 아이 같은 미소를 가진 남자라는 생각을 했었다. 어떻게 살고 있을까 궁금했다. 사실 나를 연기자로 입성시킨 이후로 한 번도 만나 본 적이 없었다. 나도 그가 전혀 궁금하지 않았는데 이 바람은 왜 그를 내게 데려왔을까?

3일 만에 작은언니가 다시 집으로 왔다. 작은언니는 아무런 말도 없이 방으로 들어가 이불을 쓰고 누웠다. 그 모습을 바라본 엄마는 그저 한숨만 내쉬었다. 형부가 요지부동이란다. 그저 이혼만 해달라고 한단다. 그러나 작은언니는 절대로 해 줄 수 없다고 못을 박았다고 한다.

"윤 서방이 모진 구석이 있네. 그래도 아들 낳고 산 조강지천데 재민이를 봐서 좀 참고 살면 안 되나? 남자니까 바람이야 피울 수 있지. 누가 뭐래?"

비록 엄마가 형부 편을 들고 작은언니를 몰아 세웠지만 설마 이혼까지 하겠나 했던 모양이었다. 그 옛날처럼 작은언니가 형부를 설득하고 화해를 할 것이라 예상하면서… 작은언니는 내 방에서 이틀을 앓다가 미국으로 돌아갔다. 학기 중이라 더 이상 지체할 수 없다며… 예민한 재민이가 눈치를 채면 안 된다면서 병색이 완연한 몸을 이끌고 미국으로 돌아갔다. 입시가 다가오니 일단 소원을 하는 대학에 보내고 나서 알리겠단다.

가을볕이 고운 날 서울로 올라가 검진을 받았다. 암 치료를 속절없이 중단하고 3년에 가까운 시간이 흘렀다. 예정된 검사를 마치고 진찰실로 들어서니 김 박사가 검사 결과를 훑어보며 뜻밖이라는 결과를 알려주었다.

"완치됐네요. 암세포가 전혀 없고 한쪽 난소도 건강해서 생리도 가능하겠는데요."

"그러면 아이도 가질 수 있나요?"

사실 아이를 낳을 거라는 생각을 해 본 적도 없는데 그런 질문이 불쑥 튀어나왔다.

"아이요?" 그는 잠시 난처한 기색을 보이다 말을 한다.

"멀쩡한 사람도 지금 나이에 아이 갖기는 어렵죠. 올해 41살 맞죠?"

정확한 나이까지 확인해 주는 것이 주제 파악을 하라는 외침 같았다. 민망한 표정의 나를 김 박사가 한동안 바라보다가 물었다.

"아이를 갖고 싶기는 하세요?"

"… 옛날에는 그런 생각을 해 본 적이 없었거든요. 근데…"

갑자기 눈물이 왈칵 쏟아졌다. 뜬금없이… 나도 당황스러웠다. 뭐라고 설명할 수 없는 이 감정, 이 느낌… 그저 예상치 못하게 눈 밖으로 흘러내리는 눈물을 주체하지 못하자 그가 티슈를 건네며 말했다.

"누가 알아요. 원하고 바라면 가질 수 있을지…"

"아니에요. 몸이 나아지니까 제가 쓸데없는 욕심을 낸 거죠 뭐. 이 나이에 무슨…"

"하나님이 인체를 만들 때 장기가 다 하나씩인데 두 개인 게 있어요. 신장과 난소. 신기하게도 이 두 개는 하나가 망가져도 나머지 하나로 충분히 살 수 있어요. 그런데 여자의 장기 중에 생명의 원천인 난자를 생성해내는 난소가 두 개라는 것에도 의미가 있겠죠? 하나를 잃을 때를 대비해서 남겨둔 것이 건강해졌다면 어쩌면 임신을 위한 것이 아닐까요?"

"하나님을 믿으시나 봐요?"

60살에 접어든 명망 있는 의사란다. 그에게 진료를 받으려면 두 달은 족히 기다려야 한단다. 나는 당시 VIP 자격으로 예약 날짜를 당겨서 받는 특혜를 누렸었다. 그때 그는 내게 자세한 설명도 하지 않고 묻는 말에 대답만 하라고 했었는데… 그도 내 완쾌에 흥분되는지… 예약된 환자가 진료실 밖에 줄을 잇고 있는데도 말을 계속했다.

"환자가 치료되는 수많은 과정을 보면서 의학적인 상식을 벗어나 기적처럼 치료되는 과정을 종종 보죠. 마치 황순남 씨처럼 말입니다. 황순남 씨는 사실 한쪽마저 전이가 진행되는 초기과정에 들어갔는데 3년 만에 특별한 치료도 하지 않고 거짓말처럼 치유되었죠. 누가 물으면 그냥 기적이라고 말할 수밖에 없습니다. 그래서 40년 가까운 세월 동안 의사라는 직업으로 환자 치료해 왔지만, 현대 의학으로 포기한 질병을

194
-
195

환자 개인의 의지로 치료되는 경우를 종종 보았습니다. 하기는 세상의 모든 것이 기적의 역사죠. 오늘 저와 황순남 씨가 이렇게 만나 이야기를 나누는 것도 기적이라면 기적이죠. 안 그래요?"

"그, 그런 것 같네요."

"사실 세상의 이치로 보면 말도 안 된다고 할 겁니다. 이 나이에 이런 질병을 앓고. 더구나 초산을? 그래도 드물게 아이를 갖는 여인을 보았습니다. 때론 황순남 씨보다 더 악조건에서… 저는 단순히 그런 사례가 있었다는 것만 전할 뿐입니다."

"……."

"나도 젊은 날에는 힘들게 의대 공부를 해서 산부인과 전공의로 살아가는 것에 자괴감이 든 적이 많았습니다. 남자이지만 여자의 자궁을 분석하고 연구하는… 말이 연구지 옛날로 치면 할머니도 하는 산파 노릇 아닙니까? 여자의 자궁에서 아이가 나오는 장면? 그다지 아름답지 않습니다. 세상은 복잡해져서 남들이 보기에 멋지게 보이는 전공분야가 많이 생겼는데 말입니다. 그래서 선택을 잘못했다는 후회도 일고 때론 하나님께 왜? 질문을 던지며 이 나이까지 살아왔습니다. 하지만 지금은 세상에서 가장 아름다운 모습이 무엇이냐고 내게 물으면 바로 탄생의 장면이라고 말을 합니다. 그래서 내가 그 시작을 보게 한 것에 감사하며 의사로서 사명감을 느낍니다. 왜냐구요? 인간이 크게 이루었다고 자랑하는 문명은 순식간에 사라지는 신기루일 뿐입니다. 어떤 문명도 그대로 이어진 적이 없죠. 하기는 그런 문명도 생명이 이어져야 발전해 나가는 겁니다. 창조과정에서 마지막 작품인 인간을 만들고 흡족하신 하나님은 생명 외에는 관심이 없습니다. 인간들이 저 잘난 맛에 아무리 큰일 했다고 주장을 해도 기준은 단 한 가지 내가 준 생명을 존중

하고 그것을 이었느냐?"

나도 모르게 한숨이 쏟아져 나왔다. 그는 눈을 내리깔고 있는 나를 한동안 바라보았다.

"황순남 씨."

"네."

"여자 맞죠?"

이 사람은 도대체 왜 이런 질문을 하는 거지? 생각하면서도 선뜻 네라는 대답이 나오지를 않았다. 그가 기다리지 않고 말했다.

"여자에게만 있는 자궁, 그 자궁에서 10달 동안 생명을 품은 느낌은 오로지 품어본 자만이 알 겁니다. 세상에 아름다운 얼굴이 있다면 나는 이 둘의 첫 대면의 순간이라고 생각합니다. 고통 속에서 어미의 자궁을 빠져나와 결코 펴보지 못했던 폐를 활짝 펴며 살았다고 소리쳐 울어대는 생명체를 바라보는 어미의 미소. 비록 자궁에서 빠져나오는 동안 어미에게 말할 수 없는 고통을 준 자식이라는 생명체를 눈물과 환희로 바라보며 가슴에 품는 어미라는 이름으로 하나님은 그때의 여자에게 하와라는 이름을 부르도록 하십니다."

"……"

"하와, 그 뜻이 무언지 아세요?"

"……"

"산자의 어머니랍니다. 남자의 갈비뼈에서 만들어진 여자가 죄를 짓고 에덴을 떠날 때까지 이름이 없었죠."

"아, 네…"

"남자에게는 없고 여자에게만 있는 장기. 바로 자궁이죠. 그런데 이 자궁에 자식을 품었느냐 아니냐에 따라 인류의 생과 사가 갈립니다. 자식을 낳아 본 적이 없으면 여자로 불리고 자식을 낳으면 하와로 불립니다. 여자는 뱀의 꼬임에 넘어가 남자를 죽게 했지만 하와는 그 남자의 자식을 낳아 남자에게 생명을 이어줍니다. 그래서 하나님이 최초로 만든 남자, 아담이 정녕 죽으리라는 죄를 짓고도 인류 역사는 지금까지 흘러 내려오는 겁니다. 여자가 하와가 되어서… 내 말을 이해하시겠습니까?"

"네." 나는 그냥 그렇게 대답했다. 그는 다시 말을 이었다.

"황순남 씨, 사실 여자로 남아있는 시간이 얼마 남지 않았습니다. 이르면 40대 중반부터 폐경이 옵니다. 여자가 생식능력이 상실되면 여자로서 끝난 겁니다. 어쨌든, 여자로 얼마 남지 않은 시간 동안 아기를 간절히 소망해 보세요."

"어떻게요?"

"소망을 품으면 방법도 알게 됩니다. 요즈음 유행하는 말이 있는데요. 사람이 무언가를 간절히 소망하면 온 우주는 그 소망이 실현되도록 도와준다고… 하물며 절대 전능자이며 인간을 만드신 하나님께서 여자가 자식을 낳으려는 소망을 안 들어주시겠습니까?"

"……"

그는 마치 나를 위한 마지막 대본을 읽는 것처럼 힘을 주어 말했다.

"세상에 여자로 태어났으면 한번은 알고 싶지 않으세요? 남자인 저는 그때 여자가 가장 부럽습니다. 그 느낌, 겪지 않은 사람은 절대 알 수 없는 신비. 제 생각에 여자로 태어났다면 반드시 풀고 가야 하는 숙제라는 생각이 듭니다. 그건 하나님께서 내준 숙제 같습니다. 결국 그 숙제를 풀어야 다시 돌아가야 하는 하늘의 비밀을 알지 않을까요?"

그날 이후로 한 가지 의문에 휩싸였다. 여자로 태어나 자식을 낳는 것이 반드시 이 세상에서 풀어야 하는 숙제라고? 나는 스텔라에게 물었다. 가을이 끝나가는 그 무렵, 강이 보이는 그녀의 거실에 앉아 커피를 마시면서.

"의사가 그래?"

"네."

"나는 동의해. 그 말에… 나도 제이콥을 낳고 인생이 달라졌으니까. 나는 여자가 애를 낳으면 몸매도 망가지고 인생도 끝난 거라고 생각을 했거든. 그래서 애를 낳겠다는 생각을 해본 적이 없었어. 어떻게 하면 아이 없이 사랑만 하면서 행복하게 내 인생을 즐길까 고민하면서…"

"……"

"전혀 생각해 보지도 못한 임신… 그 사실을 알고 어땠을 것 같아?"

"슬펐겠죠."

"사망상태지. 내 인생이 끝났다고 생각했으니까. 하지만 내 배 속에 생명이 자라고 있는데…"

"슬프네요."

"나름 배운 지식과 경험을 가지고 만든 나의 길이 한순간에 날아가고 말았어. 사랑하던 남자는 죽게 되고 그 남자의 아이는 배 속에서 자라는… 하지만 철이 없을 때는 들어선 길이 잘못된 것을 알았어도 그 선택에 집착을 하지. 내심 길도 바꿀 수 있다고 운명에 굴하지 말라고 하면서… 하지만 험난한 인생길 살아오다 보니 알아낸 게 있단다."

"뭔데요?"

"정말 가기 싫은 길인데 할 수 없이 끌려가는 길이 생명의 길이었어. 그 길은 누구도 가지 않은 좁은 길이 아니라 아예 내 생각을 뛰어넘는 길이라 상상조차 하지 못한… 마치 엄마가 돌쟁이를 번쩍 들어서 옮겨

놓듯이… 물론 내 눈 앞에 펼쳐진 멋진 길이 없어졌다고 울부짖으며 앙탈을 하지만 멀리 보는 엄마는 생명의 길로 나를 인도한 건데… 인간은 능력만큼 자기 판단으로 길을 선택해. 그래서 능력이 크면 크게 실패하고 작으면 작게 실패하는 차이일 뿐인데도 자기 길을 고집해. 고작 일차원적인 시야에서 길을 보는 나와 위에서 보고 계신 하나님이 가라 하는 길이 틀렸다고 저항하며… 첫사랑을 만나 행복했던 길이 순간 사라지고 미혼모의 길로 들어선… 사망이 길이라 생각했는데 지나보니 생명의 길이었어. 그때 내 배 속에 있던 작은 생명이 길을 인도하면서…"

스텔라는 옛날 옛적 그녀의 이야기를 풀었다.

"나 이래 봬도 당시에 금 숟가락 물고 태어난 여자였어. 부잣집 막내딸로… 당연히 공주처럼 자랐어. 3년 동안 전쟁을 겪었어도 우리 집에는 식량이 가득했고 일꾼도 있었어. 하지만 큰오빠는 전쟁 통에 병으로 죽었어. 그래서 남은 작은오빠와 나는 더욱 부모의 사랑을 받으며 금지옥엽으로 키워졌어. 전쟁이 끝나고 내가 중학교를 졸업하기 전에 우리 식구는 서울로 이사를 하였어. 전쟁 통에 아버지가 떼돈을 벌었나봐. 아버지는 그때를 그렇게 말했어. 전쟁이라 돈을 벌기는 평화시대보다 더 쉽다며. 자세히 말은 안 해주지만 아마도 질서가 통하지 않는 난리 통에 암거래를 하지 않았나 싶어. 아버지는 전쟁이 끝나자 그 돈으로 명동에 땅을 사서 사진관을 운영했어. 그때는 또 그것으로 떼돈을 벌 수 있는 시대였나 봐. 명동 초입에 커다란 사진관 간판을 걸고… 우리는 서교동의 빨간색 지붕을 얹은 서양식 이층집에서 살았어. 대한민국의 60년대, 전쟁이 끝나고 얼마 지나지 않아 모두가 가난했던 그 시절, 우리 집 거실에는 피아노가 있고 음식을 담당하는 식모도 있고 허

드렛일을 하는 일꾼도 있으니⋯ 저녁이면 나는 피아노 건반을 두드리고 오빠는 턱밑에 바이올린을 붙이고 활을 당기고⋯ 지금 보면 지독히 촌스럽기는 했지만 당시는 모두가 꿈꾸던 모습이야. 즐거운 곳에서는 날 오라 하여도 내 쉴 곳은 작은 집뿐이라고 노래하면서⋯ 엄마가 올이 가는 빗으로 머리카락을 부풀려 산처럼 쌓아 올려붙이고 목에는 알이 굵은 진주 목걸이를 걸고 소파에 앉은 아버지 곁에 붙어서 우리 남매가 만들어내는 음악을 우아하게 듣고 있었지. 음악이라면 이미자의 동백 아가씨밖에 모르는 아버지인데 우아병에 걸린 엄마의 사주로 얌전히 앉아 듣는 척하면서⋯.

그러나 인간은 없어서 불행하기보다는 가진 후에 더 가지려는 욕심이 모든 것을 잃게 하는 것 같아. 1963년, 모두가 가난했던 이 땅에서 그렇게 남들보다 잘살면서도 더 잘살아 보겠다고 가진 재산을 털어 미국으로 이민을 떠났어. 마침 외삼촌이 미국에서 유학생활을 마치고 누나인 우리 엄마를 초청한 거야. 엄마는 서양영화에 나오는 파티를 상상하면서 그렇게 남은 생을 살자고 아버지를 꼬드겼지. 당시 세상에서 가장 잘 사는 꿈의 나라에 가서 살아보겠다고 떠난 이민. 이 땅에서 아무리 큰돈을 가지고 가 봤자 당시 100배나 잘산다는 미국에서의 환전가치는 오죽했겠어. 국민 소득 백불로 살던 주제에 만불이라는 나라에 도전장을 내고 맞짱을 뜨려 했으니⋯ 난리 통에서 어쩌다 번 돈만 생각하고⋯ 배워서 언어가 되는 것도 아니고 그 나라에 대한 상식이 많은 것도 아니고 지리에 익숙한 것도 아닌데 겁도 없이 택한 천국의 나라⋯ 당하기만 하는 거지. 아버지는 이민 초기에 도넛을 사 먹는데 3일 동안 지켜보다가 사 먹었다고 하더군. 길거리에 놓인 가마솥에서 뚜껑을 열자마자 김이 오르는 만두나 찐빵을 인심 좋은 주인의 두툼한 손으로 그 자리에서 주고받던 내 나라와는 전혀 다른… 잘 정돈된 유리문 안에 갖가지 도넛이 진열되어 있고 그중에 골라 쟁반에 얹어서 계산대에 가서 가격을 지불해야 하는 시스템이 너무도 낯설었던 거야. 빵 한쪽도 3일이나 걸려서 사 먹는데 다른 것은 오죽했겠어." 스텔라의 젖은 목소리가 잠시 멈춘다.

사람의 모습이 다른 것처럼 어쩌면 인생도 저렇게 다를까 생각했다. 그녀의 인생이 다시 이어진다.

"불과 5년 만에 가지고 간 돈 다 털렸지. 결국 아버지는 밤에만 하는 빌딩 청소를 하고 엄마는 단추공장에 다니면서… 그때까지 한국에 남아있던 나는 동거했던 남자가 병에 걸린 것을 알고 결국 한국을 떠났지. 그래도 부모님이 그렇게 비참하게 살 거라는 생각은 못 했어. 그래도 미국인데 하며. 하지만 이민자들이 모여 사는 퀸즈의 빈민가에 있는 부모님을 보고 충격을 받았지만 되돌릴 수도 없잖아. 이미 배 안에 아이는 자라고 있고 자립할 능력도 없고… 그때 내 나이 36살이었어. 그런데…"

하지만 그녀는 더 이상 말을 잇지 못했다. 어둠이 내리는 창밖을 바라보며 담담히 말을 하던 그녀가 소리 내어 울기 시작했다. 어설픈 위로가 통하지 않을 만큼 울어대는 그녀를 지켜보는 수밖에 없었다. 이윽고 눈물에 젖은 목소리가 들려왔다.

"어느 날 내 방에 들어갔는데 엄마가 내 침대에 누워 있는 거야. 몸을 웅크리고. 너무 피곤해서 그대로 쓰러져 잠이 든 것 같았어. 그 모습을 보고 내가 뭐라 했는지 알아?"

"뭐랬는데요?"

"엄마! 작업복을 입고 내 침대에 누워 있으면 어떻게 해. 먼지 묻잖아!"

"어머나…"

"당시에 대학을 나오고 학생들을 가르쳤던 내 입에서… 우리 엄마… 하늘거리는 홈웨어만 입고 손가락에는 매니큐어가 지워진 적이 없었고, 침대 시트를 매주 바꾸지 않으면 잠을 안 잤어. 식모들이 그 비위 맞추며 이불 빨래해대느라 엄청 힘들었어. 그랬던 우리 엄마가 남의 땅에서 자식에게마저 그런 수모를 받더니 대한민국이 올림픽을 개최한다고 후끈 달아오르던 88년에 뇌졸중으로 쓰러져 영영 일어나지 못했어. 이후로 아버지는 화병으로 오빠는 간암으로 세상을 떴지. 결국 더 잘 살아보자고 고향 떠나는 날부터 향수병을 앓다가 다들 그렇게 생을 마감하고 만거야."

"근데 가족과 왜 같이 이민을 안 가셨어요?"

"우리 가족에게 미국 비자가 나왔을 때 나는 대학을 다니고 있었거든. 졸업을 하고 따라가려 했는데 먼저 이민을 떠난 아버지도 그곳 상황이 안 좋다는 것을 알고 그냥 한국에 있으라고 했어. 그래서 교직을 이수하고 아이들을 가르치다가 사랑하는 남자를 만나게 된 거야. 사랑에 빠진 거지 뭐. 그때는 정말 세상은 온통 내 중심으로 도는 줄 알았거든…" 스텔라는 강에서 시선을 거두고 나를 바라보았다. 그리고 촉촉이 젖은 눈으로 말했다.

"목숨이 붙어있는 한, 인생에 끝은 없었어. 항상 시작일 뿐이었어. 오늘은 또 다른 시작이고 내일은 내일의 시작일 뿐이야. 하루도 같은 날 없어. 순남아, 늦지 않았어. 지금부터 아기 낳기를 소망해 봐. 분명히 하나님께서 길을 열어 주실 거야. 형님도 죽기 전에 오로지 순남이가 가정을 꾸리고 사는 것을 보게 해달라고 밤낮으로 기도하시니까."

14

겨울이 왔다. 작은언니가 짐을 싸서 입국을 했다. 재민이가 10곳이 넘는 대학에 원서를 넣고 이제 기다리기만 하면 된단다. 작은언니는 재민이가 대학수학능력시험(SAT) 점수가 예상보다 안 나왔다고 울상이다. 그토록 갈망했던 하버드나 예일은 꿈도 꾸지 못하고 그저 아이비리그 어디에라도 연락이 왔으면 좋겠다고 했다. 재민이는 학기 중이라 함께 나오지 못했다고 했다. 그러나 대학 입학 원서를 넣었으니 언니가 할 일은 다 끝났단다.

작은언니는 진남이 방에 짐을 풀었다. 작정을 하고 머물 모양이다. 엄마는 마음에 걸리는 모양이었다.

"아직 이혼도 안 했는데 이러고 와 있으면 어째. 차라리 네 시댁에 가 있어. 네 시아버지는 너를 좋아하잖아."

"엄마, 제 핏줄이 먼저야. 그리고 우리 시부모님은 자기 아들 말이라면 절대로 거절 안 해."

"준 만큼 받네. 옛날에 그 망신당하면서 결국 아들 편 들어준 시댁이니 이번이라고 안 그럴까?"

"엄마! 그때나 지금이나 같아! 왜들 그래. 모두 나한테! 좌우간 내 편은 없어. 내 편은!" 작은언니가 눈물을 쏟는다. 엄마는 그 모습을 보는 것도 편치는 않은 모양이었다.

"아이고 모르겠다. 들어가 쉬어. 그 먼 길 왔으니 얼마나 피곤할까."

작은언니는 다음날 엄마가 깨울 때까지 일어나지 못했다. 열이 펄펄 끓는다며 엄마는 나보고 읍내에 가서 약이라도 사오란다. 작은언니는 몸살감기라며 뜨뜻한 방에서 이불을 덮어쓰고 땀을 **빼면** 된다고 한단 다. 차라리 병원을 가지. 엄마 속을 어지간히 썩이네, 생각하며 외투를 걸치고 방을 나왔다. 흰머리가 소복하고 고된 일로 굽은 허리에 관절이 아픈 72살의 엄마가 죽을 쑤겠다고 절룩대며 부엌으로 들어가는 뒷모 습을 바라보는 내 마음이 편치 않았다. 자식이라는 것이 저 나이 먹도 록 사네, 못 사네 하면서 백발의 노모를 힘들게 하는지… 하기는 내가 그런 불평을 할 처지도 아니었다.

작은언니는 3일을 앓아눕더니 감기가 나았다고 했다. 저녁도 밥상에 둘러앉아서 먹을 만큼 먹었다. 밥상을 물리고 작은언니는 제방으로 가 고 내가 설거지를 했다. 이제 내가 밥을 지어보겠다고 해도 엄마는 막무 가내다. 그래서 설거지만 내 차례. 부엌에서 설거지를 하는데 대문 안 으로 스텔라가 들어서며 엄마를 찾는다. 엄마가 안방 문을 열고 반긴다.

"저녁은 먹었어?"

"네."

"와서 먹지 그랬어?"

"고양이도 낯짝이 있지 어떻게 매일 와서 얻어먹어요."

"숟가락 하나만 얻으면 되는데 뭘 그래."

"그래도…."

스텔라가 방으로 들어갔는지 안방 문이 닫히는 소리가 들린다. 나는 설거지를 마치고 귤을 접시에 담아 들고 안방으로 들어갔다. 엄마와 스 텔라는 벌써 화투판을 벌이고 있다. 내가 귤을 방바닥에 내려놓자 엄마가 말했다.

"명희보고 건너와서 귤 먹으라고 해."

나는 작은언니 방으로 갔다. 작은언니는 책을 보고 있었다.

"안방으로 와서 귤 먹으래."

"안 먹어… 누가 왔어?"

"스텔라."

"스텔라? 그게 뭐야?"

"사람 이름."

"서양 사람이야?"

"한국 사람."

"근데 왜 그런 이름이야?"

"미국에서 이민생활을 했대."

"세상에, 나 미국에서 4년 사는 동안 살았지만 그렇게 촌스러운 이름은 처음 들어봐."

"안 가볼래? 우리 식구랑 친하게 지낸 지 꽤 됐어."

"관심 없어. 다 귀찮아. 지금은 내 문제만 생각하기도 머리 터져. 낯선 사람 볼 여력이 없어."

"싫으면 말고." 나는 그대로 그 방을 나와 안방으로 가서 말했다.

"싫데."

"싸가지 하고는… 누가 집에 오면 얼굴이라도 비쳐야 하는 것 아니야." 엄마가 화투에서 눈을 떼지 않고 혀를 찬다.

"그냥 두세요. 마음이 괴롭잖아요. 그럴 때는 그저 혼자 있고 싶어요." 스텔라가 언니 편을 든다.

"옛날부터 남의 생각은 눈곱만큼도 않는 년이었어."

"그런데 명희는 어떻게 한대요?" 스텔라가 은근히 궁금해한다.

"자네도 알고 있었어?"

"아, 네."

스텔라가 순간 아차 하는 눈치로 나를 보았다. 나도 스텔라를 야속한 눈빛으로 바라보는데 엄마의 매서운 눈초리가 나를 향한다.

"저년들 주둥이가 거기까지 날아 갔구먼."

"형님, 그… 그게 아니고요. 어쩌다가 제가 알게 됐죠."

스텔라가 당황하며 날 변호하려 한다. 그러나 내가 배에 힘을 주고 말했다.

"그게 뭐 숨길 일이라고 말을 안 해. 더한 일도 당하고 사는데… 세상에 비밀이 어디 있어? 그리고 우리가 뭐, 없는 말 했어? 없는 말도 끊임없이 만들어내는 세상인데…"

"하기는 그게 무슨 비밀이라고." 엄마는 화투를 세차게 내려치며 말했다. 스텔라는 금세 얼굴에 화색이 돌며 나를 바라보고 웃었다.

몸이 회복되자 작은언니는 청주로 갔다. 그리고 5일 만에 돌아왔다. 마치 아버지가 돌아오던 그날의 모습처럼 금방이라도 쓰러질 듯 허우적대며 대문을 들어섰다. 엄마가 그 모습을 보고 긴장을 하고 나는 엄마의 그 모습을 보고 더 긴장을 했다. 작은언니는 말없이 진남이 방으로 들어갔다. 나는 큰언니에게 후다닥 전화를 걸어 얼른 건너오라고 했다. 큰언니가 대문을 들어서자 엄마는 겉옷을 걸치며 대문을 나선다.

"엄마, 어디 가? 같이 들어가야지."

"뻔한 거 들어 뭐해? 재민 아범이 제 년의 말을 안 따른 거겠지. 아이고 하나님, 다 제가 죄가 많아서 아닙니까? 교회에 가서 기도나 하련다."

엄마는 하늘을 바라보며 울먹인다.

큰언니와 방으로 들어서니 작은언니는 이불을 깔고 누웠다. 큰언니가 근심스러운 표정으로 작은언니를 바라보았다.

"뭐 좀 먹을래?"

"……."

"일이 잘 안 됐어?"

"……."

"우리 나갈까? 혼자 있을래?"

결국 작은언니가 머리끝까지 올린 이불을 걷고 일어나 앉았다. 퉁퉁 부어있는 눈을 보니 마냥 울었던 모양이었다. 나만큼이나 작은언니도 울지 않는데… 울보 큰언니는 그 모습에도 벌써 눈물을 쏟았다.

"얼마나 속이 상했으면…."

작은언니는 본격적으로 눈물을 쏟았다.

"언니! 나 억울해, 정말 억울해. 정말 이래도 되는 거야?"

"왜?"

"재민 아빠가 누구랑 눈이 맞은 줄 알아?"

"누구? 내가 아는 사람이야?"

"결혼 전에 약혼했다가 파혼했던 그 여자였어. 바로 그 여자…."

"정말? 그럼 그 여자는 그때부터 결혼을 못 했던 거야?"

"5년 전에 이혼을 했대. 딸 하나를 데리고…."

"그런데 어떻게 만나게 된 거야."

"그 여자가 청주 시내에서 단란주점을 운영했나 봐."

"단란주점?"

"노래하고 술 마시는 곳."

"어머 재민 아빠 같은 사람이 어떻게 그런 곳에서 그런 여자와…."

"자기 때문에 그렇게 됐다잖아."

"왜?"

"멀쩡한 처녀를 파혼하게 한 장본인이라며…"

"시집을 갔다며?"

"그 맹꽁이 같은 여자가 글쎄 청주 남자랑 결혼을 했대. 그 바닥이 얼마나 좁아. 결국 그 남자가 그 사실을 알고 그 여자를 학대했대."

"말도 안 돼. 그저 약혼만 했잖아."

"나도 말이 안 된다고 생각하는데 재민 아빠는 말이 된대. 남자는 그렇다고…"

"아무래도 재민 아빠를 혼자 오래 너무 두었어. 집에 처자식이 없으니 집에 일찍 안 들어가고 여기저기 기웃거리다가 결국은…"

"또, 또 그 소리. 그래 다 내 잘못이다. 내 잘못. 다 나가. 나가!"

작은언니는 우리를 모질게 내쫓고 이불을 뒤집어쓰고 다시 누웠다.

작은언니는 절대로 이혼을 해 줄 수 없다고 선언을 하고 집을 떠나지 않았다. 아쉬운 사람이 우물 판다고 자기는 전혀 급할 게 없단다. 그러면서 작은형부가 이혼만 해달라고 애원했다며 치를 떨었다. 그런 년 하고 살려고 자기한테 매달리는 꼴은 더 용서가 안 된다고. 작은언니는 방에 틀어박혀 책만 읽었다. 옛날 옛적에 그랬던 것처럼… 엄마는 그런 작은언니를 내버려 두었다. 그리고 가끔 하늘을 바라보며 한숨지었다.

"그래, 겨울 가고 봄이 오기를 기다려 보자꾸나. 세월 보내다 보면 어떤 열매든 맺히겠지."

2004년 12월 31일이다. 고향에 내려온 지 4번째 새해를 맞이하는 마지막 밤이다. 고향에 내려온 지 3년을 꽉 채우고 남는… 엄마는 스텔라를 불러 만두를 빚었다. 그것으로 저녁상을 차렸다. 엄마는 작은언니가 있는 방을 향해 소리쳤다.

"명희야. 네가 좋아하는 만두 빚었다. 식기 전에 와서 먹어라."

작은언니가 부스스한 머리를 손으로 매만지면 안방으로 들어왔다. 입 맛이 없다고 제대로 먹지도 못하는 작은언니가 엄마의 마음을 아프게 하는 모양이었다. 더하여 집에 머문 지 달이 차도록 스텔라와 대면을 않자 엄마가 나름 기회를 만든 것 같았다. 밥상에 앉아 있던 스텔라가 먼저 반색을 한다.

"명희? 나는 스텔라… 만나서 반가워요."

"아, 예. 처음 뵙겠습니다."

엄마는 자리를 잡고 앉은 작은언니의 수척한 얼굴을 바라보며 말했다.

"먹어 봐라. 스텔라가 저녁나절부터 빚은 만두야."

"아이고 형님도, 내가 뭘 빚었다고 그러세요. 다 형님 솜씨면서…."

작은언니는 살갑게 나누는 둘의 대화가 오히려 낯선 모양이었다.

저녁을 먹고 나는 설거지를 하고 엄마와 스텔라는 화투를 치고 작은언니는 자기 방으로 들어갔다. 설거지를 마치니 9시가 조금 넘었다. 나는 과일을 들고 작은언니 방으로 들어갔다. 책을 읽고 있다가 내게 물었다.

"저 여자 뭐냐?"

"스텔라."

"누가 이름을 몰라서 물어? 엄마랑 왜 저렇게 친해?"

"나도 모르지. 취향이 만나보지 뭐."

"뭐 하던 여자래?"

"70년대 미국으로 이민 갔는데 미국 남자랑 결혼해서 살았다는데."

"미국? 거기서 결혼을? 놀고 있네. 동두천에서 양공주 하다가 미군 따라 들어갔겠지. 그때 여자가 미국으로 이민 가는 것은 그 길밖에 더 있어."

"아니야. 부모님을 따라 들어갔대. 그리고 이대 나왔대."

"이대? 저 여자가? 웃기네. 미국 가니까 너도나도 이대 나온 년들이라고 떠들더구먼. 여자가 가는 대학이 이대뿐인 줄 아는지… 하기는 다들 무식하니 헛소리를 해도 다 믿겠지."

욕이 튀어나오려는 걸 애써 참으며 말했다.

"너 잘났다. 무식한 순남이 퇴장합니다." 나는 방문을 소리 내어 닫고 그 방을 나왔다.

봄이 살그머니 다가와 독한 추위를 위협하는데도 작은형부는 오지 않았다. 작은언니도 방에 틀어박혀 꼼짝을 하지 않았다. 엄마는 간혹 독한 년이라고 혀를 차면서도 재민이가 원하는 대학에 합격하면 형부의 마음도 변할지 모른다는 생각을 하는 것 같았다. 하지만 조기 합격을 기대했는데 연락이 오지 않은 모양이었다. 2월부터 대학마다 본격적으로 합격통지가 날아오는데 정작 기다리는 대학에서는 연락이 없다고 작은언니는 수심에 차 있다.

언니가 그렇게 재민이의 소식을 애타게 기다리는데 엉뚱한 소식이 날아왔다. 용인시에서. 엄마 이름으로 되어 있는 땅이 수용된다고. 아파트를 짓기 위해. 그런데 그 액수가 엄청나 50억이 훌쩍 넘는단다. 작은언니가 제 우편물을 학수고대하다가 뜬금없는 우편물을 생각 없이 펼쳐보고 알게 되었다. 이게 뭔 일이야? 살다가 이런 일도 있다니… 이게 꿈이야? 생시야? 세 딸은 모여서 서로의 얼굴을 꼬집으며 난리를 떨고 있는데 정작 엄마는 무심하다.

"저런 경을 칠 년들, 돈이라면 그저…"

입꼬리가 마냥 올라간 작은언니가 물었다.

"엄마 이게 어떻게 된 일이야. 엄마는 알았어?"

"그럼, 내 이름으로 돼 있는데 몰라?"

"근데 어서 난 거야, 이 땅?"

"내가 샀다. 왜?"

"돈이 어디에서 나서, 언제?" 작은언니가 숨이 넘어갈 지경이다.

"진남이가 두 돌이 되던 해니까 벌써 몇 년이야? 40년이 다 돼가네. 그때 그 땅이 우리 농토의 절반 값도 안 되었는데… 하기는 언제적 강남이냐? 그때 그 땅이 이 촌 동네 농지만도 못했는데… 불과 40년 만에 천지가 개벽을 했지. 천지가."

"그런데 땅은 어떻게 산 거야?" 엄마가 삼천포로 빠진다는 생각을 하는지 작은언니가 고삐를 쥔다.

"할아버지가 사줬지. 누가 사줘? 사주기를."

"왜?"

"왜는 왜야. 네 아버지를 믿을 수 없고. 당신 가문을 지켜 줄 것은 진남이뿐이라 생각하신 거지. 네 할아버지도 자식 때문에 마음고생 참 많이 하셨다. 사람들은 조상으로부터 물려받은 재산이 많아 제 하고 싶은 대로 하면서 큰소리만 치고 살다가 죽었다지만 곁에서 지켜본 나는 그 고통을 알지. 조상으로부터 지키라고 받은 재산이 많으면 뭘 해. 그것을 이을 자손이 없는데… 네 할아버지는 죽어서 조상 볼 면목이 없다는 말씀만 하셨으니까. 그래서 돌도 못 넘기고 명수가 죽었을 때 네 할아버지가 참 많이 슬퍼하셨다. 명수는 그냥 시름시름 앓다가 죽었어. 그 불쌍한 것이… 그때는 병원도 제대로 없어서 어린 것이 병이 나도 속수무책이었으니까. 할아버지가 그 어린 것을 가슴에 품고 하루 반나절을 우시더라. 그래서 명수가 관에 들어갈 때까지 몸이 따뜻했어."

이윽고 엄마는 눈물을 펑펑 쏟았다. 큰언니도 따라 우는 것을 보니 분명 진남이를 생각하는 것이 분명했다. 아니나 다를까 엄마의 통곡이 이어졌다.

"아버님 죄송합니다. 진남이를 못 지켜서… 아버님, 차라리 나를 데려 가시지, 왜 내가 남아 이런 꼴을 보게 하시는 겁니까?"

이제 우리 3자매는 머리를 바닥에 묻고 그저 엄마가 스스로 감정을 추스를 때까지 기다리는 수밖에 없다. 엄마는 눈물이 마를 즈음에 말을 이었다.

"어미 뱃속에서 멀쩡하게 잘 나온 명수가 죽자 할아버지의 상심은 말할 수 없었어. 그래서 진남이가 두 돌이 지나니 겨우 안심을 하시는 것 같았어."

"근데 왜 엄마 이름으로?"

"그럼 누구 이름으로 해? 이제 겨우 두 돌 지난 진남이 이름으로? 아니면 조상 땅이라면 팔아먹을 생각만 하는 네 아버지 이름으로? 하기는 네 아버지도 모른다. 내 이름으로 그런 땅이 있는 줄… 그런데 이제 와서 그 땅에 갑자기 아파트가 웬 말이야? 하기는 그것이 바로 네 할아버지 안목이지. 당시에 값이 꽤 나가는 땅을 팔아서 나보고 서울과 멀지 않은 곳에 땅을 사라고 하셨으니… 그러면 뭘 해? 진남이도 없는 세상. 어이구 이까짓 돈, 아무것도 아닌데…."

엄마는 촉촉이 젖는 눈가를 가재 수건을 닦으며 말했다.

"너희들은 몰라. 네 할아버지가 얼마나 나를 사랑해 주셨는지. 하기는 할아버지가 나를 일방적으로 며느리로 삼으셨으니까. 이유는 단 한가지 아들 7명을 내리 낳은 우리 엄마에게 마지막으로 태어난 딸이었기 때문이지. 우리 엄마처럼 아들만 쑥쑥 날 줄 알고 나를 며느리로 들인 거야. 내 나이 당시 21살, 시집갈 나이가 꽉 찼지만 전쟁이 끝나고 먹을 것이 없던 그때 언감생심 남자한테 시집간다는 것은 꿈도 못 꿀 때야. 그런데 한글 간신히 뗀 내가 감성이 100단이라는 고등학교 졸업한 네 아버지의 신부가 되었지. 오로지 할아버지의 결심으로."

"아버지가 슬펐겠네." 내가 말했다.

"많이 슬펐나 보더라. 네 아버지는 자식 잘 낳는 여자보다 말이 통하는 여자를 만나고 싶었다는데… 네 아버지는 결국 힘이 있는 아버지에 눌려 제 인생을 포기하고 만 거지 뭐. 그래서 나는 네 아버지 절대 원망 안 해. 나랑 살면서 제가 하고 싶은 것을 못했으니 그 고통이 얼마나 컸겠어. 그래서 나는 일만 하면서 살았어. 거기다가 아들도 쑥쑥 낳지 못하니 그저 죄인이라는 심정으로…."

"아들 못난 게 엄마 탓은 아니네. 아버지랑 잠인들 제대로 잤겠어? 하늘을 봐야 별을 따지. 안 그래?" 작은언니가 우리를 바라보며 동의를 구한다. 큰언니는 고개를 끄떡인다.

"근데 그때 어떻게 엄마가 용인에 가서 땅을 샀어?" 작은언니가 조금 느슨해진 틈을 이용해서 묻는다.

"혼자 못 가지. 결국 천씨 아저씨를 대동하고 가서 샀지. 그때는 그 땅이 별거 아니었어. 그저 야산을 낀 밭이었어."

"천씨라면 우리 시아버지?" 큰언니가 눈을 동그랗게 뜨고 묻는다.

"당연하지. 그분이 다 해주었는데…."

"그런데 우리 아버님이 돌아가시기 전까지 전혀 내색도 없으셨어."

"그러니 좋은 분이라는 거야. 네 할아버지가 안목이 있으셔서 그런 청지기를 우리 곁에 남기셨지. 그 덕에 우리 큰사위, 천 서방이 오늘까지 내 곁에서 나를 지켜주고… 어휴, 그러면 뭐해? 물려줄 자식도 없는데."

"우리는 자식 아니야?" 작은언니가 발끈한다.

"딸이 황씨 집안과 무슨 상관이야."

"엄마! 지금 어느 시대인데 아들딸 차별이야? 차별이!"

"아이고 그래 너 잘났다. 너 잘났어. 이제 보상 시작한다고 하지만 막상 준다 해도 양도세 떼고 나면 얼마가 손에 쥐어질지 모르지. 그거 네 돈도 내 돈도 아니다. 조상이 물려 준 돈이다. 조상 대대로 물려받은 땅 팔아먹고 잘되는 사람 나는 본적이 없어. 조상들이 자손에게 그 땅을 물려줄 때는 그 땅을 잘 가꾸어서 많은 사람 먹고살게 해주라고 준 거지 한입에 털어 넣으라고 준 줄 알아? 공연한 김칫국 먼저 마시지 말고 입단속이나 잘해. 이게 축복인지 재앙인지 아무도 몰라. 이것들아…"

우리 세 자매는 그날 밤 스텔라 집으로 달려갔다. 엄마는 그 돈에 대한 함구령을 내렸지만 어떻게 입을 다물 수 있단 말인가? 이 엄청난 소식을… 하지만 흥분한 상태로 방에 모여 떠들다가 엄마에게 치도곤을 맞을 것이 뻔했다. 작은언니까지 딸려 온 것을 본 스텔라는 아주 기쁘다는 표정이다. 자신에게 까칠하게 구는 작은언니가 마음에 걸린 모양이었다. 작은언니는 집 안으로 들어가자 놀라는 표정이었다.

"어머, 시골에 이런 집이? 너무 예쁘네요."

"밤이 늦어 커피는 그렇고 차를 줄까? 아니면 치즈에 와인은 어때? 세 자매가 모이니 우리 집이 환하게 빛이 나는 것 같아. 나도 오랜만에 술이 당기네."

"조, 좋아요." 작은언니가 재빨리 손을 들었다.

스텔라가 와인과 치즈를 담은 쟁반을 들고 와 거실 테이블에 놓았다. 큰언니는 마치 조수처럼 재빨리 과일을 깎아서 뒤를 따라와 자리를 잡는다. 스텔라가 와인을 멋들어지게 따르고 시음을 하란다. 미국에서 사온 나파 밸리 산이라고…

"어머, 어머 맛있어요. 정말 드라이하고…"

평소답지 작은언니의 호들갑이다. 스텔라에 대한 온갖 추측성 악성 바이러스를 뿜어대더니 순식간에 저 자세로 바뀌는 것도 신기할 따름이다. 고향에 와서 처음 보는 작은언니의 웃음이기도 하다.

"그래, 무슨 일이야. 복권이라도 맞았어?"

"네." 어쩌다 세 자매가 동시에 대답을 하게 되었다.

정말인가 봐? 얼마짜리?"

"50억짜리요."

"정말? 설마…." 스텔라는 믿지 못하겠다는 표정이다. 그러나 스텔라는 사실을 듣고 표정이 어두워진다. 그리고 슬픈 목소리로 되뇌었다.

"형님에게 그런 숨겨진 땅이 있었다니…?"

결국 작은언니가 그 집을 나오며 투덜거린다.

"뭐야, 그 여자 표정? 배가 아프다는 거야? 하기는 인간이 배고픈 거는 참아도 배 아픈 거는 못 참는다더라. 슬픔을 나누며 위로하기는 쉬워도 기쁨을 나누기는 어렵다며. 아주 교양 있고 착한 척하면서 뒤로 호박씨 까기는…."

"그런 사람 아니야" 큰언니가 스텔라 편을 든다.

"아니기는 뭐가 아니야. 큰언니가 사람을 볼 줄이나 아니? 아 참, 그런데 옛날에 죽기 살기로 엄마 몰래 쫓아다니던 그놈은 어떻게 됐니? 막내 언니 사촌 오빠라는? 그 왜, 사시 준비하는 데 폐병 걸려서 고향에 쉬러 내려왔던…."

"그게 언제 적 얘긴데…."

캄캄한 논둑길을 따라오던 큰언니가 휘청하는 것 같았다.

"그때 내가 그 소리 듣고 뒤로 넘어가는 줄 알았잖아. 서울에서 대학 다니던 놈들이 시골의 순박한 처녀들 따먹는 수법. 폐병 운운하면서… 완전 60년대 버전인데… 사람 볼 줄 모르는 우리 언니가 그 꼬임에 넘어가더라니까?"

"고만해라." 결국 내가 소리쳤다.

"저년은 내가 무슨 말만 하면 지랄이야. 지랄이…" 작은언니도 좀 미안했던지 입을 다문다. 그러다가 도저히 참을 수가 없는지 은근하게 말했다.

"좌우간 입단속이나 하라고. 공연히 돈 냄새 맡는 사기꾼이 안 달려들도록…"

"너나 조심해라. 너나…"

나는 뜬금없이 큰언니의 과거를 들춰내는 작은언니가 밉살스러웠다.

"언니라고 해라. 언니!"

"욕 안 하는 것을 다행이라고 생각해라."

"순남아, 그만해라." 큰언니가 결국 나를 막았다.

재민이도 드디어 학교가 결정이 되었단다. 물론 작은언니가 그토록 고대하던 아이비리그는 아니지만 그만큼 좋은 곳이란다. 이름을 들었지만 금방 잊고 외우기도 어렵다. 어쨌든 작은언니는 그만하기도 어렵다며 처음처럼 고통스러워하지 않았다. 동부에 있는 칼리지인데 웬만한 아이비리그 부럽지 않단다. 클린턴 부인 힐러리도 그런 명품 칼리지를 나왔다며… 내가 의심스러워 스텔라에게 물었더니 그녀도 같은 대답이다. 미국이라는 나라는 우리가 이름으로만 아는 유명한 대학보다는 특성을 가지고 발전해 나가는 칼리지가 많다고 했다. 때론 그런 대학이 졸업 후에 더 인정을 받기도 한단다.

그렇게 하나가 꼬이면 다른 하나가 풀리면서 세월은 쉬지 않고 흘렀다. 토지 보상금을 받는다는 사실에도 엄마의 삶은 전혀 변한 것이 없다. 그러나 작은언니는 다시 활기를 찾았다. 재민이가 대학을 들어가고 토지 보상금 소식에 예전처럼 어깨에 힘이 들어갔다. 절대로 이혼은 안 해주고 별거 상태로 가면서 끝장을 보겠다고 했다. 자기는 아쉬울 것이 전혀 없다고. 무조건 형부보다 오래 살면 된다며… 이제 인생을 다시 살겠다고 했다. 누구에게도 매이지 않는… 그래서 포기했던 꿈을 실현할 거라고….

15

5월이 가고 있었다. 엄마는 여전히 과수 농사를 포기하지 않았다. 어차피 죽으면 썩을 몸인데 쉬면 무엇하느냐고… 배운 게 도둑질이라 평생 해온 농사일이 그렇게 쉽게 끝나지를 않는다고… 가을 농사 힘들게 마치면서 올해로 끝이라고 하지만 봄이 오면 자기도 모르고 대지를 뚫고 오른 생명의 기운을 찾아 밭에 나가 있다면서… 물론 큰형부가 사람을 사고 부리는 것까지 해주지만 엄마도 그만큼 신경을 써야 했다.

스텔라는 제 일처럼 엄마 곁을 지킨다. 육체적으로 큰 힘은 되지 못하지만 일꾼이 들어오는 날이면 새참을 위해 장도 같이 가고 준비를 해서 광주리에 담아 따라 나간다. 엄마도 즐거운 눈치다. 힘이 안 되어도 옆에만 있어도 좋네 하면서.

작은언니는 그런 엄마가 못마땅하단다. 안 그러고 살아도 되는데 저러면 교만이라며. 그러면서 재민이 졸업식에 간다고 비행기 표를 급하게 끊어 미국으로 떠나버렸다. 처음에는 고등학교 졸업식에 비행기 값을 날리면서 갈 필요가 없다더니 마음을 바꾼 것이다. 그즈음 작은언니의 감정 상태였다.

봄이 한창인 그즈음, 모든 생명이 활기차게 살아 움직이지만 나는 다시 외톨이가 된 느낌이다. 엄마와 스텔라가 한 몸처럼 붙어서 돌아다니고, 농사의 규모가 제법 되는 큰언니도 봄이 되기 전부터 눈코 뜰 새 없이 바빠졌다. 그렇다고 스텔라처럼 엄마나 큰언니를 따라다닐 수도 없다. 그들의 낮이 그토록 고되고 힘들고 보니 저녁에 모일 엄두도 내지를 못한다. 스텔라는 미국에서부터 불면증이 있어 약을 먹었는데 지금은 전혀 안 먹고 그대로 쓰러져 자고 때론 동이 터도 잠에서 깨지 못한다고….

　어디엔가 속하지를 못한 채 빈둥대던 그 여름에 장수에게 전화를 받았다. 장수는 다짜고짜 내게 물었다.
　"누나, 최수철이라는 사람 알아요?"
　"몰라."
　"근데 왜 이 사람은 누나를 안다고 누나 번호를 알려 달라지?"
　"내 주변에 남자라면 네가 알지, 내가 아니? 네가 모르면, 나도 몰라."
　"그래요? 정말 몰라요?"
　"모른다잖아. 그런 이름 들어본 적 없어."
　"근데 누나가 아저씨라고 불렀다면서 꽤 친한 척하던데…."
　"아저씨? 내가 아저씨라고 불렀다고? 그럼, 최 감독인가? 최 감독…."
문득 이름도 몰랐다니… 어쩌면 말해주었는지도 모른다. 하지만 그저 감독이라는 이름으로 내게 각인된 최 감독이 나를 찾는다고? 왜?
　"그럼 누나 번호 알려 줘도 돼요?"
　장수에게 그러라고 하니 5분도 채 지나지 않아 전화를 걸어온 최 감독… 세상에, 그는 정말 어떻게 변했을까 궁금해하면서 두근두근 떨리는 마음으로 전화를 받았다. 사실 그는 벼랑 끝에 위험스럽게 서 있던 나의 방향을 돌려준 남자였다. 어느 날 갑자기 번쩍 들어서… 몸도 마음도 나눈 적이 없는 남자인데. 그가 연극계로 돌아가고 그에 대한 소문을 들어 본 적이 없다. 아주 가끔 궁금해질 때 배 피디에게 물어보고 싫었지만 장수가 매니저가 되고는 우연히 마주쳐도 그저 눈인사만 하고 지나쳐야 했다. 그랬는데 최 감독이 나를 보러 이 시골까지 오겠다고 한다. 내가 서울로 간다니까 그는 굳이 내려온단다. 마침 카메라를 한 대 들고 대한민국 산천을 돌아다니며 사진을 찍고 있다고… 일부러라도 가는데 못 갈 이유가 전혀 없다며. 얼굴을 보지 않아서 어떻게 변했는지 알 수는 없지만 목소리만큼 그대로였다. 얼마 만인가? 벌써 20여 년의 세월이 흘렀는데….

하얀 승용차가 집 앞에 섰다. 한창 농사일로 바쁜 동네라 거리는 마냥 한적하다. 그저 일을 못 할 만큼 병약한 노인의 궁금한 시선과 낯선 자에게도 짓지 않는 게으른 개의 한가로운 눈빛과 여름날의 오후 해를 따라 길게 늘어진 그림자뿐… 나는 대문 밖에 서서 그가 차에서 나오기를 기다렸다. 그는 얼마나 늙었을까 지독히 궁금해하면서. 그가 운전석의 차 문을 열고 나와 짙은 선글라스를 벗지도 않고 나를 바라보았다. 해에 그슬린 새까만 피부에 벌어진 입으로 드러나는 하얀 이… 그는 건강해 보였다.

"가… 감독님!"

"순남아!" 나를 순남이라고 불러주는 타지인이다.

나는 그의 차에 몸을 싫고 강으로 나갔다. 그를 기다리며 커피와 먹을 것을 싸 두었다. 읍내 다방이나 사람이 붐비는 시내로 가면 소음도 있고 공기도 탁해서 이 장소를 택한 것이다. 차로 5분도 안 되는 거리지만 둘은 침묵했다. 그를 다시 만난 것이 신기하기만 했지만 오랜 시간의 공백으로 어색하기만 했다. 그도 그랬던지 차에서 내리자 비로소 나를 정면으로 바라보며 말했다.

"순남아, 아저씨 품에 한번 안아 보자." 그러면서 그는 나를 와락 껴

안았다. 아버지처럼… 그의 가슴에 안긴 잠깐의 순간, 가슴이 뭉클하고 따뜻했다.

나는 진남이가 누워 있기를 즐겼던 곳에 돗자리를 깔았다. 이윽고 둘이 나란히 앉았다. 둘의 시선은 일제히 강으로 향했다. 그가 말했다.

"와, 좋다. 마치 강을 낀 탄금대를 정면으로 바라보는 느낌이네."

"탄금대를 아세요?"

"알지. 열흘 전에 가서 사진도 찍었어."

"그래요?"

"내가 말했잖아. 전국 방방곡곡을 돌아다니며 사진을 찍는다고."

도대체 무슨 소리인지. 세상과 타협을 못 하는 성질 때문에 가난한 연극인의 생활에서 벗어나지 못하고 있을 거라는 생각은 했었다. 하지만 비록 늙기는 했어도 외모는 그다지 추레하지 않았다. 더구나 한가로이 중형의 승용차를 몰고 사진을 찍으러 다닌다고? 누구세요? 뭐 하세요? 물어보고 싶었는데 그가 먼저 내게 물었다.

"어떻게 살고 있어? 요 몇 년간 통 소식도 없이… 그래도 활동할 때는 네 소식 다 듣고 있었는데… 아팠다는 소리는 사실이었어?"

뭐야? 이 소리는? 그럼 나만 이 사람에 대해 몰랐던 거야?

"지금은 다 나았어요."

"다행이네. 그런데 여기는 어떻게 머물고 있는 거야?"

"고향 집이에요."

"고아라고 안 그랬어?"

아 참, 그랬지. 나는 갑자기 얼굴을 붉히며 손가락을 꼼지락대다가 말했다.

"사실 거짓말을 한 거죠. 멀쩡한 부모님 슬하에서 태어나 밥 먹고 살

만했는데…."

"저런… 고아도 아닌데 고아라고 했다면 부모님이 많이 섭섭하시지."

"맞아요. 그 벌 받아 병에 걸린 것 같아요."

"그렇다고 그렇게까지 말할 거야 없지. 고단한 인생 살면서 병이 안 났으면 그게 더 이상한 거지. 뭐. 더구나 건강해졌다면 전화위복인 셈이야. 겪은 만큼 튼실해지는 것이 또 인생의 맛이고…."

나는 그에게 고향을 떠난 이야기를 담담하게 들려주었다. 서쪽으로 둘러쳐진 산에 걸린 해는 주홍의 빛을 뿜으며 서서히 흘러내리고 있다. 하늘을 푹 적신 석양이 흐르는 강물에 뚝뚝 떨어지며 떠내려오고 있다. 동쪽은 이미 어둡기 시작하고 바람도 차가워진다. 아직 6월이 시작되기 전이니… 나는 겉옷을 가슴에 싸안으며 말했다.

"저기 보이는 강물에서 내 동생이 내 눈앞에서 사라졌어요. 그리고 이 자리는 내 동생 진남이가 좋아한 자리였고요." 자꾸 눈물이 난다. 이제 그만 울어도 되는데….

"순남이도 사연이 많은 여자였네. 나는 그런 인생 좋더라. 이 재미없는 세상 맹숭맹숭 살기보다 신나게 놀다가는…."

"……."

"순남아, 나는 말이다. 삶이 인생이라는 놀이공원에서 놀다 가는 것 같다는 생각이 든다. 그러면 어떻게 해. 신나게 놀아야지. 남들이 타기를 주저하는 바이킹도 타고, 청룡열차 타면서 머리카락이 쭈뼛 서는 공포에 괴성을 지르면서 신나게 놀다 가야 입장료 안 아깝지. 안 그래?"

"……."

"내가 생각하기에 하나님이 인간들을 세상에 보낼 때 놀이공원에서 신나게 놀다 오라고 티켓을 한 장씩 준 것 같아. 그런데 그 티켓으로 본

전 생각이 들지 않게 충분히 써야 준 사람도 즐겁지 않겠어?"

"……."

"공원 언저리나 조심조심 돌아다니고 연약한 어린 애들이나 죽을 날짜 잡아 놓은 늙은이처럼 회전목마나 타다가 돌아가면 보낸 사람이 화를 낼 것 같아. 우리가 흔히 뷔페에 가서 돈 낸 만큼 안 먹으면 사준 부모님의 기분이 어떻겠어?"

"그만큼 안 먹으면 우리 엄마는 두들겨 패죠."

"그런 거야. 인생이란 거… 벌어진 판에서 신명 나게 놀아야 하는… 멋지게 사는 게 별거야? 고통이 클수록 기쁨도 그만큼 큰… 고통을 무조건 피하면서 큰 기쁨만을 바라지만 그런 일은 절대로 없어. 안전하고 느린 회전목마는 그저 그런 목마일 뿐이야. 그것을 타고 하늘과 땅을 오르락내리락하는 청룡열차의 짜릿한 맛을 어떻게 느껴. 먹어 봐야 맛을 알고 타 봐야 그 느낌을 알지. 놀이공원에 있는 온갖 기구들 아침부터 저녁까지 부지런히 타봐야 해. 해가 지고 공원의 문이 닫히면 더 타겠다고 울어도 소용없어. 그때 하나님이 물어보시겠지. 얼마나 이문을 남겼냐고?"

"이문요?"

"하나님은 이문을 남겨야지 좋아하시던데…."

"정말요? 근데 공원에서 무슨 이문을 남겨요. 장사를 한 것도 아닌데…."

"이문이 별거야? 남보다 부지런히 돌며 더 많이 타면서 본전도 뽑고 더 타면 이문 남기는 것 아니야?"

"그런데 그런 말이 성경에 있어요?"

"있지. 누가복음에 종에게 돈을 나누어 주고 떠난 주인이 얼마 후에 돌아와 이문을 남긴 종은 칭찬하며 더 주고 이문을 남기지 않는 종에게 악하고 게으르다며 내쫓았잖아."

"그런데요…."

아무리 봐도 종교가 있는 사람처럼 보이지를 않았다. 그래도 물었다.

"혹시, 기독교도세요?"

"아니."

"근데 어떻게 성경을 아세요."

"내 마누라가 '자나 깨나 믿습니다' 파야. 나보고 무조건 믿으라고 하는데 그게 어디 쉬워? 하도 그러니 무시할 수는 없고 성경책이나 읽어보자고 읽어본 건데 읽을 만해. 재미있어."

"엄마가 재미로 읽지 말라던데요."

"어머니도 믿으시나 보지?"

"네. 근데 저는 교회도 안 나가고 성경도 안 읽어요."

"순남아, 내가 성경을 읽으면서 안건대 이 성경이라는 책이 참으로 묘한 책이더라."

"……."

"사실 성경이 단 한 권이다. 더하지도 빼지도 않고 2천년을 그대로 내려오는 단 한 권의 책. 2천년 동안 세상은 천지개벽할 만큼 변했는데 성경은 전혀 업데이트도 안 되어 있어. 하나님이 더하거나 빼지도 말라고 하신 그 말씀 그대로… 불교처럼 팔만대장경이 아니고 힌두교처럼 복잡한 교리도 아닌 단 한 권의 책. 이 책을 둘러싼 인간들의 갑론을박에 대한 책들만도 지구의 7바퀴 반을 돈데. 또 이 책을 둘러싸고 인간들은 수많은 역사를 만들지. 전쟁을 치르고 문화를 만들고 영국에서 건너간 청교도들이 주축이 되어 심지어 미국이라는 나라도 세워. 불과 50년 전에는 600만 명의 유대인이 공중의 재로 날리는 잔인한 역사도 성경에서 비롯되고 있잖아. 그렇다면 성경은 인간이 존재하는 한 영원한 베스트셀러 아니겠어?"

"……."

"그러니 믿고 안 믿고를 떠나 상식적으로라도 읽어 봐야겠다고 생각하며 읽은 거지. 너도 믿기가 어렵다면 그냥 읽어나 봐."

"잘 안 읽히던데요."

나도 엄마가 준 성경책을 보려고는 노력을 했었다. 그런데 읽기가 너무 어려웠다.

"내 아내 말에 의하면 읽히는 것도 하나님의 은혜라고는 하더구먼."

그러면서 그는 자기의 이야기를 들려주었다. 1970년에 대학을 입학한 70학번이란다. 대학 입학 후에 가입한 연극 동아리 신입생 환영회에서 그의 와이프를 만났다고. 맹세코 첫사랑이라는 것을 강조하면서… 의상학을 전공한 그녀는 당시로는 드물게 영혼이 자유로운 여인이었다고… 자유로운 영혼을 말하기로만 하면 그도 따를 자가 없었으니 둘의 만남은 불꽃 같았다고… 그리고 그해 여름방학을 보내고 가을 학기가 시작되면서 동거에 들어갔다고 했다. 그는 경상도 영천 출신이고 그녀는 전라도 여수 출신이란다. 어차피 방을 얻어 살아야 하는데 둘이 함께 살면 비용도 절감되고… 당시 동거는 상상도 할 수 없는 파격이지만 둘은 전혀 개의치 않았다고… 그는 오로지 연극에만 몰입했지만 그녀는 공부에만 열중했다고….

그녀가 졸업을 할 때 그는 졸업을 못 했단다. 결국 그는 군대에 입대하고 그녀는 국비 장학금을 받아 미국 유학길에 오르고 그녀는 거기에서 학위를 받고 한국으로 돌아오지 않고 그곳에 정착했단다. 하지만 그는 군대 제대를 하고 그녀가 그토록 바라던 미국행을 포기했다고… 연극에 미쳐서. 그렇게 연극인의 삶을 살다가 시대에 부응해보려고 드라마 감독을 했지만 재미가 없었다고. 그래서 방송국을 떠나 다시 연극을 시작했는데 참패를 거듭했다고. 변화의 80년대에 드라마와 영화는 뜨고 무대가 한정된 연극은 지는….

그때 그는 이 땅에 더 이상 미련을 두지 않고 첫사랑이 자리를 잡고 기다리던 미국으로 갔다고. 둘은 그곳에서 그동안 미룬 결혼식을 올리고 다른 부부처럼 행복하게 살았다고 한다. 의류 사업을 하는 아내를 도와 돈도 꽤 벌고… 딸이 둘이 있다고… 20년 가까이 남편 노릇, 아버지 노릇을 성실하게 하던 어느 날부터 문득 접어둔 자기의 인생을 살고 싶다는 생각이 간절해지면서 서서히 그 노릇이 싫어지기 시작했다고….

강은 이제 더 이상 붉은 빛을 실어 흘러내리지 않았다. 어느새 어둠에 눌려 그 빛을 잃고 말았다. 주홍 같은 그의 인생을 활기차게 풀어놓던 그의 목소리도 어둠에 섞인다. 그리고 한동안 멈추었다. 바람이 또 스쳐 간다. 어둠에 잠긴 그의 목소리가 나를 부른다.

"순남아…."

"네."

"솔잎만 먹고 살던 송충이가 어느 날 갑자기 왜 솔잎만 먹어야 하지? 하는 의문이 드는 순간부터 고난이 시작된다잖아. 사실 그냥 솔잎만 먹고 살다 죽으면 차라리 편했을 텐데… 정말 모두가 부러워하는 가정의 행복을 누리고 산다고 생각했는데, 어느 날 문득 내 안의 소리가 들려왔어. '정말 행복해?' 사실 나는 그렇게 살고 싶지 않았거든. 멋진 연극을 만들고 싶었거든. 대학에서 건축을 전공했지만 연극에 미쳐 모든 것을 버렸는데… 미국에 들어가 아내가 원하는 삶을 열심히 살면서도 항상 한국에서 벌어지는 영화나 연극 그리고 드라마에 촉각을 곤두세우면서도 아닌 척하면서… 두 달 전에 짐을 싸서 무작정 한국으로 들어왔어. 그냥 일 년 정도 이렇게 떠돌면서 남은 생을 어떻게 살까 고민해 볼 거야."

그는 나를 집 앞에 내려주고 떠났다. 다시 연락한다며. 그가 떠나는 뒷모습을 한동안 바라보고 서 있었다. 호되게 한 방 맞은 것 같았다. 대문으로 들어서니 일에서 돌아온 엄마와 스텔라가 평상에 앉아 저녁밥을 먹고 있다. 둘은 배가 어지간히도 고팠는지 나는 안중에도 없다. 나도 부엌에서 밥을 퍼서 밥상에 머리를 들이밀고 먹었다. 그제야 스텔라가 아는 척을 한다.

"어디 갔다 왔어?"

"네."

"어디를?"

"누구를 좀 만났어요."

"누구를? 여기서 아는 사람이 있어?"

"그, 그냥 옛 친구를 우연히 만났어요. 영미라고…."

밥상에만 있던 엄마의 시선이 나를 향한다.

"엄마 알잖아. 내 고등학교 동창!"

"시집은 갔대?" 그제야 엄마 묻는다.

"가, 갔지…."

"신랑은 뭐 한데?"

"모, 모르지. 우연히 만나서 별 얘기 못 했어." 그리고 나는 허겁지겁 밥을 퍼 올렸다. 그러나 생각했다. 이게 무슨 비밀이라고.

계절이 한가로우면 스텔라에게 말이라도 해볼 건데… 일이 서툰 스텔라는 밥을 먹자마자 서둘러 집으로 갔다. 죽을 것처럼 피곤하다며… 그러면서 엄마에게 새벽에 오겠다면 먼저 일하러 나가지 말란다. 우아한 홈드레스는 어디로 가고 엄마가 시장에서 5천원에 사온 꽃무늬 몸뻬 바지를 입고 엄마를 따라다니니, 문득 저 둘의 인연은 어디에서 시작된 건 지···? 늙어 마음을 나눌 친구 하나만 있어도 세상을 살만하다더니 정말 자식보다 낫구나 하는 생각마저 들게 했다. 문득 영미가 궁금해졌다. 내일은 시내에 나가 영미네 집에 한번 들러볼 참이다. 간혹 시내에 물건을 사러 나가기는 했지만 혹여 누구라도 만날까 일부러 피해 다녔다. 그러나 멀리서 건물이 그대로 있는 것은 확인을 했었다. 근데 왜 갑자기 영미가 궁금해졌는지 알 수 없으나 최 감독이 했던 말 중에 내 마음에 남는 말이 있었다. 고통을 잊으려면 그 고통과 직면해서 화해를 해야 잊힌다고··· 영미는 내 가장 친한 친구인 동시에 가장 큰 상처를 품고 있어 그저 피하고만 싶었다. 그러면 잊히는 줄 알고···.

아침을 먹고 시내로 나갔다. 하루가 다르게 변해가는 서울과 달리 세월만 쌓인 채 그대로다. 가장 번화하다는 중앙시장을 반경으로 높지 않은 건물이 몇 개 더 늘어났을 뿐··· 그중에 영미 아버지의 건물로 다가갔다. 한의원 간판이 그대로 있다. 문을 열고 안으로 들어서니 옛 모습 그대로 작은 한약 함이 오래된 고서처럼 빽빽이 둘러쳐져 있었다. 박제처럼 영미 아버지도 그 자리에 그 모습대로 있어 순간 놀랐다. 하지만 가까이 다가가니 영미 아버지는 아니었다. 아무래도 영미 큰오빠 같았다.

그는 나를 전혀 알아보지 못했다. 머뭇대는 내게 무슨 일로 왔느냐고 물었다. 그래서 대답했다.

"보약을 좀 지으려고요."

고된 일에 빠진 엄마에게 이참에 보약이라도 한재 지어야겠다는 생각을 하며… 그는 일단 진맥을 해봐야 한다고 망설이기에 그냥 여름이라 일은 쉬지 못하고 땀을 많이 흘린다면서 기력 보강하는 한약을 지어달라고 했다. 그는 간단하게 엄마의 특징을 묻더니 약을 짓겠다고 했다. 지어 놓을 테니 이틀 후에 오라면서. 그때까지도 나를 몰라보았다. 그래서 내가 물었다.

"혹시 영미는 잘 있나요?"

그가 뜬금없다는 표정으로 물었다. "영미?"

"고등학교 동창이에요."

"아, 그래? 근데 왜 연락이 안 돼?"

"네. 제가 서울에서 살다가 얼마 전에 내려왔거든요."

"그래? 영미도 시내에 사는데."

"어머, 그래요? 뭐 하나요?"

"뭘 하긴 애 낳고 살지."

"아, 그렇구나."

나는 영미 전화번호를 들고 한의원을 나왔다. 그리고 그 쪽지를 주머니 안에 깊숙이 넣고 집으로 돌아왔다. 번호를 알았다고 궁금하다고 무작정 전화를 걸 수가 없었다. 그러나 그리웠다. 그토록 잊고 싶었던 학창 시절이 이토록 사무치게 그리워지는 것은 또 무슨 이유일까? 영미가 나를 참으로 좋아했는데. 순영이는 또 어떤 모습으로 살아가고 있을까? 그리고 그는? 알려고 들면 손바닥 보듯 뻔한 지역이다. 그러나 애써 외면했다. 이틀을 망설이던 끝에 영미에게 전화를 걸었다. 신호음이 멈추고 들려왔다.

"여보세요." 목소리만으로도 영미라는 것을 알았다. 그래서 대뜸 불렀다.

"영미니?"

"어머, 어머, 너… 순남이… 순남이 맞지?" 영미도 그렇게 내 목소리를 찾아냈다. 정말 신기하다. 20년을 훌쩍 넘긴 세월 동안 변하지 않는 것은 목소리인가? 아니면 그만큼 그리웠던가?

영미는 그날로 내 집으로 달려왔다. 그녀의 승용차를 몰고… 또 자괴감이 든다. 도대체 그동안 무엇을 했나. 그 흔한 운전면허증도 못 따고… 남들은 쉽다고 하지만 해보지 않는 것은 시작부터 두려움의 대상이다. 나이가 들면서 그런 시작의 두려움은 더 크게 다가온다.

영미가 대문 앞에 차를 세우고 몸을 드러낸다. 45킬로그램을 자랑했던 영미였는데 60킬로그램은 족히 넘어 보였다. 비록 얼굴은 보름달만 해져 있어도 금방 영미라는 것을 알 수 있었다. 그래서 내가 활짝 웃으며 말했다.

"그대로야."

"너도…."

영미는 아주 멋진 카페로 나를 데리고 간단다. 가는 동안 영미는 내게 대해 물었다.

"너… 황진아 맞지?"

"맞아."

"그랬구나. 나는 화면에서 보자마자 너다 했거든. 근데 다른 사람들은 설마 하면서 잘 몰라보더라. 나는 금방 알아봤어."

"많이 안 고쳤는데 그래. 실제와 화면발도 다르고…."

"근데 지금 보니까 옛날 그대로야. 정말이야."

비록 외형이 변했어도 변한 것은 하나도 없었다. 누구를 만나 어떤 사건을 함께 했느냐에 따라 인생이 그려질 뿐이었다. 그래서 그 사건에 함께 있었던 자들만이 겪는 공통의 경험만 존재하는 모양이었다.

우리는 드디어 충주호가 한눈에 들어오는 카페의 창가에 자리를 잡고 앉았다. 여름이 막 시작되는 호수를 바라보며 영미는 그저 신기하다는 듯이 나를 바라보았다.

"순남아, 나는 네가 성공할 줄 알았어."

나는 웃음이 나왔다.

"성공?"

"그럼 성공이지. 모든 여자들의 로망 아니야."

"너는 어떻게 살았어."

"나? 남들처럼 살고 있어. 결혼하고 애 둘 낳고 살림하면서… 우리 남편은 고등학교 선생이야. 수학 선생. 사립학교 선생이라 여기서 죽치고 애들만 가르치고 먹고 살고 있지 뭐. 이 나이 되도록 고향도 못 떠나고 짱 박고 사니 지겹다."

말은 그래도 영미는 평온해 보였다. 영미는 고등학교 동창회 총무란다. 그러면서 나에 대한 소식을 전해야 한다고 흥분했다.

"뭐라고 할 건데?" 내가 물었다.

"우리 동창 순남이가 황진아라고… 지금 고향에 와 있다고…."

"나 학교 졸업 못 했어. 엄밀하게 말하면 동창도 아니지 뭐. 영미야, 내 인생 그다지 자랑스럽지 않아. 사실 몸도 좀 아팠고…."

"소문이 맞았구나."

"소문? 무슨 소문?"

"뻔한 말들이지 뭐. 죽을병이라는 등… 병은 나았어?"

"많이 좋아졌어."

"그랬구나."

"나에 대한 소문은 어땠는데?"

작은언니가 했던 말도 걸렸다. 그들 사이에서 떠도는 말을 직접 듣고 싶었다.

"잊어버려, 이제 다 잊었어. 그것도 인기가 있을 때 갖는 관심인데 뭐. 인기란 게 그렇더라, 안 보이면 금방 잊어."

"그러네."

그것도 슬펐다. 그렇게 쉽게 잊히는 것을 쌓아 올린다고 얼마나 애를 썼는데….

"그럼, 앞으로는?"

"모르겠어. 그냥 쉬어 보려고… 이러다 보면 길 나오겠지 뭐. 누가 그러더라 안개가 껴 앞이 보이지 않으면 안개가 걷히기를 먼저 기다리라고… 지금은 그저 남의 눈에 안 띄게 조용히 살고 싶어."

"알겠어, 순남아. 동창들에게 너에 대한 말을 하지 말라는 거지?"

눈치가 없어 답답했던 영미도 세월의 나이를 먹은 모양이다. 내가 물었다.

"순영이는 어떻게 살아?"

"순영이? 고3 때 너랑 붙어 다니던?"

"응."

"걔도 졸업 후에 연락이 안 되는 애 중 한 명인데. 소문에 의하면 미국 병사와 결혼해서 미국으로 들어갔다던데…."

"그렇구나…."

"걔는 이미 학교 다닐 때부터 유부남과 원조교제를 했었는데 졸업하고 얼마 지나지 않아 그 부인에게 들켜서 온 시내가 떠들썩하게 개망신을 당했대. 중앙시장 앞에서 머리끄덩이까지 잡히면서…."

나는 또 한 사람이 궁금했다.

"근데 너의 한의원에 갔더니 큰오빠가 있더라? 대학 때 한의학을 안 했잖아?"

"졸업하고 취직이 안 돼서 한의학을 다시 하고 아버지 가업을 이었어."

"… 근데 작은오빠는?"

"작은오빠? 군대적응이 안 되어 조기 전역을 하고 집에 와서는 내내 우울증에 시달리다가 결국…."

"결국?"

"자살하고 말았어."

"그, 그랬구나."

"죽은 지 5년 됐어. 정신병원을 전전하다가… 불쌍한 우리 오빠… 엄마는 지금도 오빠 때문에 우울해 하셔."

아, 환자였구나. 이제 더 이상 세상에 없는… 내 운명을 꼬이게 한 장본인이라고 생각하며 미워했는데. 그 날의 사건을 떠올릴 때마다 소름이 돋게 고통스러워하며… 엄마가 그토록 일렀건만. 약한 계집으로 태어났으면 먼저 몸조심부터 해야 한다고… 어쩌자고 남의 방에 제집처럼 들어가 드러누웠나. 겁도 없이… 그도 그날 내가 아니었으면 그런 일을 저지르지 않았을지도 모른다. 엄마는 그래서 말했었다. 단정치 못한 계집의 행실 때문에 애먼 사내놈 인생도 함께 망가진다고… 어쩌면 지독히 내성적인 그는 그 이후로 죄의식으로 시달렸을지도 모른다. 내가 그의 상태를 악화시켰을지도 모른다.

인생에 절대적인 것은 없다. 피해자인 동시에 가해자이면서도 피해의식만 남아 내 의식에 꼬여 있었다. 그러나 다행스럽게 드디어 그 매듭을 풀었다. 인생에서 꼬인 것을 풀지 않은 채 세월 속에 그대로 잊히는 법은 절대 없다. 죽은 영혼까지 딸려가니 한 맺힌 영혼이라 하지 않던가. 그래서 고통으로 남아있는 것이라면 반드시 풀어야 한다. 그리고 만나야 할 사람은 반드시 만난다더니… 최 감독은 어쩌자고 나를 찾아온 걸까? 20년 만에….

졸업식에 참석했던 작은언니가 재민이와 함께 귀국했다는 연락을 해왔다. 학기 시작되는 9월까지 재민이가 한국에 머문다는 소식을 듣고 엄마는 재민이를 만날 생각에 들떠 있었다. 그러나 귀국 후 보름 만에 대문을 들어서는 작은언니는 혼자였다. 엄마가 소리쳤다.

"재민이는?"

"안 온대."

"왜?"

"모르지. 말을 안 하는데 내가 어떻게 알아."

"재민이가 말을 얼마나 잘하는데…."

"엄마, 사내자식들은 사춘기에 접어들면 말 잘 안 해. 엄마가 어려서 보던 재민이가 아니라고 몇 번을 말해. 요즈음은 아예 입에 자크 채웠어. 자크! 좌우간 제 아비 똑같아. 소귀신처럼 말이 없는…."

"재민이도 알아?"

"비행기에서 말했어."

"그랬더니?"

"뭐라기는… 아무 말도 없었어. 말 안 했다고 모를 얘들이야? 집구석 돌아가는 판세 다 알아. 모른 척할 뿐이지. 그리고 누가 이혼해 준데? 안 한다잖아! 엄마는 왜 자꾸 그래. 정말 내가 이혼을 하기를 원해?"

"당연히 아니지. 하지만 이년아, 이것도 할 짓은 아니지 싶다. 재민이 아범이 원한다는데…."

"누가 그년하고 살지 말래? 법적인 이혼만 안 된다고 했잖아. 그래서 이렇게 나도 집에서 나온 거고. 내 눈치 보지 말고 저희들 편한 대로 붙어있으라고…."

"그럼 재민이는? 너도 없는 집에 어떻게 혼자 있으라고?"

"엄마, 요즈음 애들은 부모가 옆에 붙어서 잔소리하는 것도 싫어해. 거기다가 이제 머리 큰 자식들도 부모가 어떻게 살든 관심 없어. 그저 필요한 돈이나 달라고 하지."

"무슨 소리야, 재민이가 얼마나 바르고 여린 아이인데… 나는 알지. 우리 재민이가 어떤 아이인지. 암, 알고말고."

"글쎄 엄마가 어려서 알던 재민이가 아니라니까 자꾸 저러네. 나 없이 제 아비랑 붙어서 잘살고 있어. 아주 아주 잘… 결국 나만 내 인생을 손해 보고 산 거야. 그놈의 윤씨와 엮이면서… 이혼? 절대로 안 돼. 왜냐? 합의이혼 해줘 봐야 내 손에 떨어지는 것 별로 없거든. 좌우간 우리나라의 법은 여자에게 너무 불리해. 더구나 재민이가 성인이 되면서 내가 더 불리해. 미국 같으면 위자료도 많이 받을 수 있다는데… 이제 누가 뭐래도 내 인생 살 거야. 내 인생을…."

"좌우간 아는 게 병이다, 아는 게 병. 저렇게 잘나고 똑똑한데 왜 아직까지 저러고 살았데. 남편이 벌다 준 돈만 퍼 쓰면서…."

"엄마, 기다려. 이제 내가 무언가 보여줄게. 이 둘째 딸, 비상하는 것만 남았어. 더구나 우리 엄마가 부잔데…."

"저런, 저런…."

어느새 장마가 시작되었다. 장마가 시작되니 밭일을 하던 사람들은 일감을 내려놔야 한다. 그리고 비가 그치기를 기다려야 한다. 작은언니는 수시로 서울도 가고 청주도 다녀왔다. 사업체를 하는 사람처럼 바쁘게 돌아다니면서 일을 꾀하려는 모양이었다. 최 감독이 다녀가고 심심함이 더 느껴지는 그때, 불현듯 최 감독에게 연락이 왔다. 단양에 있다고. 그런데 비가 와서 콘도에 갇혀 있다고… 멀지 않은 곳이니 가면 만나 주겠느냐고. 나야 얼씨구지만 무슨 핑계를 대고 집을 나갈지가 고민이었다. 나는 시내에 볼일이 있다고 얼버무리고 집을 나섰다. 점심도 먹었는데 비가 억수같이 쏟아지는 길에 우산을 쓰고 나가는 나를 엄마는 의심스러운 눈초리로 쏘아보았다.

"영, 영미 만난다고 했잖아."

"몸조심해! 이것아."

"엄마 그거 언제적 말이야?"

"100살을 살아봐라. 에미한테 그 소리 안 듣나."

"아휴, 이제는 나를 보쌈해 갔으면 좋겠어. 제발, 밤길에 오다가…"

"저, 저런… 경을 칠 년." 그러나 정겹다. 엄마의 힘 빠진 잔소리가….

정류장까지 걸어나가니 최 감독이 차를 대 놓고 기다리고 있었다. 나는 그에게 영미와 갔던 카페로 가자고 했다. 둘은 카페에 들어가 영미와 마주했던 자리에 앉았다. 영미가 그 카페에서 전망이 제일 좋은 자리라고 했을 때 피식 웃었다. 그런 것에 목숨 거는 영미를 비웃으며… 하지만 정말로 충주호가 한눈에 들어오는 전망 좋은 자리다. 최 감독이 감탄을 한다. 전망 죽인다고… 나는 공연히 으쓱했다.

비가 와서 그런지 카페에는 손님이 없었다. 장대비가 창을 때리고 호수 위로 퍼부었다. 이미 동네를 끼고 흐르는 강은 황톳빛이 되어 경계선을 위협했지만, 수많은 세월 동안 만들어진 계곡과 마을을 순식간에 잡아먹고 채워진 호수의 낯빛은 한 달 동안 이어지는 장마에도 끄떡없다. 그저 회색의 산 그림자를 품어 검게 변한 수면으로 떨어지는 빗방울을 즐기는 듯… 그러나 호수 수위는 상당히 올라와 있고 휘도는 물살이 섬뜩하다. 바다의 물살은 요란한 파도로 드러나지만 고인 물의 휘감아 도는 물살의 정적은 마치 먹이를 발견한 악어가 이빨을 드러내기 직전의 모습처럼 긴장감을 준다. 여지없이 내 눈앞에 진남이, 그 덫에 걸려 빨려 들어가는 마지막 남은 그 한 점… 나는 눈을 감았다. 눈물이 주르르 흘렀다. 하지만 경치에 취한 최 감독은 미처 나를 보지 못하는 모양이었다.

이윽고 테이블에 놓인 따뜻한 커피… 고개를 숙인 내가 잔에 젖은 입술을 대는데 그가 불렀다.

"순남아!"

"……"

"아무래도 한국으로 들어와야 할 것 같아."

"… 가족은요?"

"안 올 거야, 우리 두 딸은 거기서 태어나고 자란 이민 2세대야. 그래서 한국은 낯선 타지라는 생각을 하는…"

"아내는요?"

"내 와이프? 돈을 세상에서 제일 사랑하는 여자야. 그곳에 사업을 접고 나를 따라 들어올까? 하지만 말해 봐야지."

"근데… 그렇게까지 하면서 들어오고 싶어요?"

"말했잖아. 나 돌아가고 싶다는 절박함이 내 안에서 소리를 치고 있다고. 그래서 그 소리에 귀를 기울이고 반응을 해보려고. 이제 가족들이 나 없이도 행복할 만큼 독립했어. 둘째 딸이 내년에 대학 들어가면… 얼추 아비의 역할은 끝난 거지. 미국에서는 자식들을 18세부터 독립을 시키잖아. 이제 나도 내 행복을 찾아야 할 것 같아. 미국에서 이

방인처럼 산 20년으로 가족에게 충분히 했다고 생각해."

"가족들이 그렇게 생각할까요?"

"할 거야. 우리 가족들은 내가 얼마나 행복해 하지 않았는지를… 그러면서도 그들을 위해 얼마나 열심히 살았는지 아니까."

최 감독은 미국으로 돌아가 정리 기간을 가질 예정이란다. 그동안 대한민국 방방곡곡을 돌아다니고 옛 동료나 친구도 만나면서 남은 삶에 대한 고민 끝에 내린 결론이란다. 그는 밤이 늦은 시간에 집 앞에 나를 내려주고 떠났다. 기약도 없이….

장마가 가고 여름이 뜨거워지더니 그 열기가 이내 시들해질 무렵 재민이가 미국으로 들어간단다. 9월 학기를 준비하면서 끝내 재민이는 엄마를 보러 오지 않고 떠날 모양이었다. 나야 작은언니 아들이라는 호기심 차원에서 보고 싶었을 뿐인데 엄마의 상심은 이만저만이 아니다. 작은언니도 그런 엄마를 바라보며 마음이 편치 않은 모양이다.

"이제 내 말은 안 들어. 머리가 컸다고… 참 나, 미쳐 죽겠어. 죽자고 키워 놨더니 내 뱃속에서 나온 새끼까지 나를 무시하니…."

"재민이가 그럴 애가 아니야. 얼마나 다정다감한 애인데…."

"이제 옛날 재민이가 아니라잖아. 엄마, 내가 걔 어미야. 엄마는 할머니고… 내 뱃속에서 품고 키운 나만큼 알겠어? 제발 내가 그렇다면 그런 줄 알고 그냥 들어줘!"

"하기는 제 부모가 갈라선다는데 전들 여기에 오고 싶겠어."

"엄마! 제발! 이혼 안 한다고 했잖아!"

"법적으로 안 했지 지금 안 살고 있잖아. 재민이 성격에 그것도 자존심 상할 거다. 재민이는 다른 아이들보다 자존감이 높은 아이였거든…."

"엄마 고만해. 나 힘들어. 힘들다고! 제발 모른 척해줘!"

그리고 작은언니는 청주로 갔다. 재민이 짐을 챙겨주고 떠나는 공항까지 배웅해야 한다며… 나는 재민이가 궁금했다. 그래서 큰언니에게 재민이는 어떤 아이인지 물었다.

"재민이는 외갓집에 오는 것을 아주 좋아했어. 형제가 없다 보니 방학이면 이곳에서 우리 애들과 노는 것이 너무 좋은 모양이었어. 나름 도시에서 살다 보니 자연에서 즐기는 것도 아주 좋아했고… 초등학교 때까지 방학이 시작되면 그날로 왔으니까. 그래서 엄마는 우리 아이들보다 재민이랑 더 각별해. 방학 동안 엄마랑 붙어 자면서… 진남이 방에서 책을 읽고 낮이면 강가에 가서 놀고 밤이면 하모니카도 불고… 재민이가 붙임성도 좋아서 엄마에게 살갑게 굴었어. 엄마는 진남이처럼 생각이 많은 그런 스타일 좋아하잖아. 그리고 나는 잘 모르겠는데 엄마한테는 표현을 잘했나 봐. 둘이 친했어. 하지만 중학교에 들어가면서 작은언니가 공부해야 한다면서 더 이상 방학에 보내지도 않고 강남 학원으로 쫓아다니다가 급기야 미국으로 가게 된 거지 뭐. 재민이가 용호랑 친했는데 용호가 문자를 보내고 전화를 해도 일절 받지 않나 봐. 엄마 말대로 재민이가 자존감이 높은 아이였어. 하기는 자존감이 높을 만하지. 우리 같은 사람은 감히 엄두도 못 내는 아버지는 의사요, 엄마는 대학을 나왔고… 우리 애들도 그게 제일 부럽대. 그런 재민이가 제 부모 이혼한다는데 여기를 오고 싶겠어?"

또 겨울이 왔다. 휴식기다. 엄마와 스텔라와 큰언니는 매일 밤 안방에 모여 고스톱에 열을 올린다. 또한 점심 전부터 스텔라가 총알같이 와서 점심과 저녁을 무엇으로 먹을까 고민하다가 엄마와 음식 준비를 했다.

필요한 것이 있으면 스텔라 차를 타고 함께 읍내로 나가면서⋯ 대부분 마당에 묻어 둔 김치를 활용한 음식을 만들어 먹고 가을걷이를 끝내고 말린 시래기에서부터 각종 열매와 채소들을 말려 둔 것을 해먹고 더러 는 돼지고기를 사다가 수육도 하고 때론 만두도 하면서, 간식으로는 말 린 호박 씨나 해바라기 씨를 까먹고, 도토리묵도 쑤어 먹고. 먹을 때면 스텔라는 집안이 떠나가도록 호들갑을 떤다. 평생에 처음 먹어보는 맛이 라며, 우리 형님의 음식은 최고라면서. 엄마는 힘이 들다면서 그렇게 먹 어 주는 사람이 있으니 하는 재미가 나는 모양이다. 그러면서 사는 게 별거냐며, 등 따습고 배부르고 말할 벗이 있는 이곳이 낙원이라면서⋯.

작은언니는 대치동에 학원을 차리겠다는 계획으로 분주하다. 그 겨 울에는 거의 집에 있지 않을 만큼 서울로 부지런히 오르내리며⋯ 그래 서 그만한 자금이 있느냐고 물으면 엄마를 염두에 둔 멘트다. 긍정의 마인드로 임하고 안 되면 되게 하라는 인간의 의지가 성공 여부를 결 정짓는다며⋯ 대박이 눈앞에 다가오는데 계획이 없으면 그때를 제대로 활용하지 못한다고⋯ 이제 결혼으로 인해 묶였던 인생의 고리가 풀리 면서 그녀에게도 드디어 기회가 온 것 같다며⋯.

16

3월도 되지 않았는데 곳곳에서 봄소식이 들려왔다. 43살이 되었다. 고향에 정착해서 예정한 3년을 훌쩍 넘겼다. 4년 가까운 시간을 고향에서 보내며 수많은 사건이 피고 졌지만 정작 내게 해당하는 것은 없다. 그저 건강이 회복되었다는 것뿐… 몸이 아프고 마음이 시릴 때는 봄이 오기를 간절히 소망했지만 어느새 봄이 오는 것이 두렵기 시작했다. 봄이 왔는데… 봄은 왔는데… 그런데 최 감독에게 연락이 왔다. 한국에 입국을 했다고 한다. 서울에 올라올 일이 있으면 연락을 하란다. 대학로에 오피스텔을 얻어서 생활을 시작했다면서….

영미가 추위도 누그러졌는데 얼굴이나 보잔다. 나는 두꺼운 겨울 패딩에서 가벼운 코트로 갈아입고 시내로 나갔다. 중앙시장 근처에 새로 생긴 카페로 나갔다. 영미가 정한 장소였다. 서구풍의 천장이 높은 카페로 들어서니 영미는 이미 자리를 잡고 앉아 있었다. 영미는 나를 보자마자 눈을 반짝이며 말했다. "알아냈어. 박진수…."

영미는 기어코 진수를 알아낸 모양이다. 사실 그를 가슴에 품고만 있었다. 나만의 비밀처럼… 그러나 영미와 몇 번을 더 만난 뒤에 결국 내가 은근하게 궁금해하자 영미는 마치 제일인 양 발 벗고 나선 모양이었다. 콧구멍만 한 지역이라 한, 두 다리만 건너면 그 집안에 숟가락이 몇 개인지 다 알 수 있다며… 하기는 인문계 남녀 고등학교와 상업계 남녀 고등학교가 각각 한 개씩인 지역이니 당연히 알자고 들면 모를 리 없다.

"근데, 그 남자 잘됐더라. 법대를 졸업하고 사법고시 패스해서 지금 판사 한다는데."

법대 안 가고 철학 한다고 하더니….

"근데 대구의 갑부집 딸과 결혼을 했대."

"웬 대구 여자?" 나는 공연히 볼멘소리로 물었다.

"대구지법에서 근무하다가 거기서 선보고 결혼을 했대. 이대 나오고 메이 퀸? 뭐 그런 거도 했데. 엄청 예쁜가 봐. 진수네도 못사는 형편은 아닌데 미모면 미모, 돈이면 돈, 권세면 권세에 눌리는 며느리에게는 절절 맨대. 진수 부모님은 아직도 고향에 살고 있고. 진수는 아주 가끔 고향에 내려오는데 요즈음은 자주 내려오나 봐. 국회의원 출마설도 있고…."

그날 버스를 타고 집으로 돌아오는 내 마음은 우울했다. 눈물을 쏟을 만큼… 비록 내가 그를 떠났지만 그의 가슴에 아직도 내가 남아있을 거라는 생각을 했던 모양이었다. 어쩌면 그가 나를 생각하면서 슬픈 삶을 살 거라는 생각도 했던 모양이었다. 그러나 그는 참으로 멀리에 가 있었다. 이제는 그런 것조차 가늠할 길이 없을 만큼 아주 멀리… 내 운명을 바꾸어 버린 그 사랑, 그를 몰랐더라면 내 운명은 어떻게 풀렸을까? 어쩌면 진남이도 죽지 않았을지도 모른다. 지금 생각해 보니 모두 그놈 때문이었다. 그런데도 그 달콤함에 미련이 남아 지금껏 가슴에 품고 있었다니… 그러나 이제 정말 지우개로 지워 버릴 수 있다. 아주 깨끗이 내 숙제장에 미완으로 남겨졌던 것을….

큰 언니의 둘째 아들 용호가 대전에 있는 대학에서 합격통지서를 받고 기다리던 입학식이 다가왔다. 농사가 시작되는 계절이라 입학식에는 큰언니만 참석한다고 들떠 있었다. 아침 일찍 집을 떠나야 했으니 큰언니는 전날 읍내 미용실에서 머리를 했다. 항상 질끈 묶었던 머리를 고대기로 용케 부풀려 제법 폼이 나게 붙여 주었다. 그 머리 형태를 보존하려고 큰언니는 제대로 자지를 못했다며 이른 새벽에 내 방으로 들이닥쳤다. 퉁퉁 부은 얼굴에 화장을 해 달라며… 초라해 보이면 아들의 체면이 말이 아닐 거라며. 그리고 중앙시장에서 제법 비싸게 산 외투를 걸치고 길을 떠났다. 투박한 손에 꽃다발을 들고 설레는 마음으로 오랜만에 나선 나들이였다. 저녁 전에는 돌아올 수 있다며….

저녁을 먹고 한참이 지났는데 큰언니가 방안으로 들어섰다. 시간을 보니 9시가 넘었다.

"왜? 안 자고… 안 피곤해?"

"피곤한데 잠이 올 것 같지 않아서…."

"왜? 용호가 집을 떠나서 섭섭해서?"

"그게 왜 섭섭해. 박수 칠일이지."

"근데?"

"마음이 아팠어."

"왜?"

언니는 입학식에 참석한 모습 그대로였다. 미장원에서 돈을 들여 붙인 머리가 아까워서 스스로 무너질 때까지 버틸 것이다. 화장이 듬성듬성 지워진 얼굴은 마치 불에 타다가 진화된 산처럼 느껴졌다. 사실 처음에는 진하지 않고 점잖게 하려던 컨셉이었다. 그러나 농사일로 거칠어진 피부에 파운데이션이 절대로 얇게 입혀지지 않았다. 몇 번을 덧칠해서 겨우 다듬은 피부 위에 색조화장도 마냥 진해졌다. 애쓴다고 하나 결국 어릿광대 같은 모습으로 길을 떠났는데 돌아오는 길에 울었는지 눈 밑으로 검은색 색조 물이 번져있다. 그나마 반나절 만에 햇빛에 갈라진 주름은 더욱 선명해지고 바람에 튼 입술에 발라진 붉은 연지도 산산조각이 나 있었다. 나는 큰언니를 누우라고 했다.

"왜?"

"마사지해 주려고… 파운데이션이 독성이 있어 빨리 닦아내고 피부 마사지를 해주는 것이 좋아. 누워서 말해."

"그래?"

언니는 내 무릎 앞에 몸을 뉘었다. 그리고 고단한 눈을 감았다. 나는 클렌징크림으로 얼굴을 닦기 시작했다. 언니가 말을 시작했다.

"순남아, 나는 말이다. 내 인생에 가장 행복했던 때가 언제냐고 물으면 진남이가 고등학교에 입학하고 너는 2학년, 명희가 대학을 다니던 그때… 아버지가 돌아가셨다지만 집안에는 처음으로 평화의 그림자가 드리워졌어. 우리 가족에게 아버지는 풀지 못한 숙제 같았어. 하지만 아버지가 가족의 품에서 생을 마치는 평안한 모습을 바라보면서 왠지 숙제를 마친 느낌이 들었어. 영문도 모르고 기다리다가 어느 하늘 아래서 죽었다는 소식만 들었다면 우리 가족들 모두가 무거운 숙제를 들고 살았겠지. 비록 병든 몸을 이끌고 돌아왔지만 서로가 최선을 다해 미련이 없는… 특히 엄마는 살아서 결코 갖지 못한 남편이 차라리 죽어서 내 것이 되었다는 생각을 하면서 인생에 활기를 되찾는 것 같았어. 어느새 가을도 오고 수확도 풍성하고 겨울이 오면서… 하지만 가족들이 그렇게 저마다의 자리에서 안정을 찾자 나도 행복할 줄 알았는데 그것도 잠시 내 마음이 슬프기 시작하는 거였어. 중학교만 졸업한 나는 내일에 대한 꿈을 그릴 수도 없었고 그저 엄마랑 시골에서 농사만 짓다가 죽을지도 모른다는 절망감이 밀어닥쳤어."

나는 언니의 입 주변에 남아있는 크림까지 정성껏 닦아 냈다. 언니는 잠시 입을 다물었다. 이어서 나는 콜드크림을 떠서 피부에 골고루 펴 발랐다. 손끝으로 언니의 슬픔이 느껴졌다. 언니가 말했다.

"그래서 그해 겨울은 유난히 집에 있기가 싫어서 말자랑 싸돌아다녔어. 시내 나가 영화도 보고 다방에 가서 커피를 마시며 수다도 떨고… 공연히 책방을 돌아다니며 읽지도 않는 책을 사서 가슴에 품고 다니면서… 근데…."

콜드크림이 부지런한 내 손가락을 따라 움직이자 피부가 제법 윤기가 나기 시작한다. 내 손가락이 입술 근처로 가자 언니는 말을 멈춘다. 내 손가락이 말을 방해한 것 같지는 않았다. 내 손끝이 이마로 옮겨가자 언니가 말을 이었다.

"그 남자를 만났어."

"누구?"

"말자 사촌 오빠."

"누군데?" 나는 모르는 척했다.

"내가 처음으로 사랑했던 남자. 서울에서 대학을 다니는데 몸이 안 좋아 공기가 좋은 말자네 집에서 방학 동안 쉬려고 내려왔다는데 보는 순간 내 가슴을 턱하고 막히게 했던 남자. 도시의 깨끗한 이미지를 풍기는 남자를 생전 처음 보면서 느끼는 그 감정… 클리프 리처드의 노래를 들을 때의 전율 같은 느낌이 들었어."

"클리프 리처드?"

"옛날 가수지. 말자랑 중학교 때부터 그 남자 노래에 미쳐서 날뛰었는데… 영화도 보고…."

언니 피부가 점점 윤이 난다. 크림의 유분이 거친 피부 속으로 스며드는 모양이었다. 피부만큼 언니의 목소리가 촉촉해진다.

"말자네 뒷방에서 겨울을 날 거라던 그 남자. 클리프 리처드처럼 멋진 장발을 하고 얼굴을 절반도 넘게 덮는 뿔테 안경이 지적인 그 남자가 벽에 기대고 책을 읽고 있는 모습만 봐도 가슴이 설레었으니까. 때론 기타를 연주하며 노래를 부르는 모습을 보면 그 자리에서 숨이 넘어갈 것 같았어."

순간 진수가 떠오르면 목에서 쓴 물이 올라오는 것 같았다.

"폐병 걸렸다며?" 내가 찬물을 끼었었다.

"아니야. 그건 명희가 잘못 알고 하는 소리지."

"작은언니는 어떻게 안 거야?"

"내가 명희가 숨겨둔 팬티를 훔쳐 입었거든… 그때는 그 팬티가 마치 옷을 잃어버려서 날지 못하는 선녀처럼 찾아서 입고 싶더라. 결국 명희가 알고 종주먹을 대면서 눈치를 챈 거지."

내 예상대로 큰언니가 독박을 썼다. 나는 제법 기름을 먹어 반들대는 피부에 마무리 영양크림을 발랐다. 그렇게 마사지가 끝났는데도 언니는 그대로 바닥에 누워 있었다. 눈을 감고… 그래서 내가 물었다.

"그 남자를 오늘 만났다고?"

"응. 근데 나를 몰라보더라."

"정말? 어떻게 만났는데?"

"용호 입학식을 마치고 단과대학별 모임이 있었어. 그래서 용호가 전공하는 단과대학의 소강당으로 이동해서 용호와 앉았는데 그 남자가 빈 의자를 찾아 나를 향해 오다가 바로 내 앞에 앉는 거야. 그의 딸과 아내와… 세월이 흘렀지만 그때 그 모습 그대로였어. 그때부터 내 가슴은 세차게 두 방망이를 치는 거야. 그래서 단상에서 단과대학장이 무슨 말을 하는지 귀에 들려오지 않았어. 드디어 모임이 끝나고 모두들 강당을 빠져나오는데 내가 그 남자 곁에 붙어서 걸으면서 기회를 봤어. 마침 강당을 나와 봄볕이 환한 곳에 서서 조용히 인사를 했어. '안녕하세요. 저 기억하세요?'하고. 근데 그 남자가 정색을 하고 '누구세요?' 하더라."

"그래서?"

"갑자기 당황이 되더라. 사실 나는 그저 인사만 하고 싶었어. 나도 너처럼 학부형 돼서 이곳에 왔다고. 나도 이런 잘난 아들도 두고 잘살고 있다고. 요즈음 아이들처럼 쿨하게…."

"설마 모르는 척하는 거 아니야. 처자식이 곁에 있어서?"

"아니야, 아니야. 나를 바라보는 그 눈빛은 정말 처음 보는 낯선 사람이라는 것이 느껴졌어."

"그래서?"

"그냥 돌아서 왔어."

"정말 나쁜 놈이네."

"그 남자가 나쁜 놈이 아니라 그런 남자를 오늘까지 가슴에 품고 있던 내가 미친년이지. 뭐."

"정말? 아직도 그 남자를 생각했었어?" 마치 나는 안 그랬던 것처럼….

"웃기지? 나는 그가 내 첫사랑이라고 생각했거든. 그도 나를 마음에 품고 있다고 생각하며…." 언니는 눈을 뜨지 않고 말을 했다.

"순남아. 돌아오는 내내 네 형부에게 정말 미안하고 감사했다. 처녀도 아닌 나를 처녀처럼 맞아주고 사랑의 자리도 없는 내 마음까지도 사랑해 준 네 형부를…."

"형부는 모를 거야."

"남자는 말이지 그 여자가 처녀인지 아닌지는 본능적으로 알아. 그리고 동네 처녀 바람 난 것도 동네 총각은 다 알아. 이 조그만 시골 동네에서 소문이 안나? 세상에 비밀이 어디 있어. 그냥 모른 척해 준거지. 그 한 사람만 모른 척하면 세상은 정말 살만 곳이 돼. 단지 그 한사람이 못 참아서 세상이 온통 쑥대밭이 되는 거지."

"……."

"오늘 비로소 마치 나는 돌아온 탕자 같다는 생각을 했단다. 아버지가 죽기도 전에 유산을 미리 받아서 먼 길 떠나 다 탕진하고 돌아온 아들을 기쁨으로 품어 준 아버지, 아들은 비로소 그때 아버지의 절대 사랑을 깨달은…."

감긴 큰언니의 눈에서 눈물이 쉴 새 없이 흘러나왔다. 언니는 결국 손으로 얼굴을 가린다. 얼마간의 흐느낌이 이어지다가 이내 멈추고 젖은 언니의 목소리가 이어졌다.

"순남아."

"……."

"풀리지 않은 숙제를 마친 느낌이야. 20년을 살면서 품고 있던 내 안에 사랑은 허구였고 비로소 네 형부의 절대 사랑을 안 거지. 탕자처럼…."

"……."

언니는 이제 돌아누웠다. 그리고 중얼거렸다.

"여보, 정말 미안해. 정말… 하지만 이제 온전히 당신만을 사랑할 수 있어 너무 행복해요."

언니는 그대로 잠에 빠져들었다. 나는 이불을 가져다가 덮어주고 형부에게 전화를 걸었다.

"형부, 언니 내 방에서 자는데 어떻게 할까요?"

"그냥 둬, 처제. 먼 길 갔다 와서 피곤할 거야. 아침도 내가 대충 차려

먹을 테니 늦게까지 자게 둬."

　그 봄이 또 그렇게 흘러가고 있었다. 그저 세 끼 먹고 사는 것처럼 보이지만 변화의 바람은 잠시도 쉬지를 않았다. 5월 장미가 담장을 넘고 엄마와 스텔라는 점점 더 바빠졌다. 큰언니와 형부도, 용태와 용호도 학생의 본분을 다하고, 재민이도 잘 있는 모양이다. 작은언니는 서울에 오피스텔을 얻어 집을 떠났다. 강남의 학원 부지를 보고 선생을 물색하면서 현지 적응 기간을 가지려는 모양이다. 당연히 내년에 지급되는 보상을 염두에 두고 일정을 잡는 것 같았다. 딱히 역할이 없는 내가 외로움을 느낄 즈음 최 감독으로부터 전화를 받았다. 대학로 소극장에서 6월에 공연을 앞두고 연습이 한창이란다. 그래서 꼼짝하지 못하니 나보고 놀러 오란다.

　나는 결국 서울로 나들이를 떠났다. 최 감독이 뿌려대는 향기를 쫓아… 터미널에서 내려 대학로를 가는 버스에 올랐다. 버스는 반포대교를 지나고 있었다. 뿌연 도심의 매연을 가르고 떠 있는 무심한 한강은 어디가 시작이고 어디가 끝인지 알 수 없을 만큼 정체된 듯 보였다. 한가로운 유람선도 그저 떠 있다는 느낌뿐… 까닭 없이 눈물이 쏟아졌다. 마치 서울로 무작정 떠나던 19살 그때의 마음이다. 장수를 다시 찾아가야 하나? 알았다고 수월한 것이 아니다. 그만큼 두려울 뿐이다. 그래서 인생길은 경험한 만큼 안다는 자신감이 아니라 다시 반복하고 싶지 않은 경험이기도 하다.

　최 감독은 오랫동안 해보고 싶었던 극본을 골라 연출을 한단다. 대학로에 내려서 최 감독이 일러준 연습장으로 갔다. 100석 규모의 소극장이다. 문을 열고 들어서니 최 감독의 고함이 고막을 울렸다. 연습하던 배우들이 정체된 상태다. 나는 살그머니 문을 닫고 맨 뒤 자석에 엉덩이를 밀고 앉았다. 최 감독은 마치 물 위를 뚫고 오르는 활어처럼 싱싱해 보였다. 비록 작고 협소한 공간이지만 그의 기운이 느껴졌다. 이전에 그가 연출한 드라마에서도 그렇게 힘차게 보이지를 않았다. 언제나 말이 안 통한다고 툴툴대고 못 해먹겠다는 불만만 토해냈던 모습뿐이었는데….

"다시!" 하는 소리와 함께 연기자들의 정지 화면이 풀리고 움직인다. 몇 번을 반복하더니

"오케이!" 하는 소리가 튀어 올랐다.

마지막 동작이었던 모양이다. 배우들과 스텝들이 일제히 박수를 치고 흩어졌다. 그제야 최 감독이 객석에 앉아 있는 나를 알아차렸다.

"순남아!" 그가 손을 번쩍 들고 내 이름을 불러주었다. 흩어지던 사람들의 시선이 일제히 나를 향했다. 누구? 하는 눈빛으로.

그중에 누군가 소리쳤다.

"어! 황진아?… 황진아 아니야?" 이어서 "정말?"

또 들려온다. "황진아가 누군데?"

"에로물의 화신… 인현왕후 했던 탤런트잖아."

참새처럼 다시 모이는 소리를 향해 최 감독의 불똥이 떨어진다.

"다들 내 눈앞에서 사라진다. 1초 안에… 빨리!" 그러자 요란한 발 구르는 소리에 이어 조용해진다. 최 감독이 나를 향해 다가온다.

"섭하니?"

"아니요. 맞는 말만 하는데요, 뭘. 그래도 알아주는 사람이 있으니 좋았어요."

최 감독은 광장 시장에 가서 저녁밥을 먹잔다. 어둠이 내려앉은 대학로를 나와 종로로 향하는 도로를 따라 걸으면서 부딪히는 수많은 젊은

이들을 바라보니 공연히 흥분이 되었다. 언제는 이런 도시가 싫다더니 이제는 향수가 되어 내 가슴을 설레게 하다니… 그도 기분이 좋은지 칭찬에 목마른 아이처럼 물었다.

"좋지?"

"네."

"나는 말이다. 한국에 오니 이런 게 너무 좋아. 엽전끼리 모여 사는 맛이 얼마나 좋은 줄 아니? 옛날에는 이 엽전에서 탈피하고 싶어 다르게 살고 싶었는데 늙으니 같은 것끼리 모여 살아야 해. 나도 좋다. 너도 지금 내 곁에 있고…."

내 곁이라니? 문득 내 가슴도 설레었다.

앞서 시장 안으로 향하는 최 감독을 따라 들어서자 노상에 판을 벌이고 늘어놓은 음식에서는 저마다 냄새를 풍기며 지나가는 사람들을 유혹했다. 최 감독은 무심히 그것들을 지나 끝 지점에 있는 가판 앞에서 멈추었다. 아줌마가 반색을 하며 앉으란다. 단골인 모양이었다. 우리는 엉덩이만 간신히 바칠 수 있는 삼발이 의자에 앉았다. 순댓국집이다. 옆에서는 큰 철판 위에 기름을 풍성하게 두른 녹두전을 부치고 있었다. 나는 녹두전을 좋아하지만 입맛만 다시며 최 감독의 주문에 이의를 달지 않았다. 곧바로 뚝배기에 담긴 순댓국이 팔팔 끓어오르면서 우리 앞에 자리를 잡았다.

주문도 하지 않는데 아줌마는 소주와 소주잔도 내밀었다. 최 감독은 내 잔과 자기 잔에 소주를 따르고 마시잔다. 둘은 잔을 부딪치고 들이켰다. 싸한 느낌이 입에서 위로 넘어가고 이어서 순댓국의 국물을 떠서 마시니 몸이 후끈 달아오른다. 다소 누린내가 나기는 했지만 그것도 입안에 감칠맛을 돋운다.

"좋은데요."

"좋지? 이 맛이야. 바로 이 맛… 어디에도 없는 우리의 맛."

"미국 가서 설움 좀 받으셨나 봐요?"

"받았지. 아주 많이…."

"사업해서 돈도 많이 버셨다면서요?"

"돈? 그거 소용없어. 거기서 엽전이 돈을 많이 벌었다고 알아주는 흰둥이도 검둥이도 없어."

"왜요? 미국 하면 누구든 공평하게 대우받고 사는 평등의 나라로 기회의 땅이라는데…."

"그거 헛소리야. 인종의 구별이 없지 않은 한… 미국에서 1등은 흰둥이, 2등은 검둥이, 3등은 황둥이라니까. 나는 말이다 지고는 못살아. 내가 왜 그놈의 땅에서 3등 취급을 받아." 그는 순대를 씹으면 내게 말했다.

"순남아, 이건 절대 비밀이야. 다른 사람한테는 절대 말하지 마."

"뭔데요?" 나는 귀를 쫑긋 세웠다.

"내가 용궁의 왕자였잖아."

나는 갑자기 입에 들어간 순댓국이 튀어나올 만큼 웃어댔다. 이어서 사레까지 들려서 칵칵대다가 말했다.

"외모는 전혀 아닌데요?"

"왕자답지 않게 개판을 쳐서 용왕님의 저주를 받아서 그래."

55세의 나이라지만 내가 처음 보았을 때 그 모습 그대로였다. 그때는 나이보다 들어 보였는데 오히려 세월이 간극을 좁혔는지 그 모습 그대로 느껴졌다. 그는 뜨거운 김에 자극을 받아 흘러나오는 콧물을 아이처럼 손으로 쓱 닦아내며 말했다. 허풍스러운 것도 그대로였다.

"나 이래 봬도 반만년 역사를 가진 이 땅에서 태어난 대한민국 사내야. 고작 500년 전에 콜럼버스가 발견했다는 근본도 없는 상놈의 땅에서 내가 왜 그런 취급을 받고 살아. 내 땅에서 큰소리치고 살련다. 빌어먹어도 내 땅에서…."

그날 막차를 타고 집으로 돌아왔다. 공연을 열흘 앞둔 그는 아니라지만 초조해 보였다. 내게 꼭 공연을 보러 오라고 몇 번이나 당부를 했다. 나는 그의 공연을 두 번 보았다. 첫 공연과 마지막 공연을… 그의 공연이 끝나는 늦은 시간에 작은언니 오피스텔에서 자면서… 그의 공연은 성황리에 끝났다. 그는 다시 국내 여행을 떠났다.

17

장마도 끝나고 더위가 시작되면서 다시 일이 시작될 즈음 스텔라의 발걸음이 멈추었다. 미국에서 손님이 오기에 당분간 오지 못할 거라고 했단다. 하지만 엄마는 고갯짓을 하며 누가 왔는지 궁금해했다. 속이 없다는 핀잔을 들을 만큼 아주 사소한 것도 엄마에게 말을 하는 스텔라가 굳이 오는 손님에 대해 말도 않고 발걸음을 끊은 것이 이상하기만 하단다. 아무래도 아들인 것 같단다. 아들의 존재를 의심했던 나는 어쩌면 스텔라의 말처럼 자랑스러운 아들이 아닐지도 모른다는 생각을 했다. 사실 그녀의 집에서도 아들 사진은 전혀 본 적이 없었다. 그토록 자랑스러운 아들인데 그렇게 감출 이유가 없다. 4년의 세월이 흐른 뒤에 온 것도 그렇고….

날은 점점 더 더워졌다. 점심을 먹고 마루에 누워 빈둥대다가 벌떡 일어나 챙이 넓은 모자를 쓰고 밖으로 나왔다. 갑자기 강이 그리웠다. 더하여 더위를 핑계 삼아 은근히 스텔라 집으로 다가갈 참이었다. 한낮의 해를 받으며 느리게 걸어 강으로 향했다. 장마가 끝난 강은 그 어느 때보다 활기차게 움직였다. 상류에서 끌고 내려온 토사도, 강바닥에서 헤집고 나온 부유물도 사라져 버린 강물은 유리알처럼 깨끗하다. 유량도 풍족해서 물결이 각을 세우고 저마다 와글대며 흘러내린다. 방학이 시작되지 않았으니 서울에서 내려온 손주들 핑계로 강에 나온 동네 주민도 없다. 소리 없는 햇살만 요란스럽게 부서지는 강변을 따라 천천히 내려가자 스텔라 집이 점점 가까이 보인다.

그런데 한적한 강변에 선베드가 눈에 띄었다. 마치 달 표면에 우주선이 떠 있는 것처럼 신기했다. 그것도 나와 진남이가 즐겼던 명당자리를 점령했다. 천막에 돗자리 정도인 강변에 유명 해변에서나 봄 직한 하얀색 선베드도 눈에 띄었지만 그 위에 팬티만 걸친 사내의 몸은 더 자극적이었다. 온몸에 오일을 바르고 햇빛을 받으며 누워있는 것은 흔히 서양 남자의 포스인데 다가가니 동양 남자였다. 그는 갈색의 선글라스를 끼고 책을 읽고 있었다. 순간 스텔라 집을 힐끗 바라보며 빙고 했다. 그래서 주책없이 들이댔다.

"아휴 멋져요."

책 읽기에 몰두하느라 내가 다가온 것도 몰랐던 사내는 내 소리에 흠칫 놀라더니 나를 바라보았다. 쉴 틈 없이 내가 물었다.

"동네 분이 아니신가 봐요? 서울에서 오셨어요?"

"아, 네…."

그가 망설이는 틈을 타서 정면 돌파를 시도했다.

"스텔라 집에 놀러 온 손님이시죠?"

"스텔라를 아세요?"

한국말을 하기는 하지만 발음이 서툴렀다. 나는 맞구나 생각하며 다시 말했다.

"그럼요. 아주 친해요."

"아, 그러시구나. 스텔라가 제 어머니입니다."

맞네, 아들이 맞네. 내심 손뼉을 치며 쾌재를 부르는데 그가 몸을 일으키며 선글라스를 벗었다. 그리고 정중하게 인사를 한다.

"만나서 반갑습니다. 어머니에게 들었어요. 친척처럼 지내는 분들이
계셔서 외롭지 않다고…."

"어머, 어머…."

순간 나는 그대로 몸을 돌려 달리기 시작했다. 온몸에 소름이 돋고
머리카락이 곤두섰다.

강바닥에 모래가 신발 안으로 쏟아져 들어오지만 개의치 않고 달렸
다. 머릿속에는 같은 소리가 반복된다.

'누구야? 누구냐 너는? 왜 진남이랑 똑같이 생겼어. 너무 똑같아. 어
쩌면 저럴 수가… 진남이가 환생을 했나? 그런데 스텔라 아들이라고?
스텔라 아들? 진남이? 그럼 스텔라는 누구야?' 얼마나 달렸던지 모자
가 날아간 것도 모르고 머리는 산발을 한 채 땀에 절어 대문으로 들어
섰다. 마루 끝에 앉아 있던 엄마가 그 모습을 바라보며 말했다.

"저건 또 무슨 꼬락서니야. 이 벌건 대낮에 뛰기를 왜 뛰어? 미친개한
테 쫓기기라도 하는 거야?"

나는 아무런 대꾸도 하지 않고 그대로 내 방으로 들어갔다. 나는 방
구석에 그대로 주저앉았다. 그제야 엄마가 심상치 않음을 느꼈는지 내
방으로 따라 들어왔다.

"왜 그래?"

"아, 아무 일도 아니야."

"아닌 것 같은데?"

엄마는 땀을 비 오듯 쏟는 나를 근심스럽게 바라보았다.

"아무 일도 아니라니까. 그냥 좀 뛰었어."

나는 그대로 바닥에 누웠다.

20대 후반의 건장한 사내였다. 눈을 마주치는 순간 진남이의 선하고

아름다운 눈매가 나를 바라보았다. 그런데 반갑다기보다는 너무도 두려웠다. 마치 진남이가 죽던 그날처럼 머리에서 천둥이 쳤다. 덜덜 떨리는 손가락으로 큰언니에게 전화를 했다. 목소리가 심상치 않았던지 한달음에 달려온 큰언니가 방으로 들어서자마자 나는 밖의 동향을 먼저 살폈다.

"엄마는?"

"없던데, 밭에 나갔겠지. 근데 왜?"

"큰일 났어, 언니야."

"왜? 왜? 무슨 일이야?" 여린 언니는 말도 듣기도 전에 사색이 되었다.

"스텔라 아들을 봤는데 진남이랑 똑같이 생겼어. 아니, 아니 아버지랑 똑같아."

"뭐, 뭐라고? 도대체 무슨 말을 하는 거야? 정신을 차리고 차근차근 자초지종을 말해."

내가 팔다리를 떨며 자초지종을 설명하자 큰언니는 크게 놀라지 않는 것 같았다.

"어쩐지…."

"왜? 큰언니는 뭐 좀 알고 있었어?"

"몰랐지. 하지만 의심이 가는 구석이 가끔 있었거든?"

"정말?"

"어떻게?"

"직감이라는 게 있잖아."

"사실이라면 엄마한테 말해야 해? 아니면 모른 척해야 해."

"사실이라면 말해야지."

"그러다가 엄마 넘어가는 것 아니야? 언니야, 무서워. 요즈음 작은언니 때문에 심기도 불편한데…."

"그래도 해야지."

큰언니에게 말을 하고 나니 처음처럼 두렵지는 않았다. 더구나 큰언니가 침착하니 내 마음도 안정을 찾았다. 예상치 못한 두려움에 직면하면 놀라 호들갑을 떠는 나와 달리 큰언니는 오히려 차분해졌다. 엄마와 밥상에 마주 앉아 저녁밥을 먹었다. 여형제가 없어 외롭다던 엄마에게 친자매보다 살갑게 굴던 스텔라였다. 하지만 사실을 알면 얼마나 실망을 할까 하는 걱정에 밥도 넘어가지를 않았다. 정말 전쟁 같은 나날이네 하는 생각에 그저 한숨만 나왔다.

저녁상을 치우고 나니 큰언니가 대문으로 들어선다. 마치 아무 일도 없다는 표정으로 내게 산책이나 가잔다. 나는 슬리퍼를 끌고 큰언니를 따라나섰다. 대문을 나서고 엄마가 시야에서 완전히 사라지자 큰언니가 말했다.

"스텔라 집에 가자."

"스텔라가 안 만나고 싶어 하면?"

"오래. 내가 전화했어."

"정말? 뭐래?"

"눈치를 챈 것 같아."

"어떻게 할 건데?"

"뭘 어떻게 해. 당사자 입으로 들어봐야지."

"언니야, 근데 어쩌면 진남이랑 똑같이 생겼니. 어머, 어머, 나 지금도 소름 돋아. 어휴, 생각만 해도 이러니…."

"그래서 피는 못 속인다잖아. 요즈음 친자 소송이네 뭐네 하지만 딱 보면 알아."

"그런데 스텔라랑 아버지랑 그런 사이였다는 것도 웃기지 않아. 스텔라가 뭐가 부족해서 아버지 같은 사람에게 인생을 걸어. 안 그래?"

"남녀 관계는 아무도 모른단다. 잠언을 읽다보니 이런 말이 있더라. 세상에 이해하지 못하고 기이한 게 네 가지가 있다고. 그건 바로 하늘에 독수리가 날아가는 길과 바위에서 뱀이 지나가는 길과 바다를 향해하는 뱃길… 그리고 남자가 여자와 함께한 자취…"

"그걸 외워?"

"못 외울 게 뭐 있어? 매일 보고 사는 세상인데…"

"……"

드디어 스텔라 집에 당도했다. 하지가 지난 지 얼마 되지를 않아 해의 잔재가 남아 어른거렸다. 강 끝에 산도 보이고 봉우리 끝에 달도 떠 있다. 입이 큰 사람이 한 잎 베어먹은 사과 같다. 현관 앞에서 벨을 누르려는데 저절로 문이 열렸다. 반쪽 달이 떠 있는 강변을 따라오던 우리를 보고 있었던 모양이었다. 나와 언니는 경직된 표정으로 안으로 들어갔다. 들어서면 제집처럼 부엌부터 갔던 큰언니는 나를 따라 거실 소파에 앉았다. 스텔라가 꽂아 둔 보릿자루처럼 앉아 있는 우리 자매를 향해 물었다.

"커피 마실래? 아니면 차? 아니면 와인?"

"차 마실래요." 큰언니가 대답했다.

"순남이는 커피?"

"네."

올 때는 당장에라도 이렇게 사람을 속여도 되느냐고 따져 물을 것 같았는데 막상 스텔라의 평온한 얼굴을 보니 둘은 순한 양처럼 앉아 있었다. 스텔라가 커피와 차를 테이블에 놓고 마주 앉았다.

"순남이가 우리 제이콥 봤다며?"

"난 줄 어떻게 알았어요? 이름도 말하지 않았는데…." 내가 퉁명스럽게 대답했다.

"제이콥이 말할 때 순남인 줄 알았어."

"……."

그러나 스텔라의 표정은 침착했다.

"내 아들 제이콥…."

"……."

"너희 아버지의 아들 맞아. 너희 아버지가 병이 나자마자 도망치고 나은 아들이야. 78년에 나 홀로 미국에서…."

"근데 왜 지금 이렇게 나타나신 거예요? 아버지도 없는 우리 집에…."
내가 물었다.

"그냥, 궁금했어. 살다 보면 잊힐 줄 알았는데 나이가 들수록 기억에서 떠나지를 않았어. 제임스가 죽고 더 그런 생각이 들었어."

"……."

"제이콥이 사춘기에 접어들자 정체성에 대한 갈등을 심하게 겪었어. 그때부터 이 문제를 어떻게 풀어야 할지 내 고민이 되고 만 거야. 제이콥이 주도해서 나온 세상이 아니잖아. 제이콥을 나 혼자 낳기는 했지만 너희 아버지의 아들인 것은 사실이고…."

"근데 왜 처음부터 말을 하지 않았어요?" 내가 따져 물었다.

"어떻게 처음부터 말을 해?"

"그러면 내가 누군지를 알고 접근하신 거예요?"

"몰랐지, 그때는 정말. 하지만 그날 순남이가 강에 뛰어드는 현장을 보고 나서…."

갑자기 큰언니가 놀라 나를 바라보았다. 나는 손사래를 치며 변명을 했다.

"아니, 그게 아니고 그날 괜히… 날이 너무 더워 강에 들어갔는데 우연히…." 스텔라가 빙긋이 웃는다.

"맞아. 우연… 이런 우연은 무엇일까? 나는 그런 일이 벌어지면 이렇게 해석해. 숙제의 실마리를 풀도록 하나님이 도와주시는구나 하면서. 흔히 우연은 하나님의 선물이라고 하잖아. 왜냐고? 인간은 절대로 우연을 만들지를 못해. 인간은 사람을 만나거나 어떤 사건을 주도할 때 자기 이익에 준하는 것만 취하게 되어 있어. 그래서 인생을 주도할 능력이 되면 그만큼 우연은 일어나지 않지. 아니 보이지를 않는다고 해야 할까? 그래서 우연은 인간의 능력 밖인 것 같아. 인간의 상식선에서는 전혀 상상하지 못한 일이 외부에서부터 발생해. 그 많은 날에 그 짧은 시간에 순남이를 만난 것은 정말 우연이지. 누구도 예상치 못한…."

문득 그녀의 아들이 궁금했다.

"아드님은요?"

"이층에 있어. 아마도 자는 모양이야. 일이 고된가 봐. 미국이라는 나라가 돈을 많이 주는 만큼 부려 먹거든… 다음 주에 떠나."

더하여 아버지를 사랑했다는 것도 믿기지를 않았다.

"솔직히 아버지와 사랑을 나누었다는 것이 이해가 안 돼요."

큰언니도 그런 표정이다. 스텔라가 긴 침묵 끝에 대답했다.

"당시 이 마을에서 돈과 권세께나 있다는 두 집안이 가깝게 지냈어. 그래서 겨우 말을 시작할 때부터 나는 동철 오라버니를 좋아했어. 우리 오빠와 친구였지만 오로지 동철 오라버니만 따라다니며…고향을 일찍 떠난 나의 유년 기억에 오로지 오라버니에 대한 기억밖에 없을 만큼… 어린 내게 오라버니는 마치 마술사처럼 기쁨을 주는 존재였어. 내 말이라면 무엇이든 들어주고, 어른처럼 하모니카도 연주하고, 동화책도 읽어 줬어. 동네에 다른 남자아이들과 달랐어. 정말 달랐어… 고향을 떠날 때 오라버니와 헤어지는 것이 가장 슬펐을 만큼… 그러다 서울생활에 적응하면서 차츰 잊었는데… 하지만 서울에서 교직생활을 하면서 이민을 가는 것을 차일피일 미루다가 나이가 30살을 넘기는데 오라버니 생각이 간절했어. 죽을만큼… 물론 결혼해서 살고 있다는 소식은 알고 있었지만 무작정 내려왔어. 당시, 공립학교 교사였던 내가 지방으로 오는 것은 그리 어렵지 않았거든. 그리고 오라버니가 잘 다닌다는 길목에서 마치 오라버니를 우연히 만난 것처럼 가장을 하고… 절대 사랑이라기보다는 내 필요에 따라 시작된 사랑이었어. 미안해. 너희들에게… 젊은 날 한때의 열정이 그런 결과를 낳을 줄 정말 몰랐지."

"…"

"그러나 제이콥을 데리고 미국을 떠돌며 사는 동안 하루도 오라버님을 잊은 적이 없었어. 미안해."

"그런데 아들이 왔는데 왜 감추고 계셨어요?" 내가 물었다. 스텔라는 한숨을 쉬었다.

"막상 형님을 알고 명자와 순남이를 가까이에서 보니 그저 나만 모른 척하면 모든 것은 조용히 끝날 거라는 생각을 하게 되었어. 제이콥이 뿌리를 알고 싶다지만 더 나이 들어 살다 보면 잊겠지. 사실 또 그게 뭐가 중요해. 오늘을 잘 살면 됐지."

"그래도 알려야 하는 것 아니에요. 엄마의 생각을 모르잖아요."

큰언니가 말했다.

"너희 생각은 어때?"

"우리 생각이 중요하지 안잖아요."

큰언니가 단호하다. 하지만 나는 스텔라의 의견에 동의하고 싶었다. 자칫 그녀의 과거로 인해 엄마의 인생에 상처를 더할 뿐이라는 생각이다. 악연으로 끝난다면 그건 안 만나느니 못한 인연 아닌가. 어차피 아버지도 없는 세상에…

"사실 형님에게 때가 되면 제일 먼저 말하고 싶었어. 하지만 지난해 보상을 받는다는 소리를 듣고 포기를 했어. 자칫 돈 문제로 얽힐까 봐…"

이런, 떡 줄 사람 생각은 않는데 멀리도 갔네, 멀리도… 생각하는데 큰언니가 말했다.

"그건 전혀 문제가 안 돼요. 모든 결정은 엄마가 내릴 거예요. 우리가 아는 이상 모른 척 넘어갈 수 없어요. 우리가 알았다면 이미 그 짐은 우리가 떠안은 거예요. 우리는 말할 수밖에 없어요. 어떻게 하실래요. 내가 말해요?"

"… 내가 말할게. 시간을 좀 줘."

"다음 주에 아드님이 떠난다잖아요. 떠나기 전에 말하세요." 큰언니는 홀연히 일어나며 내게 명령했다. "가자."

"어? 응… 그래."

이미 세상은 온통 어둠뿐이다. 하늘에 달도 있고 별도 있다지만 그저 발자국만 피해 갈 수 있는 시야만 열어 줄 정도다. 시커먼 산 그림자를 등에 업고 강에서 들려오는 물소리를 귀에 담으며 빠르게 걷고 있는 언니의 뒤를 따른다. 문득 옛날 옛적에도 이랬는데 생각하며. 캄캄한 어둠 속으로 사라지는 언니의 등을 바라보며 소리치며 울었는데… '언니야, 무서워. 무섭단 말이야!' 그렇게 울고 있으면 언제 왔는지 내게 등을 들이밀었다. 때마다 길목에서 나를 지켜주던 큰언니… 내가 많이 뒤처진다고 생각을 했는지 앞서 걷던 언니의 발걸음이 멎는다. 보따리처럼 둥근 언니의 듬직한 뒷모습… 이렇게 둘이라면 폭풍이 휘몰아친다 해도 두려울 것이 없다.

다음 날 스텔라가 아들을 데리고 대문을 들어섰다. 나는 방안으로 뛰어들어가 큰언니에게 전화를 걸었다. 점심을 먹고 마루 끝에 앉아 쉬던 엄마가 다시 밭으로 나가려고 머리에 수건을 두르다가 스텔라를 본 모양이었다.

"얼레? 무슨 바람이 불어서 행차하시나."

사실 엄마는 스텔라가 손님 때문에 발길을 끊은 시간이 외롭고 한편으로 섭섭했던 모양이었다. 빈정대는 말투이지만 표정은 환하게 밝아졌다. 오랫동안 기다린 단비 같은 스텔라 뒤로 청년이 따라 들어선다. 엄마는 멀리서 보이는 청년을 바라보며 물었다.

"누구야? 아들이야?"

스텔라는 아무 말이 없이 점점 엄마가 서 있는 마루로 향하고 이어서 아들도 엄마와 가까워지고 있다. 그가 엄마 눈앞까지 다가가자 엄마는 그냥 마루에 털썩 주저앉았다. 나는 열린 방문으로 그 현장을 지켜보면서 다시 언니에게 재촉했다.

"왜 빨리 안 와! 엄마가 마루에 주저앉았어. 언니야. 나 무서워. 빨리 와. 제발…."

세 사람은 방으로 들어갔다. 엄마가 들어가고 둘이 따라 들어간 문이 딸각하고 닫힌다. 열기가 고스란히 살아있는 여름날에… 나는 후다닥 내 방을 나와 안방 문 앞에서 귀를 바싹 들이대고 앉았다. 스텔라

말소리가 분명하지 않게 들리고… 스텔라가 우는 소리만 들리고… 어느새 큰언니가 내 곁에 바싹 붙어 있었다. 이윽고 굳게 닫혔던 문이 열리고 모자가 방을 나섰다. 나와 큰언니는 울어서 눈이 퉁퉁 부은 스텔라의 얼굴을 보며 차마 아는 척도 할 수 없었다. 스텔라의 뒤를 따르는 제이콥은 나와 눈이 마주치자 싱긋 웃으며 아는 체를 했다. 큰언니는 제이콥의 얼굴을 보자 떨어진 턱이 붙지를 않는지 그냥 입을 벌리고 서 있었다. 우리 자매는 모자가 대문을 나서는 뒷모습을 한동안 바라보며 서 있다가 이내 안방으로 들어갔다.

엄마는 말없이 앉아 있었다.

"엄마 괜찮아?" 내가 좌불안석이 되어 말했다.

"좌우간 내가 화근이야. 내가… 공연히 그날 강가로 가서 스텔라 아들을 봐서 이 난리를 치게 했잖아. 그냥 넘어갈 수 있는 문제를… 스텔라도 그냥 묻으려 했는데. 그냥."

"누구 맘대로? 제이콥이 그냥 왔겠어? 누군가 불러서 온 거야."

"뭔 소리야 그건 또. 그러면 아버지 귀신이 부르기라도 했단 말이야?"

"알게 뭐냐."

"왜 그래, 엄마?"

"사람 일을 제 마음대로 좌지우지 못 한다는 소리야. 이년아."

"아휴, 다 제정신이 아니야."

"만날 사람은 반드시 만나게 된다고 하더라. 모두 우연인 것 같지만 절대 필연이 모인 결과야. 스텔라 이곳으로 온 것도…."

"스텔라가 말했잖아. 의도를 가지고 찾아온 거라고. 그러니 더 이상 과거의 연에 메이지 말고 각자의 인생 살아가자고. 왜 이제 와서 일을 복잡하게 만들어. 엄마."

"망할 년… 지 애비 자식이라는데 복잡하다니. 네 할아버지가 얼마나 소원하고 원하던 자손인데… 이제 남은 사람 중에 그 사실을 아는 사람은 오직 나뿐인데. 그런데 모른 척하라고? 그 죄를 어떻게 받으려고… 죽을 날도 얼마 남지 않았는데. 나는 이제 산 사람을 위해 살지 않아. 죽어 만날 사람을 위해 살아갈 뿐이야."

그동안 말이 없이 듣고만 있던 큰언니는 엄마의 의중을 파악한 표정이다. 그리고 물었다.

"근데 스텔라가 왜 울고 갔어?"

"나는 아무 말도 않았다. 그저 잘못했다면서 내내 울더라. 무슨 큰 죄나 진 것처럼."

"그럼 큰 죄를 지었지. 남의 가정을 파탄 내면서 자기 행복을 찾는 게 말이 돼? 사실 우리 집이 이렇게 쑥대밭이 된 것도 다 그 여자 탓이고 아버지 탓이야."

"그게 어떻게 네 아버지 탓이냐? 내 탓이지."

"왜? 엄마는 황씨 집에 시집와서 남편한테 버림받고 고생만 했잖아."

"네 아버지 입장에서 보면 사랑하지도 않는 여자와 사는 고통은 얼마나 컸겠어. 그래도 네 아버지는 내게 소임 다 했다. 잠자리를 안 해 줬나, 술을 먹고 때리기를 했나, 계집질한다고 나를 내쫓기를 했나. 더구나 곳간 열쇠 내게 다 쥐여 준 사람이야. 네 아버지가…."

"조상 땅 팔아서 스텔라랑 도망갔잖아."

"그래도 식구 생각하고 남겨두었으니 오늘까지 입에 풀칠하고 살았잖아. 하기는 나도 한때는 그런 네 아버지가 미워 죽을 것 같았다. 몸이 붙어살면서 사랑이라는 마음을 빼앗아 오지 못해서… 그런데 죽을 때는 나한테 참 많이 미안해하더라. 숨넘어가기 며칠 전에는 다시 태어나면 나랑 멋지게 사랑을 한다고 했어."

"정말?"

"그래, 네 아버지 멋진 남자야. 평생을 그 남자만 사랑했던 나는 그 소리를 듣고 나니 여한이 없어. 다음 생에 대한 기대감도 생겼으니 말이다."

"엄마 그건 기독교인이 할 소리는 아니다." 큰언니가 말했다.

"그렇다는 말이야. 이년아. 사람이 어떻게 앞뒤 맞는 말만 하고 살아! 내 평생의 소원을 이루었는데…."

엄마는 반닫이에서 담배를 꺼내어 피워 물었다. 애써 참다가 대형 사건이 터진 날에는 못 참는 것 같았다. 엄마가 연기를 아주 달게 들이마시고 한동안 폐에 품고 있다가 이내 천천히 연기를 뿜었다. 오늘은 때없이 행복한 표정이다. 옛날, 옛적에 진남이가 있을 때처럼.

"어쩌면 딱 진남이야. 아마도 진남이가 살아있으면 그렇게 컸을 거야. 처음 봤을 때 진남이가 살아온 줄 알고 깜짝 놀랐어."

엄마가 눈을 가늘게 뜨고 생각에 잠긴다.

"내 아들 진남이… 하나님을 믿기 전에 점집에 많이 갔다. 그랬는데 한결같이 아들이 없을 팔자라는데 미칠 것 같더라. 내가 누군데? 아들만 일곱을 난 엄마에게서 태어난 난 딸이야. 그런데 팔자에 아들이 없다고? 명수가 죽고 나서 몰래 굿도 하고 절에 가서 죽기 살기로 기도도 했는데 결국 또 딸을 낳았으니 정말 죽고 싶었어."

나 때문이네 생각하며 쓴 입맛을 다시는데 엄마가 말을 이었다.

"그때 모태 신앙이라고 떠들고 다니는 영자 엄마가 하나님께 기도를 해 보라는 거야. 생리가 끝난 사라에게도 자식을 주시고 한나가 기도 끝에 아들을 낳았다며… 그래서 그날로 교회에 다니며 새벽 기도를 하루도 거르지 않고 기도를 했지. 그랬는데 하나님께서 정말 아들을 주셨어. 바라만 보아도 좋은 내 새끼. 어쩌면 그리도 탐스럽게 잘 생겼는지… 진남이를 낳고 나서 점쟁이 제까짓 게 뭘 알아? 코웃음을 치며 교회를 열심히 다녔어. 근데…" 엄마가 결국 눈물을 쏟는다.

담배 연기를 내 뿜으며 제법 잘 참는다 했더니… 이장 댁 개가 청승맞게 우는 소리가 들려왔다. 달이 밝은 밤이면 한번씩 늑대처럼 기염을 토했다. 열린 방문으로 내다보이는 마당에 별스럽게 달그림자가 요란하다.

엄마는 담배를 한 대 더 피워 물었다. 그리고 길게 연기를 내 뿜은 끝에 말했다.

"그렇게 태어난 진남이, 내 아들 진남이만 세상에 있으면 누구도 필요하지 않았어. 비록 네 아버지가 여자와 집을 나갔어도 전혀 마음이 상하지 않았어. 진남이가 내 곁에 있었으니까. 죽을병 걸린 네 아버지를 간호할 때도 진남이와 함께해서 힘든 줄 몰랐어. 그랬던 내 아들, 진남이가 그렇게 갑자기 가다니…"

"미안해 엄마…" 나는 조그맣게 말했다. 진남이 말만 나오면 눈물을 쏟았던 엄마가 더 이상 울지 않고 담담하게 말했다.

"순남아, 너 때문이 아니야. 다 이 어미 때문이었어. 팔자에 없는 자식 욕심을 낸 내 탓이야. 내가 내 운명에 도전장을 내고 맞선 거야. 진남이가 죽자 제일 먼저 하나님을 원망했어. 이렇게 데려가실 것 왜 주었냐고… 그러나 고통의 시간이 가고 세월이 가면서 생각했다. 아마도 하나님께서 내가 아들이 없어 슬퍼하자 천사를 잠시 빌려주신 것 같다는… 그래서 그 아들과 함께 가장 힘든 시기를 넘기라고 보내 주신 천사였다는…"

큰언니가 아멘 하며 눈물을 쏟았다.

"하나님이 무조건 기도하면 자식 준다고? 아니야. 옛말에도 팔자에 없는 자식을 애써 받으려 하지 말라잖아. 어미를 봐라. 없는 자식 집착하면서 준 자식 학대하고 미워했잖아."

엄마의 눈길이 내게 머물렀다. 나는 울컥했다.

"우리 순남이, 이 어미 때문에 마음고생 많이 했다. 점쟁이도 아는 사실인데 내가 미련해서 듣지를 않았지. 용서해라."

"별소리를…." 그러나 눈물이 좀처럼 멈추지를 않는다. 엄마는 그런 내 어깨를 감싸며 말했다.

"인간은 태어날 때 정해진 운명이 있다더라. 그런데도 남의 운명을 들추며 내 운명을 거부하는 거지. 나는 아들이 처음부터 없는 여자였고 사라나 한나는 처음부터 아들이 있는 여자야. 그런데 사라는 스스로 먼저 포기하고 한나는 먼저 구한 것뿐이야."

"아멘. 아멘…." 큰언니의 감긴 눈에서 눈물이 쏟아져 나왔다.

엄마는 필터 끝까지 내려온 불씨를 끄고 담뱃갑을 서랍 안에 집어넣었다. 이제 그만하면 됐다는 사인처럼. 엄마의 시선이 우리를 향한다.

"그런데 오늘 진짜 아들을 보았어. 내 평생에 사랑, 네 아버지와 똑 닮아 살아 움직이는 아들을 보았어. 그게 누구의 자식이든 무슨 상관이야. 너희들 아버지 본 듯하고 내 아들 진남이 본 듯한데… 아주 잘 컸더라. 스텔라가 우니까 그저 듣기만 하면서 조용히 제 어미의 어깨를 감싸면서 지켜주는… 우리 진남이와 하는 짓도 똑같아. 이름도 나는 좋다. 야곱… 사람들은 초반에 고생은 했지만 애굽의 총리라는 엄청난 출세를 하는 요셉의 운명을 좋아하지만 나는 야곱의 인생이 좋아. 자기 인생에 뛰어들어 속고 속이며 변화무쌍하게 살아가는… 근데 제이콥은 요셉처럼 보였어. 점잖아. 아주…."

제이콥이 미국으로 떠나기 전날 엄마와 큰언니는 음식을 풍성하게 차리고 제이콥과 스텔라를 초대했다. 결집력이 좋은 큰언니 가족은 모두 참석을 하고 작은언니는 일이 바빠 짬을 못 낸다고 했다. 천지개벽한 속사정을 모르고 그저 휴가차 엄마를 보러온 스텔라 아들쯤으로 생각하고 반응이 시큰둥했다.

8월이 막 시작되는 마당에 모깃불을 피우고 넓은 평상을 가득 채운 음식에 모두들 즐겁다. 제이콥은 엄마에게 큰엄마라 부르고 큰언니는 빅 시스터이고, 나는 프리티 시스터란다. 이름보다 그렇게 부르는 것이 좋다고. 얼마 만에 들어보는 누나 소리인가. 큰언니의 세 남매는 훤칠하고 영어 완벽한 제이콥 삼촌에게 푹 빠져서 곁을 떠날 줄 모른다. 스텔라는 평소답지 않게 입을 다물고 조용히 앉아 있다. 입에 미소를 짓고 있지만 눈은 촉촉한 채로 마를 줄 몰랐다. 손에 꼭 부여잡은 손수건으로 연신 눈가를 닦아내며. 엄마는 제이콥 곁에 바싹 붙어 앉아 부지런히 먹을 것을 권했다. 진남이에게 했던 것처럼….

마당은 활기를 되찾았다. 아빠하고 나하고 만든 꽃밭에 오랜만에 꽃들이 참으로 풍성하다. 엄마는 늘 말했었다. 세상에 꽃이 아무리 아름답다 한들 자식 꽃만 하겠냐고….

스텔라는 다시 예전처럼 엄마 일을 거들기 위해 해가 뜨기도 전에 집으로 달려왔다. 작은언니는 제이콥이 떠나고 두 주가 지나 집으로 왔다. 9월에 시작되는 학기를 준비한다고 재민이가 미국으로 돌아가서 다소 여유가 생겼다면서. 작은언니는 들어서자마자 재민이에 대한 불만을 털어놓았다. 방학이라고 와 봐야 방구석에 처박혀만 있었다고… 강남의 학원에서 유학파들에게 고액을 제시하며 유학을 준비하는 학생들을 가르치라는 데도 거절했다며… 하나뿐인 자식이 커갈수록 제멋대로인데 어떻게 할 수가 없다고… 그렇게 공격적으로 재민이에 대한 불만을 토로하는 것은 엄마에게 선제 방어를 하려는 술수임에 틀림이 없다.

"윤 서방은?" 재민이 소식 끝에 엄마가 물었다.

"그걸 왜 나한테 물어?" 작은언니가 신경질적으로 대답했다.

"재민이가 집에만 있었다면 너도 간혹 볼 거 아니야?"

"아, 몰라. 그 인간 없을 때만 가고 마주쳐도 모른 척하지 뭐."

"아이고, 뭔 놈의 인생을 그렇게 사니. 제발 제대로 살아, 제대로."

"나도 제대로 살려고 이러는 거야. 재민이 장가갈 때까지만 붙어있는 거야. 그래도 재민이가 이혼한 부모라는 소리를 들으면서 장가를 갈 수는 없잖아."

"장가? 참 나, 멀리도 본다. 아주 멀리…."

"각자의 인생이야. 편한 대로 살면 되지 뭘 그래. 재민이 아빠도 더 이상 내 눈치 보며 살지 않아. 그 여자를 집에만 안 데리고 들어왔지 사는 거나 마찬가지야. 재민이도 같이 만난대."

"참 나, 무슨 콩가루도 아니고… 가족이 아니고 원수 집단 같네. 철천지원수."

"엄마는 왜 그렇게 부정적으로 말을 해. 요즈음 그러고 사는 가족 많아. 자식을 위해 싫어도 그 자식 혼인 때까지만 참고 사는… 세상이 바뀌었다고. 세상이."

"지랄을 해라, 지랄을. 어디서 못된 것만 듣고 와서는…."

"엄마! 왜 나한테만 그래! 나한테만. 나도 힘들어. 집구석이라고 와봐야 이런 식으로 나만 공격을 하니…."

결국 작은언니가 울음을 터트렸다. 또, 또 시작이다. 나도 슬슬 작은 언니에게 짜증이 나던 참인데 엄마가 나를 보고 방으로 데리고 가라고 눈짓을 한다.

작은언니는 저녁도 먹지 않고 누워 있었다. 작은언니는 무언가 변화를 한다고 말은 하면서도 다람쥐 쳇바퀴 도는 것처럼 보였다. 집안 문제나 사업 문제가 생각처럼 진행되지를 않는 모양이었다. 불편한 마음이 역력한 작은언니에게 말할 때가 아닌 것 같다는 생각을 했다. 그때 큰언니는 잣죽을 쑤어 방안으로 들어와 작은언니에게 들이밀었다.

"아무리 속상해도 뭐라도 먹어야지… 자식이니 남편이니 하지만 내가 살아야 그들도 있는 거야. 일어나 먹고 기운을 차려."

작은언니가 못 이기는 척하며 자리에서 일어났다. 작은언니가 죽을 비우자 큰언니가 그간에 벌어진 사실을 말했다. 예상대로 작은언니의 반응은 천장이 무너질 정도로 격앙되었다. 죽 한 그릇으로 기운을 차렸는지 큰 소리로 쏟아낸다.

"다 미쳤어! 미쳤다고."

"엄마가 한 결정이야."

내가 말했다.

"설마 보상금도 나누자고 하는 것은 아니겠지?"

"모르지."

"돌겠네."

작은언니는 그대로 안방으로 달려갔다.

나와 큰언니도 서슬이 퍼런 작은언니를 따라 들어갔다. 여름의 끝자락이라 저녁이면 제법 한기가 느껴졌다. 엄마는 성경책을 읽고 있었다. 눈이 피곤해서 읽지 않는 늦은 시간인데도… 돋보기를 코에 걸친 엄마가 갑자기 들이닥친 작은언니를 안경 너머로 바라보았다.

"사실이야? 스텔라 아들이 아버지 자식이라는 게? 뭐라고? 아버지를 닮고 진남이랑 똑같다고? 놀고 있네. 유전자 검사해 봤어? 어디서 무식하게 쌍팔년도 수법을 들이대 들이대길! 나 참 어처구니가 없어서…"

엄마의 표정이 급격하게 굳어진다. 하지만 반응 없이 다시 성경에 시선을 보내자 작은언니가 소리쳤다.

"엄마! 지금 이런 상황에 성경이 읽혀."

"이런 상황이 어때서? 난리 터졌어?"

"엄마!"

"……."

"정말 왜 그래! 먼저 진실 규명을 해야지. 스텔라가 왜 접근했고 그 아들이 왜 이제 나타났는지… 그리고 말이 돼? 여기가 어디라고 나타나. 사람의 탈을 쓰고…"

엄마는 벌겋게 달아오른 작은언니의 얼굴을 한동안 바라보았다. 그리고 한숨을 지으며 말했다.

"내 죄가 크다. 자식 키우는 딸년 입에서 저런 소리가 나오게 하는… 말이면 다 되는 줄 알고…"

"엄마는 왜 나한테만 그래?"

"왜 그러냐고? 너만 지금 나한테 종주먹을 들이대잖아. 명자랑 순남이는 가만히 있는데…"

"이 둘이 뭘 알아?"

"그런 너는 옳다는 거야?"

"시시비비를 먼저 가리자는 말이지!"

"그래? 그럼 시시비비를 가려보자. 어디…" 엄마는 읽던 성경책을 들이댔다. "요즈음 룻기서를 읽고 있는데. 들어볼래?"

"……."

"옛날, 아주 옛날에 이스라엘 베들레헴에 가뭄이 들자 그곳에 살고 있던 나오미라는 여인은 남편과 함께 두 아들을 데리고 모압이라는 지역으로 이주했다. 그들은 그곳에서 정착하여 두 아들을 장가까지 보내고 살았는데, 어느 날 갑자기 남편도 죽고 두 아들도 죽고 말았지. 좀 더 나은 삶을 꿈꾸며 고향을 떠난 가족, 모두 죽고 나오미만 타지에 홀로 남았어. 결국 나오미는 고향으로 돌아올 결심을 하지. 그리고 과부가 된 두 며느리에게 새 인생을 찾아가라고 하지만 작은 며느리인 룻은 부득불 나오미를 따라온다는 거야."

"지금 그런 이야기가 왜 나와!" 결국 작은언니가 소리쳤다. 큰언니와 나는 엄마가 일단 성경을 들이밀면 머리를 조아리고 들어야 한다는 것에 길들여 있건만….

"들어! 이년아! 어미가 말을 하면 끝까지 들어!"

"……."

"이런 나오미에게 희망이 보이니?"

"아니."

내가 작게 대답했다.

"그래도 나오미는 룻이라는 이방 며느리를 통해 남편의 가문을 회복하는 대역사를 이루어."

"어떻게?" 내가 물었다.

"고향으로 데려간 며느리, 룻을 고향의 유지인 보아스에게 시집을 보내."

"으잉? 이건 또 무슨 전법? 스스로 운명을 개척하는 능력을 주셔야지. 뭐야? 하나님도 백마 탄 남자 등에 올라타는 신데렐라 기법을 쓰네."

내 말에 작은언니가 피식 웃는다.

폭발 직전에 끓어오르던 주전자에 바람이 푹하고 빠지는 분위기다. 작은언니의 눈꼬리가 쳐지고 엄마의 목소리도 한결 부드럽다. 그래서 내가 다시 물었다.

"며느리가 시집갔다고 나오미의 가문이 회복되는 것은 또 뭐야? 말이 돼?"

작은언니도 고개를 끄떡인다. 엄마가 설명한다.

"옛날에 남자들은 힘을 쓰고 위험한 일에 나서니까 여자들보다 죽을 상황에 많이 접하지. 지금이야 큰 전쟁이 없다지만 옛날에는 전쟁도 많고, 동물을 사냥하느라 그만큼 남자들의 목숨을 지키는 일이 쉽지 않았겠지. 그래서 이스라엘에서는 망한 집안의 가문을 구제하는 방법이 있었지. 기업무르기라는 제도를 만들어서 망한 집안의 토지를 사서 가족에게 주고 가문을 회복하게 하는 제도래."

"제 혈육도 아닌데 그게 무슨 의미야?" 작은언니가 반박한다. 엄마가 대답한다.

"비록 그 가문의 혈육으로 이을 수는 없지만 그 집안의 정신과 전통은 남게 할 수 있어. 우리나라도 옛날에는 양자제도가 있었잖아. 그런데 이스라엘은 그것을 제 마음대로 하지 말고 이런 원칙을 만들어 놓은 거지. 하지만 너희들 말마따나 왜 이런 말도 안 되는 제도를 만들었겠어?"

"……."

"절망하지 말라고. 상황이 악해질수록 인간에게 악성만 남아. 이런 상식을 벗어난 제도마저 없다면 자포자기하면서 제 목숨을 끊고 말아. 진남이도 죽고 없는 세상, 하루에도 몇 번씩 죽을 생각만 했건만. 아마 하나님이 아니었으면 벌써 죽었을 거다. 그때…."

"……."

"하지만 죽으려고 하면 살라는 외침이 내 안에서 들려왔어."

"……."

"고향 떠나 남편도 죽고 아들도 죽고 홀로 남은 나오미도 아마 이런 소리를 들었을거야. 그래서 죽기보다 싫은 귀향을 감행했겠지… 하지만 예상대로 고향 사람들은 아주 잔인하게 조롱하지 이게 누구냐? 고향 떠나더니 저 꼴로 돌아와? 미쳤구나 하며…."

"……."

"그래도 늙은 나오미와 말도 통하지 않는 이방 며느리는 냉혹한 눈초리를 온몸으로 받으며 살아내. 며느리 룻은 떨어진 이삭을 주워 시어머니인 나오미를 극진히 모시면서. 그런 갸륵한 효심을 지켜본 보아스가 결심을 하지. 이 여인을 내 아내로 맞이하리라 하고…."

이어서 엄마가 다시 성경을 읽는다.

"보아스가 장로들과 모든 사람에게 선언했습니다. 말론의 아내인 모압의 여자 룻을 내 아내로 사서 그 죽은 사람의 이름으로 유산을 이어 갈 겁니다. 그리하여 그 이름이 그 형제 가운데서나 성문에서나 없어지지 않게 할 것입니다."

그리고 엄마는 시선을 우리에게 주며 설명했다.

"다시 말하면 보아스는 룻에게서 낳는 자식 중에 나오미 남편의 가문의 이름으로 재물을 돌려주고 가문의 이름이 이어지게 해 준다는 말이야."

"너는 저게 말이 된다고 생각하니?" 작은언니가 더 이상은 참을 수 없다며 내게 물었다. 나는 고개를 가로저으며 동의했다. 작은언니가 의기양양하게 엄마에게 저항했다.

"길을 막고 물어봐 그게 말이 되냐고? 며느리가 시집가서 낳은 아들이 전남편 집의 가문을 잇는 게."

"아휴 안 믿으면 말고." 엄마가 드디어 성경책을 접어 책상 위에 올려 둔다.

안방에 걸린 뻐꾸기시계에서 뻐꾸기가 튀어나와 11번을 울고 들어간다. 엄마가 물끄러미 우리를 바라보다 말했다.

"전혀 씨도 안 섞였는데도 가문을 잇게 하는데… 하물며 네 아버지 씨인 줄 알았는데… 더구나 할아버지가 이미 오래전에 준비했다는 것도 아는 내가 내 멋대로 하면?"

"누가 엄마 마음대로 하래? 상식이 통하는 법대로 하라고. 법대로!"

작은언니가 다시 흥분한다.

"명희야, 이제 나는 죽어 갈 곳만 남은 사람이야. 여기서 사는 것보다 죽어서 네 할아버지 만나고 네 아버지 만나야 해. 더구나 거기는 영생한다는데 그 죄를 짓고 영생한다고? 아서라. 생각만 해도 끔찍하다. 끔찍해."

"엄마!" 작은언니가 다시 소리친다. 그러나 엄마의 목소리는 차분해진다.

"엄마가 살면 얼마나 더 살겠니?"

"……."

"70 고개 넘겼다지만 되돌아보니 참으로 고단한 인생 살았다. 일본 놈의 통치를 받던 시절에 태어났지만 그래도 나라가 독립하는 것도 보고. 하지만 그 기쁨도 잠시 동족 간에 총부리를 겨누는 전쟁까지 겪고…"

엄마의 고단한 인생 줄이 풀려 나오니 작은언니도 더 이상 저항하지 않는다.

"3년이라는 긴 전쟁으로 나라 꼴은 말이 아니었지. 그토록 혼란한 세상을 거치면서 수많은 사람이 죽었지만 산 사람은 또 살아. 시집가고 장가들고 애 낳으면서… 겨울에 다 얼어 죽은 것 같지만 기어코 봄은 오고 시꺼면 땅을 뚫고 파란 싹이 돋아. 그래도 나는 전쟁 중에 험한 꼴 안 보고 안 죽었으니…"

"……."

"어휴, 그러면 뭘 해. 병으로 죽어가는 어린 자식의 모습을 내 눈으로 봤고 병들어 죽어가는 남편도 지켜보고, 그것도 모자라 다 키운 자식도 속절없이 죽고… 이제 내 앞에 남은 것은 오로지 너희뿐이야."

눈물이 쏟아졌다. 엄마도 말을 잇지 못한다. 한참 후에 엄마의 젖은 목소리가 이어졌다.

"너희도 나 때문에 마음고생 많았다. 어미라고 따뜻하게 품어 주지도 못했으니…."

"그만하면 우리한테 잘했어요. 엄마…" 큰언니가 눈물을 닦아내며 말했다. 엄마는 작은언니를 바라보며 말했다.

"너도 들어서 알지?"

작은언니가 본격적인 대화가 시작되었다는 듯이 눈을 반짝이며 대답한다.

"스텔라 아들?"

"그래, 참 잘 컸더라. 너도 보면 좋아할 거야. 엄마는 요즈음 그 아이 생각만 하면 절로 웃음이 나와."

잠시 말랑해졌던 작은언니 눈에서 다시 불이 뿜어져 나왔다.

"엄마 지금 무슨 소리를 하는 거야? 걔는 우리 집안 애가 아니야."

"왜 아니야. 네 아버지 자식인데."

"그게 가당키나 한 소리야? 우리 가족이라니. 안 돼. 절대!"

"네가 아무리 그래도 내 마음은 이미 결정했어."

"누구 맘대로! 엄마 미쳤어. 안돼!"

"명희야, 엄마 말 들어. 이것아."

작은언니는 고개를 세차게 저으며 눈물을 펑펑 쏟았다.

"명희야, 오래전에 할아버지가 왜 내 이름으로 그 땅을 사라고 했겠니. 나를 사랑해서? 아니야. 어떤 아버지가 아들보다 며느리를 더 사랑한다고 재산을 넘겨주겠어. 아들은 믿을 수가 없고 며느리인 내가 당신의 손주를 품고 당신의 가문을 지켜줄 거라고 믿고 그렇게 하신 것뿐이야. 오로지 믿음 하나 가지고 그런 결정을 하신 거야. 그러니 그게 내이름으로 되었다고 내 것이 아니야. 나는 네 할아버지의 청지기일 뿐이야. 청지기는 주인 것을 가질 수 없어 상속자인 주인의 아들을 위해 지키고 있을 뿐이야."

그러나 작은언니는 귀를 막고 소리쳤다.

"제발 말도 안 되는 괴변 늘어놓지 마. 누가 상속자인데? 누가!"

"그건 하나님이 정하신다고 했잖아."

"그런 공평하지 않은 하나님이라면 믿고 따를 수가 없어. 절대!"

"명희야. 상속자면 어떻고 청지기면 어때. 상속자인 네 아버지는 부모가 주신 재산을 말아먹고 청지기인 나는 그 재산을 지켰어. 험한 세상살다 보니 알아낸 것은 단 한 가지…."

"……."

"그 역할을 주신 하나님이 가장 기뻐하는 것은 오로지 맡긴 역할에 충실한 사람을 사랑할 뿐이라고…."

"아, 됐어. 됐다고! 나는 이제 내 길을 갈 거야. 절대로 황씨네 재산 엄마 마음대로 못해. 절대로! 스텔라 아들은 법적인 효력도 행사할 수 없는 혼외자식이고 더하여 미국 국적을 가지고 있어. 상속법은 엄마 마음대로 할 수 없다는 것만 알아둬. 마음대로 해봐! 어디 엄마 말처럼 되나!"

작은언니는 후다닥 일어나 방을 나갔다. 이어서 대문을 나서는 요란한 소리가 들린다.

엄마는 담배를 한 대 피워 물었다. 말은 그렇게 해도 마음은 편치 않은 모양이었다.

"명자야, 네가 명희 좀 잘 달래라. 저것도 제가 가고 싶었던 길을 가지 못해 저렇게 못되게 구니… 참으로 걱정이다. 너는?" 엄마는 말끝에 나를 보며 물었다.

"뭘?"

"엄마가 지금껏 말한 것 못 들었어?"

"알았어. 엄마 마음대로 하세요. 엄마 마음대로… 나 돈 필요 없어. 이렇게 살다가 죽지 뭐."

"저년이 어미 앞에서 하는 말버릇하고는… 그래, 돈이 화근이다. 저놈의 돈… 그래서 더 원칙적으로 풀어야 하는데 저 지랄을 하며 내 마음을 아프게 하니…"

사실 나도 작은언니와 같은 마음이 없는 것은 전혀 아니었지만 참고 말했다.

"다른 뜻은 없어. 황씨네 집안 재산은 절대 탐 안 낸다고."

"그렇게 생각해 주니 엄마는 고맙다. 어쨌든 엄마는 비로소 네 할아버지가 내게 내준 숙제를 마치는 것 같아 홀가분해. 인생 별거 아니야. 하나님이 이 세상에 나를 보내실 때는 내준 과제 마치고 내가 세상에서 알았던 사람들과 아름답게 관계를 마무리 짓는 거라 생각해. 죽으면 돈도 명예도 미움도 사랑도 소용없어. 세상 사람들이 열광하는 큰일 했다고 떠들어 봐야 하나님께서 귀 기울여 들어주지 않아. 그저 내가 내준 숙제 잘하고 왔니? 하고 물으실 것 같아." 엄마는 다시 담배 연기를 내 뿜는다.

"나도 이 징그러운 세상, 왜 태어났는지 단 하루도 살고 싶지 않았는데 하나님과 동행하면서 그 이유를 알게 되었다. 여자로 태어나 남자와 결혼해서 사는 것이 얼마나 힘든 것인지 알았으니 됐고, 자식 줄줄이 나서 키우면서 부모 마음 알았으니 됐고, 일찍 과부가 되어 남자 없이 사는 삶이 얼마나 고된 줄 알았으니 됐고, 어린 자식도 모자라 다 큰 자식 앞세우는 고통을 겪어 봤으니 세상에 대한 욕심 안내서 됐고…"

"……."

"그저 태어나는 순간부터 죽음을 향해 가는 인생길인데… 언제 죽는 게 또 무슨 상관이야. 어차피 살아가서 가야 하는 유일한 곳인데… 100살까지 산들 어떻고 20살까지 산들 어떻고 어미 뱃속에서 죽은 들 어떠리. 영생이 기다린다는데… 사는 동안 내 곁에 나를 사랑하는 그 한 사람만 있어도 충분히 행복한 게 인생인데. 다들 그 하나가 없어서 다른 것에 집착하는 것뿐이야. 나도 한때는 아무도 없어 불행한 줄 알았는데 돌아보니 하나님이 때마다 내게 그런 사람을 붙여 주셨어. 나이 21살에 생판 모르는 타지로 시집을 왔을 때 냉정한 남편과 차가운 시어머니의 시집살이를 견딜 수 있었던 것은 네 할아버지의 따뜻한 사랑이었어. 정말 딸처럼 나를 아껴 주셨지. 할아버지가 돌아가셨지만 진남이가 있어서 버틸 수 있었고, 진남이가 죽고 나니 정말 하루도 못 살고 죽을 것 같더니 딸들이 결혼해서 낳은 손주들의 커가는 모습을 보여주어 잠시 잊을 수 있었고… 그래, 인생 그런 거였어, 하나를 얻으면 하나를 잃고. 사실 인생살이 절름발이가 정상인데 사람들은 온전한 것만 기대하며 평생을 억울해하고 슬퍼하지. 가진 것에 만족 못 하고 가지지 못한 것만 욕심내면서… 열린 문은 안 보고 닫힌 문만 두드리고 있으니…" 엄마는 나를 바라보았다.

"그리고 한 가지 걱정은 우리 순남이가 엄마를 미워하다 객지에서 영영 돌아오지 않을까 걱정을 했는데… 그런데 이렇게 돌아와 내 이야기를 들어주니 더 이상 무얼 바라."

나는 순간 엄마가 가진 재물을 탐낸 것을 후회했다. 엄마는 그런 나를 바라보다가 다시 말을 이었다.

"스텔라도 3년을 지켜봤어. 누가 무어라 해도 남은 생을 이곳에서 나와 살고 싶어 하는 진심을 나는 알아."

"어쨌든 스텔라가 이곳에 의도를 가지고 왔잖아."

"순남아, 인간이 주도하는 변화는 의도가 없이 이루어지지 않아. 룻의 남편도 좀 더 나은 땅을 기대하며 타지로 이주하는 거야. 내가 있는 곳이 완벽한데 떠날 사람이 어디 있어? 또 나오미도 룻이 보아스의 눈에 들도록 계획을 가지고 접근해. 그것이 잘못된 것은 아니야. 인간은 사는 내내 그런 시도를 멈추면 안 돼. 하나님은 인간에게 변화하라고 하시지 안주하라고 하시지 않아. 왜냐고? 인간은 안정되면 무조건 자기 방식에 집착하고 안주하려고 해. 그래서 하나님의 역사는 변화 가운데 일어나. 믿음의 조상 아브라함이 70살이 넘어 가족을 이끌고 무조건 고향을 떠나고, 야심이 많은 야곱도 형의 분노를 피해 떠나고, 아버지의 사랑을 듬뿍 받고 귀하게 자란 요셉은 형들에 의해 노예로 팔려 가고… 하나님이 400년간 종살이에 익숙한 이스라엘 사람들을 끌고 나오라 할 때 모세가 거절하잖아. 하지만 하나님은 막무가내로 떠나라고 하시잖아. 동행해 주시겠다고…."

엄마가 말을 한다지만 전혀 엄마가 하는 말이 아니라는 생각이 든다. 그럴 때마다 엄마에게 광채와 같은 강한 기운이 느껴져서 범접할 수가 없었다. 사람의 정신을 지배하는 그 무엇이 있다는 것을 엄마를 보면 느껴진다. 엄마의 생애를 아는 나로서는 그럴 때의 엄마가 너무도 낯설고 경이롭다.

　엄마는 본래의 모습으로 돌아온다. 입술에 닿을 지경이 된 필터 끝에 불씨를 서둘러 끄면서 엄마는 담배와 라이터를 원래 자리인 문갑으로 집어넣었다.

　"이것도 그만해야 하는데 좀처럼 쉽지 않네."

　"저녁에 한 번씩 피우는데 뭘 그래."

　내가 말했다.

　"맞다. 이 나이까지 살고 무슨 생에 욕심이 있어 건강 타령이냐. 그저 나는 내 길을 가련다."

　이제 엄마의 시선이 우리를 향한다.

　"스텔라에게 잘해 줘. 의도를 가지고 접근했다지만 사람의 도리를 벗어나지 않아서 나는 좋더라. 엄마가 살아보니 변화의 시도는 의도가 먼저야. 하지만 변화를 해나가는 동안 자기 의도에 집착해서 모든 것을 잃는 것 같아. 그래서 변화를 시도하지 않는 것보다 더 나쁜 결과를 초래하고 더 나아가 전체를 망가지게 하는… 의도와 달리 변화의 결과가 이처럼 다른 이유는 변화는 방향성이 있기 때문이야. 발걸음을 떼는 순간 예상치 못한 길이 무수하게 가지를 치고 있어 정작 의도와 다른 길을 선택할 때가 많아. 그래서 조급한 마음으로 눈앞에 이익에 집착하다가 결국은 길을 잃고 말지. 가만히 보니 인생길 온 곳으로 되돌아가는 것인데도 자꾸 멀리 가다가 영영 길을 잃고 헤매는 것은 아닌지… 엄마가 룻기를 읽으면서 느낀 것은 바로 그것이었어. 하나님은 모든 것을 잃은 나오미에게 돌아가라는 말을 무려 12번을 하셔. 어떤 인간도 그런 상태에서 고향으로 못 돌아가. 앞서 말했듯이 과거를 알았던 사람들이 더 잔인하게 조롱하기 때문이야. 하지만 스텔라도 그 나이에 타지보다 더 두려운 이 땅으로 돌아왔잖아. 네 아버지의 자식을 낳고 산 세월에 대한 숙제 풀려고… 오로지 제이콥을 위해서 그런 용기를 낸 거지."

"……"

"더하여 하나님의 때라는 것이 있다. 용인 땅이 팔리는 이때… 이때를 내 욕심에 눈이 어두워 그르치면 안 되지. 아암, 안 되고말고. 원칙대로 가야지. 이럴수록 원칙대로…"

"근데 엄마는 어떻게 그런 것을 잘 알아?" 큰언니가 묻는다.

"하나님을 믿고 성경을 읽다 보면 그리스도의 장성한 분량만큼 자란다고 하잖아."

"나도 기독교인이고 성경을 읽는데 잘 안 되는데?"

"더 살아봐. 하나님을 만나는 죽을 날이 가까워지면 갈 곳에 대한 소망과 기대감으로 깨우치게 되지. 하나님의 형상을 닮은 인간인데 하나님의 생각을 모를 게 어디 있어. 그렇게 못한다는 것은 그만큼 자기 생각에 집착하거나 아니면 그만큼 게으른 거겠지. 다른 것 없어. 주어진 인생길, 원칙을 잊지 말고 안주하지 않고 가면서 때마다 마주치는 숙제, 포기하지 말고 풀어내며 살아내는 수밖에 없어. 그러면 하나님께서 동행하면서 함께 풀어 줘. 풀지도 못하는 숙제를 인간들에게 내주실 하나님이 아니시지."

"아멘." 큰언니가 대답한다.

그날로 집을 나간 작은언니는 가을이 되었어도 집에 오지 않았다. 큰언니가 전화를 해보지만 받지 않는다. 내년에 보상이 시작되면 본격적으로 시끄러워질까 염려되기도 하면서 작은언니가 좀 더 세게 나가기를 바라는 마음도 있다. 그저 칼자루 쥐고 있는 엄마의 성질을 건드려 봐야 득 될 게 없어 참고 있지만, 문득문득 억울한 마음이 들었다. 정말 큰언니는 그런 마음조차 없는지 슬쩍 떠봤다.

"언니는 정말 모든 재산을 제이콥에게 줬으면 좋겠어?"

"엄마가 그럴 사람이니?"

"황씨 재산이니 황씨 기업을 이을 자에게 다 준다고 했잖아."

"순남아, 엄마랑 나 50년 살았어. 엄마는 한쪽을 위해 다른 쪽을 아프게 결정할 사람이 아니야. 분명 모두가 만족하는 선에서 결정을 할 거야. 엄마 말 못 들었어? 죽기 전에 모두와 화해한다고… 딸이랑 등지고 죽을 엄마 절대로 아니야. 아마도 우리가 우리 외에는 아무도 없다는 생각에 잔뜩 욕심을 내고 있을까 봐 미리 약을 치는 걸 거야."

한글 간신히 깨우친 엄마를 이기지 못하는 중졸인 큰언니. 그러나 점점 엄마를 닮아가고 있었다. 엄마는 풍파에 난파된 배에서 모든 것을 잃은 선장이지만 남은 자를 위해 꿋꿋이 버티는 선장이라면 큰언니는 순풍에 돛을 달고 유유히 떠가는 배의 선장과 같다. 어쩌면 큰언니는 엄마라는 배가 앞서가며 큰 풍파 막아주고 작은 파도도 요령껏 피해가는 지혜를 주었을 것이다. 나는 그저 두 사람만 내 앞에 있으면 두려울 것이 전혀 없다. 그러나 끝까지 함께 할 수 있는 운명도 아닌데 언제까지 내 배도 없이 남의 배만 기웃거려야 할지 알 수가 없다. 예상치 못한 대혼란이 정리된 느낌이지만 나는 다시 외로워지기 시작했다. 들판의 곡식은 여물어 가는데….

인
생
숙
제

18

　　홀로 심심할 그때, 최 감독이 전화를 걸어와 제주도를 같이 가잔다. 영화를 찍자는 제의가 들어와서 촬영지를 물색하기 위해 가는데 따라붙으란다. 귀가 솔깃했다. 새우잡이 배라 해도 타고 싶을 만큼 답답했는데… 그해 여름 만리포로 떠나고 싶었던 것처럼.

　　그러나 집을 빠져나갈 마땅한 명분이 떠오르지 않았다. 그때처럼… 스텔라라면 대안을 줄지도 몰랐다. 나는 저녁을 먹고 집으로 돌아가는 스텔라를 따라나섰다. 와인 마니아인 스텔라에게 와인이 당긴다고 하니까 따라오란다. 그녀도 와인을 마시고 싶었는데 혼자보다 둘이 좋다며… 오랜만에 퀸의 함성을 들으며 와인을 마시잔다. 나는 그녀의 차에 올라탔다. 운전대를 잡고 있는 스텔라에게 물었다.

"행복하세요?"

"응."

"이 시골에서 일만 하는 데도요?"

"응."

"정말이세요?"

"그렇다니까."

앞만 보며 운전을 하던 스텔라는 나를 보고 물었다.

"내가 마음에도 없는 소리를 하는 것 같아?"

"그, 그런 것은 아니지만…"

"정말 행복해. 이곳으로 올 때 참으로 많은 날 동안 고민했어. 막상 왔지만 잘한 짓인가 끊임없이 내게 질문하면서… 하지만 이제 말할 수 있어. 정말 잘했다고. 이곳에 와서 그런 나를 온전히 잊었어. 일상에 매이면서 아침에 일어나면 할 것이 있고 마음을 나누며 대화할 사람이 있어서 오늘이 만족하면 내일의 근심도 없는…"

"그렇군요."

"흔히 마음을 비워야 행복해진다지만 인간은 의지로 마음을 비우지는 못해. 대체물로 채워야 내 안에 허한 욕심이 빠져나가. 다시 말하면 무엇을 채우냐는 것이 문제지, 도사처럼 비우는 존재가 아니야."

"……."

"여기에 와서 비로소 채웠다. 내 나이 65살에 따뜻한 사람과 3끼 먹는 것에 만족하면서… 나를 찾겠다면서 나를 부인하고 남의 것이나 탐내며 쌓은 평생의 짐을 비로소 내려놓게 되었어. 하지만 그동안의 삶도 절대로 후회하지 않아. 아픈 과거가 있으니 오늘이 있는 것이고 찾아 헤매어 봤으니 이 맛도 아는 거지. 쓴맛을 모르면 단맛의 귀함도 모르듯이…"

어느새 차가 스텔라 집 앞에 당도했다. 나와 스텔라는 집 안으로 들어갔다. 하루 종일 주인을 잃은 집안은 인기척에 반가운 모양이다. 스텔라는 강이 보이는 거실 창을 열고 멋스러운 조명을 밝히고 음악을 틀었다. 바람이 잔잔하고 멀리 강 끝에서 시작되는 별이 바로 눈앞까지 촘촘하게 박혀있다. 스텔라는 아껴둔 와인을 따겠다고 했다. 내가 안 그래도 된다고 하니 오늘은 그러고 싶단다. 그런 기분이 드는 날이라며. 보헤미안 랩소디를 불러 대는 퀸의 함성이 열린 창으로 흘러나간다. 진수의 하숙방에서 들려오던 그때처럼. 하지만 음악만 남고 진수는 내 기억

속에서 사라졌다. 대신에 가슴 저리는 그리움처럼 최 감독이 채워졌다. 빠져나가서 채운 것이 아니라 채워서 빠져나간… 상상도 못 한 새것이 내가 구겨 넣었던 옛것을 밀어냈으니….

스텔라가 와인과 안주를 준비해서 내가 앉아 있는 소파로 와서 테이블에 내려놓고 입구가 넓은 와인 잔을 채운다. 와인으로 절반도 채우지 못한 잔을 서로 부딪치며 마신다. 스텔라가 아이 같은 표정을 지으면 즐거워한다.

"좋아, 너무 좋아. 순남이랑 이렇게 마시니 더 좋아."

"저도요."

"하고 싶은 말이 뭐야?"

"어떻게 알았어요? 하고 싶은 말이 있는지."

"인간이 60을 넘으면 영물이 된다잖아. 남의 생각을 읽는… 그래서 신은 인간이 60살을 넘으면 세상의 이치를 다 깨달았기 때문에 살려두고 싶어 하지 않는대. 하기는 인간이 신의 영역을 넘보니 살려두고 싶겠어?"

"재밌네요."

"순남아…."

"……."

"재미있게 살아. 심각하게 살지 말고."

"남자가 있어요."

"그래? 어떤 남자야?"

"유부남이에요."

"그래? 누가 더 만나고 싶어 해?"

"전화는 그쪽에서 하고 나는 그때마다 좋아서 나가요. 내게 전화를 하는 의도를 잘 모르겠어요."

"좋아하는 모양이지. 내가 겪은 바로는 말이다. 남자는 지독히 이기적인 존재야. 더구나 여자한테는 더 그래. 성적인 매력이 없으면 절대로 접근을 하지 않아. 순순한 마음으로는 여자에게 커피 한잔도 사지 않을 만큼 이기적인 게 남자들이야."

나는 최 감독과 있었던 그간의 일을 스텔라에게 털어놓았다. 스텔라가 이윽고 말을 했다.

"여행을 떠나. 형님한테 솔직히 말하고. 내가 거들게."

"유부남이잖아요. 엄마가 알면 나 죽어요."

"그 사람이랑 갔다고 꼭 일이 벌어진다는 생각은 뭐야? 둘이 잔적도 없는데 쉽게 자겠어? 이미 그런 나이 아니야. 잘 사람이면 처음부터 그렇게 두지를 않아. 남자는 언제나 여자에게 대가를 바라. 내가 보니 그 남자가 너에게 대가를 원한 적이 없네. 드물게 순순한 사람이라는 생각이 들고, 더구나 중년의 나이야. 젊었을 때처럼 열정으로 움직이는 나이도 아니야. 이제는 솔직한 게 좋아. 젊어서는 내가 무슨 짓을 하는지도 몰라 남도 속이고 나도 속이면서 문제를 풀려 했지만 이만큼 나이 들었으니 정면 승부를 해."

"……."

"순남아!"

"……."

"아직 풀리지 않는 네 숙제가 남았잖아. 형님이나 나와 같은 인생을 살면서 네 숙제 못 풀어. 이제 두려워하지 말고 앞으로 나가."

다음 날 저녁을 물리고 눈치를 보는데 스텔라가 눈을 끔벅이며 재촉한다. 그래서 내가 불쑥 말했다.

"엄마 나 제주도 갈 거야."

"혼자?"

"아니, 남자랑."

엄마가 눈을 가늘게 뜨고 물었다.

"남자? 누구?"

"엄마가 누구라고 하면 알아?"

"이년이 슬슬 똥구멍에 바람 들기 시작하네."

순간 내 옛 버릇도 튀어나오고 엄마의 옛 버릇이 튀어나왔다. 스텔라가 재빨리 중재에 나섰다.

"형님, 순남이도 이제 제 인생 찾아 움직여야 하잖아요. 언제까지 이 시골에서 썩어요. 아직 나이도 있는데. 옛날부터 알았던 감독이래요. 일 때문에 간대요."

"일? 무슨 일?" 엄마는 여전히 못마땅한 표정이다.

"사실 순남이가 배우가 된 것도 그 사람 덕이래요."

"배우? 남의 인생 대신 연기해서 사는 인생? 고작 남의 이목 끌면서 때마다 사람들의 입방아에나 오르내리면서 사는 인생? 그게 은혜였다고? 아서라. 그 남자가 아니었으면 다르게 살았을지 누가 알아? 그때도 덜 급해서 그랬지, 만약 굶어 죽을 지경이 되면 고향에 내려왔어야지 별수 있어? 그때 안 내려왔으니 결국 몸 버리고 병들어 왔잖아. 그런 놈이 안 도와줘도 때가 되면 하나님이 도와줘. 그저 그때를 기다리지 못하고 허우적대며 제멋대로 가다가 저 꼴 난 거지."

"내 꼴이 어때서? 그때 내려왔으면 이 촌구석에서 무식한 농부 만나 시집가고 애나 낳으면서 살았지 별거야?"

"저런, 경을 칠 년이 말하는 꼴하고… 땅을 가꾸고 남편 봉양하고 애

키우는 것이 뭐가 어때서? 하나님이 보시기에 가장 기뻐하시는 일이야. 이년아! 남이 시키는 대로 조종당하고 얻은 돈으로 세상이나 혼돈시키고 남의 영혼이나 파먹는 주제에… 온갖 놈 후리면서 받은 돈으로 제 몸치장하는 것이 제 남편과 제 새끼 돌보는 것보다 낫다고! 이런 배은망덕 한 년."

"엄마! 꼭 그렇게 내 가슴을 후벼 파야겠어! 누구는 그렇게 살고 싶어서 살았어? 죽지 않으려고 그 방법을 택한 거지. 왜 나만 가지고 그래. 왜! 왜!"

드디어 참고 참았던 울음이 터져 나왔다. 단순히 엄마의 아픈 소리 때문이 아니었다. 그즈음 내 마음이 그랬다. 겉으로는 아닌 척했지만 내 마음은 죽을 것처럼 불안하고 괴롭기 시작했다. 그냥 이대로 죽는다면? 왜 살아? 어제도 오늘도 내일도 똑같다면 왜 살아? 나는 두 다리를 뻗고 악을 쓰면서 울었다. 현재의 처지보다는 평생 참았던 그 분노를 터트리는 것 같았다. 다 잊었다며, 다 용서했다고 했건만…

스텔라가 땀을 뻘뻘 흘리며 울어대는 나를 품어 주고 엄마는 우두커니 바라만 보았다. 울다 보니 가슴이 서늘했다. 내 나이 43살에 이런 꼴은 또 무언지… 과거 때문이라지만 솔직히 4년의 세월 동안 앞으로 나아가는 것도 잊었다. 만일 여기서 새 지도를 그리지 못하면 결국 상처뿐인 과거에 매몰되고 마는데 날 보고 어떻게 하라고? 엄마가 한숨을 길게 내 쉰 끝에 말했다.

"갔다 와. 가…"

그런데도 울음이 멈추지를 않았다.

"엄마가 잘못했다. 엄마가… 그러지 말아야지 하면서도 말이 앞서. 솔직히 나도 순남이의 저런 꼴도 마음에 안 들어서 그랬나 봐. 엄마가 잘

못했다. 갔다 와. 펼쳐지는 인생길을 누가 알고 판단하겠어. 결국 내가 먼저 죽는데… 어차피 나 죽으면 지들 마음대로 살 건데… 갔다 와."

그래도 좀처럼 울음이 멈추지를 않았다.

스텔라도 돌아가고 내 방으로 들어와 잠자리에 누웠지만 잠이 오지를 않았다. 자정이 다 되어 최 감독에게 전화를 걸었다. 한참의 신호음 끝에 최 감독이 응답한다.

"저예요. 순남이."

"순… 남이? 몇 시냐? 지금."

"미안해요. 잠 깨워서."

"괜찮아. 매일 자는 잠인데, 근데 무슨 일이 있니?"

"아니요. 그냥 잠이 안 와서…."

"잠이 안 와서? 잠을 못 잘 만한 일이 생겼구나."

"아저씨…." 다시 서러움이 폭발해 더 이상 말을 잇지 못했다.

힘센 아이에게 두들겨 맞고 누군가에게 편을 들어 달라면서 쏟아내는 눈물 같았다. 엄마가 그렇게 내 인생을 폄하하는 것도 참을 수가 없었다. 그래도 엄마는 대지에 뿌리를 박고 아버지라는 가문의 울타리에 둘러싸여 살면서 큰소리만 치고 살았다. 엄마도 고단한 인생을 살았다지만 태어나는 순간부터 사랑받지 못했고 의지할 사람이 전혀 없는 벌판 같은 삶을 살았던 나는 더 고달팠다. 왜 그런 선택을 했느냐고 종주먹을 들이대지만 나도 어쩔 수 없는 벼랑 끝 전술이었다. 그러나 나도 다 빼앗기기만 했다. 그저 내가 가진 것을 전부 보여주면서 살아남은 건데….

울음 끝이 긴 아이처럼 연신 흐느끼면서 엄마와 충돌했던 이야기를 들려주었다. 눈물에 섞여 이어지고 끊어지는 내 말을 끝까지 듣고 나서 최 감독이 말했다. 짐을 싸놓고 집에서 기다리라고. 먼저 어머니를 뵙겠다며….

  최 감독이 도착하기 한참 전부터 스텔라는 물론 큰언니까지 달려왔다. 나는 대문 밖에서 최 감독이 오기를 기다렸다. 이윽고 최 감독의 하얀 승용차가 대문 앞에서 멈추었다. 초조하게 기다리던 내가 다가가자 최 감독이 차 문을 열고 나온다. 어울리지 않게 양복까지 차려입은 그도 긴장한 자세가 역력하다. 그러면서 온다는 허세는 또 뭔지… 이렇게까지 해야 할 이유도 없는데… 생각하며 근심스러운 표정으로 그를 맞았다.
  엄마와 스텔라, 큰언니가 앉아 있는 안방으로 그를 데리고 들어갔다. 천장도 낮은 시골집의 작은 안방에 나란히 앉은 세 여자의 호기심 어린 집중포화에 그가 완전히 질린 표정이다. 그는 그대로 무릎을 꿇었다.
  "염려 마십시오. 제가 안전하게 순남이를 지키며 여행을 다녀오겠습니다."
  엄마가 물었다.
  "몇 살이우?"
  "55살입니다."
  "애는 있수?"
  "딸만 둘입니다."
  "그저 딸처럼 생각하고 지켜주시게."
  "물론입니다. 절대 걱정하지 마십시오."
  엄마 곁에 앉은 스텔라는 따뜻하게 웃기만 했다. 큰언니는 연신 불안한 고갯짓을 하고….
  신고식을 마친 최 감독과 동행의 허락을 받은 나는 가방을 들고 집을 나왔다. 그리고 최 감독의 차에 오르며 말했다.

"어이없지 않아요? 이 나이에….."

"왜? 나는 좋은데. 누군가 나를 돌보아 준다는 느낌, 좋아. 이게 사람 사는 맛 아니겠어? 솔직히 이러고 동행을 하니 내 마음도 편하고….."

"다행이네요. 그렇게 생각해 주시니."

승용차가 마을을 빠져나갈 즈음 그가 말했다.

"순남아 지금 생각한 건데 장소도 시간도 계획하지 않고 떠나 볼래?"

"어떻게요?"

"일단 마음 가는 데로 가보자. 사실 오늘 안에 부산까지 가서 제주도로 가는 배를 타려 했는데 방향을 돌려 내륙을 좀 돌다가 제주도 가는 배를 타자. 그저 바람 가는 대로 구름 가는 대로 시간도 정하지도 말고, 너나 나나 백수인데 까짓 한번 늘어지게 놀아 보자. 이런 날이 또 오겠어?"

"현장 답사는요?"

"그게 답사지 별거냐?"

"나야 좋죠. 어차피 허락은 받았으니 일정이 늘었다고 쫓겨날 것도 아니고… 사고 없이 돌아오기만 하면 되죠, 뭐."

"사고 없이?"

"글쎄… 차 사고는 안 낼 자신은 있는데 다른 것은 모르겠다. 이러고 떠나니 마치 신혼 여행 가는 느낌이야."

"아저씨….."

"농담이다 농담. 떠나기 전에 나를 노려보던 여인의 눈빛이 아직도 내 가슴에 시퍼렇게 살아있는데 하나도 아니고 셋씩이나… 어휴, 무서워."

그는 과장되게 몸을 떨다 크게 웃었다.

그는 호남 쪽으로 방향을 틀었다. 또한 목적지를 정해서 무작정 고속도로를 달리기보다는 국도를 이용하기도 하면서… 산도 보고 강도 보고 벼가 익어가는 들판도 보면서. 맛집이라고 소문이 난 덕유산을 끼고 있는 산채나물 집에 들어가 저녁을 먹는 내내 그의 입은 즐거워 어쩔 줄 모른다. 밥을 먹고 무주 리조트 안에 있는 호텔에 들어갔다. 시즌이 아니라 빈방이 많은 모양이다. 그가 내게 물었다.

"방을 하나만 잡아도 될까?"

"네?" 그는 동그랗게 뜬 내 눈을 들여다보며 말했다.

"우리는 가족이다, 가족. 아빠처럼 돌보아 준다고 어머님에게 약속까지 한…"

"그, 그래도…"

"그래도는 무슨… 어차피 얼마나 길어질지 모르는데 그냥 한 방 쓰면서 가자."

"그, 그래도…"

"순남아 이건 절대 비밀인데…"

"뭐, 뭔데요? 또?"

"나… 남자 구실 못하여진 지 꽤 됐다. 걱정 마라."

"정말요?"

"이제 됐나?"

"그래도 그렇지…" 그렇게 말은 하면서 그가 잡은 방으로 따라 들어 갔다.

둘은 나란히 침대에 누웠다. 불마저 끄니 세상은 온통 어둠뿐이다. 그가 말했다.

"자자. 너무 피곤해."

"벌써 자요?"

"자야지. 내일 다시 운전하고 길 떠나려면. 그리고 오늘 기를 너무 빼앗겼나 봐. 정말 피곤해. 나는 자련다." 그 말이 떨어지자마자 그의 코고는 소리가 들려왔다. 이어서 방귀 소리도 들려오고… 이건 또 뭐야? 아무리 그래도 이런 그림은 아니었는데….

아침에 눈을 뜨니 최 감독은 벌써 옷을 차려입고 해가 깊숙이 들어오는 창밖을 바라보고 있었다. 나는 몸을 일으키며 물었다.

"벌써 일어나셨어요?"

그제야 그는 몸을 돌려 나를 바라보며 물었다.

"잘 잤어?"

"네, 언제 일어나셨어요?"

"내가 아침잠이 없는 편이야. 늙어서…."

"맨날 늙었다는 소리는…."

"그러면 안 늙어 보이니?"

"그럼요. 청년 같아요."

"그러면 안 되는데. 부녀처럼 보여야 하는데… 어머니에게 약속했는데…."

나는 피식 웃었다.

"남매로 하죠. 뭐 남매…."

"이왕 인심 쓰는 김에 애인까지 내려가 볼까?"

"아저씨!"

창밖에서 들어오는 빛을 받으며 환히 웃는 그의 얼굴은 정말 청년처럼 느껴졌다. 좋은 아침이었다. 그는 아침을 호텔에서 먹을지 아니면 조금 가다가 먹을지 결정하란다. 그래서 또 행복했다. 그저 자고 먹고 떠나면서 누군가와 함께한다는 사실이….

그날 우리는 지리산을 거쳐 무등산도 잠시 들렀다가 날이 어두워서야 해남에 도착했다. 바다가 보이는 곳까지 도달했다. 바다를 끼고 달리다가 날이 어둡기 전에 통영에 도달했다. 그리고 바다가 잘 보이는 제법 큰 호텔에 방을 잡아 짐을 풀었다. 다음 날 제주도로 가는 배에 차와 승선할 예정이다. 그는 방에 들어가자마자 침대에 벌렁 누웠다. 피곤하다며. 내가 귀퉁이에 앉아 짐을 푸는데 그는 오빠처럼 말했다.

"순남아, 오늘은 불타는 밤을 보내자."

"어떻게요?"

"별거 있어? 그동안 술도 마시지 않고 일찍 잤는데 오늘은 근사한 곳에 가서 밥 먹고 술 먹자는 거지 뭐."

"좋아요." 사실 나도 술이 고팠다.

둘은 하루의 먼지를 말끔하게 걷어내고 호텔 스카이라운지에 있는 레스토랑으로 갔다. 오랜만에 잘록한 허리를 드러내고 발목까지 끌리는 치마를 입으니 여자가 된 듯한 느낌이 들었다. 방을 나오기 전에 거울에 서서 옷맵시를 보다가 분홍 립스틱을 발랐다. 바다가 그대로 드러나는 전망 좋은 식당은 제법 멋지게 치장을 했지만 텅 비어 있었다. 먹기에 이른 시간이기도 했지만 비수기의 고뇌처럼 느껴졌다. 하기는 붐비지 않는 곳에서 누리는 것도 매인 곳이 없는 자들의 특권이다. 바다가 보이는 고급 레스토랑에 우리 둘이라니… 마치 둘만을 위한 만찬 같았다.

문득 떠오르는 영화의 장면이 있었다. 1900년대 초, 무질서한 미국의 뉴욕에서, 지적이고 아름다운 첫사랑을 평생 사모해온 건달이 은행을 털고 살인도 저질러 옥살이도 하면서 꽤나 잘나가는 마피아로 성장하자 드디어 첫사랑에 청혼하는 장면이다. 세상에 두려울 것이 없던 그는 오로지 그녀 앞에만 서면 작아지는 것이었다. 그는 청혼을 하기 위해 뉴욕의 가장 비싼 식당 전체를 빌려 오로지 그녀만을 위한 공간으로 꾸몄다. 그녀의 취향에 맞게 준비하느라 클래식 연주자들을 준비시키고 빈자리를 매운 화려한 꽃장식을 한 그곳에 여왕처럼 앉은 여인에게 칭찬을 받을 준비를 하면서 흐뭇해하는 남자….

창가에 앉은 아저씨가 텅 빈 공간을 의미 있게 바라보았다.

"사람이 없어 좋네."

그는 마치 그 영역을 정복한 조폭처럼 어깨를 활짝 펴고 거만하게 말했다.

"순남아… 이제부터 들어오는 손님에 대한 손해비용은 내가 낸다고 하고 들어오지 못하게 할까?"

"왜요?"

"내가 보니 들어올 손님도 더 이상 없고…그냥 배팅 한번 해 보지 뭐. 너를 위해…."

"나를 위해서요?"

"여자들 좋아하잖아. 자기만을 위한 이벤트…."

"틀렸어요. 진짜 내 남자가 그러면 여자들은 그런 허세를 절대로 용서하지 않아요."

"그래?" 그가 로버트 드니로처럼 웃었다. 그래서 그 장면이 떠오른다고 말을 하자 그가 맞장구를 친다.

"once upon a time in America? 그 영화 죽이지. 세르지오 레오네 감독의 작품. 원작은 10시간이 넘는데 흥행사들은 너무 길다고 120분으로 편집해서 상영한 결과, 참담하게 실패했지. 말이 돼? 10시간짜리를 2시간으로 가위질을 했으니… 그러다가 1984년에 4시간으로 재편집해서 칸 영화제에서 상영하면서 인정을 받았지. 미국에서 그 영화 무지

하게 돌려 봤어. 정말 멋진 영화야. 1920년대, 법과 질서보다는 폭력과 살인이 난무하는 뉴욕의 빈민가에서 시작된 철부지들의 인생이 후반까지 이어지면서 속고 속이는 사내들의 모습을 적나라하게 드러낸 영화… 주인공 누들스… 다 가진 것 같지만 한순간에 날아가는 돈과 권력… 친구의 배신으로… 그토록 애달프게 사랑했던 첫사랑도 그놈한테 결국 빼앗기고 마는 배신의 삶… 근데 순남아…."

영화의 스토리에 푹 빠져 있던 그가 내 이름을 부르더니 더 이상 말이 없다.

그의 시선은 어느새 창밖으로 가 있다. 멀지 않은 항구에서 쏟아내는 크고 작은 불빛에 바다의 물결이 어른거린다. 얼마가 지났을까? 내가 그의 시선을 안으로 끌어들이려고 나직이 재촉했다.

"왜요?"

"순남아…." 그러나 또 말이 없다. 얼마의 시간이 흘렀을까 그가 말을 잇는다.

"참 좋다. 너랑 이런 대화를 나누는 게… 와이프하고는 오로지 돈을 어떻게 벌어서 미래를 준비할 거냐 아니면 자식새끼 문제를 어떻게 할 거냐로 언쟁만 했는데… 간혹 와이프와 새끼들에게 이런 말을 비추면 철이 없다고 몰아세워. 내 마음에서 이는 말을 하면 철이 없는 거니? 매번 나를 사랑하기 때문이라지만 어떻게 하면 나를 더 부려 먹을까 하는 궁리밖에 없는 것 같아."

"그럴 리 있겠어요? 지나고 보니 가족의 사랑만큼 큰 게 없던데요. 저도 결국 가족을 떠났지만 다시 그 품으로 돌아왔잖아요."

"내가 보니 여자들만 남아서 그래. 아마도 그 집안에 아버지가 살아계셨으면 상황이 또 달라질걸?"

"......."

"우리 집도 나 없으면 여자 셋이서 좋아 죽어. 제 어미와 딸년들은 한 몸처럼 붙어서 떠드는데 나는 늘 왕따야. 어미라는 것은 돈 이야기만 하고 딸들은 사내 얘기뿐이야. 내가 끼어들 자리가 없어. 가족을 위해 열심히 살았는데 나를 이해하는 사람은 세상에 한 사람도 없어. 지금 생각해 보니 나를 뼛속까지 이해하고 사랑했던 여자는 단 한 명…."

"누군데요?"

"우리 엄마."

그가 슬프게 말하는데도 영화의 장면이 떠올라 피식 웃었다. 친구에 대한 열정과 여인에 대한 갈급함으로 방황하는 사춘기에 접어든 누둘스에게 첫사랑, 데보라가 곁에 있어 달라는 작은 소원과 친구가 부르는 소리에 망설이는 모습을 보고 그녀가 말한다. '가봐, 누둘스. 엄마가 부르네.' 남자는 절대 사랑을 추구하면서도 때마다 방해하는 것들로부터 사랑을 지키지 못한다. 애인으로 있을 때는 친구들 때문에… 남편으로 있을 때는 엄마 때문에….

슬프게도 우리가 주문을 한 음식을 다 먹었는데도 손님이 들어오지 않았다. 그러나 다행히 와인을 마시고 있는데 세 팀이 들어왔다. 무대에 멋지게 놓인 그랜드 피아노에 앉아 연주를 시작하는 남자의 손길도 그다지 궁색하게 느껴지지 않았다. 서빙을 하는 사람들의 몸놀림도 이전보다 가볍다. 세상은 그렇게 이어지는 모양이었다. 바닥까지 드러낸 잔에 채워지는 아주 적은 양이 때론 전부를 채운 기쁨만큼 느껴지는… 지독하게 외롭다지만 그다지 슬프게 들려오지 않는 최 감독의 이야기를 들으며 와인을 마셨다. 최 감독의 투정이 이어졌다.

"여자의 몸속에서 태어나 여자의 치마폭에 쌓여 성장했는데도 가슴에는 다시 여자의 따뜻한 품을 그리워하며 찾아 헤매는 이 허한 인생. 엄마가 떠난 자리를 채워 줄 여자가 없는 세상을 사는 것이 두렵고 너무 외로워."

'가봐, 아저씨. 엄마가 부르네요…' 생각하며 말했다.

"없는 것이 아니라 찾지 못한 것일 수도 있어요."

"아니야. 여자는 엄마처럼 나만을 사랑해 주지 않아. 누둘스가 온몸을 다해 사랑한 데보라는 유명 연예인이 되기 위해 할리우드로 가는 꿈을 결코 접지 안잖아. 그 남자가 세상을 다 준다 해도… 사실 남자가 자기 몸집을 키우는 것은 여자가 원하는 것을 해 주려는 건데…"

"하지만 남자의 사랑은 한 여자에게 머물지 안잖아요. 그래서 여자는 스스로 무언가를 이룰 수 있다면 사랑보다 실리를 택하기 쉬워요. 여자가 아무것도 없이 무능할 때만 남자에게 운명을 거는 것 같아요. 그리고 남자도 그런 여자에게만 운명을 걸어요. 만일 여자에게 어떤 능력이 있으면 남자는 여자의 능력에 기대어 무능해지거나 그것을 이용해서 더 큰 것에 배팅하면서 사기꾼이 되거나…"

"그런 것도 같네. 사실 남자는 수컷의 본성이 있어. 남자는 연약하고 힘없는 여자의 흑기사가 되고 싶어 해. 남자는 저보다 잘났다고 나서면 타고난 경쟁력이 발동해서 이기려 들거든. 여자든, 남자든… 근데 요즘 여자들은 남자 위에 올라타서 그 남자와 경쟁해서 더 부리려고 채찍질을 해대니…"

"여자에게 경제력이 생기면서 부부간에도 능력 있는 자들의 싸움으로 변해간 거죠. 하지만 부부는 어떤 능력이나 이해관계를 초월해서 하나가 되어야 하는 절대 사랑의 영역이 있는 것 같아요. 그 영역에 도달하려면 둘이 노력해서 이룬다기보다 누군가의 절대 사랑이 관건이죠.

인
생
숙
제

가장 낮은 자세에서 모든 것을 감싸야 하는… 마치 엄마가 아들에게 하는 것처럼… 결국 여자인 아내만 할 수 있어요."

"……."

"아버지를 향한 엄마의 사랑을 보면서 느꼈어요. 한 남자에게 그렇게 전 생을 걸었는데 결코 억울하지 않다며 지금도 아버지 생각하면서 행복해하는. 죽은 아버지도 분명 행복할 것 같아요. 그래서 죽기까지 사랑해야 한다는 말이 아니라 거기까지 실천을 해야 비로소 열리는 열매. 최악의 상황에서도 그 끈을 놓지 않는 끝에 달린 진한 사랑, 어쩌면 징그러울 만큼 징한 사랑…."

"너는 결혼도 안 했으면서 그렇게 잘 아니?"

"엄마를 보면서 간접 경험을 한 거죠. 어려서는 그런 엄마를 이해하지 못했지만 나름 험난한 인생을 살다 보니 이제 조금 알 것 같아요. 인생에서 승리하는 것이 무엇인지."

"그래? 무언데?"

"결국 인생은 풀어야 할 게임이 아닌가요. 하나님이 심판하신다면. 지난번에 아저씨도 말씀하셨잖아요. 놀이 공원에서 열심히 놀아야 한다고."

"그랬지."

"하지만 저는 무조건 열심히 하는 것만으로 게임을 이길 수는 없는 것 같아요."

"그러면…?"

"게임의 룰을 알아야 해요. 심판자가 요구하는 것을 정확히 알고 문제 풀이를 하는 사람이 점수를 많이 받지 않겠어요. 아무리 열심히 했어도 룰을 어기면 점수가 나오지 않아요."

"그러네."

"요즈음 저도 성경을 읽기 시작했어요. 창세기에 보니까 하나님께서 홀로 있는 아담을 도우라고 여자를 만들어 주었다잖아요."

"여자들이 그래서 발끈하잖아. 성차별한다고. 시작부터 남자를 도우라는 것이 말이 안 된다며."

"아마도 그것은 하나님의 의도를 모르고 하는 질문이에요. 그걸 읽고 내가 느낀 것은 여자가 한 남자의 아내가 되면 남자의 성취욕과는 다른 능력을 발휘하는 것 같아요."

"……."

"남자와 경쟁하는 능력이 아니라 남편을 키우는 능력이죠. 아내는 남편을 경쟁자로 보기보다는 자기애로 사랑하기 때문에 가능해요. 다시 말하면 아내는 남편을 자기의 기대감으로 감정이입이 되면서 동일체로 가는 거죠. 그에 반해 남편은 아내를 많은 여자 중의 하나로 인정하려는 마음이 있어 절대로 동일체가 되지는 못하고 기회만 되면 떨어지려 해요. 그래도 한 몸을 이루라면 칼자루를 쥔 쪽이 여자가 아닌가요? 끝까지 붙잡고 있다가 결국 내 것으로 만드는. 우리 엄마처럼…."

"말 되네."

"그래서 하나님께서 여자에게 모자라는 남편 잘 돌보라고 하는 것 아닌가 싶어요. 백마 탄 남자는 여자가 만들어 낸 허상일 뿐이죠. 아마도 잠만 자다 깨어난 백설공주를 깨운 왕자는 그 외모와 재력으로 얼마 후 다른 공주 찾아 나섰을 거예요. 부부가 되면 그렇게 어긋나기에 끝까지 사랑이 이어지기가 어렵죠. 만일 아내라는 이름으로 산 여자에게 높은 점수를 주는 기준이 뭘 거 같아요?"

"……."

"제멋대로인 남자 잘 보살펴 가정을 조화롭게 이끌어간 여자에게 높은 점수 줄 것 같은데요."

"……."

"어쨌든 여자는 지키는 것이 능력이고, 남자는 바꾸는 것이 능력이라는 생각도 해요. 여자가 어떤 악재에도 지키는 싸움에서 이기면 남자는 결국 손들게 되어 있어요. 그러기 위해서는 여자가 아내가 되면 남편을 돌보는 모성까지 발휘해야 남녀 간에 사랑이 완성되는데 같아요."

"그런데 순남아, 요즘 세상 꼭 그렇게까지 해야 해?"

"요즈음이라 더 절실한 것 같지 않아요? 만일 하나님의 규칙이 그렇다면, 요즈음 사람들이 예전 사람보다 더 풀기 어렵다면, 푼 사람은 홀로 대박이죠. 안 그래요?"

"말 되네."

"근데 나는 안 풀고 싶다."

"그러다가 하나님이 숙제 안 했다고 지옥 보내면 어떻게 해요."

"너는 그 말을 믿냐?"

"이제는 믿고 싶어요. 내가 모른다고 없다 하지 말래요. 우리 엄마가 믿어서 보는 손해보다 안 믿고 보는 손해가 더 크다니 믿어 보려고요."

"근데 여자들은 왜 그렇게 종교에 쉽게 빠지는지 모르겠어. 잔머리 굴리며 이해관계를 따지는 것에는 타의 추종을 불허하며 누구도 못 믿는 우리 마누라도 그렇게 열렬히 믿는 것을 도저히 이해 못 하겠어."

"웬 줄 아세요?"

"왜?"

"의지할 만해서 결혼한 한 남자가 결코 믿고 인생을 맞길 만한 존재가 못 되는 것을 안 거죠. 그래서 더 큰 힘을 찾아 헤매는 거예요. 여자가 남자보다 더 영적인 존재라고 하잖아요. 이성을 뛰어넘는 영성… 차원을 나누라면 감성 위에 이성이고, 이성 위에 영성 아닌가요?"

"……"

"사랑에 관한 한 남자가 감성적이고 여자가 이성적인 것 같아요. 그러니 남편이 아내 못 이겨요. 남자의 감성은 아마도 그 기조에 모성이 자리를 잡고 있는 것 같아요. 여자를 믿는 거죠. 제 꼴을 다 봐 줄 거라고 생각하며… 당연히 아내는 남편을 믿지 않아요. 감성이 아닌 이성으로 사랑을 저울질하죠. 사실 아내가 가장 관대한 것은 남편이 아니라 아들이에요. 제 몸에서 나온… 그래서 하나님이 한 몸을 이루고 있으라는 남편도 지키는 것이 아닌가 하는 생각도 들어요. 자식을 품은 여자는 영성이 더해져서 하나님의 의도를 더 잘 아는 거죠. 그런데 개인의 성취에 몰입하는 현대인들은 그런 하나님의 룰을 알기가 어렵죠."

"순남아."

"왜요?"

"그냥 여자 남자 만나 행복하게 살면 안 되겠니? 왜 그리 인생 어렵게 살려고 그래."

"우리 엄마가 말했어요. 인생을 살면서 사람과 조화롭게 사는 게 가장 어렵다고. 그런데 하나님이 세상을 창조하고 인간을 만들면서 내준 숙제인데 그것을 풀고 오는 사람이 별로 없대요. 이유는 말했잖아요. 반쪽을 채워 조화롭게 살라는데 혼자 온전해지려니 누구의 것이든 빼앗든 이용을 하겠죠. 그러다 종국에는 인생 망가진다고…"

어느새 홀에는 피아노를 치던 남자가 사라졌다. 자리를 채워주었던 사람들은 떠나고 우리만 남았다. 카운터 주변에 서 있는 종업원이 서성대며 우리 쪽 눈치를 보고 있다. 그만 가 주었으면 하는 자세가 역력하다. 최 감독이 나를 향해 말했다.

"순남아, 요즈음 너를 만나면서 느낀 건데 옛날에 네가 전혀 아니야? 그때는 백치기가 있었는데… 거의 말이 없는…."

"말이 없다고 생각마저 없다고 판단하는 거잖아요. 나는 옛날부터 말보다는 생각을 많이 했어요. 내 이야기 들어주는 사람도 없고… 그래서 내 생각을 남에게 표현하는 것 자체를 잊은 듯 살았어요. 그런데 고향에 돌아와 다시 태어나는 느낌이에요. 엄마를 보면서… 나는 고등학교를 졸업하지 못했으니 공식적으로 중졸이고 우리 엄마는 한글 깨우친 무학인데 그 밑에서 머리 조아리고 배워요. 욕을 먹어가며 오늘까지도…."

"눈빛이 대단하시데, 먹이 찾는 독수리 눈빛이야."

"겪은 게 많아서 그런 가봐요. 더하여 스텔라도 있고 큰언니도 있고… 지식이 아닌 살아낸 경험을 그대로 받으면서… 서당 개 3년이면 풍월을 읊고 식당 개 3년이면 라면을 끓인다잖아요."

말끝에 내가 웃음을 터트리고 말았다. 하기는 그런 말을 하는 나에게 스스로 놀라는 참이다. 오로지 내게 상처를 준 사람만 미워하면서 내 존재감을 잊었다. 하지만 가족들과 붙어 있으면서 홀로 많은 시간을 버텨 냈다. 흔히 사람들은 자기를 드러내며 성장하기를 기대하지만 성숙 없는 성장은 한계가 있는 것 같았다. 성숙은 성장 중에 되지 않고 깊은 좌절과 고뇌라는 시간을 거쳐야만 성장이라는 고리와 연결이 되는 것 같았다. 20년 동안 나를 밀어낸 가족들에게 보란 듯이 크고자 애를 썼다. 커졌다면 그건 정말 운이 좋다는 말 밖에… 되돌아보니 전략도 원칙도 없이 그냥 커진 것뿐이다. 이용하고 이용당하면서… 칼끝을 피해 신명 나게 춤을 추며… 그때는 몰랐는데 그 길에서 빠져나오니 비로소 보였다. 그러나 옛날 옛적에 그런 일이 있었기에 오늘의 사건도 이해할 것 같은….

성장은 인간 스스로 이루어 나갈 수 있지만 성숙은 인간이 스스로 할 수 없다고 했다. 미친 듯이 성장이라는 패러다임에 매몰되었을 때 누군가 그 고리를 툭 끊어 주지 않으면… 내가 내려놓는 것이 아니라 등 뒤에서 지켜보고 있던 누군가가. 그것이 바로 사랑하시는 자에 대한 하나님의 섭리라고 하지 않던가. 인간의 사건에 개입하시는… 자정이 다 되어 방으로 들어왔다. 우리는 오누이처럼 각자의 침대에 누웠다. 이제 한 공간에서 서로 씻고 옷을 갈아입는 것도 그다지 불편하지 않았다. 등만 대면 바로 코를 고는 그가 조용하다. 그래서 내가 물었다.

"안 자요?"

"응."

"덜 피곤한가 봐요."

"순남아…."

"……."

"나 이혼할 거야."

"……."

삼천포항에서 차와 함께 제주도로 가는 배에 올랐다. 안전하게 차를 승선시킨 후에 차에서 나와 갑판으로 나왔다. 이윽고 배는 서서히 항구를 떠나 바다로 향했다. 어젯밤 이후로 그는 급격하게 말수가 줄었다. 나는 주로 객실에 앉아 있었고 그는 주로 갑판으로 나갔다. 간혹 나도 갑판으로 그의 곁에 서서 바다를 바라보지만 그는 끝내 말이 없다.

제주도 항에서 빠져나와 애월리에 도착했다. 이미 날은 어두워졌다. 바다가 보이는 펜션에 들어갔다. 문을 열면 바다가 그대로 밀려들어 올

만큼 해변 가까이에 붙어 있다. 가을이라지만 여름처럼 느껴졌다. 하루 종일 배에 시달리다 보니 몸이 지친 모양이다. 거실이 따로 있고 취사 도구도 있지만 간단하게 저녁을 먹고 그대로 침대에 누웠다. 최 감독은 거실 소파에 길게 누워 텔레비전을 보고 있다.

바람이 차게 느껴져 눈을 떴다. 거실에서 들려오는 텔레비전 소리는 멈추고 잔잔한 파도 소리만 들려온다. 나는 몸을 일으켜 거실을 살펴보았지만 불 꺼진 소파에 그가 없다. 시간을 보니 1시다. 자정을 넘긴 한밤중인데… 나는 거실의 창에 다가가 이어지는 해변을 유심히 살펴보았다. 유난히 달빛이 밝은 밤이었다. 해변을 향해 있는 앉아 있는 점 하나, 그의 뒷모습이 분명했다. 나는 겉옷을 걸치고 나가 그의 곁에 앉았다. 바다를 향한 그의 시선은 움직이지 않은 채 물었다.

"왜 나왔어? 안 자고…"

"아저씨야말로 왜 여기 이러고 계세요? 안 자고…"

"……"

또 대답이 없다. 어제 이후로 그는 내가 묻는 말에 대답을 바로 해 주지를 않았다. 그리고 자기가 하고 싶을 때만 했다.

말없이 바다를 응시하는 두 사람 앞에 그저 바다만 재잘댄다. 얼마가 또 그렇게 흘렀을까? 그가 내게 물었다.

"내가 이혼한다는데 대답을 안 했잖아."

"무슨 답을 원하는데요? 그건 내 문제가 아니잖아요. 아저씨가 결정할 문제죠."

"그러네. 내가 정할 문제지. 그래도… 나는 네가 어떤 말이라도 해 줬으면 해서…"

"내가 도울 수 있는 문제가 아녜요."

"이제 미국으로 안 돌아갈 거야. 와이프가 따라오지 않으면 갈라서야지. 20년 전에는 내가 모든 것을 포기하고 저를 따라갔다면 이제는 와이프가 내 뜻에 따라 움직여야 공평한 거 아니야? 돈? 벌 만큼 벌었어. 순남아 나 돈 좀 있다. 큰 부자는 아니라지만 이제 남은 생 그 돈을 굴리면서 편안하게 먹고 살 수 있어. 근데도 내 와이프는 더 돈을 벌어야겠다는 거야. 이제 시작인데 무슨 소리냐고?"

"······."

"우리가 처음 만났을 때 가졌던 그 생각, 그 열정은 어디에도 없어. 둘은 돈을 벌기 위한 하나의 목표는 달성했지만 너무 다른 길로 내달렸어. 서로 다른 방향으로 달리면서 함께라는 이름으로 붙어 있어. 와이프는 내가 이상한 거래. 다 그렇게 산다며, 인간이 어떻게 자기 하고 싶은 것을 다 하고 사느냐며. 내가 욕심을 내는 거냐? 순남아… 내가 이상한 거야? 하기는 내 와이프만 그런 것도 아니야. 주변에 사람들도 다 내가 이상하대. 복에 겨워서 그런다며… 그러니 이런 나를 와이프도 심각하게 받아들이지 않아. 그냥 실컷 놀다가 만 오래…"

다음 날 해가 중천에서 떠 있을 때 눈을 떴다. 창밖을 보니 바람 한 점 구름 한 점 없는 쾌청한 날이다. 하루라도 바람이 없으면 입에 가시가 돋을 만큼 바람이 잦다는 제주도에 문득 사라진 바람… 나는 스트레칭으로 몸을 크게 늘이면서 거실로 나갔다. 거실 바닥에 이불을 깔고 자던 아저씨도 온몸에 쏟아지는 햇볕을 피하려고 이불을 머리까지 뒤집어쓰고 있다. 때론 노인 같고 때론 아이 같은 그의 이중성이다.

나는 조심스럽게 부엌으로 가서 커피를 타는데 그가 잠에서 깬 모양이다. 부스스 일어나 코알라처럼 등을 웅크린 채 그대로 앉아 있다. 까치집을 지은 머리에 하루 동안 자란 수염과 퉁퉁 부어오른 민낯에 햇볕이 만개하다. 지방이 빽빽이 메워진 땀구멍이 그대로 드러난다. 순간 정말 사람 맞아? 하는 생각이 들 정도다. 지난밤에 그토록 우울하다더니 해변에서 쏟아지는 해를 느긋이 바라보다가 늘어지게 하품을 한 끝에 말했다. "밥 먹자."

둘은 근처로 나와 늦은 아침을 먹었다. 목적지인 제주도에 도착했으니 서두를 이유도 없다. 밥을 먹고 바다를 끼고 시계 반대 방향으로 길을 떠날 참이다. 그의 기분도 한결 좋아진 모양이다. 그런 그의 모습을 바라보니 나도 즐겁다. 사실 여행을 떠날 때 마냥 즐겁지만은 않았다. 그와 함께라는 안도감만큼 그이기 때문이라는 두려움도 컸다. 내 기억 속에 남은 마지막 사람에 대한 종말이 고할지도 모른다는… 그저 가끔 만나서 대화를 나누는 좋은 친구마저 잃고 마는 것은 아닌지 하는… 그러나 이제 그런 경계심이 사라졌다. 온전히 그와의 여행을 즐기기만 하면 되는 것이었다.

여행 8일째 드디어 제주도의 첫 출발지인 애월리의 그 펜션으로 돌아왔다. 그곳에서 제주도의 마지막 밤을 지내고 다시 내륙으로 돌아가면 여행이 끝이 난다. 부산항으로 돌아간다고 했다. 그는 그곳에서 근처에 있는 고향으로 가서 잠시 머문다고 했다. 그래서 나는 그와 헤어져 고속버스를 타고 집으로 돌아가기로 계획을 했다. 그와의 마지막 밤이다.

저녁을 먹고 숙소로 들어오자마자 나는 욕조에 물을 받았다. 장기 여행으로 누적된 피곤을 풀기 위해 욕조에 몸을 담그자 깜박 잠에 취하기까지 했다. 한 시간도 넘는 목욕을 마치고 가운을 걸치고 거실로 나갔다. 마지막 밤에 최 감독을 너무 오랜 시간 홀로 둔 것을 미안해하며… 최 감독은 거실 소파에 몸을 길게 누인 채 창으로 이어지는 바다를 바라보고 있었다. 제주도를 여행하는 내내 여름을 연상시킬 만큼의 이상 고온이었다. 바람도 잠잠한 채… 그 밤도 그런 날씨의 연속이었다.

"안 씻으세요?" 내가 물었다.

"이따가…."

나는 냉장고를 열어 사다 놓은 맥주를 꺼내고 안주도 준비해서 테이블에 놓고 그가 누운 소파에 등을 대고 바닥에 앉았다. 소파에 늘어진 그의 배가 내 등 뒤에 가로 놓여있다. 나는 맥주 캔을 따서 내 몸에 닿을 듯이 늘어진 그의 손에 쥐여 주었다. 이어서 내가 캔을 따서 마셨다. 그러나 최 감독은 들고만 있다.

"드셔 보세요. 시원하네요. 탕 안에 있었더니 쌓인 피로도 풀리는 것 같아요."

"순남아."

"……."

"이렇게 누워서 젖은 너를 보니 술에 대한 갈증보다 사랑에 대한 갈증이 나네."

"그럼 우리 오늘 밤에 사랑의 갈증을 풀어 볼까요?"

"아서라. 나 안 된다고 했잖니."

"정말이세요?"

"내가 너한테 거짓말하는 것 같아?"

"네."

"순남아, 너랑 단둘이 방랑 생활 7일째다. 근데 별일이 없다면 누구 탓이냐? 내 탓이냐 아니면 네 탓이냐?"

"내 탓인가 보죠, 뭐. 남자를 이끌 만큼 매력이 없는 것 아니에요?"

최 감독은 픽 하고 웃는다.

"그 말은 맞네."

"아저씨, 그럼 오늘 밤 여자로 한번 거듭나 볼까요?"

모를 일이다. 그와 별일 없이 여행을 마쳐서 다행이라지만 이처럼 아무 일도 없이 헤어지는 것도 그다지 즐겁지가 않다. 어쩌면 나는 이 여행 동안 무언가를 기다렸는지도 모른다. 잠자리에 들 때마다 혹여 최 감독이 달려들면 어떻게 반응을 해야 할까 고민하면서. 그러나 하루가 가고 이틀이 지나고 드디어 헤어질 시간이 다가왔는데 달라진 것은 없다. 기뻐해야 할지 슬퍼해야 할지… 해변에서 부서지는 잔파도 소리에 섞인 최 감독의 소리가 들려왔다.

"순남아, 섹스를 굶은 지 3년도 넘었다. 이제는 그것이 무엇인지도 잊었는데 여행을 하면서 그 욕구가 내 안에서 꿈틀대더라. 그런데 자신이 없어. 너무 오랫동안 쉬었어."

문득 나도 생각했다. 정말 오래 쉬었네, 이름 모를 수많은 남자들… 공포의 첫 경험을 지우고 싶어서 다른 몸을 찾고, 그 몸을 잊으려고 또 다른 몸을 찾는… 그래서 어떤 몸에도 저항하지 않던 내 몸. 그런데 4년을 굶고 나니 백지가 된 것 같다. 요란한 그림이 그려져 있던 도화지에… 기적처럼… 남자를 떠올리면 자 본 적도 없는 아저씨뿐이다. 아저씨라는 그림을 그리려고 도화지가 지워졌는지, 아니면 지워져서 아저씨라는 그림이 그려졌는지는 알 수 없다. 그러나 아저씨라는 실체가 있었기에 아픈 과거도 받아들여지는지도 몰랐다. 잊었다면서 때마다 분노하고 억울 감정이 아니라 그것도 내 인생이었다는 사랑의 마음으로 수용하는….

문득 진남이가 여름날 평상에서 들려주던 카바티나가 그때처럼 귀에 쟁쟁하다. 그 여름이 갈 즈음부터 즐겨 연주하던 카바티나… 병든 몸을 이끌고 고향으로 돌아와 오래된 내 방에서 몇 번이고 돌려 본 영화

'디어헌터'의 주제곡이었다. 줄거리에 매료를 당했는지 아니면 진남이를 그리는 카바티나 때문인지는 알 수 없으나 평생을 품고 다녀서 닳고 헤진 오래된 고서처럼 느껴지는 영화.

월남전이 한창인 미국의 한적한 시골 동네, 총각들은 철공소에서 일을 마치고 저녁이면 모여서 당구를 치고 맥주를 마시며 '아이 러브 유 베이비'를 목청껏 부른다. 일을 쉬는 날에는 총구를 겨누며 사슴사냥을 즐기고… 그렇게 어울리며 일상을 즐기던 동네 총각 중에 3명이 월남전에 참전한다. 그러나 한 명은 죽고 한 명은 불구가 되고, 홀로 살아 돌아온 마이클… 비록 살아 돌아왔다지만 전쟁의 공포에 사로잡혀 위축된 상태인 마이클을 바라보는 고향 친구들도 상실감에 괴로워하는….

언제였던가? 그 한가로움에 목청껏 노래하던… 전쟁터로 떠나기 전에 동네 총각 닉과 동네 처녀 린다는 결혼식을 올린다. 온 동네가 들썩이는 잔치를 치르고 마치 멋진 사슴을 기대하며 호기롭게 전쟁터로 떠났건만, 신랑 닉은 죽고 린다는 졸지에 과부가 되어버린다. 비록 마이클이 돌아왔지만 차마 모습을 드러내지 못한다. 사실 마이클도 린다를 사랑했지만 친구인 닉에게 쿨하게 양보했었건만… 닉을 사지에서 구하지 못한 죄책감으로 괴로워하던 마이클이 결국 린다를 찾아간다. 희미한 달빛에 간신히 느껴지는 두 사람의 몸짓… 카바티나가 흐른다. 선명하게 보이지 않아도, 선명하게 들리지 않아도 가슴 저리게 느껴지는 섹스… 남편을 잃은 린다의 슬픔인지, 아니면 가장 사랑했던 죽은 친구의 아내를 범하는 마이클의 슬픔인지, 아니면 오랫동안 사모하며 참고 인내했던 사랑의 결실인지 모르지만….

그렇게 내 귀에 카바티나가 이어지는데 아저씨의 손끝이 내 젖은 머리카락을 쓰다듬는다. 조심, 조심, 차마 들키면 안 되는 것처럼….

인생
숙제

파도 소리가 커진다. 그동안 숨어 있던 바람이 어둠을 타고 쏟아져 나오는 모양이다. 파도 소리에 섞인 그의 목소리가 들려온다.

"순남아, 남자는 말이다. 와이프한테 섹스를 거절당할 때 가장 모멸감을 느껴. 남자가 왜 결혼을 해. 그것으로부터 자유롭기 위해 결혼하는 것 아니야? 중년을 넘어서니 그 욕구도 어쩌다 오는데… 그마저 무시당하면 함께 살 이유가 없지…"

그는 그저 누워서 이야기를 하고 나는 계속해서 맥주를 들이켠다. 그의 손이 속옷 없이 걸친 가운 주변을 망설이면서 맴돈다.

"순남아, 여행을 하는 동안 내내 내 그 가슴에 움트는 사내를 느꼈다. 오래전에 사라져 버린 줄 알았던 그 남성성을… 가끔 새벽에 눈을 뜨면 너를 향해 살아 움직이는 그 욕망을 누르려고 애를 쓰면서…"

드디어 그의 손이 내 가슴 깊숙한 곳까지 들어왔다. 그의 손끝이 움직이는 대로 몸이 반응한다. 봄은 왔다지만 음지에서 녹지 못한 눈 위에 햇살이 드는 것처럼 메말랐던 몸이 순식간에 촉촉이 젖는다. 봄을 기다리던 대지처럼. 나는 조심조심 몸을 뒤집어 그를 향했다. 잠시 망설이던 그의 몸도 내 몸을 품기 시작했다. 바람이 점점 거세어지는 모양이었다. 파도 소리는 점점 커지지만 우리의 몸짓은 결코 크지 않았다. 서로 두려운 마음을 품고 조심스럽게 아주 조심스럽게 천천히 내 귀에 들려온다. 들려온다. 카바티나가….

최 감독은 부산에서 일정을 당기고 미국으로 떠났다. 이혼을 하기 위해서. 시간이 얼마나 걸릴지 모르지만 정리하고 오는 대로 결혼식을 올리잔다. 그날 밤의 감동이 가슴에 박힌 채 사라지지 않는다. 요란한 절정보다는 흐느끼는 잔잔한 기쁨이 충만해지면서 몸과 마음이 뜨거워

314
-
315

지는 감동… 평생에 처음 느껴본… 그 흔적이 박혀서 그의 생각만으로
도 내 몸과 마음이 뜨거워지는… 문득 그가 어쩌면 돌아오지 않을지도
모른다는 불안감에 잠을 이루지 못한다.

19

　　크리스마스를 하루 앞두고 제이콥이 선물을 잔뜩 사서
왔다. 식구 수마다 챙기다 보니 보따리는 큰데 막상 풀어 보니 소박한
것들이다. 초콜릿, 장갑, 모자 같은 것들… 언니네 3남매는 그 자체로
도 즐거운 모양이었다. 엄마도 그저 흐뭇해했다. 제이콥의 얼굴을 보는
것만도 행복한지. 제이콥은 모두가 가족의 품으로 떠나는 연말연시에
올 곳이 있어서 오기 전부터 설레었단다.

　제이콥 때문에 다른 어느 해보다 떠들썩한 연말을 보내고 드디어 제
이콥이 떠나는 전날이 다가왔다. 엄마는 큰언니와 나와 제이콥을 한자
리에 모았다. 엄마는 작은언니가 참석하지 않은 것이 못내 아쉬운 모양
이었다. 엄마는 제이콥에게 할아버지로부터 받은 땅이 불어난 과정과
보상을 받는 날짜가 임박했다고 했다. 그리고 그것은 제이콥의 것이라
고 했다. 제이콥이 아주 놀라는 눈치다. 나와 큰언니도 그의 반응이 궁
금했다. 한동안 방안에는 침묵이 흘렀다. 이윽고 제이콥이 말했다.

　"큰 엄마, 만일 제게 주신다면 제 마음대로 해도 되나요?"

　"당연하지. 네가 가져야 합당해." 엄마가 말했다. 그러나 내 마음에 실
망감이 지나갔다. 자식, 싫다고는 안 하네.

　이윽고 제이콥이 자신의 의견을 말했다. 한국말이 짧으니 스텔라가
통역을 해 주었다. 자기는 이제 돈이 필요 없단다. 수련과정을 마치면

연봉 50만 불부터 시작한다며… 흉부외과가 미국의 의사 중에 연봉을 가장 많이 받는단다. 그에게 남겨지는 돈으로 다른 땅을 사서 묻어 두란다. 하나님은 땅을 매점매석해서 재산을 부풀리는 것을 가장 싫어하신다며… 더구나 조상으로부터 받은 땅은 후손들이 마음대로 처분할 권한이 없다고… 땅은 오로지 하나님의 권한이란다. 골고루 나누어 배고픈 자가 없게 하라고 하셨는데 그 땅을 훼손해서 더 큰 이문을 남기겠다는 욕심이 화를 부른다며… 어쩔 수 없이 어차피 현금이 되었다면 더 기름진 땅으로 바꾸어 놓으라고… 형제들의 이름으로 지분에 따라 공평하게….

그렇게 보상금이 속절없이 땅으로 다시 묻힌다는 사실을 알게 된 작은언니는 분노했다. 그러나 학원을 차리겠다는 계획은 절대 포기하지 않는다고 했다. 빚이라도 얻으려는 모양이었지만 그마저 쉽지 않은 모양이었다. 그래서 절대로 안 해 주겠다는 이혼을 위해 변호사를 찾아다니는 것 같았다.

봄이 오는데 최 감독은 오지 않고 있다. 한 달이면 돌아온다고 했는데 벌써 몇 달인가? 계절이 두 번이나 바뀌었다. 그저 조금만 더 참으라는 메시지만 날리면서… 호언장담하고 떠났지만 쉽지 않다는 것이리라. 나는 또 왜 이렇게 최 감독을 간절히 기다리나, 겨우 하룻밤을 잤을 뿐인데… 내 마음에 사랑이 없다고 생각했는데 이토록 사랑에 갈급한 이유도 알 수 없다. 나는 시름시름 앓기까지 했다. 엄마가 걱정스러운 눈빛으로 나를 바라보았다. 아무에게도 차마 말을 하지 못했다. 그저 하룻밤의 사건에 의미를 두기가… 이러다 말면 진수와 그랬던 것처럼 그저 혼자 잊고 말려고. 어쩌면 말을 하는 순간 후루룩 날아가는 파랑새가 될지도 모른다는 생각도 하며….

3월이 가고 4월이 왔다. 아직 산은 푸르지도 않은데 마당에서는 겨우
내 언 땅을 뚫고 파란 싹이 부지런히 올라온다. 바람도 부드럽다. 나는
누워 있다가 자리에서 일어나 문을 열고 밖을 내다보고 있다. 엄마와
스텔라는 과수원으로 나갔다. 농사가 시작되는 계절이 아닌가. 과수
원도 둘러보고 겨울 냉기를 품고 자란 냉이를 캐서 저녁에 콩가루를 묻
혀 국을 끓여 주겠다며… 엄마 뒤를 쫓던 스텔라도 처량한 내 모습에
마음이 쓰이는지 몇 번을 돌아보았다.

그랬는데 열린 대문 사이로 승용차가 보인다. 최 감독의 승용차다. 나
는 그대로 문지방을 넘어 대문을 향해 뛰어나갔다. 그 순간 승용차에
서 최 감독이 나온다.

"아저씨…."

"순남아…."

둘은 미친 듯이 서로를 끌어 앉고 얼굴을 비비면서….

무슨 말이 필요한가. 온통 그리움으로 가득한 몸짓이다. 봄이 막 시
작되는 동네에 사람이 눈에 띄지 않아 다행이다. 최 감독은 그대로 내
손을 끌고 차에 태웠다. 그리고 마을을 빠져나가 눈에 띄는 모텔로 나
를 데려갔다. 아무려면 어떤가? 시간과 장소가 무슨 의미가 있을까? 내
육체와 영혼이 간절히 바라는 사랑이 일렁이는데….

그 긴 기다림 끝에 온몸에서 느껴지는 그 갈증이 채워지는, 영과 육
이 일치하는 바로 그 접점에서 느껴지는 환희가 고조에 달하는 오르가
슴… 육체를 가진 인간만 느끼는 육체의 갈증에 영혼이 더해지는… 천
사도 그 맛을 알면 악마가 되어도 좋다고 거래를 하게 한다는… 오로
지 인간에게 준 하나님의 선물이라지 않는가? 그래서 그 신비하고 아

름다운 장면을 재현하려고 그림에서 노래에서 또 영화에서… 인류의
역사 속에 수많은 예술가들이 보이는 작품에 그 혼을 담으려는 노력을
결코 포기하지 않는다. 더구나 서로 다른 둘을 합쳐서 하나가 될 때 서
로를 향한 가장 순결한 영혼이 육체를 통해 표현되는….

그러나 가장 추한 포르노도 같은 모습이다. 엄마는 몸이 먼저 움직
이게 하지 말라고 했었다. 몸은 움직여서 영혼을 병들게 한다고… 영혼
이 먼저란다. 간절히 바라고 고대하면서 기다리는 영혼에 녹아내리면서
그것을 그대로 몸이 받아내는… 그 말이 이제 무언인지 알았다. 그 말
이… 수많은 남자가 내 몸을 거쳐 갔지만 오로지 이 남자를 통해 그 느
낌을 알게 되다니… 비로소 내 나이 43살, 그 봄에.

둘은 침대에 그대로 누웠다. 서쪽으로 기우는 해가 창을 타고 흘러
들었다. 진홍의 빛이 서로의 벗은 몸을 비단처럼 휘감는다. 마치 잔잔
한 바다에 해를 받으며 떠 있는 느낌이다. 눈앞에 달고 맛있는 음식을
허겁지겁 먹어 치우고 입을 쓰윽 닦고 허둥지둥 사라지는 것이 아니었
다. 마치 둘은 그 느낌이 움직이면 행여나 사라질까 꼼짝없이 누워 있
다. 아저씨가 조용히 말했다.

"순남아. 정말 보고 싶었다. 정말 죽을 것처럼 그리웠다. 나 왜 이러
니? 이 나이에. 이래도 되는 거니?"

"나도 그랬어요."

"정말?"

"네… 나는 정말 아저씨가 돌아오지 않을 줄 알았어요."

"순남아, 나 이혼했다. 드디어…."

내 눈에서 눈물이 주르륵 흘렀다.

"막상 이혼하자니까 와이프도, 아 참? 이제는 와이프가 아니지. 수

지 엄마, 수지 엄마가 무조건 자기가 잘못했다며… 딸들도 나서서 조정이라는 시간이 먼저 필요하다며. 그래서 함께 브라질로 여행을 떠났어. 와이프, 아니 수지 엄마가 가고 싶어 했던 곳이거든… 그리고 나를 유혹했어. 하지만 순남아, 나 참았다. 이제 내 순정은 너한테 꽂혔어."

"아저씨, 남자 몸을 아는 여자도 순결한 처녀처럼 될 수 있대요."

"그래? 어떻게?"

"3년 동안 남자랑 안자면 순결한 여자가 된다는데요?"

"그래? 그거 믿을 만한 정보냐?"

"남자 몸을 아는 여자들이 하는 말이에요. 그만큼 참기 어렵다잖아요. 우리 엄마가 그랬어요. 한 번도 안 한 년은 있어도 한번 한 년은 없다고… 그 맛을 알면 결코 멈출 수 없다고."

"하기는 곰도 동굴에서 마늘만 먹고 여자가 돼서 단군을 낳는 판에 그 인내로 뭔들 못하겠어." 그가 나를 가슴으로 안으며 말했다.

"순남아, 나는 너의 전부를 사랑한다."

그날 늦은 시간에 그는 나를 집 앞에 내려놓으며 당부했다.

"미국에서 도착하자마자 공항에서 바로 미친 듯이 달려왔다. 일단 서울에 올라갔다가 다시 내려서 어머님을 만나 내가 말을 할 거다. 그때까지 너는 참고 있어."

나는 그의 승용차가 사라지는 뒷모습을 한동안 바라보고 서 있었다. 하늘에 별이 총총하다. 그때 대문에서 나오는 스텔라가 나를 보고 말했다.

"순남아, 어디 갔다 왔어? 저녁도 안 먹고. 엄마 걱정하신다. 얼른 들어가 봐."

"나 결혼해요." 나도 모르게 말이 튀어나왔다. 기쁨에 차서 도저히 마음에 품고 참을 수가 없었다.

"최 감독이 하재?"

"어떻게 아셨어요."

"최 감독뿐이 더 있어. 그런데 여행 갔다 와서 내내 얼굴이 어두워서 혹시나 했지."

"혹시… 라니요?"

"최 감독이 결혼을 쉽게 할 수 있는 처지인 사람이 아니잖아. 그래서 순남이만 상처를 받겠구나 하는 염려가 있었어. 내가 보기에 순남이가 최 감독을 더 좋아하는 것처럼 보여서…"

"내가요? 나는 크게 상관하지 않았어요. 이 나이에 무슨…" 내가 짐짓 아닌 척을 했다.

"순남아, 사랑에 나이는 없어. 더구나 이 나이에 사랑이 찾아왔다면 기쁜 일이야. 최 감독이 결국 이혼을 한 모양이구나."

"그랬대요. 시간이 조금 지체되었을 뿐이래요."

스텔라는 나를 끌어 앉아 주었다.

"축하한다. 순남아."

"감사합니다."

"엄마한테 이 사실을 알려야지?"

"아저씨가 와서 직접 말한다고 참고 있으래요. 그리고 내가 말하기가…"

"그래도 직접 말씀드려. 먼저…"

"엄마는 분명 난리를 칠 텐데… 남의 가정을 깼다고."

결국 나는 스텔라의 손에 이끌려 안방으로 들어갔다. 결과는 예상대로다.

"미쳤구나? 이혼하고 너와 결혼을 한다고? 왜? 세상에 많고 많은 게 여자고 많고 많은 게 남자야. 왜 근데 꼭 그 사람이어야 하고 꼭 너여야 해? 자식까지 둔 남자가 다 늙어서…" 엄마의 눈이 칼날처럼 차갑다.

"안돼. 이혼은 하나님이 허락하시지 않아. 그 여자가 무슨 잘못을 한 것도 아닌데…"

나는 눈물을 푹 쏟았다. 그러자 스텔라가 재빨리 지원 사격에 나선다.

"형님, 부부간에 사랑하지도 않으면서 서로의 자리만 고집하는 것도 문제잖아요."

"그 나이에 무슨 사랑이야. 사랑이…"

"형님, 부부는 절대 사랑하라는 계명이 먼저예요. 미국인들은 부부 간에 사랑이 식었다고 생각하면 이혼을 해요. 물론 그래서 이혼율도 높지만 사는 동안은 철저히 두 사람에게 충실해요. 서로 사랑하지 않으면서 윤리 도덕의식에 사로잡혀 의무적으로 사는 우리나라 사람들과 달라요. 부부가 말년에 특별한 이유도 없이 헤어져 사는 것도 우리나라만 있는 현상이에요. 형님, 단순히 이혼이라는 측면만 보지 말고…"

"이놈의 팔자, 어째서 다 겪어야 하는지. 자식 앞세우는 것도 모자라 딸 하나는 이혼을 당하고 또 하나는 남의 가정을 이혼시키고… 뺏고 빼앗기는 이 세상, 언제까지 살라 하시는지…"

나는 죄인처럼 고개를 방바닥에 묻고만 있다.

"어휴…"

엄마의 한숨 소리가 천둥소리처럼 들려왔다. 얼마의 시간이 흘렀을까? 벽에 걸린 시계의 초침 소리를 가르는 엄마의 목소리 들려온다.

"둘이 좋아하기는 하는 거야?"

"그럼요. 순남이 눈을 보세요. 그 사람을 바라보는…" 스텔라가 대답했다.

"하기는 여자가 좋아해야 살지. 여자는 제가 좋아하면 어떤 남자라도 살아. 생전에 제가 좋은 남자를 만나는 것도 복이라면 복이다."

어? 엄마 반응이… 스텔라도 이때다 싶은 듯 치고 들어간다.

"결혼 허락하시는 거죠?"

"해야지 어떻게 해, 서로 좋다면. 이혼까지 하고 왔다는데… 하기는 죽기까지 사랑하라고 했건만… 사랑도 없는 결혼생활에 이혼은 또 무슨 의미겠어. 당장 명희도 봐. 돈을 더 사랑하고 자식을 더 사랑하느라 남편은 뒷전이지. 그게 무슨 부부야. 원수도 아니고…."

5월에 결혼식을 올렸다. 엄마는 어차피 할 결혼이라면 미룰 이유가 없다며… 가족만 모여 스텔라의 정원에서 그저 조용히 치르자며… 한물간 연예인이기는 하지만 공연히 심심풀이 땅콩처럼 남의 입에 오르내리는 악플로 이어지다 이내 단물 빠진 껌이 되어 쓰레기통에 처박히고 마는… 아무리 순수한 사랑이라고 주장해도 세상의 조건으로는 결코 아름답게 포장이 안 되는 결혼이다. 결국 과거를 감쌀 수 있는 것은 오늘의 결정이 실한 열매로 이어지는 것밖에 없다. 오로지 오늘의 결정에 실한 열매를 맺을 때까지 세월을 견디어내는 과제만 남았다. 아무리 실하게 맺힌 열매도 어쩌다 지나가는 가을 태풍의 한 자락에 속절없이 떨어지고 마는 것을… 그 마지막까지 결코 긴장을 늦추어서는 안 되는… 그래서 기쁨보다는 두려움이 앞서는 인생의 출발이 아닌가?

장수에게도 연락을 하지 않았다. 언니네 가족과 몇 명 안 되는 교인만 참석한 조촐한 결혼식이다. 목사님이 주례를 자청했다. 제이콥은 오고 싶어 했지만 일정이 안 되어 못 오는 것을 못내 섭섭해 했다. 작은 언니는 참석했다. 학원을 오픈했다고는 하나 몸과 마음이 지친 모양이었다. 좀처럼 속내를 드러내지 않으니 그저 외형의 상태로 추측만 할 뿐… 작은언니는 결혼식이 진행되는 내내 울기만 했다. 그러나 나는 턱시도를 차려입은 최 감독 곁에 붙어서 그저 행복했다. 엄마는 그런 나를 보고 웃다가 작은언니를 바라보며 근심하면서….

갑작스럽게 결혼까지 이어지고 보니 신혼집을 준비하지 못했다. 아저씨는 서울을 떠나 살고 싶다고 했다. 서울에 오피스텔이 있으니 일이 있을 때만 사용하고… 고향이 멀지 않은 지역을 물색하여 집을 찾아보겠다고 했다. 당분간 친정집에 얹혀사는 형국이 됐지만 서두를 이유도 없다. 결혼식을 마치고 우리는 한 달이라는 긴 여행을 떠났다. 아저씨가 환갑 전에 반드시 마쳐야 할 안나푸르나 트레킹이란다. 히말라야 주변국을 청년처럼 배낭여행을 하자고 했다. 나는 그저 그의 곁에 붙어만 있으면 된다. 서로를 바라보는 그 마음 하나만 있으면 지구 끝이라도 가지 못할 이유가 없다.

여행에서 돌아오니 여름이 시작되었다. 변죽이 좋은 아저씨는 여름 농사가 한창인 엄마를 거들었다. 순식간에 타고난 농부처럼 변했다. 긴 여행에서 탈색된 피부에 습한 여름 햇볕까지 더해져서… 정수리의 동공은 점점 더 확대되고 있다. 일에 빠진 그는 저녁만 먹으면 그대로 곯아떨어진다. 아무 생각이 없는 사람처럼… 내가 간혹 염려되어 은근히 떠본다.

"아저씨 이렇고 살 거예요?"

"순남아, 너도 이런 내가 걱정되니?"

"……."

"참 나, 여자들은 왜 한결같은지. 남자들이 좀 쉬는 꼴을 못 봐요."

"이게… 쉬는 거였어요?"

"육체적인 노동에 몰입하면서 정신을 가다듬는 맛이 뭔지 알아?"

"글쎄요."

"알 리 없지. 여자가 남자를 알아? 오줌 서서 눠 봤어? 그래도 남자를 잘 안다고 큰소리치며 이렇게 하라 저렇게 하라 가르치려 하니… 순남아, 너는 제발 그러지 마라."

"알겠어요."

"순남아, 오빠 한번 믿어 봐."

나는 피식 웃었다. 하지만 그가 하는 소리를 들었다.

"말이 달리기만 한다고 명마가 아니야. 진짜 잘 달리는 말은 호흡조절을 잘하는 말이다. 결국 죽을 힘을 다해 뛸 때를 알고 쉴 때 쉴 줄 아는 자가 결국 인생길에서 살아남는 거야. 그런데 내가 보니 달릴 때보다 쉬는 기간을 많이 갖는 사람이 더 멀고 더 길게 가더라. 더구나 지금은 너나 나나 인생의 변곡점에 와 있다. 지금껏 해 왔던 방향이 아닌 전혀 다른 방향을 바라보고 있어. 이때는 철저히 내가 그동안 들고 있던 것을 던지는 것이 먼저야. 손에 아무것도 없을 때 비로소 좋은 것이 눈에 들어와. 흔히 사람들은 들고 있다가 좋은 것이 보이면 그때 바꾸어 집으려는 안정을 추구하지만 들고 있으면 진짜 좋은 것이 안 보여."

그의 곁에 있으면서 비로소 평안이라는 것을 알았다. 사랑하고 사랑을 받는 느낌, 밤이면 한 침대에 함께 누워 마음을 나누고, 아침에 눈을 뜨면 서로를 바라보면서 행복한… 기쁠 때나 슬플 때나 함께 하는 평상심도 결국 상대에 대한 절대 믿음에서 시작한다. 그런데 몸에 이상이 느껴졌다. 뭐지? 이 느낌은? 마치 난소암 진단을 받을 때와 같은 느낌이다. 급격하게 불안해지기 시작했다. 암이 완치되었다는 확정을 받고 3개월이 지나니 생리가 다시 시작되어서 기쁜 마음으로 보냈는데 그 생리도 멈추었다. 이 잠깐의 행복도 내게는 과한 것일까?

견디다 못해 7월에 접어드는 어느 날, 암 진단을 받았던 병원에 진찰을 의뢰했다. 그리고 홀로 서울로 향했다. 이유는 비밀에 부치고… 장마를 앞두고 부지런히 일을 하는 가족들에게 근심을 안겨 줄 이유가 없다. 그저 밀린 일을 처리해야 한다며 고속버스에 올랐다. 서울로 가는 그 길 내내 수많은 생각이 주마등처럼 스쳐 지나갔다. 결코 잊히지 않는 춘자 언니의 얼굴… 만일 암이 다시 재발했으면 아저씨에게 어떻게 말을 하지? 새 인생을 찾아 과거를 정리했는데 어쩌지? 당사자인 나보다 그가 더 염려되는 이유는 또 뭐지…?

지시한 몇 가지 검사를 마치고 이 박사 방에 다시 들어갔다. 나는 의자에 조심스럽게 앉았다. 마치 판결을 기다리는 죄인처럼….

"황순남 씨!"

나는 대답도 못 한 채 그를 바라만 보았다.

"임신입니다."

"네?"

"10주 됐습니다."

"정말요? 제가 아기를 가질 수가 있나요? 제가…."

마치 오래된 흑백의 영상 필름이 돌아가는 것처럼 현실감이 느껴지지 않았다. 임신이라니… 내가? 임신을….

"저도 놀랐어요. 하지만 원하시던 일 아닙니까?"

"그랬죠. 하지만 말이 되나요?"

"말이 됩니다. 제가 언젠가 말했을 텐데요. 병원에서 환자를 치료하다 보면 인간의 생각을 뛰어넘는 기적의 사건이 드물게 발생한다고… 그래서 과학자라고 자처하는 의사인 저는 생리가 끝난 사라가 임신했다는 것도 믿고, 남자의 정자 없이 임신을 한 마리아의 사건도 믿습니다."

"……."

나보다 더 놀랐다는 이 박사의 설명이 이어졌다.

"성경에는 하나님이 쓸 사람은 먼저 어떤 자궁에서 자랄 것인지가 정해집니다. 모계죠. 그러나 일반적인 통설이나 과학계에서는 임신은 힘 있는 정자의 선택이라고 알아왔습니다. 하지만 최근에 과학계에서 놀라운 역설이 제기 되었습니다. 난자가 정자를 선택한다는 겁니다."

"……."

"아시잖아요. 여자는 한 달에 한번 난자를 배출한다는 것을. 대신에 건강한 남자가 1회 사정하는 정액 내의 정자 수는 억단위랍니다. 그렇게 상상을 초월하는 정자 중에 단 하나를 골라잡으니… 힘 있는 정자가 쟁취하는 것이 아니라 난자의 취향으로 난자가 정자를 선택한다니… 놀랍지 않으세요? 이 하나의 사건이?" 이적을 본 것 같은 이 박사의 표정이 더 놀라울 지경이었다. 백발이 나이보다 더 늙게 보이지만 입담은 청년이다.

"다시 말하면 남자가 아무리 애를 써도 여자가 받아들일 준비가 안 되면 생명의 사건은 결코 일어나지 않는다는 겁니다. 솔직히 하나님이 아무리 자식을 주겠다고 해도 사라가 믿어요? 안 믿잖아요. 천사가 와서 내년에 자식이 있을 거라는 소리를 장막 뒤에서 어떻게 반응을 합니까?"

"……."

"피식 비웃잖아요. 아마 속으로는 그렇게 생각했겠죠. 미쳤구나? 생리도 끝난 네 몸에서 자식이? 그렇지만 사라가 임신을 하잖아요. 어떻게요?"

"……."

"그런 사라가 아브라함과 잠자리를 했습니다. 아마도 요즈음 여자 같았으면 하나님이 주신다고 했으니 한번 해보자고 늙은 남편이 달려들면 절대 말 안 듣죠. 미친 영감탱이가 주책을 떤다고…"

나는 큭 하고 웃었다.

"하나님이 복을 주시겠다고 해도 실행을 하지 않으면 아무 소용이 없습니다. 축복? 아무나 받나요. 내 생각을 뛰어넘는 거기까지 가야 합니다. 그때 비로소 일어나는 사건을 기적이라고 합니다. 기적이 별겁니까? 상상이 현실로 이어지는 것 아닙니까. 행동으로 이어지는 상상, 곁에서 보는 사람들은 당연히 미쳤다고 하죠."

"그러네요."

"기억하세요. 나나 순남 씨나 엄청난 경쟁력 뚫고 세상에 나왔습니다. 기적의 사건이죠. 그런데 하나님은 인간에게 요구하는 것은 오로지 그 생명을 이으라는 것뿐입니다. 건물 높이 세우고 이름 날려 봐야 하나님과 전혀 관계없어요. 들꽃만도 못한 인간들이 저마다 세상에서 공든 탑 쌓겠다고 아우성이지만 다 헛된 겁니다. 하나님은 오로지 생명에서 다시 생명으로 이어지는 것에만 관심이 있어요. 축하합니다. 황순남 씨."

나를 태운 고속버스가 달리는 고속도로는 이미 밤이 드리워졌다. 아침에 떠날 때 초조하고 불안한 마음으로 달렸던 그 길이 비단길처럼 느껴졌다. 이 기쁜 소식을 어떻게 전할지 가슴이 두근거리기까지 했다. 슬픔을 나누기는 쉬워도 기쁨을 나누기는 어렵다지 않은가? 오늘 나처럼 기쁜 소식을 가슴에 품은 사람이 또 있을까? 주마등처럼 떠오르는 사람들… 아저씨, 엄마, 큰언니, 그리고 조카들… 나는 행복한 미소를 머금고 의자에 몸을 기대고 이 박사의 말을 다시 떠올렸다.

"난자와 정자가 만났다고 얼쑤 하고 끝난 게 아닙니다. 합쳐진 둘은 난관을 따라 자궁 안으로 들어와 반드시 자궁벽에 뿌리를 박고 열 달을 견뎌야 합니다. 착상의 조건은 열 달 동안 양분을 충분히 공급하고 수정체가 충분히 자랄 수 있는 비옥한 자궁이어야 합니다. 그래서 여자의 자궁이 가장 비옥할 때 아기를 가지라고 하죠. 나이로 보면 20대를 충만기로 봅니다. 순남 씨는 사실 벌목기인데… 자궁벽에 양분이 남아 있지 않은 곳에 예상을 뛰어넘어 착상에 성공했으니 그저 기적입니다. 그러나 뿌리째 뽑히는 유산이 되기 쉬운 조건이니 부디 몸조심, 마음 조심하십시오. 그러나 7달만 잘 견디면 하나의 생명체가 탄생하는 겁니다. 남자가 일평생 배출하는 정자가 조 단위에 이른답니다. 그런 엄청난 경쟁력을 뚫고 탄생한 생명이 아들일지 아니면 딸일지? 아무리면 어떻습니까? 흔히 늦둥이가 천재가 많다고 하니… 아무튼 이 신비의 사건에 늦게나마 참여하게 된 것을 축하드립니다."

신비의 사건? 생각해 보니 바로 그날에 일어난 사건이었다. 오랜 기다림 끝에 만난 아저씨를 향해 온몸이 활짝 열렸던 4월의 그날에….

아저씨는 무조건 아들이란다. 하나님이 아브라함이 100살에 아들을 주지 않았냐며. 자식 필요 없다더니 은근 아들을 기대했던 모양이다. 이게 마지막이라지만 결국 시작일 뿐이었다. 그래서 죽음도 종결이 아닌 다른 세상으로 진입하는 시작이 아닐지….

20

드디어 인환이가 태어났다. 겨울이 그 긴 꼬리를 서서히 감추는 2월에… 내 나이 45살에….

병원에서 퇴원을 하고 인환이를 데리고 들어서는 대문에는 고추가 엮인 새끼줄이 걸려있었다. 진남이가 태어나던 그때처럼. 엄마는 이래야 들고 나는 사람들이 조심을 하면서 밖에서 들어오는 병균을 막아준다며… 엄마는 고향 집에 다시 생명의 소리가 울린다며 아이처럼 기뻐했다.

그즈음 아저씨는 우리가 살 집을 장만했다. 고향을 멀리 떠나지 않고 서울에 쉽게 갈 수 있는 지역으로 선택한 곳이 충주호를 바라보는 곳이었다. 기존에 지어진 집을 사서 리모델링을 계획하고 있었다. 산후조리를 마치면 그곳으로 갈 예정이다. 아저씨는 늦둥이 아들 때문에 새 힘이 생겼다며 연극공연을 기획하고 있었다. 엄마는 내게 아무 소리 말고 자식이 자라는 동안 어미가 품고 키우라고 했다. 자식을 품은 어미는 오로지 어미의 길밖에 없단다. 다른 곳에 눈 돌리지 말고 오로지 자식이 자라는 것만 지켜보란다. 세상에 누가 있어 내 자궁에서 자란 내 자식을 나만큼 알고 나처럼 사랑하겠느냐고….

5월이 가고, 6월이 시작되면서 모두 바빠지는 농촌의 여름… 드디어 아저씨가 준비한 집으로 가려고 짐을 쌌다. 엄마는 걱정이 이만저만이 아니다. 여름이라도 나고 가라지만 아저씨는 믿을만한 사람을 붙였으니 염려 말란다. 너무 오랫동안 신세만 졌다고. 어차피 독립해서 사는 것도 부모님이 건강할 때 해야 한다며… 멀지 않는 곳이니 이웃에 있다는 마음으로 편하게 보내 달라고… 사실 아저씨는 아들이 아닌 사위였으니 나만큼 편하지는 않았으리라. 나도 엄마 신세를 안 진다고 하지만 은근히 내 일을 미룰 때가 많았다. 엄마를 누구보다도 사랑하는 큰언니도 내가 집에 계속 머무는 것이 그다지 즐겁지만은 않은 것 같았다. 엄마가 최근에 급격하게 늙은 것 같다며… 떠날 때가 온 것이 분명했다.

  장마가 시작되기 전에 이사 날짜를 잡았다. 3일 후면 정든 고향 집을 떠난다. 8월 공연을 계획하고 있던 아저씨는 서울에 가고 없는 방안에서 홀로 이삿짐을 정리하는데 안방에서 인환이의 울음소리가 들렸다. 일이 많은 여름에는 저녁만을 먹고 집으로 돌아가는 스텔라가 그날은 엄마와 화투를 친다기에 인환이를 곁에 뉘어 두었다. 하지만 화투에 열을 올리면 인환이가 성가실 것이 분명했다. 안방으로 건너가니 인환이가 칭얼거려도 두 노인은 화투패에서 눈을 떼지 못하고 있다. 습한 기운이 열린 방문으로 들어왔다. 곧 장마가 시작될 거라는 징후다. 모기도 극성을 떤다. 문에 쳐 놓은 방충망에 모기가 달라붙어 호시탐탐 안으로 들어오려는 자세다. 재빨리 방안으로 들어온 나를 본 인환이는 금세 울음을 멈춘다. 기저귀부터 갈아주려고 부지런히 손을 움직이는데 전화벨이 울렸다. 화투에 몰입하던 엄마가 뜬금없다는 표정을 짓는다.

  "누구야? 이 저녁에…." 엄마는 화투를 손에 쥔 채 바로 수화기를 들었다.

  "여, 여보세요? 뭐라고…?"

  그러나 더 이상 말이 없다. 소금 기둥이 된 것처럼 굳은 자세로 엄마의 얼굴이 흙빛으로 변했다. 이건 또 무슨 일? 순간 내 심장이 쿵 하고 바닥에 내려앉았다. 엄마의 손에 있던 화투와 수화기가 동시에 바닥으로 떨어진다.

"엄마! 왜 그래, 왜?"

내 고함에 놀란 스텔라도 화투를 팽개치고 엄마를 붙들고 인환이는 그 소동에 놀라 울어대기 시작했다. 내가 허겁지겁 수화기를 들어 귀에다 대고 말을 쏟아내기도 전에 소리가 들려왔다.

"… 재민 어멈이 실신해서 지금 병원에 입원해 있습니다. 죄, 죄송합니다 장모님. 다 제 탓입니다. 저는 지금 당장 미국으로 들어가서… 재민이 시신을… 죄, 죄송합니다. 명희를 부탁합니다."

엄마가 옆에서 실성을 한 사람처럼 중얼거렸다.

"재민이가 죽었대. 재민이가… 이게 무슨 일이야. 이게…."

나는 수화기를 내려놓고 말했다. "작은언니가 병원에 입원했대."

"명자 불러라. 어서…."

큰형부가 엄마와 큰언니를 태우고 작은언니가 입원해 있다는 서울로 떠났다. 그날 밤 스텔라는 집에 돌아가지 않고 안방에서 밤을 지새웠다. 나와 인환이만 두고 집으로 돌아갈 수가 없다며… 한 생명이 태어나고 또 한 생명은 떠나는… 친구들과 모여 마약을 하고 차를 몰고 가다가 차가 전복되었다고… 재민이만 목숨을 잃었다고 한다.

엄마와 큰형부는 다음 날 집으로 돌아오고 큰언니가 병상을 지킨단다. 열흘 만에 작은언니가 병원에서 퇴원하고 집으로 왔다. 작은형부는 미국에서 화장을 하고 유골만 가지고 돌아왔단다. 그리고 장례도 치르지 않고 납골당에 안치했다고… 뼈만 남은 작은언니는 걸음도 제대로 걷지를 못했다. 우리는 인환이를 데리고 이사를 했다. 아저씨는 집안의 사정이 이러니 잠시 더 머물겠다고 하자 엄마는 무조건 나가라고 했다. 인환이 울음소리가 작은언니의 신경을 거슬릴지 모른다며… 떠날 사람은 떠나고 남을 사람은 남아서 적응을 해 나가잔다. 아저씨는 무조건 엄마의 지시에 따라 움직였다. 나는 비로소 6년간 머물렀던 집을 떠났다. 홀로 들어왔지만 2명의 식구를 더 늘려서…

　재민이가 떠나고 작은언니에게 두 번째 봄이 찾아왔다. 대인 기피증과 실어증 상태에서 벗어나지 못한 작은언니는 방에서 나올 줄을 몰랐다. 하지만 그 봄볕에 방문을 열고 방안에 앉아 있는 것이 보인다. 엄마가 그 모습이 반가운지 마루로 나오라고 한다. 그 소리에 반응을 하자 엄마가 달려가 언니를 부축한다. 40킬로그램을 간신히 유지하는 몸이 금방이라도 무너질 것 같지만 마루에 앉아 쏟아지는 봄볕을 받아내고 있다. 죽은 것처럼 침묵하고 있던 대지 위로 초록의 싹이 움트고 있었다.
　여름으로 갈수록 작은언니는 조금씩 기력을 찾아가기 시작했다. 스텔라는 작은언니를 데리고 드라이브를 하고 맛집도 데리고 가고… 작은언니는 마치 프로그램이 바뀐 로봇처럼 스텔라를 고분고분 따라다녔다. 엄마는 혼자 이 모든 과정을 겪었으면 어떻게 할 뻔했느냐고… 혼자보다 둘이 낫고 둘보다 셋이 낫다는 소리를 주문처럼 반복하며…
　그렇게 여름을 보내고 겨울이 찾아왔다. 그즈음 작은언니는 울기 시작했다. 말도 잊고 우는 것도 잊은 것 같더니… 하지만 오로지 죽고만 싶다며 울어대는 작은언니를 끌어 앉고 엄마가 말했다.
　"명희야, 한 치 앞도 내다보지 못하는 세상이다. 인간은 다 죽어. 안 죽는 사람 하나도 없어. 사흘 만에 살아난 나사로도 다시 죽었어. 얼마를 더 살고 죽었는지 모르지만. 수억만년이라는 세월 속에 태어나서 죽은 인간들마다 제 인생이 귀하다지만 그저 찰나의 순간을 살다 가는데 남보다 몇십 년을 더 살았다는 게 무슨 의미가 있어. 그래서 죽는 것보다 사는 것이 더 힘든 거야. 죽을 힘을 다해 산다잖아. 살라고 명령하며 생명을 주신 하나님 앞에서 자꾸 죽고 싶다고 하지 말고… 그저 받아들여…"

엄마는 뼈만 남아 눈알만 굴리는 작은언니를 껴안았다. 그리고 엄마 가슴에 얼굴을 묻고 있는 작은언니에게 말했다.

"명희야, 살아내자. 목숨이 붙어 있는 한 살아내자. 뼈만 추려도 산다 했다. 살아내자."

"엄마, 엄마… 정말 자신이 없어. 살아 낼 자신이… 밖에 나가는 것도 두려워. 온통 나를 보고 손가락질을 하는 것 같아. 자식을 앞세운 년이라고…"

그렇게 울며 아프게 고통스러워하더니 이내 분노의 화살을 날렸다. 엄마 때문이라고… 힘들고 어려울 때 따뜻한 말 한마디 해준 적이 없었단다. 언제나 시시비비만 가릴 뿐 그런 그녀의 마음을 이해하려 하지 않고 상처만 주었단다. 엄마는 그런 작은언니에게 무조건 잘못했다고 했다. 그러다가 대학입시를 준비하는 그때 병들어 들어온 아버지를 원망했다. 여자와 바람이 나서 처자식을 버리고 도망간 부끄러운 아버지 때문에 이대를 못 갔다고. 그때 서울로 대학을 갔으면 재민이 아빠를 안 만났을 거라고… 그러다가 화살을 내게 돌렸다. 졸업을 앞둔 그때 내가 진남이를 데리고 강가로 나가 죽게 해서 취업 준비에 올인하지 못했다고… 왜 그때, 왜 그때… 작은언니는 인생에 고비 때마다 찾아오는 불운이 자기의 인생을 망치게 했단다. 그리고 내게 눈을 부라리며 소리치기까지 했다.

"순남이 저년 때문에 자신감을 잃었어. 저년이 나를 무시하고 대들어서…"

스텔라는 나보고 무조건 잘못했다고 하란다. 지금은 그런 때라고… 그러면서 들려주었다.

"순남아, 언젠가 내가 너에게 말했을 텐데. 침대 사건…"

"어머님이 작업복 입고 스텔라 침대에 누웠다고 짜증 낸 것 말이죠?"

"그래, 그런데 우리 엄마가 죽을 때까지 나와 눈을 마주치지 않았어. 그때 섭섭했던 마음을 끝까지 풀지 못하고 돌아가셨어. 눈에 넣어도 아프지 않은 자식 사랑이라고? 그것도 할 수 있을 때까지만이야. 바닥까지 가면 부모도 자식도 아니야. 사랑한 만큼 비수를 꽂는 것이 자식이고 전부를 주고 사랑했기에 섭섭하게 한 자식을 용서를 못 하고 죽는 것도 부모야. 지금 가장 후회되는 것이 끝까지 엄마와 화해를 해야 했어. 내가 무조건 잘못했다고 했으면 우리 엄마가 나를 용서했을 거야. 그런데 그때까지도 나는 엄마가 별것도 아닌 것을 가지고 지나치게 예민하다고 생각하고, 그저 시간이 가면 해결될 거라고 노력하지 않았어. 가족끼리 그런 것도 이해를 못 하느냐면서. 하지만 가족 간에 쌓인 감정이기에 반드시 풀고 갔어야 했어. 방법은 오로지 상처를 받았다고 주장하는 당사자를 무조건 받아주면 돼. 무조건 그 앙금이 풀릴 때까지. 명희가 그렇다면 그런 거야. 이제 순남이가 받아 줄 차례야. 가족들끼리만 할 수 있는 절대 양보…"

하기는 내가 병들어 집으로 돌아왔을 때 엄마와 큰언니에게 섭섭하다고 했었다. 억울하다고 항변했었다. 그러나 엄마는 무조건 내게 말했었다. 다 엄마가 잘못했다고… 그래서 나도 작은언니가 날 원망하면 머리를 조아렸다.

'작은언니 내가 무조건 잘못했어. 용서해줘…'

그렇게 봄은 왔다. 재민이가 죽고 3번째 맞는 봄이다. 파란 하늘에 형형색색의 꽃들이 무늬를 놓고, 입을 다문 종탑모양으로 대지를 뚫고 나서 조심스럽게 눈치를 살피던 여리고 푸른 새싹들이 순식간에 튀겨낸 팝콘처럼 불어나서 마당을 초록으로 물들였다. 그 마당에 인환이가 뒹굴고 있다. 그 모습을 바라보는 작은언니가 말했다.

"재민이가 저렇게 놀았는데… 우리 재민이가 저렇게…"

작은언니는 인환이를 제대로 본 적이 없다. 인환이뿐만 아니라 살아 움직이는 어떤 것에도 시선을 주고 반응을 한 적이 없다. 그런데 인환이를 통해 재민이를 입으로 시인하다니… 나는 작은언니를 조심스럽게 지켜보았다. 언젠가 큰언니가 했던 말도 이해할 수 있었다. 산 사람은 죽은 사람의 기억으로 사는 것이 아니라 생명의 기운으로 다시 사는 거라는 것을….

그즈음 작은언니의 행동반경이 커지니까 엄마는 곁에 지켜보는 사람을 반드시 두었다. 농사일이 시작되니 그 업무를 맡을 사람은 나뿐이다. 나는 아침을 먹고 인환이를 데리고 출근하듯 집으로 왔다. 면허를 딴 지 얼마 되지는 않았지만 시골길을 천천히 몰고 다닐 수준이다. 사실 언니를 위해 운전을 배운 것은 아니다. 공연을 성공적으로 마치자 일이 더 바빠진 아저씨가 집을 자주 비우니 내게 기동력이 필요했다. 결국 인환이를 위해 죽기 살기로 매달려 딴 면허지만 이렇게 유용하게 쓰이다니… 엄마는 자식을 키우는 어미가 되면 못 하는 것이 없어진단다. 지옥인들 못 들어가겠냐며… 사람은 스스로를 위해서 절대로 강해지지 않는다고 했다. 누군가를 보호해야 한다는 힘으로 그때 강해진다고….

하지만 인환이를 낳고 키우기 전에는 그 말이 무슨 뜻인지 몰랐다. 마흔 살이 넘도록 다리가 수북한 돈벌레나 노래기 같은 곤충들이 출몰하면 악! 악! 소리를 지르며 엄마를 불러댔다. 엄마가 놀라 달려오다가 그 모습을 보면 인상을 찌푸리며 말했다.

"썩을 년… 깜짝 놀랐네. 그게 뭐가 무섭다고…."

엄마는 아무렇지도 않게 손으로 집어서 멀리 던져 버렸다. 나는 그것이 더 끔찍해서 호들갑을 떨면 엄마는 혀를 찬다. 언제 철이 드냐고….

호수를 바라보는 산자락에 있는 집이고 보니 그런 곤충들과 집안에서 어울려 살아야 했다. 때론 꽤나 큰 지네까지 출몰했다. 천장에 붙어 있다가 속절없이 바닥에 떨어지기도 했다. 바닥에 인환이가 누워 있는데 떨어진 지네도 당황하며 미끄러운 바닥에서 좌충우돌 헤맨다. 그때는 볼 것도 없다. 인환이를 보호해야겠다는 생각 하나만으로도 닥치는 대로 도구를 집어 던지며 기어코 잡는다. 얼마 전에는 뱀도 맨손으로 잡았다. 허물 벗고 나온 작은 뱀인데 마당에서 놀고 있는 인환이 곁에서 머뭇거리다가 네 발에 목을 조여 죽임을 당했다.

나는 원래 그런 여자가 아니었다. 그렇게 괴력을 발하는 내 모습에 아저씨는 그저 놀랍단다. 수지 엄마도 그러더니 너도 그러냐며… 도대체 여자들은 왜 그러느냐고… 그러면서 그런 것들이 출몰하면 덩치가 산만 한 아저씨가 내 치마 뒤에 숨는 진풍경이 벌어진다. 해병대 출신이라는 그는 차라리 전쟁터에 나가 적을 향해 총은 쏠지언정 다리가 많거나 없는 곤충은 못 잡는다고 호들갑을 떨며… 자의든 타의든 경험한 자만이 이어서 자기의 길을 만들어 갈 뿐이다.

엄마는 인환이를 마음껏 뛰놀게 하라고 했다. 그래서 내가 위험하다고 불안해하면 말했다. 부모가 자식을 평생 돌볼 수 없다고… 부모는 단지 자식이 위험에 빠질 때를 위해 준비된 자라고. 자식을 앞서가면서 진자리 마른자리 준비하지 말란다. 설사 미숙해서 금방이라도 넘어질 것 같지만 발걸음 떼고 나아가는 세상까지 부모가 바꿀 수는 없단다. 비록 험한 길이 펼쳐져도 스스로 피해가도록 하면서 그저 뒤에서 바라만 보라고… 하지만 어린 자식의 뒤에 선 부모는 잠시도 한눈을 팔아서는 안 된단다. 자칫 자식이 앞길에 구덩이를 피해가지 못해 빠질 수 있다고… 그때는 쏜살같이 달려가 구해내야 한다고….

그러나 미숙한 자식이 가는 길을 바라보는 것이 부모에게 가장 어리석고 귀찮은 일이라 자식이 가는 길을 주도하려 한다고… 자식을 위한다는 명분이지만 사실은 부모가 그만큼 편해지고자 하는 것일 뿐이란다.

곁에서 듣고 있던 작은언니가 반응을 한다.

"엄마 말이 맞아. 자식의 앞길을 열어준다면서 가고 싶은 길로 못 가게 하고 내가 가라는 길로만 가라고 소리치면서… 그래도 어릴 때는 고분고분 말을 듣더니 머리가 커지고 몸이 자라니까 못된 짓부터 하는 거야. 근데 엉뚱한 사고 칠마다 부모가 힘이 있는 애들은 벗어나는 것 같았어. 그런데도 나는 그때 내가 전혀 힘을 쓸 수 없는 미국으로 재민이를 데리고 갔어. 나는 그저 우리 재민이가 그런 사고를 칠 아이가 아니라고 스스로에게 강요하면서… 재민이 친구 형철이가 10학년 때 미국에서 추방당할 때도 남의 일인 줄 알았거든. 내 자식의 이야기가 아니고 그저 남의 자식 이야기라고 생각하면서…."

"10학년이면 몇 살인데?" 내가 물었다.

"16살."

"겨우 그 나이에 무슨 잘못을 했다고 추방이야."

"마약을 판 죄… 형철이도 조기 유학을 온 애인데 백인 친구들과 어울려 마약을 팔았나 봐. 미국이라는 나라는 마약을 담배처럼 손쉽게 살 수 있어. 근데 산 죄보다 판 죄가 더 커. 그때 형철이 엄마가 나처럼 혼자 있었는데 무슨 힘이 있어야지. 영어가 통하는 것도 아니고 그 나라 법을 아는 것도 아니고 도와줄 사람도 없는 그 타지에서 결국 형철이만 구속되고 말았어. 공범인 백인 아이들은 힘 있는 부모 덕에 다 빠져나가고… 물론 그 사건으로 형철이는 평생 미국에 발을 들여 놓을 수 없게 되었다면서 다들 혀를 찼지. 그때는 하늘이 무너지는 고통인 줄 알았는데 지금 생각하면 차라리 행운이라는 생각도 드네. 죽지는 않았잖아. 내 자식이 머리는 크고 분별력 없는 힘만 생기는 그때, 막을 힘도 구할 힘도 없는 내가 무슨 배짱으로 그 사지로 데리고 들어갔는지… 다 나 때문이야. 나 때문에 우리 재민이가 죽었어. 엄마…"

간신히 평정을 찾는가 했더니 한순간에 무너진다. 그러나 상처를 말할 수 있을 만큼 건강해진 것이다. 그런 작은언니를 가슴에 묻고 엄마가 말했다.

"명희야, 세상은 지옥과 같은 곳이야. 말했잖아. 온통 지뢰밭과 같다고… 차가 편리하다지만 언제든지 차로 인해 생명을 위협하고, 비행기를 타고 가다가 떨어지기도 하고… 너도 말했듯이 미국이라는 나라는 총도 마음대로 가지고 다니고 마약도 널려 있다며? 그게 얘들 탓이야. 그런 세상을 만든 어른 탓이지. 세상이 좋아진다지만 그만큼 더 분별없는 어린 자식들을 유혹해서 악의 구렁텅이로 끌고 들어가. 그렇다고 그런 세상과 단절하고 살 수는 없잖아. 이런 세상에 자식이 그런 고통에 직면하는 것이 온전히 네 탓만이 아니야. 다 세상이 악해서 그래."

엄마는 그렇게 심신이 약해진 작은언니 곁에서 위로해 줄뿐만 아니라 큰언니와 스텔라와 함께 모여 작은언니를 위한 기도를 끊이지 않았다.

재민이가 죽고 3년을 채웠다. 그즈음부터 작은언니의 얼굴에 살이 조금씩 오르고 몸무게도 불어났다. 영혼이 빠져나간 것 같던 표정도 서서히 살아났다. 먹는 양도 늘고 운동량도 늘리고 책도 읽으면서… 모든 것이 죽어버린 것 같은 곳에서도 생명은 그렇게 싹을 피웠다. 작은언니는 신학 공부를 시작했다. 내 자식이란 한정된 영역에서 벗어나 자신을 필요로 하는 아이들의 엄마가 되어 보겠다며… 그런 손길이 필요한 곳으로 전도를 가겠단다.

어느새 엄마 나이도 80살을 훌쩍 넘겼다. 그러나 청년 같은 기개는 꺾일 줄 몰랐다. 엄마가 딸들에게 말했다.

"세상에 태어나 자식을 5명을 낳고 부모 앞에 죽은 자식이 둘이고, 이제는 손주까지 죽는 고통을 겪으면서 또 생각했다. 왜 살아있나? 도대체 이런 고통을 겪으면서 살아야 하는 이유를 하나님께 묻고 또 물었다. 그런데 부모는 단지 자식이 위험한 지경에 빠질 때를 대비하기 위한 존재라는 답뿐이야. 이제 나는 늙고 힘도 없고 오히려 자식이 장성한데 무슨 소리냐고 물었더니 그래도 죽는 그 순간까지 부모와 자식의 자리는 바뀌지 않는다며… 그저 살아내면서 그 자식들이 비바람에 날개 찢긴 새가 되어 갈 곳 없이 헤맬 때 품어 주고 상처 치료해서 새 힘을 주어 다시 세상 밖으로 내보내야 한다고… 그리고 자식이 부모가 되면 그런 부모의 역할을 하면 되는 것이라고… 그러니 때마다 주어진 역할만 충실하게 하라고…"

스텔라가 거든다. "맞아요. 형님, 저도 이 나이 되어 살아보니 부모가 늙었다고 자식의 보살핌을 받는 것이 아니라는 것을 알았어요. 죽는 그날까지 부모로 남아있어야 했어요. 세상과 맞서 살아가는 자식들의 근심거리가 되는 부모가 되면 안 되는 거였어요. 내 아들의 어미 이름으로 스스로 행복하게 살아내면 되는 거였어요. 서로에게 빚진 자가 되지 않으려면 때마다 부여받은 역할에만 충실하면서… 만일 미국에서 홀로 늙었으면 때마다 약해져서 제이콥에게 대가를 바랄 수도 있었을 것이고, 그런 기대에 못 미치면 섭섭한 마음도 가질 수 있었을 것이고… 그런데 이곳에서 형님과 세 끼 해먹고 행복할 수 있으니 그저 하나님께 감사할 뿐이에요. 변덕이 많고 싫증을 잘 내는 내게 말년에 형님과 같은 천사를 곁에 붙여주어서…"

천사? 벼랑 끝에서 우연히 만나 내 인생의 항로를 바꾸어 준 사람들일 것이다. 춘자 언니, 김 선생 그리고 이 박사… 비록 이해관계가 얽히지 않았지만 만남에 방향성이 있는… 비록 그때 그들이 내 생각과 전혀 다른 엉뚱한 말을 했지만 마음속에는 소망을 품었다. 내 인생의 항로에서 그런 천사를 만났다면, 내가 세상을 나오는 통로가 되면서 세상을 하직하는 순간까지 동행할 수밖에 없는 가족이라 불리는 사람들. 사랑하는 만큼 상처도 주었지만 함께라는 역사를 이루는 가족. 내 기억 속에 시작된 할아버지에 이어, 아버지, 엄마, 큰언니, 작은언니, 진남이 그리고 스텔라에 이어 제이콥까지… 이들 모두 때문에 나의 정체성을 찾고 꽃을 피우고 오늘의 열매를 맺었다.

이제 내게 남은 것은 오로지 열매에 남겨진 밀알이 되는 단계만 남았다. 썩어 다시 열매를 맺게 해야 하는… 인환이와 인환이 아빠를 위해… 때론 우연히 만난 누군가에게 천사가 되기도 하면서….

드디어 작은언니가 학위를 받고 미얀마로 선교를 떠나게 되었다. 떠나는 언니에게 엄마가 용기를 준다.

"명희야 기억해? 초등학교 다닐 때 너를 가르쳤던 선생님들이 늘 그랬어. 내 딸 명희가 선생님이 내준 몹시 어려운 숙제도 다 풀어 와서 너무 좋다고. 엄마는 그때마다 우리 명희가 너무도 자랑스러웠어. 하나님도 우리가 인생을 살아가는 동안 부딪히는 어려운 문제를 풀고 오면 그만큼 좋아하실 거야. 학년이 올라가면 문제가 어려워지듯이 나이가 먹어갈수록 문제가 점점 더 어려워지겠지. 더구나 인생수업은 다른 수업과 달리 각자 일생을 마칠 때까지 계속되는 것 같구나. 그러니 나는 오늘 내가 받은 숙제하고 너는 네가 받은 문제 풀면서 사는 날까지 살아보자. 하나님께서 나를 이 세상에 보내신 이유와 그분이 나를 통해 이루고자 하는 소명이 무엇인지 죽어서 알게 되겠지. 엄마는 목숨이 붙어 있는 그 순간까지 우리 명희가 받은 숙제 잘할 수 있도록 기도를 게을리하지 않으마. 사랑한다. 명희야…"

옛날 옛적에 한국에서

나의 외할머니는 1910년생이다. 16살에 시집을 와서 17살에 큰 딸인 내 어머니를 출산하고 그 뒤로 7명의 아들을 낳았다. 하지만 나이 40살에 남편이 죽어 과부가 되었다. 내가 초등학교에 다닐 무렵에 아버지의 사업이 망하자 엄마는 나와 동생을 외할머니 집으로 보냈다.

할머니 집에는 결혼하지 않은 7명의 삼촌과 중풍으로 자리에 누워 있는 증조할머니까지 모두 9명이 살고 있었다. 할머니는 새벽 5시에 일어나 마당에서 우물물을 길어 쌀을 씻어 가마솥에 안치고 장작불을 피워 밥 짓는 것으로 일과를 시작했다. 당시 고등학교 교사였던 큰 삼촌을 위시하여 여섯 삼촌은 동이 트기도 전에 둥근 밥상에 둘러앉아 밥을 먹었다. 이어서 아들들은 할머니가 싸 놓은 도시락을 들고 일터로 혹은 학교로 떠나고, 빈 그릇이 수북한 밥상만 남았다. 하지만 할머니는 자리에 누워 움직이지 못하는 증조할머니에게 밥을 먹이고 나서야 밥상을 치운다. 이어서 우물가에서 설거지하고 나면 얼추 9시다.

그때부터 할머니는 식구들이 떠난 집 안 청소를 하신다. 그리고 증조할머니의 대소변이 절은 옷가지를 포함한 빨랫감을 들고 냇가로 간다. 날이 따뜻하면 그나마 다행이지만 한겨울에는 얼음을 깨고 빨아야 했다. 얼음 밑으로 흐르는 물은 자지러질 만큼 차가울 텐데 기어코 빨래를 마친 할머니의 이마에는 땀방울이 맺힌다. 하지만 찬물에 굳어 벌겋게 부어오른 할머니의 손은 빨래를 담근 양푼을 머리에 얹고 이내 종종걸음으로 집을 향한다.

집에는 언제나 점심을 기다리는 식구가 있다. 때를 넘기는 것을 절대로 못 참는 증조할머니를 비롯하여 올망졸망한 손주들, 때론 객식구도 있다. 할머니가 살던 충주는 당시 도심이었기에 근처 시골에 사는 친척들이 장을 보거나 볼 일이 있으면 나와서 반드시 들르는 주막 같은 곳이다. 할머니는 때론 있는 반찬으로 밥상을 차리기도 하지만 숫자가 많을 때는 칼국수를 빚는다. 폭넓은 양푼에 밀가루를 치댄 후 홍두깨로 쟁반처럼 얇게 밀어 칼국수를 만든다. 이어서 가마솥에서 끓고 있는 멸칫국물로 만들어진 구수한 칼국수를 커다란 대접에 담아 손님을 대접한다. 물론 파, 마늘, 고추를 섞은 걸쭉한 양념장을 내는 것도 절대 잊지 않는다. 하지만 할머니는 그렇게 부엌과 마당을 오가면서도 힘든 내색을 하지 않는다. 오히려 친척들이 들려주는 소식이 반갑기만 한지 입은 잠시도 쉬지 않는다.

그렇게 점심상을 물리고 나면 나는 할머니가 대문 밖에서 구걸하는 걸인을 집안으로 불러들여 밥상을 차려주는 것을 종종 보았다. 전쟁이 끝나고 얼마 지나지 않아서 거리에는 전쟁고아나 상이군인들은 흔한 모습이었다. 다리 밑에는 어김없이 걸인들이 떼를 지어 모여 살았고, 때만 되면 대문 밖에서 빈 깡통을 두드리며 밥을 달라고 소리치는 것도 이상하지 않았다. 물론 할머니가 그런 걸인들을 다 불러들이지는 않았지만, 젖먹이를 등에 업은 여인은 항상 우선순위였다. 할머니는 밥상을 차려내고 등에 업힌 아이부터 받아 내리며 어미부터 먹으라고 종용한다. 그때까지 몸 일부처럼 등에 찰싹 달라붙어 있던 아이를 내려놓은 여인은 마파람에 눈 감추듯 밥상에 놓인 음식들을 순식간에 먹어 치운다. 그렇게 밥을 먹은 여인에게 할머니는 그제야 아이에게 젖을 물리라고 건네준다. 칭얼대던 아이는 여인의 가슴에 달라붙자마자 맹렬하게 빨리 시작한다. 배 불리 먹은 여인은 이마에 땀이 송송 맺힌 것도 잊은 채 행복한 모습으로 아이를 바라본다. 할머니는 둘 다 안쓰럽다는 표정으로 한마디 한다. "세상에 다 말라비틀어진 젖가슴에 뭐가 있다고 저렇게 빨아대나. 그나마 저렇게 새끼에게 주고 나면 어미는 얼마나 힘이 들고. 쯧쯧…."

그렇게 잠시 여인네와 고단한 삶을 주고받다가 여인은 다시 아이를 업고 대문을 나서고 할머니는 아직 해가 중천에 걸렸는데도 저녁이면 돌아올 식솔의 저녁거리를 준비하느라 몸이 다시 바빠진다. 저녁은 당연히 꽁보리밥이나 죽이었다. 당시의 보리는 겉보리라 넓적한 옹기에 넣고 손바닥이 얼얼해지도록 수없이 으깨어 씻은 후 가마솥에 삶아 내면 보리는 손가락만큼 부풀어 있다. 그렇게 부풀어진 보리와 당시는 아주 귀한 흰쌀을 조금 섞어 밥을 한다. 그렇지 않으면 죽을 끓인다. 보리밥에 넣을 정도의 쌀을 가지고 열 명이 넘는 식구를 먹이려면 물과 푸성귀를 넣고 부풀리고 또 부풀린다. 할머니는 아주 적은 것으로 마술처럼 부풀려서 저녁 밥상을 차려낸다. 이미 해는 기울고 30촉도 되지 않는 희미한 백열등 아래서 온 식구는 달고 맛있는 저녁을 먹는다.

예전엔 해만 넘어가면 밤이 캄캄했다. 온 천지에 빛이라곤 담장 너머 가정집의 작은 창에서 흘러나오는 백열등 불빛이 전부였다. 저녁 설거지를 마친 할머니는 아직도 일이 남았다. 반짇고리 함을 꺼내어 바느질을 시작한다. 둥근 전구를 끼워 구멍 난 양말을 기운다. 나는 그 곁에 앉아 헝겊 쪼가리를 들고 몇 땀 흉내 내다가 이내 싫증이 나서 휙 집어던지고 보챈다.

"할머니 옛날 얘기해 주세요." 그러면 마치 이야기 기계처럼 '옛날, 옛날에…'가 흘러나온다. 물론 수도 없이 들은 뻔한 스토리지만 내게는 항상 새롭다. 나는 어느새 잠이 들었던 모양이다.

눈을 떠보니 할머니는 여전히 앉아 있다. 손에는 바느질감 대신에 반야심경이 들려 있다. 손바닥 크기에 누렇게 바랜 얇은 책자는 닳고 닳아 해졌어도 할머니가 아끼는 것 중 하나다. 학교는 가본 적도 없는데 한글을 깨우칠 만큼 영특했던 할머니다. 그러나 이미 오래전에 다 외워 주술처럼 흘러나오는 소리도 멈추었고, 돋보기가 코에 걸쳐진 것을 보니 졸고 있다. 일과가 그토록 고되어도 자손을 위한 간절한 바람은 결코 거르지를 않았다.

밤이 얼마나 깊었을까? 세상은 조용해지고 어린 나는 문득 외로웠나 보다. "할머니, 배 아파요." 할머니의 떨어진 고개가 번쩍 들리며 그 거친 손바닥이 내 배를 쓸어준다.

"할머니 손은 약손, 할머니 손은 약손…"

10살 즈음의 내 기억 속에 할머니다. 고작 50년 전의 한국 여인의 삶의 모습이기도 하다. 할머니는 잔병치레 없이 80세까지 사는 동안 영특함과 위엄을 잃지 않았다. 키도 150센티가 안 되고 체중도 40킬로그램 중반이다. 그런 그녀가 그 자리에서 80년의 세월을 살아냈다. 그에 반해 그런 할머니를 보고 자란 나는 절대로 저렇게 살지 않을 거라며 살아왔다. 어느새 내 나이 환갑을 훌쩍 넘겼다. 산 날보다 살날이 짧아진 나이가 되고 보니 잊혔던 할머니가 생각난다. 어린 나이에 할머니는 자신의 인생은 없고 모든 것을 다 빼앗겼다고 생각했는데 지금 생각하니 아마도 하나님은 할머니에게 풍성한 열매를 맺은 자라 칭찬하실 것 같다. 그에 반해 시대 운이 좋았던 나는 내가 원하는 것을 추구하며 살아

열매를 맺었다고 주장하지만, 하나님이 보시기에 열매가 아니라고 하실 것 같다. 하나님은 세상에서 취한 재물과 업적과 능력으로 이룬 열매가 아니라 오로지 생명의 열매라 하시는데… 생각해보니 나 하나 살린다고 모두를 죽인 것은 아닌지… 한 알의 밀알이 썩어야 열매를 맺는다 하셨거늘… 하나님은 인간을 세상에 보낼 때 그런 숙제를 주고 보냈다는데… 세상을 사는 동안 그것을 잊고 내가 이루었다는 것만 주장하며 평가를 바라는 것은 아닌지… 세상이 변했다지만 어떤 세상을 살던 인간은 3끼 먹다가 때가 되면 죽건만….

인생 숙제

펴낸날 2019년 7월 5일

지은이 신광옥
펴낸이 주계수 | **편집책임** 이슬기 | **꾸민이** 김소은

펴낸곳 밥북 | **출판등록** 제 2014-000085 호
주소 서울시 마포구 양화로 59 화승리버스텔 303호
전화 02-6925-0370 | **팩스** 02-6925-0380
홈페이지 www.bobbook.co.kr | **이메일** bobbook@hanmail.net

© 신광옥, 2019.
ISBN 979-11-5858-561-7 (03810)

※ 이 도서의 국립중앙도서관 출판시도서목록(CIP)은 e-CIP 홈페이지(http://www.nl.go.kr/cip)에서 이용하실 수 있습니다. (CIP 2019024226)